2024

# FOS · BOS 12

Fachabitur-Prüfungsaufgaben
mit Lösungen

W0364348

Bayern

## Physik

STARK

© 2023 Stark Verlag GmbH
44. ergänzte Auflage
www.stark-verlag.de

# Inhaltsverzeichnis

## Fachabitur-Prüfungsaufgaben 2020



## Fachabitur-Prüfungsaufgaben 2021



## Fachabitur-Prüfungsaufgaben 2022

## Digitales Zusatzangebot auf MyStark

### Fachabitur-Prüfungsaufgaben 2023

Sobald die Original-Prüfungsaufgaben 2023 freigegeben sind, können sie als PDF auf der Plattform MyStark heruntergeladen werden.

### Interaktives Training

Ihr Coach zum Erfolg: Mit dem **interaktiven Training** erhalten Sie online auf MyStark Aufgaben und Lernvideos zu allen relevanten Themengebieten des Physikfachabiturs. Am besten gleich ausprobieren!

Den Zugangscode zu MyStark (www.stark-verlag.de/mystark) finden Sie auf der vorderen Umschlaginnenseite in diesem Buch.

**Lösungen der Übungsaufgaben:** Gerhard Schindler; Joachim Klöver
**Lösungen der Fachabitur-Prüfungsaufgaben:** Joachim Klöver

# Vorwort

Liebe Schülerinnen und Schüler,

dieses Buch bietet Ihnen die Möglichkeit, sich optimal auf die Fachabiturprüfung zum Erwerb der **Fachhochschulreife an Fachoberschulen und Berufsoberschulen im Fach Physik der 12. Klasse in Bayern** vorzubereiten.

- In den allgemeinen **Hinweisen und Tipps zur Fachabiturprüfung** finden Sie Informationen zu Ablauf, Struktur und Inhalt der Prüfung, dazu viele weitere Tipps, die Ihnen beim Lösen der Prüfungsaufgaben helfen werden.
- Den Hauptteil des Buches bildet eine Aufgabensammlung – basierend auf prüfungsrelevanten Originalaufgaben früherer Jahrgänge –, die passgenau die Erfordernisse der Fachabiturprüfung abbildet. Sie finden im Einzelnen:
  - **Übungsaufgaben** zu allen prüfungsrelevanten Themen des Fachabiturs;
  - die vollständigen **Original-Fachabiturprüfungen** der Jahrgänge 2020 bis 2022.
  - Die **Fachabiturprüfung 2023** steht auf MyStark als Download zur Verfügung.
  - Die ausführlichen **Lösungsvorschläge** zeigen Ihnen die eigentlichen Zusammenhänge auf und helfen Ihnen, die Lösungsidee und die einzelnen Lösungsschritte besser zu verstehen.
  - Die den Lösungsvorschlägen vorangestellten **Lösungshinweise** unterstützen Sie darin, selbstständig die Lösung zu finden. Sie lenken Ihren Blick auf den Kern der Aufgabe und zeigen die Richtung eines möglichen Lösungsweges auf.
- Das zweigeteilte **Stichwortverzeichnis** (alphabetisch bzw. thematisch geordnet) ermöglicht Ihnen die gezielte Suche nach bestimmten Inhalten.

Wir wünschen Ihnen viel Erfolg bei der Fachabiturprüfung!

Gerhard Schindler

Joachim Klöver

# Stichwortverzeichnis

## Alphabetisches Verzeichnis (Prüfungsaufgaben)

Der *Kursivdruck* bei Begriffen bedeutet, dass Sie den zugehörigen Seitenverweis unter dem kursiv markierten Stichwort finden.

## Thematisches Verzeichnis (Übungs- und Prüfungsaufgaben)

Auf der folgenden Seite sind die Aufgaben aufgelistet, die das betreffende Themengebiet behandeln. Sie sind von links nach rechts durch Kennzeichen, Gruppe und Nummer der jeweiligen Aufgabe gekennzeichnet. Dabei besteht das Kennzeichen entweder aus dem Prüfungsjahrgang oder aus dem vorangestellten Buchstaben „Ü“ für die betreffende Übungsaufgabe.

Beispielsweise bezeichnet

- 21-P 1–2.2 die Teilaufgaben 1 bis 2.2 des Pflichtteils aus dem Fachabitur 2021;
- 22-W2 1.1 die Teilaufgabe 1.1 des Wahlteils W2 aus dem Fachabitur 2022;
- Ü2 1 die Teilaufgabe 1 der Übungsaufgabe 2.

**Wellen**

| | |
|---|---|
| Ü4 | 1.0–2.2 |
| Ü6 | 1–3.4 |
| 20-P | 4.0–4.2 |
| 20-W1 | 2.0–2.3 |
| 21-P | 4.0–4.4 |
| 21-W3 | 2.0–2.2.3 |
| 22-W2 | 2.0–2.2 |

**Elektrisches Feld**

| | |
|---|---|
| Ü7 | 1.0–3.2 |
| Ü8 | 1; 2; 3.4 |
| 20-P | 3.0–3.3 |
| 20-W2 | 1.0–1.3.2 |
| 21-P | 5 |
| 21-W2 | 1.0–1.5.2 |
| 22-P | 5 |
| 22-W3 | 1.0–1.5.2 |

**Magnetisches Feld**

–

**Induktion**

| | |
|---|---|
| Ü8 | 3.0–3.4 |
| Ü9 | 1.0–3.2 |
| Ü10 | 1–3 |
| 20-P | 2.4 |
| 20-W3 | 1.0-1.3.4 |

# HINWEISE UND TIPPS

# Hinweise und Tipps zur Fachabiturprüfung

## 1 Allgemeine Hinweise

**Schulsituation**

Zur Beruflichen Oberschule gehören die Fachoberschule (FOS) und die Berufsoberschule (BOS).

Voraussetzung für den Besuch der Beruflichen Oberschule ist ein mittlerer Schulabschluss, wobei den Leistungen in den Fächern Deutsch, Englisch und Mathematik eine besondere Bedeutung zukommt. Für den Besuch der BOS ist zusätzlich eine abgeschlossene Berufsausbildung Voraussetzung. In die Vorklasse der BOS können unter bestimmten Voraussetzungen auch Schüler aufgenommen werden, die noch keinen mittleren Schulabschluss haben, den sie bei entsprechenden Leistungen dann dort erwerben.

Die Berufliche Oberschule umfasst die Jahrgangsstufen 11, 12 und 13. Mit dem Erwerb des Fachabiturs nach der 12. Jahrgangsstufe kann der Bildungsgang beendet werden.

Der Besuch der 13. Jahrgangsstufe hat das Ziel die fachgebundene Hochschulreife (nur Englisch als Fremdsprache) oder auch die allgemeine Hochschulreife (mit einer zweiten Fremdsprache) zu erwerben. Damit ist die Berufliche Oberschule eine gleichwertige Alternative zur gymnasialen Oberstufe.

Die schriftliche Prüfung wird in den Fächern Deutsch, Englisch, Mathematik und in einem für die jeweilige Ausbildungsrichtung (Agrarwirtschaft, Bio- und Umwelttechnologie; Gestaltung; Gesundheit; internationale Wirtschaft; Sozialwesen; Technik; Wirtschaft und Verwaltung) charakteristischen Profilfach abgelegt. Für die Ausbildungsrichtung Technik ist Physik das vierte schriftlich geprüfte Fach.

**Prüfungen**

Die Aufgaben der schriftlichen Fachabiturprüfung werden zentral vom Bayerischen Staatsministerium für Unterricht und Kultus gestellt. Aufgaben zur mündlichen Prüfung stellt jede Schule bzw. die Fachlehrkraft in eigener Verantwortung. Mündliche Prüfungen sind in aller Regel freiwillig und bieten damit die Möglichkeit, die Prüfungsnote zu verbessern. Bewertet wird mit dem Punktesystem.

Für die schriftliche Prüfung im Fach **Physik** gilt folgendes:

- Die Prüfung besteht aus einem Pflichtteil (P) und drei Wahlteilen (W).
- Für die Schülerinnen und Schüler besteht keine Auswahlmöglichkeit. Die Fachlehrkraft wählt aus den drei gestellten Wahlteilen zwei aus, die bearbeitet werden müssen. Der Pflichtteil ist für alle Schülerinnen und Schüler gleich.
- Die Arbeitszeit beträgt 180 Minuten.
- Die Bearbeitung der Prüfungsaufgaben erfolgt unter der Verwendung von zugelassenen Hilfsmitteln (Taschenrechner und Formelsammlung).
- Bei jeder Teilaufgabe sind die erreichbaren Bewertungseinheiten (BE) angegeben.
- Es sind insgesamt maximal 100 BE zu erreichen (40 BE im Pflichtteil und jeweils 30 BE in den beiden Wahlteilaufgaben).
- Die erzielten Bewertungseinheiten werden wie folgt in Punkte umgerechnet:

| BE | 0–19 | 20–26 | 27–33 | 34–40 | 41–45 | 46–50 | 51–55 | 56–60 |
|---|---|---|---|---|---|---|---|---|
| Punkte | 0 | 1 | 2 | 3 | 4 | 5 | 6 | 7 |

| BE | 61–65 | 66–70 | 71–75 | 76–80 | 81–85 | 86–90 | 91–95 | 96–100 |
|---|---|---|---|---|---|---|---|---|
| Punkte | 8 | 9 | 10 | 11 | 12 | 13 | 14 | 15 |

## 2 Fachspezifische Hinweise

Die folgende Auflistung gibt Ihnen einen Überblick über den prüfungsrelevanten Stoff (sie ersetzt nicht den Lehrplan). Zwar lassen sich hieraus noch keine Schlüsse über Breite und Tiefe der Anforderungen in den Prüfungsaufgaben ziehen, doch gibt die Zusammenstellung Ihnen alle für die Prüfung wichtigen Themen und Begriffe zur Hand, sodass sie als inhaltlicher Leitfaden für Ihre Vorbereitung dienen kann.

**Bitte beachten Sie:** Aufgrund der besonderen, coronabedingten Lernsituation in den Schuljahren 2019/20 und 2020/21 wurde in den Fachabiturprüfungen 2021 und 2022 der Themenbereich *Elektromagnetische Induktion* nicht geprüft (vgl. die nachfolgende Auflistung des prüfungsrelevanten Stoffs).

**Beschreibung von Bewegung**

- Abhängigkeit der Beschreibung von der Wahl des Bezugssystems
- Ein- und zweidimensionale Bewegungen (Ortsvektor, -koordinate, Ortsveränderung, Vektorcharakter der Geschwindigkeit und der Beschleunigung)
- mittlere und momentane Geschwindigkeit und Beschleunigung (auch für lineare Bewegungen mit nicht konstanter Beschleunigung)
- Koordinatengleichungen für die geradlinige Bewegung mit konstanter Geschwindigkeit bzw. konstanter Beschleunigung; zugehörige Diagramme
- Freier Fall
- Schiefer Wurf

**Dynamik**

- Masse und Kraft
- Newtonschen Gesetze
- Reibungskraft
- Kräftepläne
- Impuls als Vektorgröße, Gesetz der Impulserhaltung
- Antriebs- und Bremsvorgänge für Bewegungen auf horizontaler und geneigter Ebene mit und ohne Reibung

**Arbeit, Energie**

- Arbeit bei konstanter und nicht konstanter Kraft
- Zusammenhang zwischen Arbeit und Energie
- mechanische Energieformen
- Erhaltung der mechanischen Gesamtenergie in einem abgeschlossenen, reibungsfreien System

**Kreisbewegung und Gravitation**

- Kreisbewegung mit konstanter Winkelgeschwindigkeit
- Umlaufdauer, Frequenz, Drehwinkel im Bogenmaß, Winkelgeschwindigkeit
- Ortsvektor, Betrag und Richtung der Bahngeschwindigkeit, Zentripetalbeschleunigung und Zentripetalkraft
- Kurvenfahrt
- Gravitationsgesetz von Newton
- geostationärer Satellit

**Mechanische Schwingungen und Wellen**

- Amplitude, Elongation, Periodendauer, Frequenz, Rückstellkraft
- Koordinatengleichungen für Elongation, Geschwindigkeit, Beschleunigung und Rückstellkraft sowie die zugehörigen Diagramme
- Energieumwandlungen
- Entstehung und Ausbreitung von Längs- und Querwellen, Wellenfront
- Wellenlänge, Ausbreitungsgeschwindigkeit
- Beugung am Einfachspalt, Elementarwelle, ebene Welle
- Gleichung der fortschreitenden harmonischen Querwelle, Momentanbilder
- Beugung und Interferenz am Doppelspalt, konstruktive und destruktive Interferenz ebener Kreiswellen (Wasser und Schall)
- stehende Wellen

**Klassische Felder**

- Feldlinienbilder von elektrischen Feldern
- elektrische Feldstärke, elektrische Ladung, elektrisches Kraftgesetz, Coulombkraft, Coulombfeld, homogenes elektrostatisches Feld
- potenzielle Energie, Potenzial, Spannung
- Kapazität eines Kondensators, Energieinhalt des zugehörigen elektr. Feldes
- Feldlinienbilder von magnetischen Feldern
- magnetische Flussdichte, magnetisches Kraftgesetz (Dreifingerregel)

- magnetischer Dipol, Elementarmagnet
- magnetische Flussdichte einer langgestreckten Spule

**Elektromagnetische Induktion** *(2021 und 2022 nicht prüfungsrelevant)*

- der magnetische Fluss
- Induktionsgesetz in differenzieller Form
- Regel von Lenz
- Selbstinduktion, Induktivität
- Energieinhalt des Magnetfeldes einer langgestreckten Spule

Neben diesen physikalischen Inhalten sollen Sie in Ihrer Schulzeit auch fachliche und methodische **Kompetenzen** erlernen.
Zu den **fachlichen** Kompetenzen werden der Erwerb, die Wiedergabe, die Einordnung, die kritische Reflexion sowie die Beurteilung von physikalischem Wissen gezählt. Die **methodischen** Kompetenzen beziehen sich auf die Art der physikalischen Erkenntnisgewinnung und deren Darstellung. Über diesen beiden Kompetenzen stehen die allgemeinen und vielfältigen Kompetenzen der **Kommunikation** und **Bewertung**.
In den Prüfungsaufgaben wird sowohl ein breites Spektrum der fachlichen Inhalte als auch der Kompetenzen abgeprüft. Der Pflichtteil bezieht sich dabei auf ein sehr breites Spektrum von Kompetenzen, denen Inhalte aus mehreren Schwerpunkten zugrunde liegen. Diese können sich auf reines Grundwissen beziehen, aber auch die erworbenen Fähigkeiten abprüfen. In den einzelnen Wahlteilen wird es sich eher um zusammenhängende Teilaufgaben eines Problems handeln, die aber inhaltlich durchaus weitgefächert und stoffübergreifend sein können. Es ist auch nicht auszuschließen, dass innerhalb eines Wahlteils mit 30 BE zwei Themenbereiche kombiniert werden.

## 3 Methodische und praktische Hinweise

- **Vorbereitungszeit:** Wie der vorige Abschnitt zeigt, erstreckt sich der abprüfbare Stoff auf einen umfangreichen Themenkatalog, zum Teil auf Inhalte, die zeitlich weit vor dem Prüfungstermin besprochen werden. Sie lassen sich zwar wenige Tage vor der Prüfung auffrischen (geht nur, wenn schon etwas da ist), aber nicht mehr gründlich aneignen. Klammern Sie sich auch nicht zu sehr an die Formelsammlung und den Taschenrechner – sie sind wichtige Hilfsmittel, können aber die gründliche Vorbereitung nicht ersetzen. Das notwendige physikalische Wissen und Verständnis lässt sich nur durch kontinuierliches Arbeiten erwerben.
- **Prüfungsbeginn:** In aller Regel ist es gleichgültig, mit welchem Aufgabenteil Sie beginnen, da die Anforderungen in den einzelnen Themenbereichen auf ähnlichem Niveau liegen und Sie sowieso die Pflicht- und Wahlteilaufgaben bearbeiten müssen. Sollten Sie nach einem kurzen Überblick (geht von der Arbeitszeit ab) glauben, einen der Themenbereiche am besten zu beherrschen, beginnen Sie damit. Das kann Sicherheit bringen, wenn es läuft. Falls nicht, bedenken Sie, dass eine Aufgabe sich bestens entwickeln kann, wenn man sich erst konzentriert und intensiv mit ihr beschäftigt. Messen Sie dem Überblick nicht zu viel Bedeutung bei.

- **Aufgabenstellung:** Lesen Sie die Texte langsam, sorgfältig und eventuell auch mehrfach. Markieren Sie gegebene Daten und die entscheidenden Fakten. Falls eine Skizze dazugehört, verbinden Sie auch gedanklich den Text mit dieser Skizze. Registrieren Sie beim Lesen die Größenordnungen der gegebenen Daten, die Einheiten und die signifikanten Stellen. Kleine Unachtsamkeiten haben oft eine große Wirkung (z. B. einen gegebenen Durchmesser fälschlicherweise als Radius interpretieren).
- **Bearbeitungsreihenfolge:** Die Teilaufgaben eines Themenbereiches des Wahlteils sind in der Regel nicht unabhängig voneinander. Manche Teilaufgaben sind ohne Bearbeitung der vorhergehenden Teilaufgaben nicht zu verstehen und zu lösen. Halten Sie sich an die nummerierte Reihenfolge. Die aufeinander aufbauenden Teilaufgaben zeigen eine gewisse Entwicklung in der Breite und in der Tiefe. Springen Sie vor allem nicht wie ein aufgescheuchter, Haken schlagender Hase von Themenbereich zu Themenbereich. Das bringt nichts, weil die Zusammenhänge verloren gehen.
- **Operatoren:** Achten Sie auf die Formulierung der einzelnen Aufgabenstellungen, besonders auf die darin verwendeten Operatoren (vgl. den nächsten Punkt und Abschnitt 4). So stellen Sie sicher, dass Ihre Lösung nicht zu knapp, aber auch nicht zu umfangreich (Zeitplanung!) ausfällt.
- **Beschreiben, begründen, erklären:** Entscheidend ist, dass die nötigen Fakten in ihrem Zusammenspiel beschrieben werden. Falls Ihnen hier der notwendige Umfang nicht klar ist, geben die zu erzielenden Bewertungseinheiten einen Hinweis: Für 3 Bewertungseinheiten müssen Sie nicht zwei Seiten verfassen, um die Frage vollständig zu beantworten; für 10 Bewertungseinheiten werden zwei Zeilen sicher nicht ausreichend sein.

  Beim Begründen/Erklären/Erläutern von **Sachverhalten** ist darauf zu achten, dass alle physikalisch relevanten Erscheinungen aufgeführt werden, die zu genau diesem Ergebnis führen. Das kann etwa eine geeignete Zusammenstellung von Fakten und dem sich aus diesen ergebenden Verhalten sein (Übungsaufgabe 8, Teilaufgabe 3.1 f.).

  **Skizzen** können auch dann hilfreich sein, wenn sie nicht ausdrücklich verlangt sind. Im verbalen Teil der Beantwortung kann man sich auf sie beziehen und damit aufwendige Formulierungen vermeiden. Fertigen Sie Skizzen nicht zu klein an, damit sie auch ordentlich beschriftbar und Zusammenhänge erkennbar sind.

  Zur **Versuchsbeschreibung** gehören der Versuchsaufbau mit allen nötigen Geräten und Angabe von wichtigen Voraussetzungen (z. B. horizontale Ausrichtung der Fahrbahn beim Versuch zum 2. Newton'schen Gesetz), eventuell eine Schaltskizze, die Versuchsdurchführung (was wird in Abhängigkeit wovon gemessen, wie wird gemessen, Fehlerquellen usw.). Da dies insgesamt sehr umfangreich werden kann, werden häufig nur Teilbereiche angesprochen, z. B. Messung der Geschwindigkeit bei Fahrbahnversuchen.

  Auch **Gerätebeschreibungen und ihre Funktion** sind oft umfangreich und in der Regel mit einer beschrifteten Skizze verbunden. Die Skizze muss alle für die Funktion erforderlichen Elemente im richtigen Zusammenwirken enthalten. Das Gleiche gilt analog für **Schaltskizzen**. Die Funktionsbeschreibung bezieht sich entweder auf das komplette Gerät oder Teile davon.

- **Gestaltung der Lösung:** Herleitungen, Berechnungen und Begründungen müssen logisch aufgebaut, konsequent und nachvollziehbar sein. Ist ein Teilergebnis bekannt, kann ein fehlerhafter Ansatz auch mit Tricks oder durch Weglassen von Umformungen nicht zur richtigen Lösung führen. Sollten Sie bei der Gestaltung der Lösung physikalische Größen einsetzen, die noch nicht genannt oder nicht allgemein bekannt sind, geben Sie ihre Bedeutung an.
- **Formeln:** Beim Lösen von Aufgaben, die den Einsatz von physikalischen Formeln erfordern, stellt sich immer wieder die Frage, woher man diese Formeln bekommt. Es gibt im Prinzip zwei Möglichkeiten:
  - Bei einigen Aufgaben können Sie Formeln direkt aus der (zugelassenen) **Formelsammlung** übernehmen. Diese müssen Sie eventuell noch ineinander einsetzen und algebraisch umformen. Beachten Sie: Eine Formelsammlung kann nur eine Gedächtnisstütze sein und dies auch nur, wenn man sie mit Sachverstand benutzt (so liefert $v = \frac{\Delta x}{\Delta t}$ bei einer Bewegung, die nicht mit konstanter Geschwindigkeit abläuft, nicht die Momentangeschwindigkeit zu einem Zeitpunkt t, sondern nur einen Wert für die mittlere Geschwindigkeit während der Zeitdauer $\Delta t$).
  - Bei anderen Aufgaben ist eine **Herleitung einer Formel** notwendig, unter Verwendung eines physikalischen Prinzips und ausgehend von einem allgemeinen Ansatz (z. B. Kraftansatz, Energie- oder Impulserhaltungssatz, Induktionsgesetz). Dabei sollten Sie stets mit der Kernaussage eines solchen Ansatzes beginnen (z. B. Energiebilanz beim Fadenpendel: $E_{\text{ges, Ruhelage}} = E_{\text{ges, Umkehrpunkt}}$).
- **Rechenstrategie:** Während einer Herleitung bzw. der anschließenden Umformung sollten in der Regel die physikalischen Größen noch nicht durch ihre konkreten Werte ersetzt werden. Setzen Sie die Werte erst ganz zum Schluss ein. Dies macht den Lösungsweg übersichtlicher und hilft Fehler zu vermeiden. Auf die Berechnung von (unnötigen) Zwischenergebnissen sollte verzichtet werden.
- **Auswertung von Messreihen:** Aus mehreren Messwerten soll ein Zusammenhang zwischen den auftretenden Größen ermittelt werden (siehe z. B. Übungsaufgabe 1, Teilaufgaben 2.0f. in diesem Buch). Manchmal sind die Messwerte aus mehreren Versuchsreihen in einer einzigen Tabelle zusammengefasst. Eine Aussage über die Abhängigkeit einer Größe von einer anderen ist nur dann möglich, wenn alle anderen Größen konstant gehalten werden.
  Zum Nachweis der Abhängigkeit der Größe y von der Größe x muss ein linearer Zusammenhang hergestellt werden, falls er nicht bereits existiert. Dafür muss die Größe x unter Umständen geeignet umgeformt werden, z. B.

  $$y \sim u = x^2, \quad y \sim u = \sqrt{x}, \quad y \sim u = \frac{1}{x}, \quad y \sim u = \frac{1}{x^2}$$

  Nur dann ist der Quotient $\frac{y}{u}$ im Rahmen der Messgenauigkeit konstant und damit die Abhängigkeit nachgewiesen.

Analoges gilt für den grafischen Nachweis. Er gelingt nur, wenn der Graph Teil einer Ursprungsgeraden ist. Auf der horizontalen Achse (Abszisse) sind die entsprechenden Größen u anzutragen, die abhängige Größe y wird stets auf der vertikalen Achse (Ordinate) angetragen. Die Gerade ist so zu zeichnen, dass sich die Messungenauigkeiten in etwa aufheben.

- **Grafiken:** Die grafische Darstellung von zwei Größen dient als Nachweis für ihren Zusammenhang (siehe vorherigen Punkt), aber auch zur Veranschaulichung eines Zusammenhangs (z. B. Auf- und Entladung eines Kondensators).
  Wenn in der Aufgabe die Einheiten auf den Achsen vorgegeben sind, halten Sie sich bitte daran. Platzieren Sie ihr Koordinatensystem so auf der Seite, dass für die Grafik genügend Platz unterhalb der letzten Textzeile vorhanden ist.
  Falls für die grafische Darstellung keine weiteren Vorgaben gemacht werden, wählen Sie die Einheiten auf den Achsen so, dass die Grafik nicht zu klein, aber auch nicht zu groß wird (je nach Zusammenhang eine viertel bis eine halbe Seite). Wählen Sie vor allem die Einheiten so, dass Sie für die Zeichnung nicht viel umrechnen müssen. Für die Darstellung periodischer Zusammenhänge empfiehlt sich eine Einheit, die bequem in 6 oder 12 Teile einteilbar ist (mit der Festsetzung $\pi = 3$).
  Soll nur eine Skizze angefertigt werden, so sind in der Regel wesentliche bekannte Tatsachen ohne Berechnungen einzubringen (z. B. die Resonanzkurve bei der erzwungenen Schwingung: ihre Amplitude ist für $f \approx 0$ gleich der Erregeramplitude, nimmt für die Eigenfrequenz $f = f_0$ ein Maximum an und geht mit wachsender Erregerfrequenz gegen null. Die Form wird noch von der Dämpfung beeinflusst).
  Gelegentlich werden in ein Koordinatensystem mehrere Kurven eingezeichnet. Machen Sie durch Beschriftung und eventuell durch Farbe eindeutig erkennbar, welche Kurve was beschreibt.

- **Äußere Form:** Diese ist wichtig! Nummerieren Sie die beschriebenen Seiten, eventuelle spätere Verweise werden dann einfacher. Ordnen Sie Ihre Lösung eindeutig der jeweiligen Aufgabe zu, schreiben Sie deutlich und eindeutig. Eine Korrektur ist kein Suchspiel und keine Interpretation. Überlegen Sie auch mal Ihre Reaktion, wenn Sie ein chaotisch verfasstes Schriftstück bearbeiten müssten.

- **Umgang mit Fehlern:** Natürlich können Fehler passieren. Streichen Sie die fehlerhaften Stellen durch und fügen Sie Ihre Korrektur ein. Sind es größere Passagen, dann hilft ein Verweis auf die Seite, auf der die richtige Lösung angeboten wird. Was nicht gelten soll, muss eindeutig durchgestrichen werden. Machen Sie etwas aber erst dann ungültig, wenn Sie Besseres zu bieten haben. Zu einer Aufgabe gibt es nur **einen** Lösungsvorschlag! Eine Auswahl und Interpretation ist der korrigierenden Lehrkraft nicht gestattet.

- **Fehlererkennung:** Physikalische Größen sind mit Einheiten behaftet. Kontrollieren Sie bei Berechnungen konsequent die Einheiten, so haben Sie eine einfache Möglichkeit zu erkennen, ob ein Ergebnis richtig sein kann oder falsch ist. Wenn Sie bei der Berechnung der kinetischen Energie z. B. vergessen, die Geschwindigkeit zu quadrieren, kommen keinesfalls Joule heraus. Aus diesem Grund müssen Sie vor einer Berechnung immer die gegebenen Größen samt ihrer Einheiten einsetzen, also

hinschreiben. Eine vollständige Einheitenumrechnung ist aber nur notwendig, wenn diese ausdrücklich verlangt wird.
Aus Ihrer Unterrichtserfahrung kennen Sie Größenordnungen einiger physikalischer Größen. So sind Geschwindigkeiten jenseits der Lichtgeschwindigkeit unrealistisch, genauso wie Umlaufdauern von Satelliten im Millisekundenbereich oder Teilchenladungen mit mehreren Megacoulomb. Oft sind falsche Vorzeichen von Exponenten oder das falsche Umrechnen von Einheiten die Ursache solcher Ergebnisse.
Wenn Sie einen Fehler nicht gleich beheben können (manchmal gibt es ja Knoten im Gehirn), machen Sie sich eine Notiz, um später noch einmal nachzuhaken. Finden Sie den Fehler dennoch nicht, können Sie zumindest mit einem selbstkritischen Kommentar (z. B. „Das Ergebnis kann nicht stimmen, weil der Wert viel zu groß ist.“) verdeutlichen, dass Ihnen der Fehler bereits aufgefallen ist.

## 4 Operatoren

Aus der Aufgabenstellung heraus lassen sich normalerweise die Art und der Umfang der erwarteten Leistung erkennen. Hierzu werden bestimmte Schlagworte, die sogenannten Operatoren, verwendet. Die folgende Tabelle gibt einen Überblick über die am häufigsten verwendeten Operatoren und ihre Bedeutungen. In der dritten Spalte finden Sie jeweils ein Beispiel für einen Arbeitsauftrag, der die Verwendung des zugehörigen Operators demonstriert.

| Operator | Bedeutung | Beispiel |
|---|---|---|
| ableiten | auf der Grundlage von Erkenntnissen sachgerechte Schlüsse ziehen | Leiten Sie aus dem Ergebnis der experimentellen Untersuchung die Grenzen des Gültigkeitsbereichs ab. |
| abschätzen | durch begründete Überlegungen Größenordnungen physikalischer Größen angeben | Schätzen Sie die Energiedichte einer Autobatterie mit den Daten … ab. |
| analysieren | wichtige Bestandteile / Eigenschaften zu einem gegebenen Thema herausarbeiten | Analysieren Sie den Versuchsaufbau auf mögliche Fehlerquellen. |
| anwenden | eine(n) bekannten Sachverhalt /bekannte Methode auf etwas Neues beziehen | Wenden Sie das Induktionsgesetz auf die beschriebene Situation an. |
| Hypothesen aufstellen | eine begründete Vermutung formulieren | Stellen Sie eine Hypothese auf, von welchen Größen die magnetische Flussdichte in einer stromdurchflossenen Spule abhängen könnte. |
| auswerten | Daten, Einzelergebnisse oder andere Elemente in einen Zusammenhang stellen, ggf. zu einer Gesamtaussage zusammenführen und Schlussfolgerungen ziehen. | Werten Sie die Versuchsreihe zur Untersuchung der magnetischen Flussdichte in einer stromdurchflossenen Spule aus. |

| Operator | Bedeutung | Beispiel |
|---|---|---|
| begründen/ zeigen | Sachverhalte auf Regeln/Gesetze/kausale Zusammenhänge zurückführen | … und begründen Sie die Richtung des Induktionsstroms. |
| benennen | Begriffe und Sachverhalte einer vorgegebenen Struktur zuordnen | Benennen Sie die Bauteile des abgebildeten Aufbaus. |
| berechnen/ bestimmen | Ergebnisse aus gegebenen Werten rechnerisch generieren | Berechnen Sie die Induktivität der Spule aus den angegebenen Daten. |
| beschreiben | Strukturen, Sachverhalte oder Zusammenhänge strukturiert und fachsprachlich richtig mit eigenen Worten wiedergeben | Beschreiben Sie die Durchführung eines Versuchs zur Ermittlung der Fallbeschleunigung. |
| bestätigen | die Gültigkeit einer Hypothese, einer Modellvorstellung, eines Naturgesetzes durch z. B. eine Herleitung belegen | Bestätigen Sie diesen Zusammenhang durch eine allgemeine Herleitung. |
| beurteilen/ bewerten | zu einem Sachverhalt ein selbstständiges Urteil unter Verwendung von Fachwissen und Fachmethoden angeben | Beurteilen Sie den vorgeschlagenen experimentellen Aufbau bzgl. der Durchführbarkeit. |
| darstellen | Sachverhalte, Zusammenhänge, Methoden und Bezüge strukturiert wiedergeben | Stellen Sie den Zusammenhang in einem t-s-Diagramm grafisch dar. |
| diskutieren | Argumente zu einer Aussage oder These einander gegenüberstellen und abwägen | Diskutieren Sie, welches der vorgegebenen Diagramme die vorliegenden Zusammenhänge am besten beschreibt. |
| erklären | Strukturen, Prozesse, Zusammenhänge usw. eines Sachverhaltes erfassen und auf allgemeine Aussagen/Gesetze zurückführen | Erklären Sie das Zustandekommen des Spannungsstoßes im beschriebenen Experiment. |
| erläutern | wesentliche Seiten eines Sachverhaltes/ Gegenstands/Vorgangs an Beispielen oder durch zusätzliche Informationen verständlich machen | Erläutern Sie den Einfluss der Dämpfung auf die Amplitude der erzwungenen Schwingung. |
| ermitteln | einen Zusammenhang oder eine Lösung finden und das Ergebnis formulieren | Ermitteln Sie die funktionale Abhängigkeit zwischen der magnetischen Flussdichte B und dem Spulenstrom der Stärke I. |
| formulieren | eine Beschreibung eines Sachverhaltes oder eines Vorganges in einer Folge von Symbolen oder Wörtern angeben | Formulieren Sie den im Diagramm ablesbaren Zusammenhang mithilfe einer Gleichung. |
| herleiten | aus Größengleichungen durch mathematische Operationen eine physikalische Größe freistellen (und evtl. wesentliche Lösungsschritte kommentieren) | Leiten Sie ausgehend vom Energieerhaltungssatz eine Gleichung für die Momentangeschwindigkeit des Körpers her. |

| Operator | Bedeutung | Beispiel |
|---|---|---|
| interpretieren/deuten | Sachverhalte und Zusammenhänge im Hinblick auf Erklärungsmöglichkeiten herausarbeiten | Interpretieren Sie das Ergebnis im Sachzusammenhang. |
| nennen/angeben | Elemente, Sachverhalte, Begriffe, Daten, Fakten ohne Erläuterungen aufzählen | Nennen Sie die Newton'schen Axiome. Geben Sie ein Beispiel für den Impulserhaltungssatz an. |
| ein Experiment planen | zu einem vorgegebenen Problem eine Experimentieranordnung finden und eine Experimentieranleitung erstellen | Planen Sie ein Experiment zur Ermittlung der Fallbeschleunigung. |
| skizzieren | Sachverhalte, Strukturen oder Ergebnisse auf das Wesentliche reduzieren und übersichtlich wiedergeben | Skizzieren Sie für diesen Zusammenhang das zugehörige t-v-Diagramm. |
| untersuchen | Sachverhalte oder Aussagen erkunden, Merkmale und Zusammenhänge herausarbeiten, Widersprüche aufdecken | Untersuchen Sie anhand der Messreihe den Zusammenhang zwischen Winkelgeschwindigkeit und Induktionsspannung. |
| verallgemeinern | aus einem erkannten Sachverhalt eine erweiterte Aussage treffen | Verallgemeinern Sie den Zusammenhang zwischen Induktionsspannung und Flächenänderung unter Verwendung des magnetischen Flusses. |
| vergleichen | Gemeinsamkeiten, Ähnlichkeiten und Unterschiede ermitteln | Vergleichen Sie das Magnetfeld eines Stabmagneten mit dem einer stromdurchflossenen Spule. |
| zeichnen | eine möglichst exakte grafische Darstellung beobachtbarer oder gegebener Strukturen anfertigen | Zeichnen Sie das zugehörige U-I-Diagramm. |
| zusammenfassen | das Wesentliche in konzentrierter Form wiedergeben | Fassen Sie die Ergebnisse dieser beiden Experimente in einer Gleichung zusammen. |

## 5 Zum Umgang mit diesem Buch

Das Buch enthält die vollständigen, originalen **Prüfungsaufgaben** der letzten Jahre und zusätzlich viele **Übungsaufgaben** zu den prüfungsrelevanten Themen; die **Original-Prüfungsaufgaben des Fachabiturs 2023** stehen **als Download auf MyStark** www.stark-verlag.de/mystark zur Verfügung. Die Fülle dieser Aufgaben erlaubt es Ihnen, sich optimal auf die Abschlussprüfung im Fach Physik der 12. Klasse der Beruflichen Oberschule vorzubereiten.

Unmittelbar auf alle Aufgabenstellungen folgen jeweils separate **Lösungshinweise** sowie im Anschluss daran komplett ausgearbeitete **Lösungsvorschläge** mit Kommentaren zum Lösungsweg und weiteren hilfreichen Erläuterungen (diese sind in einem eigenen Kasten platziert und durch das Symbol TIPP gekennzeichnet).

Für einen optimalen Lernerfolg ist es wichtig, dass Sie die Aufgaben möglichst selbstständig lösen. Gehen Sie dazu am besten folgendermaßen vor:

- Versuchen Sie zunächst, allein mit der Aufgabenstellung zu Recht zu kommen.
- Wenn Sie bei der Lösung der einzelnen Teilaufgaben ins Stocken geraten, nutzen Sie immer zuerst die Tipps in den Lösungshinweisen – Sie erhalten dann einen Denkanstoß, der Ihnen weiterhilft. Gehen Sie dabei schrittweise vor, d. h., lesen Sie den zweiten Tipp, wenn Sie mit dem ersten allein nicht weiterkommen, usw.
- Die Lösungsvorschläge dienen zum einen zur Kontrolle, ob Sie die Aufgabe richtig und vollständig gelöst haben, zum anderen geben Sie Ihnen eine ausführliche Hilfestellung, wenn Sie trotz der Tipps Schwierigkeiten bei der Bearbeitung haben. Sie enthalten neben den Ergebnissen eine transparente, nachvollziehbare Darstellung des Lösungswegs, evtl. alternative Lösungswege, Kommentierungen, etc.
- Vergleichen Sie Ihre Lösung mit Lösungsvorschlägen im Buch, überprüfen Sie Ihre Lösung auf Vollständigkeit und rechnen Sie gegebenenfalls einzelne Werte nach.

Sie sollten Ihr Lern- und Übungspensum so planen, dass Sie am Ende Ihrer Prüfungsvorbereitung in der Lage sind, die Aufgaben weitgehend ohne Hilfestellung zu lösen.

# ÜBUNGSAUFGABEN

# FOS / BOS 12 Bayern ▪ Physik

Übungsaufgaben *

## Aufgabe 1: Fallbeschleunigung

FOS/BOS 12, 2016, Aufgabe I.1

**BE**

In einem Experiment soll der Betrag der Fallbeschleunigung bestimmt werden. Dazu lässt man zum Zeitnullpunkt eine kleine Eisenkugel aus der Ruhe heraus verschieden lange vertikale Strecken der Länge h durchfallen und misst jeweils die zugehörige Fallzeit t.

**1** Fertigen Sie eine vollständig beschriftete Skizze eines möglichen Versuchsaufbaus an, die alle erforderlichen Geräte enthält.
Erläutern Sie, wie die Fallzeit hierbei gemessen wird. **6**

**2.0** Bei der Durchführung des Versuchs erhält man folgende Messergebnisse:

| h in cm | 30 | 50 | 70 | 90 | 110 |
|---|---|---|---|---|---|
| t in s | 0,25 | 0,32 | 0,38 | 0,43 | 0,48 |

**2.1** Ermitteln Sie durch grafische Auswertung, wie h von t abhängt. **5**

**2.2** Geben Sie den Zusammenhang zwischen h und t in Form einer Gleichung an und bestimmen Sie die dabei auftretende Konstante k aus dem Diagramm von Teilaufgabe 2.1.
[Mögliches Ergebnis: $k = 4{,}8\,\frac{m}{s^2}$] **3**

**2.3** Bestimmen Sie aus der Konstanten k den Betrag der vorliegenden Fallbeschleunigung. **2**

**2.4** Mit zunehmenden Fallhöhen nimmt der Einfluss der Luftwiderstandskraft auf die Fallzeit beim freien Fall zu.
Geben Sie an, wie sich die Luftwiderstandskraft auf die Fallzeit auswirkt, und begründen Sie, wie die veränderte Fallzeit den ermittelten Betrag der Fallbeschleunigung beeinflusst. **3**

**3** Ein Körper benötigt konkret für einen freien Fall im Vakuum die Fallzeit $t_F = 0{,}60$ s. v ist der Betrag der Momentangeschwindigkeit $\vec{v}$ des fallenden Körpers zum Zeitpunkt t.
Zeichnen Sie das zugehörige t-v-Diagramm für $0 \leq t \leq t_F$.
Geben Sie die physikalische Bedeutung des Flächeninhalts der zwischen Graph, t-Achse und der Geraden mit der Gleichung $t = t_F$ eingeschlossenen Fläche an. Für den Betrag der Fallbeschleunigung gilt $g = 9{,}81\,\frac{m}{s^2}$.
Maßstab: $0{,}10\,s \mathrel{\hat{=}} 1\,cm$; $1{,}0\,\frac{m}{s} \mathrel{\hat{=}} 1\,cm$ **4**

## TIPP Lösungshinweise zu Aufgabe 1

**Teilaufgabe 1**
Hier sind verschiedenste Möglichkeiten denkbar (z. B. Zeitmessung mit oder ohne Lichtschranken). Laut Aufgabenstellung (Eingangstext) muss eine geeignete Zeitmessung und die Messung der Höhe h enthalten sein.

**Teilaufgabe 2.1**
Überlegen Sie zunächst, welcher Zusammenhang zwischen Fallhöhe und -zeit zu erwarten ist (vgl. Teilaufgabe 2.3). Wie kann dieser Zusammenhang am besten grafisch nachgewiesen werden? Welche Größe gehört also auf die x-, welche auf die y-Achse?

**Teilaufgabe 2.2**
Geben Sie das Ergebnis aus Teilaufgabe 2.1 in Form einer Gleichung mithilfe der Proportionalitätskonstanten k an. Ermitteln Sie k mithilfe eines geeigneten Steigungsdreiecks aus dem Diagramm.

**Teilaufgabe 2.3**
Überlegen Sie (mithilfe der Formelsammlung), welche Bewegungsgleichung (Zeit-Ort-Funktion) den hier vorliegenden freien Fall beschreibt. Vergleichen Sie diese mit der Gleichung aus Teilaufgabe 2.2. Wie hängen k und g zusammen?

**Teilaufgabe 2.4**
Überlegen Sie zunächst, wie der Luftwiderstand die Momentangeschwindigkeit der Eisenkugel und damit die Fallzeit beeinflusst. Aus der Zeit-Ort-Funktion des freien Falls können Sie sich dann den Einfluss auf die Fallbeschleunigung erschließen.

**Teilaufgabe 3**
Für eine Zeichnung ist ein exakter Graph erforderlich. Überlegen Sie sich zunächst die beschreibende Zeit-Geschwindigkeit-Gleichung (eventuell Formelsammlung), berechnen Sie notwendige Werte und zeichnen Sie den Graphen unter Beachtung des Maßstabs.
Um die Fläche unter dem Graphen physikalisch zu deuten, denken Sie an die Einheit, die diese Fläche aufgrund der Achsenbezeichnung erhält.

## 1 Messung der Fallzeit

TIPP Im Folgenden werden zwei mögliche Messanordnungen dargestellt. Nur die **fett** gedruckten Textpassagen sind für die geforderte Erläuterung der Zeitmessung notwendig.

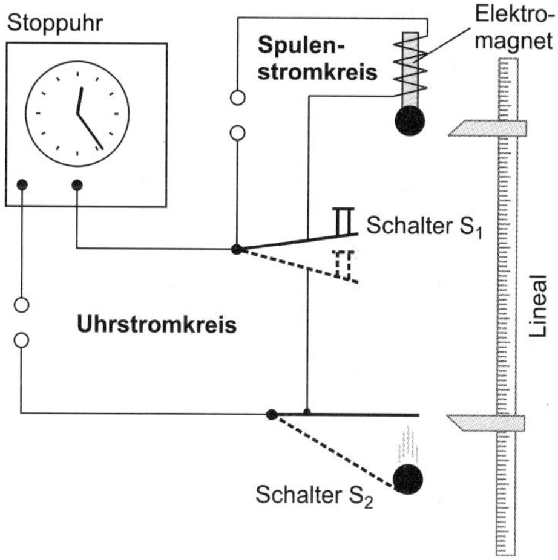


Die Abbildung zeigt eine einfache und verständliche Möglichkeit unter Nutzung zweier mechanischer Schalter $S_1$ und $S_2$, wobei $S_1$ händisch betätigt wird und den freien Fall einer Eisenkugel startet.
Der Aufbau besteht aus zwei Stromkreisen: einem „Spulenstromkreis" und einem „Uhrstromkreis". Solange der Schalter $S_1$ den Spulenstromkreis schließt, wird die Eisenkugel vom Elektromagneten gehalten. **Durch Betätigen von $S_1$** wird der Spulenstromkreis geöffnet. Dadurch wird die Eisenkugel nicht mehr gehalten und beginnt ihren freien Fall. Gleichzeitig **wird der Uhrstromkreis geschlossen, wodurch die Uhr gestartet wird. Trifft die Kugel den Schalter S2, so wird der Uhrstromkreis geöffnet, wodurch die Uhr stehen bleibt; die Fallzeit kann nun abgelesen werden**.
Die Fallhöhe h wird mit einem geeigneten Maßband oder Lineal ermittelt.

Eine andere Möglichkeit bietet z. B. ein modernes Smartphone. Man benötigt dazu eine App, die Geräusche aufzeichnen und diese unter Anzeige einer sogenannten *timeline* abspielen kann (z. B. *Oszilloskop* für Android oder *Audio Kit* für iOS).
**Bei dieser Möglichkeit ist nur darauf zu achten, dass der Start des freien Falls mit einem eindeutigen Geräusch beginnt** (z. B. Permanentmagnethalter mit gespannter Feder, die beim Auslösen den Permanentmagneten von der Eisenkugel wegdrückt) **und durch ein eindeutiges Geräusch endet** (z. B. Kugel fällt auf eine Metallplatte, wodurch ein Aufschlagsgeräusch erzeugt wird).

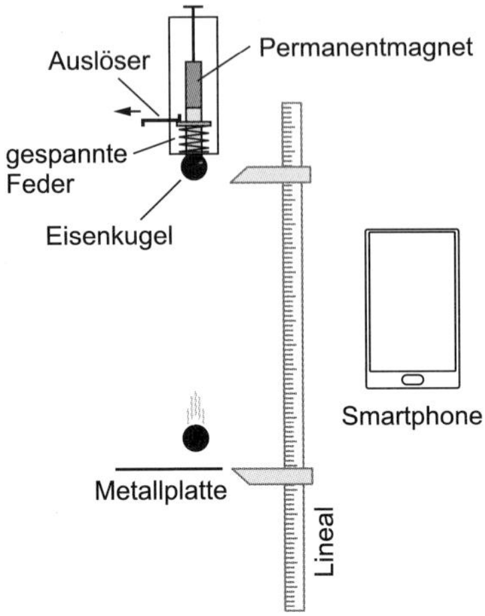


Das Smartphone sollte möglichst mittig zwischen beiden Geräuschquellen platziert werden. **Die Fallzeit kann dann später mithilfe der zoombaren timeline als Zeitabstand zwischen den beiden eindeutigen Geräuschen ermittelt werden.**
Die Fallhöhe h wird mit einem geeigneten Maßband oder Lineal ermittelt.

## 2.1 Grafische Auswertung: $t^2$-h-Diagramm

**TIPP** Aus der Theorie des freien Falls kennen Sie den Zusammenhang zwischen Fallhöhe und Fallzeit, der zu erwarten ist (vgl. Teilaufgabe 2.3): $h = \frac{1}{2} g \cdot t^2$. Daher ist es sinnvoll, die Wertetabelle um eine Zeile mit $t^2$ zu erweitern (hier ohne Beachtung der Regeln der gültigen Ziffern, da es sich nicht um Endergebnisse handelt), denn der resultierende $t^2$-h-Graph ist dann eine Ursprungsgerade (h: Ordinate / y-Achse; $t^2$: Abszisse / x-Achse). Anhand dieser kann die Güte der Messung sehr genau geprüft werden.

Erweiterte Wertetabelle:

| h in cm | 30 | 50 | 70 | 90 | 110 |
|---|---|---|---|---|---|
| t in s | 0,25 | 0,32 | 0,38 | 0,43 | 0,48 |
| $t^2$ in $s^2$ | 0,0625 | 0,102 | 0,144 | 0,185 | 0,230 |

Das Diagramm zeigt: Im Rahmen der Mess- und Zeichengenauigkeit liegen die zu den Messwerten gehörenden Punkte im $t^2$-h-Diagramm auf einer **Ursprungsgeraden**, d. h., h und $t^2$ sind **direkt proportional** zueinander:

$$h \sim t^2$$

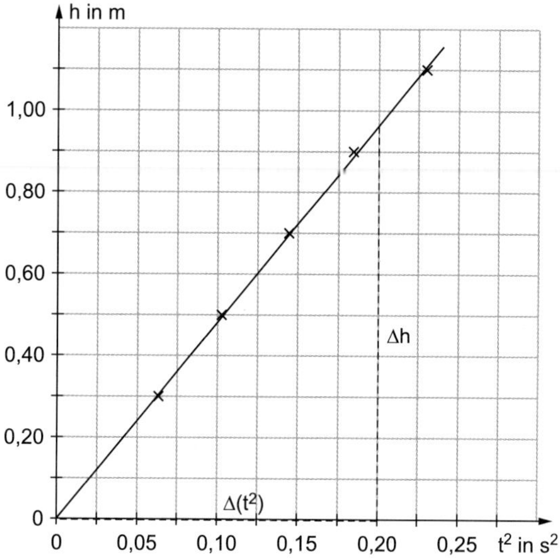


**2.2** Es gilt

$$h = k \cdot t^2,$$

wobei k konstant, d. h. unabhängig von t ist.

k ist die Steigung der Ausgleichsgeraden im $t^2$-h-Diagramm:

$$k = \frac{\Delta h}{\Delta(t^2)}$$

Mit z. B. $\Delta h = 0{,}96$ m und $\Delta(t^2) = 0{,}20\ s^2$ (siehe Steigungsdreieck oben) erhält man für den **Wert der Konstanten**:

$$k = 4{,}8\ \frac{m}{s^2}$$

**TIPP** Verwenden Sie für das Steigungsdreieck möglichst keinen Messwert. Diese sind ungeeignet, da sie nicht direkt auf der eingezeichneten Ausgleichsgeraden liegen.

**2.3** Der freie Fall (ohne Reibung) ist eine Bewegung mit konstanter Beschleunigung ohne Anfangsgeschwindigkeit. Also gilt:

$$h = \frac{1}{2} g \cdot t^2$$

Aus Teilaufgabe 2.2 ist bekannt:

$$h = k \cdot t^2$$

Setzt man beide Gleichungen gleich, erhält man durch Umstellen für die **Fallbeschleunigung** den Wert:

$$\frac{1}{2} g \cdot t^2 = k \cdot t^2 \quad \Rightarrow \quad \frac{1}{2} g = k \quad \Rightarrow \quad g = 2k = 2 \cdot 4{,}8\ \frac{m}{s^2} = 9{,}6\ \frac{m}{s^2}$$

**2.4** In der Realität ist der Luftwiderstand bei zunehmender Fallhöhe nicht mehr vernachlässigbar. Dieser bewirkt eine Abbremsung der Eisenkugel, wodurch sich die **reale Fallzeit** gegenüber der Vakuumfallzeit **vergrößert**.

Wegen $g = \frac{2h}{t^2}$ wird folglich ein **zu kleiner Betrag der Fallbeschleunigung** ermittelt.

**3** Für den freien Fall (Bewegung mit der konstanten Beschleunigung g und der Anfangsgeschwindigkeit $v_0 = 0\,\frac{m}{s}$) gilt:

$$v(t) = g \cdot t$$

Der t-v-Graph ist eine **Ursprungsgerade**. Für die Zeichnung muss noch ein weiterer Punkt berechnet werden, z. B. für $t_F = 0{,}60$ s:

$$v(t_F) = 9{,}81\,\frac{m}{s^2} \cdot 0{,}60\,s$$

$$= 5{,}9\,\frac{m}{s}$$

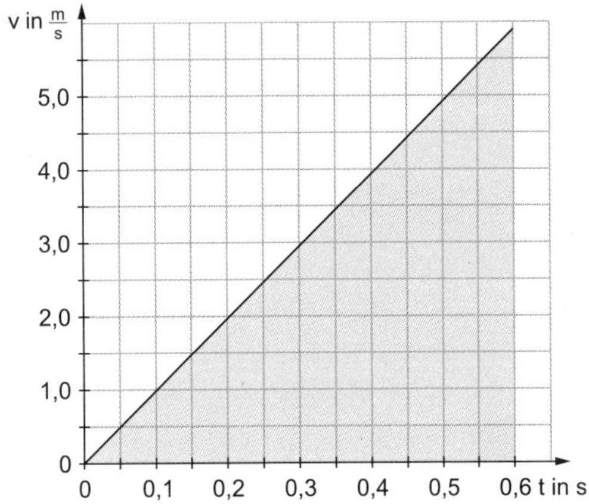


Die grau getönte Fläche im t-v-Diagramm ist ein Maß für die **Fallstrecke**, die der Körper im Zeitintervall $[0; t_F]$ zurücklegt.

## Aufgabe 2: Achterbahn — FOS/BOS 12, 2013, Aufgabe I.1

**BE**

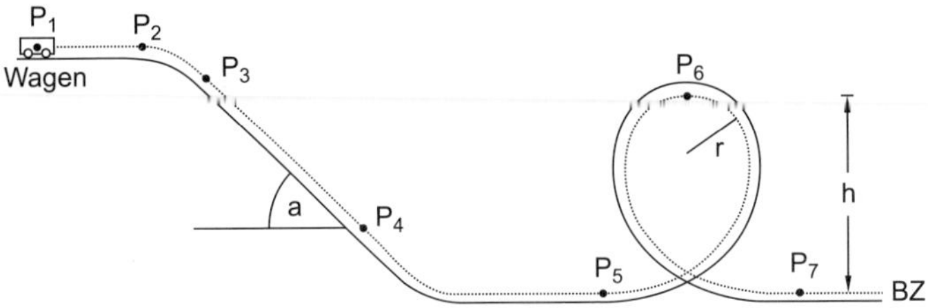


Die obenstehende Abbildung zeigt das Profil einer Achterbahn. Ein Wagen bewegt sich auf Schienen vom Punkt $P_1$ bis zum Punkt $P_7$ ohne motorischen Antrieb. Der Wagen und die Insassen haben die Gesamtmasse $m = 950$ kg.
Die punktiert gezeichnete Linie ist die Bahnkurve, auf der sich der Schwerpunkt des Wagens mit Insassen bewegt. Das Bezugsniveau BZ für die potenzielle Energie ist die Horizontalebene durch die Punkte $P_5$ und $P_7$.
Bei allen Teilaufgaben sind Luftwiderstand und Rotationsenergie der Räder zu vernachlässigen.

**1** Um den Nervenkitzel für die Fahrgäste zu erhöhen, wird der Wagen kurz vor der steilen Abfahrt bei der Fahrt vom Punkt $P_1$ bis zum Punkt $P_2$ von der Geschwindigkeit $\vec{v}_1$ mit dem Betrag $v_1 = 2{,}5\,\frac{m}{s}$ auf die Geschwindigkeit $\vec{v}_2$ mit dem Betrag $v_2$ abgebremst.

Die Strecke $[P_1P_2]$ hat die Länge $s_{12} = 5{,}0$ m, die Verzögerung $\vec{a}_v$ den Betrag $a_v = 0{,}60\,\frac{m}{s^2}$.
Berechnen Sie $v_2$. **3**

**2** Zwischen $P_3$ und $P_4$ ist die Bahn um den Winkel $\alpha = 50°$ gegen die Horizontale geneigt. Die Reibungszahl für die Reibung zwischen den Wagenrädern und den Schienen beträgt $\mu = 0{,}012$.

Berechnen Sie den Betrag a der Beschleunigung $\vec{a}$, die der Wagen auf der Strecke $[P_3P_4]$ erfährt. **4**

**3.0** Den Punkt $P_5$ passiert der Wagen mit der Geschwindigkeit $\vec{v}_5$, die den Betrag $v_5 = 27\,\frac{m}{s}$ hat. Der Wagen mit den Fahrgästen besitzt in $P_5$ die mechanische Gesamtenergie $E_{ges,\,5}$.
Der Wagen wird nun auf eine vertikale Schleife (Looping) gelenkt.

**3.1** Auf dem Weg von $P_5$ zum Punkt $P_6$ in der Höhe $h = 29$ m über dem Bezugsniveau BZ verliert der Wagen durch Reibung 8,0 % der Energie $E_{ges,\,5}$ und erreicht $P_6$ mit der Geschwindigkeit $\vec{v}_6$.

Berechnen Sie den Betrag $v_6$ der Geschwindigkeit $\vec{v}_6$.
[Ergebnis: $v_6 = 10\,\frac{m}{s}$] **4**

**3.2** Im oberen Teil der Loopingbahn bewegt sich der Schwerpunkt des Wagens auf einem Halbkreis mit dem Radius $r = 6{,}5$ m. Im Punkt $P_6$ üben die Schienen auf den Wagen die Kraft $\vec{F}_S$ aus.

Berechnen Sie den Betrag $F_S$ der Kraft $\vec{F}_S$. **5**

**4** Der Wagen hat den Punkt $P_7$ passiert und fährt nun durch eine Kurve, die in einer horizontalen Ebene liegt. Dabei bewegt sich der Schwerpunkt des Wagens mit Insassen auf einem Kreisbogen mit dem Mittelpunkt M und dem Radius $R = 14$ m. Damit bei der Kurvenfahrt der seitliche Druck auf die Schienen möglichst klein ist, sind die äußeren Schienen höher angeordnet als die inneren Schienen, sodass die Radachsen des Wagens mit der Horizontalen einen Winkel $\varphi$ einschließen.

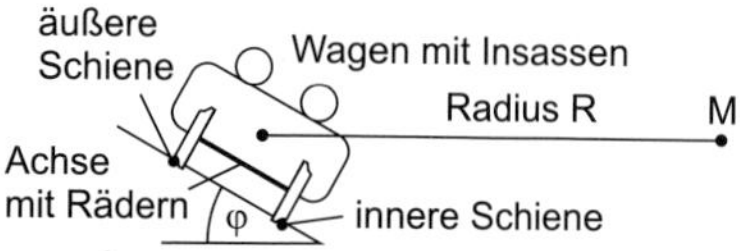


Berechnen Sie anhand eines Kräfteplans diesen (Kurvenüberhöhungs-) Winkel $\varphi$ für eine Bahngeschwindigkeit mit dem Betrag $v = 11\,\frac{\text{m}}{\text{s}}$. **6**

**TIPP** **Lösungshinweise zu Aufgabe 2**

**Teilaufgabe 1**
Lösungsansatz: Verwenden Sie den Energieerhaltungssatz oder benützen Sie die Formelsammlung.

**Teilaufgabe 2**
Fertigen Sie eine Skizze mit den wesentlichen Kräften an. Aus ihr ergeben sich die nötigen Zusammenhänge. Die beschleunigende Kraft ist die Summe aus der Hangabtriebskraft und der Reibungskraft.

**Teilaufgabe 3.1**
Energieerhaltungssatz: Vergleichen Sie die Gesamtenergie im Punkt $P_5$ mit der Gesamtenergie im Punkt $P_6$.

**Teilaufgabe 3.2**
Betrachten Sie die Kräfte, die im obersten Punkt der Kreisbahn auf den Wagen wirken, und stellen Sie einen geeigneten Zusammenhang her. Auch die Fahrbahn übt auf den Wagen eine Kraft aus.

**Teilaufgabe 4**
Die Zentralkraft muss die Summe der übrigen wirkenden Kräfte sein. Aus der Skizze ergibt sich eine Beziehung für den Winkel.

1 Die **Geschwindigkeit $v_2$** berechnet man mithilfe des Energieerhaltungssatzes:

$$E_{kin,2} = E_{kin,1} - E_{brems}$$

$$\frac{1}{2} m \cdot v_2^2 = \frac{1}{2} m \cdot v_1^2 - m \cdot a_v s_{12} \quad \Big| \cdot \frac{2}{m}$$

$$v_2^2 = v_1^2 - 2a_v \cdot s_{12}$$

$$v_2 = \sqrt{v_1^2 - 2a_v \cdot s_{12}}$$

$$v_2 = \sqrt{\left(2{,}5\,\frac{m}{s}\right)^2 - 2 \cdot 0{,}60\,\frac{m}{s^2} \cdot 5{,}0\,m} = \underline{\underline{0{,}50\,\frac{m}{s}}}$$

2 In der Skizze rechts sind die für die Lösung der Aufgabe wesentlichen Kräfte dargestellt.

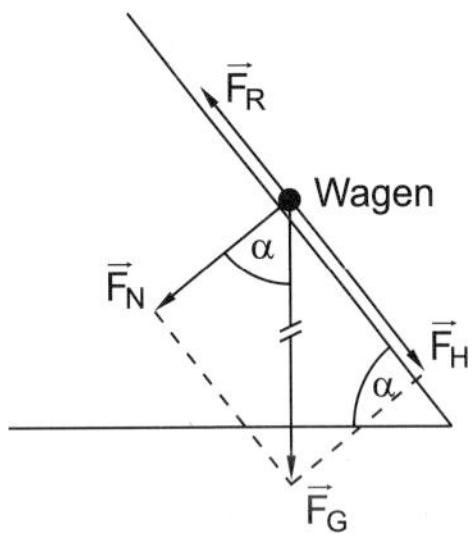


Die beschleunigende Kraft $\vec{F} = m \cdot \vec{a}$ ist die resultierende Kraft aus der Hangabtriebskraft $\vec{F}_H$ und der Reibungskraft $\vec{F}_R$. Es gilt

$$m \cdot \vec{a} = \vec{F}_H + \vec{F}_R$$

und für die Beträge:

$$m \cdot a = F_H - F_R \qquad (*)$$

Nach dem Kräfteplan gilt weiter:

$$F_R = \mu \cdot F_N = \mu \cdot F_G \cdot \cos\alpha = \mu \cdot m \cdot g \cdot \cos\alpha$$

$$F_H = F_G \cdot \sin\alpha = m \cdot g \cdot \sin\alpha$$

Eingesetzt in (*) ergibt sich für die **Beschleunigung**:

$$m \cdot a = m \cdot g \cdot \sin\alpha - \mu \cdot m \cdot g \cdot \cos\alpha$$

$$\Rightarrow \quad a = g \cdot (\sin\alpha - \mu \cdot \cos\alpha)$$

$$= 9{,}81\,\frac{m}{s^2} \cdot (\sin 50° - 0{,}012 \cdot \cos 50°) = \underline{\underline{7{,}4\,\frac{m}{s^2}}}$$

3.1 Auf dem Weg von Punkt $P_5$ zum Punkt $P_6$ wird kinetische Energie des Wagens zum Teil in potenzielle Energie umgewandelt. Die mechanische Gesamtenergie im Punkt $P_6$ beträgt wegen der 8,0 % Reibungsverluste nur 92 % der Gesamtenergie im Punkt $P_5$. Die Energiebilanz im Punkt $P_6$ sieht folglich so aus:

$$0{,}92 \cdot E_{ges,5} = E_{kin,6} + E_{pot,6} \quad \Leftrightarrow \quad 0{,}92 \cdot \frac{1}{2} m \cdot v_5^2 = \frac{1}{2} m \cdot v_6^2 + m \cdot g \cdot h$$

Nach Multiplikation mit $\frac{2}{m}$ und Umstellen erhält man für die **Geschwindigkeit $v_6$**:

$$v_6^2 = 0{,}92 \cdot v_5^2 - 2g \cdot h$$

$$\Rightarrow \quad v_6 = \sqrt{0{,}92 \cdot \left(27\,\frac{m}{2}\right)^2 - 2 \cdot 9{,}81\,\frac{m}{s^2} \cdot 29\,m} = \underline{\underline{10\,\frac{m}{s}}}$$

**3.2** Um die Kreisbahn zu durchlaufen, ist eine Zentralkraft $\vec{F}_Z$ erforderlich. Sie wirkt im Punkt $P_6$ senkrecht nach unten.

Erzeugt wird $\vec{F}_Z$ durch die nach unten wirkende Kraft $\vec{F}_S$, welche die Schiene auf den Wagen ausübt, und die stets nach unten wirkende Gewichtskraft $\vec{F}_G$. Für die Beträge dieser Kräfte gilt somit $F_Z = F_S + F_G$, sodass für den Betrag der **Schienenkraft** folgt:

$$F_S = F_Z - F_G$$

$$= \frac{m \cdot v_6^2}{r} - m \cdot g$$

$$= m \cdot \left(\frac{v_6^2}{r} - g\right)$$

$$= 950\,kg \cdot \left(\frac{\left(10\,\frac{m}{s}\right)^2}{6{,}5\,m} - 9{,}81\,\frac{m}{s^2}\right) = \underline{\underline{5{,}3 \cdot 10^3\,N}}$$

**4** Der **optimale Winkel φ** (seitlicher Druck auf die Schienen möglichst klein) ist erreicht, wenn die für die Kurvenfahrt notwendige Zentralkraft $\vec{F}_Z$ gleich der Resultierenden aus der Gewichtskraft $\vec{F}_G$ und der Kraft $\vec{F}_F$ ist, mit der die Fahrbahn auf den Wagen wirkt. Am Kräfteplan erkennt man, dass für φ die folgende Winkelbeziehung gilt:

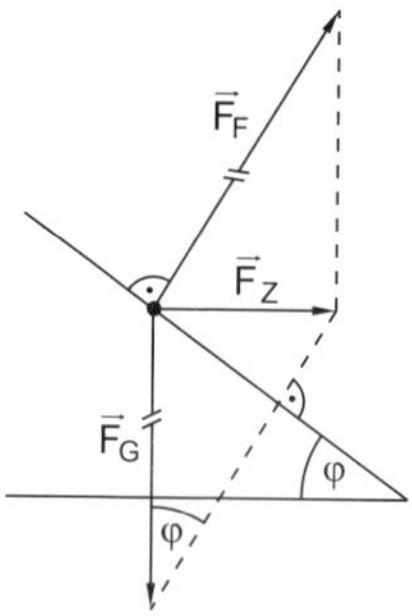


$$\tan\varphi = \frac{F_Z}{F_G} = \frac{m \cdot \frac{v^2}{R}}{m \cdot g} = \frac{v^2}{R \cdot g}$$

$$\Rightarrow \quad \varphi = \arctan\left(\frac{\left(11\,\frac{m}{s}\right)^2}{14\,m \cdot 9{,}81\,\frac{m}{s^2}}\right) = \underline{\underline{41°}}$$

**BE**

In einem Biathlonverein werden die Kleinkalibergewehre routinemäßig überprüft. Das betrachtete Gewehr besitzt die Masse $m_G = 4{,}80$ kg. Die verwendeten Kugeln haben jeweils die Masse $m_K = 2{,}6$ g.
Bei den folgenden Überlegungen werden die Masse der beschleunigten Luft sowie der Luftwiderstand vernachlässigt.

**1.0** Bei einem ersten Test wird die Funktionsfähigkeit des Gewehrs überprüft. Dazu wird ein Schuss auf eine Zielscheibe abgefeuert.
Während des Abschusses übt das Gewehr kurzzeitig einen Kraftstoß auf den Schützen aus, den sogenannten Rückschlag. Die Kugel verlässt den Lauf mit der Geschwindigkeit $\vec{v}_K$. Bei einem neuen Gewehr gilt für den Betrag dieser Geschwindigkeit $v_K = 380\,\frac{m}{s}$.

**1.1** Erläutern Sie, wie es zu dem Rückschlag kommt. **3**

**1.2** Während des Abschusses erfährt die Kugel im Lauf die mittlere Beschleunigung $\vec{a}$. Der Lauf besitzt die Länge $\Delta s = 66$ cm.
Berechnen Sie den Betrag a der mittleren Beschleunigung und die Dauer $\Delta t$ der Beschleunigung der Kugel bei einem neuen Gewehr. **4**

**1.3** Berechnen Sie den Betrag des Kraftstoßes, den der Schütze während des Rückschlags spürt. **3**

**2.0** Um die aktuelle Abschussgeschwindigkeit der Kugel zu bestimmen, wird das Gewehr an einer Leine im Schwerpunkt des Gewehrs aufgehängt. Dieser befindet sich dann im Punkt A mit der Koordinate $s_A = 0$ m (siehe Skizze). Der Schuss wird mithilfe einer Fernsteuerung ausgelöst.
Unmittelbar nach dem Schuss fliegt die Kugel mit der Geschwindigkeit $\vec{u}_K$ nach rechts und das Gewehr schwingt mit der Geschwindigkeit $\vec{u}_G$ nach links. Eine Drehbewegung des Gewehrs tritt dabei nicht auf. Erreicht der Schwerpunkt des Gewehrs bei dieser Schwingung den Umkehrpunkt B, ist die Leine um den maximalen Winkel $\alpha_m = 3{,}5°$ ausgelenkt.

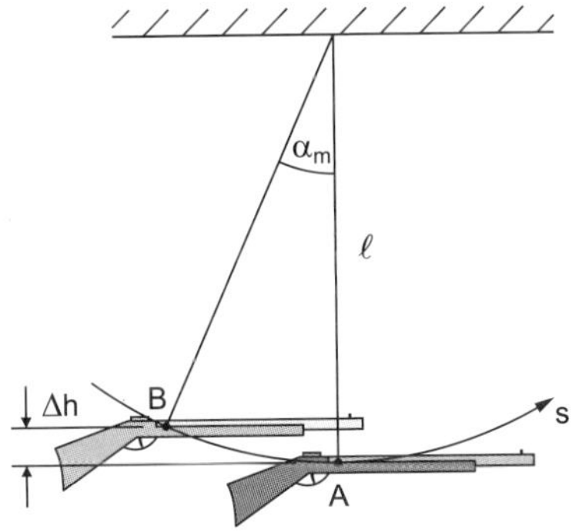


Die Höhe des Schwerpunktes hat dann gegenüber dem Punkt A um $\Delta h$ zugenommen. Für die Pendellänge gilt $\ell = 1{,}1$ m. $u_G$ ist der Betrag der Geschwindigkeit $\vec{u}_G$.

**2.1** Zeigen Sie durch allgemeine Herleitung, dass für $u_G$ gilt:

$$u_G = \sqrt{2g \cdot \ell \cdot (1 - \cos\alpha_m)},$$

wobei g der Betrag der Fallbeschleunigung ist.
Erläutern Sie kurz den physikalischen Ansatz Ihrer Herleitung. **6**

**2.2** Berechnen Sie $u_G$ und ermitteln Sie den Betrag $u_K$ der Abschussgeschwindigkeit dieser Kugel. **4**

**2.3** Der Schuss wird zum Zeitpunkt $t_0 = 0$ s ausgelöst. Der Schwerpunkt des Gewehrs befindet sich in diesem Moment im Punkt A mit $s_A = 0$ m und bewegt sich mit der Geschwindigkeit $\vec{u}_G$ des Betrags $u_G = 0{,}20\,\frac{m}{s}$ nach links. Anschließend schwingt der Schwerpunkt harmonisch mit der Periodendauer T und der Amplitude $s_m = 6{,}7$ cm.

Leiten Sie ausgehend von der Zeit-Elongation-Gleichung dieser harmonischen Schwingung einen allgemeinen Zusammenhang zwischen T, $u_G$ und $s_m$ her.
Berechnen Sie T und geben Sie die Zeit-Geschwindigkeit-Gleichung der Bewegung des Schwerpunkts für $t \geq 0$ s mit eingesetzten Werten an.
[Teilergebnis: $T = 2{,}1$ s] **6**

**2.4** Das Experiment wird an einem Schießstand durchgeführt. Eine spezielle Schutzwand befindet sich in der Entfernung $e = 50{,}5$ m vor der Mündung des Gewehrs.
Der Betrag der Abschussgeschwindigkeit der Kugel ist $u_K = 0{,}37\,\frac{km}{s}$.

Der Lauf des waagerecht hängenden Gewehrs muss beim Abschuss mindestens die Höhe $h_m$ über dem horizontalen Erdboden haben, damit die Kugel nicht vor der vertikalen Schutzwand den Boden trifft.
Berechnen Sie die Höhe $h_m$. **4**

## TIPP Lösungshinweise zu Aufgabe 3

**Teilaufgabe 1.1**
Das Wechselwirkungsgesetz oder der Impulserhaltungssatz führt Sie hier zum Ziel.

**Teilaufgabe 1.2**
Überlegen Sie, mit welcher Bewegungsart sich die Kugel im Lauf des Gewehrs bewegt. Nutzen Sie die entsprechenden Gleichungen aus der Formelsammlung zur Lösung.

**Teilaufgabe 1.3**
Der Schütze spürt den Kraftstoß des Gewehres. Diesen können Sie aber nur indirekt über den Betrag des Kraftstoßes auf die Kugel berechnen, denn beide Beträge sind gleich groß.

**Teilaufgabe 2.1**
Der Energieerhaltungssatz der Mechanik führt Sie hierbei zum Ziel.

**Teilaufgabe 2.2**
Hierbei hilft Ihnen der Impulserhaltungssatz weiter.

**Teilaufgabe 2.3**
Stellen Sie allgemein die Zeit-Elongation-Gleichung dieser Schwingung auf und ermitteln Sie daraus die Zeit-Geschwindigkeit-Gleichung. Sehen Sie sich den Term an, der die maximale Geschwindigkeit wiedergibt. Mit diesem können sie nun die Periodendauer ermitteln. Vergessen Sie nicht, danach noch die Zeit-Geschwindigkeit-Gleichung mit eingesetzten Werten anzugeben.

**Teilaufgabe 2.4**
Überlegen Sie sich zunächst, auf welcher Art von Bahn sich die Kugel nach dem Verlassen des Gewehrs bis zum Auftreffen auf den Boden bewegt.

Nutzen Sie die Bewegungsgleichungen, um die Höhe $h_m$ zu berechnen.

**1.1** *Möglichkeit 1: Erläuterung auf Basis des Wechselwirkungsgesetzes*
Nach dem Newton'schen Wechselwirkungsgesetz wirken Kräfte zwischen zwei Körpern (hier zwischen Kugel und Gewehr) immer wechselseitig. Diese sind entgegen gerichtet und besitzen den gleichen Betrag:

- Auf die Kugel wirkt eine Kraft $\vec{F}_{Kugel}$, durch die diese im Lauf beschleunigt wird.
- Auf das Gewehr wirkt eine Kraft $\vec{F}_{Gewehr}$, die zu $\vec{F}_{Kugel}$ entgegen gerichtet ist, aber denselben Betrag hat.

Die Kraft $\vec{F}_{Gewehr}$ spürt der Schütze während der Beschleunigungszeitdauer als Rückschlag.

*Möglichkeit 2: Erläuterung auf Basis des Impulserhaltungssatzes*
Nach dem Impulserhaltungssatz verändert sich der Gesamtimpuls durch einen Stoßvorgang nicht. Beim Abschuss der Kugel handelt es sich um einen solchen Stoßvorgang. Der Gesamtimpuls ergibt sich hierbei aus der Summe der Impulse von Kugel und Gewehr. Vor dem Schuss ist dieser null, weil sich Gewehr und Kugel in Ruhe befinden. Während der Beschleunigungsphase der Kugel erhöht sich die Geschwindigkeit der Kugel und damit auch deren Impuls. Der Impuls der Kugel ist nach vorn in Schussrichtung gerichtet. Da sich der Gesamtimpuls nicht ändert, also immer null bleibt, muss das Gewehr einen betragsmäßig ebenso großen Impuls erhalten, der aber dem Impuls der Kugel entgegen gerichtet ist. Diese Impulsänderung des Gewehrs spürt der Schütze als Rückschlag.

**1.2** Für den Zusammenhang zwischen dem **Betrag a der mittleren Beschleunigung der Kugel** und dem Betrag $v_K$ der Geschwindigkeit am Ende des Laufs gilt:

$$v_K^2 = 2a \cdot \Delta s$$

$$\Rightarrow \quad a = \frac{v_K^2}{2\Delta s}$$

$$= \frac{\left(380\,\frac{m}{s}\right)^2}{2 \cdot 0{,}66\,m} = \underline{\underline{0{,}11 \cdot 10^6\,\frac{m}{s^2}}}$$

Für die Berechnung der **Beschleunigungsdauer der Kugel** gibt es zwei Möglichkeiten.

*Möglichkeit 1: Zusammenhang zwischen Zeit und Ort*

$$\Delta s = \frac{1}{2} a \cdot (\Delta t)^2$$

$$\Rightarrow \quad \Delta t = \sqrt{\frac{2\Delta s}{a}} = \sqrt{\frac{2 \cdot 0{,}66\ \text{m}}{0{,}11 \cdot 10^6\ \frac{\text{m}}{\text{s}^2}}} = \underline{\underline{3{,}5\ \text{ms}}}$$

*Möglichkeit 2: Zusammenhang zwischen Zeit und Geschwindigkeit*

$$v_K = a \cdot \Delta t$$

$$\Rightarrow \quad \Delta t = \frac{v_K}{a} = \frac{380\ \frac{\text{m}}{\text{s}}}{0{,}11 \cdot 10^6\ \frac{\text{m}}{\text{s}^2}} = \underline{\underline{3{,}5\ \text{ms}}}$$

**1.3** Nach dem Wechselwirkungsgesetz ist der Betrag $F_{Kugel}$ der beschleunigenden Kraft auf die Kugel gleich dem Betrag $F_{Gewehr}$ der beschleunigenden Kraft auf das Gewehr. Da beide Beschleunigungsphasen gleich lang dauern, sind auch die Beträge der zugehörigen Kraftstöße gleich groß:

$$F_{Gewehr} \cdot \Delta t = F_{Kugel} \cdot \Delta t$$
$$= m_K \cdot a \cdot \Delta t$$
$$= 2{,}6 \cdot 10^{-3}\ \text{kg} \cdot 0{,}11 \cdot 10^6\ \frac{\text{m}}{\text{s}^2} \cdot 3{,}5 \cdot 10^{-3}\ \text{s} = \underline{\underline{1{,}0\ \text{Ns}}}$$

**TIPP** Alternativ könnte man den Betrag des Kraftstoßes auf die Kugel auch über den Betrag $\Delta p_K$ der Impulsänderung der Kugel bestimmen. Es gilt:

$$F_{Gewehr} \cdot \Delta t = F_{Kugel} \cdot \Delta t \qquad (1)$$

und

$$F_{Kugel} \cdot \Delta t = \Delta p_K$$
$$\Rightarrow \quad \Delta p_K = p_{K,\,Ende} - p_{K,\,Anfang}$$
$$= p_{K,\,Ende} - 0$$
$$= m_K \cdot v_K \qquad (2)$$

(2) in (1) eingesetzt ergibt:

$$F_{Gewehr} \cdot \Delta t = m_K \cdot v_K$$
$$= 2{,}6 \cdot 10^{-3}\ \text{kg} \cdot 380\ \frac{\text{m}}{\text{s}} = \underline{\underline{0{,}99\ \text{Ns}}}$$

**HINWEIS:** Die unterschiedlichen Ergebnisse bei den beiden Lösungsvarianten ergeben sich dadurch, dass bei der ersten Variante die gerundeten Werte für a und $\Delta t$ aus Teilaufgabe 1.2 verwendet werden.

**2.1** Nach dem Energieerhaltungssatz der Mechanik folgt, dass nach dem Abschuss der Kugel die mechanische Gesamtenergie des Systems zu jedem Zeitpunkt bzw. in jedem Bahnpunkt gleich bleibt. Insbesondere gilt dann für die mechanische Gesamtenergie des Pendels in den Punkten A und B:

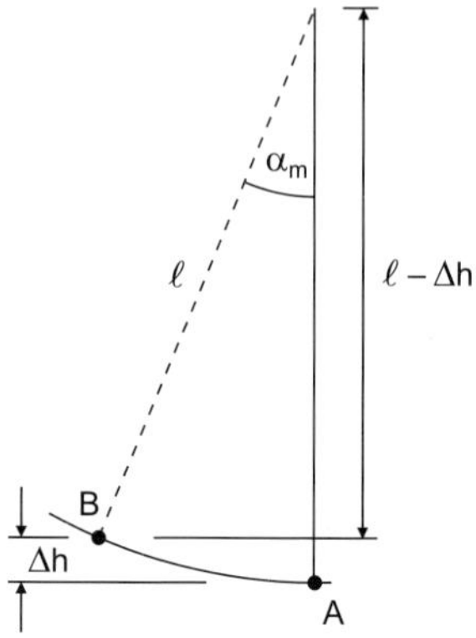


$$E_{ges,A} = E_{ges,B}$$

Im Umkehrpunkt B gilt $E_{kin,B} = 0$. Legt man das Bezugsniveau der potenziellen Energie in den Punkt A, also $E_{pot,A} = 0$, so gilt:

$$E_{kin,A} + E_{pot,A} = E_{kin,B} + E_{pot,B}$$

$$E_{kin,A} = E_{pot,B}$$

$$\frac{1}{2} m_G \cdot u_G^2 = m_G \cdot g \cdot \Delta h$$

$$\Rightarrow \quad u_G = \sqrt{2g \cdot \Delta h} \qquad (1)$$

Berücksichtigt man nun noch die geometrischen Beziehungen in der Skizze oben, kann der Höhenunterschied Δh durch die bekannten Größen $\ell$ und $\alpha_m$ ausgedrückt werden:

$$\cos\alpha_m = \frac{\ell - \Delta h}{\ell} \quad \Rightarrow \quad \Delta h = \ell \cdot (1 - \cos\alpha_m) \qquad (2)$$

Durch Einsetzen von (2) in (1) erhält man die gesuchte **Beziehung für den Betrag $u_G$ der Gewehrgeschwindigkeit**:

$$\underline{\underline{u_G = \sqrt{2g \cdot \ell \cdot (1 - \cos\alpha_m)}}}$$

**2.2** Einsetzen der angegebenen Zahlenwerte in die $u_G$-Formel ergibt:

$$u_G = \sqrt{2 \cdot 9{,}81 \frac{m}{s^2} \cdot 1{,}1\,m \cdot (1 - \cos 3{,}5°)} = \underline{\underline{0{,}20 \frac{m}{s}}}$$

Der Impulserhaltungssatz besagt, dass der Gesamtimpuls vor dem Abschuss gleich dem Gesamtimpuls nach dem Abschuss ist:

$$p_{ges,\,vor} = p_{ges,\,nach} \quad \Leftrightarrow \quad 0 = p_G + p_K$$

Hierbei muss beachtet werden, dass $p_G$ und $p_K$ die Koordinaten der Impulse des Gewehrs und der Kugel nach dem Abschuss sind; es sind also vorzeichenbehaftete Größen.

Da sich das Gewehr und die Kugel nach dem Abschuss in unterschiedliche Richtungen bewegen, folgt daraus für den **Betrag $u_K$ der Kugelgeschwindigkeit**:

$$0 = -m_G \cdot u_G + m_K \cdot u_K$$

$$\Rightarrow \quad u_K = \frac{m_G}{m_K} \cdot u_G = \frac{4{,}00\ \text{kg}}{2{,}6 \cdot 10^{-3}\ \text{kg}} \cdot 0{,}20\ \frac{\text{m}}{\text{s}} = \underline{\underline{0{,}37\ \frac{\text{km}}{\text{s}}}}$$

**2.3** Für die vorliegende harmonische Schwingung ($s(0\ \text{s}) = 0;\ s(\frac{T}{4}) = -s_m$) gilt die folgende Zeit-Elongation-Gleichung:

$$s(t) = -s_m \cdot \sin(\omega \cdot t)$$

Für die zugehörige Zeit-Geschwindigkeit-Gleichung gilt dann:

$$v(t) = \dot{s}(t) = -s_m \cdot \omega \cdot \cos(\omega \cdot t)$$

Dabei entspricht der Faktor „$s_m \cdot \omega$" der maximalen Gewehrgeschwindigkeit, woraus sich wegen $\omega = \frac{2\pi}{T}$ die **Periodendauer** ermitteln lässt:

$$u_G = s_m \cdot \frac{2\pi}{T}$$

$$\Rightarrow \quad T = \frac{s_m \cdot 2\pi}{u_G} = \frac{0{,}067\ \text{m} \cdot 2\pi}{0{,}20\ \frac{\text{m}}{\text{s}}} = \underline{\underline{2{,}1\ \text{s}}}$$

Die **Zeit-Geschwindigkeit-Gleichung** lautet:

$$v(t) = -0{,}20\ \frac{\text{m}}{\text{s}} \cdot \cos\left(\frac{2\pi}{2{,}1\ \text{s}} \cdot t\right) = \underline{\underline{-0{,}20\ \frac{\text{m}}{\text{s}} \cdot \cos\left(3{,}0\ \frac{1}{\text{s}} \cdot t\right)}}$$

**2.4** *Möglichkeit 1:* Die Kugel bewegt sich nach dem Verlassen des Gewehrs auf einer sogenannten Wurfparabel. In horizontaler Richtung bewegt sich die Kugel dabei mit der konstanten Geschwindigkeit $\vec{u}_K$ und in vertikale Richtung mit der Fallbeschleunigung g nach unten.

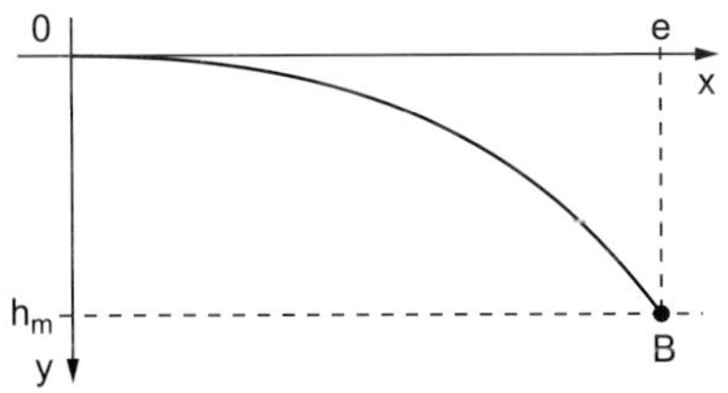


Verlässt die Kugel das Gewehr zum Zeitpunkt $t = 0\ \text{s}$ und legt man in diesen Punkt den Ursprung eines Koordinatensystems (siehe Skizze), dann kann man die Bewegung durch die folgenden beiden Gleichungen beschreiben:

$$x(t) = u_K \cdot t \qquad \text{(I)}$$

$$y(t) = \frac{1}{2} g \cdot t^2 \qquad \text{(II)}$$

Aus (I) folgt:

$$t = \frac{x}{u_K} \qquad (*)$$

Setzt man (∗) in (II) ein, folgt die Bahngleichung:

$$y = \frac{1}{2} g \cdot \left( \frac{x}{u_K} \right)^2$$

Im Extremfall trifft die Kugel genau den Berührpunkt B $(e \mid h_m)$ von Schutzwand und Boden. Indem man die Koordinaten von B in die Bahngleichung einsetzt, lässt sich die **Mindesthöhe $h_m$** berechnen:

$$h_m = \frac{1}{2} g \cdot \left( \frac{e}{u_K} \right)^2$$

$$= \frac{1}{2} \cdot 9{,}81 \frac{m}{s^2} \cdot \left( \frac{50{,}5\ m}{0{,}37 \cdot 10^3\ \frac{m}{s}} \right)^2 = \underline{\underline{9{,}1\ cm}}$$

*Möglichkeit 2:* Die Kugel bewegt sich in horizontaler Richtung mit der konstanten Geschwindigkeit $\vec{u}_K$. Da die zugehörige Strecke e bekannt ist, kann man die zugehörige Flugzeit $t_{Fl}$ berechnen:

$$u_K = \frac{e}{t_{Fl}} \Rightarrow t_{Fl} = \frac{e}{u_K}$$

$$= \frac{50{,}5\ m}{0{,}37 \cdot 10^3\ \frac{m}{s}} = 0{,}136\ s$$

**TIPP** Die Zeit wird mit einer gültigen Ziffer genauer als nach der Regel notiert, da sie als Zwischenergebnis dient, mit dem weiter gerechnet wird.

Beim waagerechten Wurf handelt es sich um eine Überlagerung dieser horizontalen Bewegung mit konstanter Geschwindigkeit und einem freien Fall in vertikaler Richtung. Beide Bewegungen finden gleichzeitig statt. Die Fallzeit der Kugel $t_{Fall}$ stimmt also mit der Flugzeit $t_{Fl}$ überein. Für die im freien Fall zurückgelegte **Mindesthöhe $h_m$** folgt:

$$h_m = \frac{1}{2} g \cdot t_{Fall}^2 = \frac{1}{2} g \cdot t_{Fl}^2$$

$$= \frac{1}{2} \cdot 9{,}81 \frac{m}{s^2} \cdot (0{,}136\ s)^2 = \underline{\underline{9{,}1\ cm}}$$

**BE**

Ein dünnes, elastisches Gummiseil mit der Länge $\ell = 2{,}00$ m ist zunächst horizontal ausgerichtet. Das rechte Ende des Gummiseils ist fixiert. Das linke Ende des Gummiseils wird ab dem Zeitpunkt $t_0 = 0$ s zu einer harmonischen Schwingung in vertikaler Richtung mit der Amplitude $A = 18$ cm und der Frequenz $f = 2{,}0$ Hz angeregt. Im Seil entsteht eine Querwelle, die längs der x-Achse eines Koordinatensystems fortschreitet. Die Ausbreitungsgeschwindigkeit der Welle hat den Betrag $c = 160\,\frac{\text{cm}}{\text{s}}$.
Die Dämpfungsverluste sind vernachlässigbar gering.
Das linke Ende des Seils befindet sich an der Stelle $x_0 = 0$. Seine Schwingung beginnt mit einer Aufwärtsbewegung, d. h. in positiver y-Richtung. Dabei soll für die Elongation y des linken Seilendes zu einem Zeitpunkt t mit $t \geq 0$ s gelten:

$$y_0(t) = y(0;\, t) = A \cdot \sin(2\pi \cdot f \cdot t)$$

**1.0** Zum Zeitpunkt $t_1 = 0{,}75$ s hat sich die Querwelle längs der x-Achse bereits bis zur Stelle $x_1$ ausgebreitet.

**1.1** Berechnen Sie $x_1$. **2**

**1.2** Zeichnen Sie das Momentanbild des Seils für den Zeitpunkt $t_1 = 0{,}75$ s im Maßstab 1 : 20. **4**

**1.3** Bestimmen Sie den Betrag und die Richtung der Geschwindigkeit, die das Gummiteilchen an der Stelle $x_G = 90$ cm zum Zeitpunkt $t_1 = 0{,}75$ s besitzt. **4**

**2.0** Das rechte Ende des Gummiseils mit der Länge $\ell = 2{,}00$ m ist weiterhin fixiert. Das linke Ende wird zu einer harmonischen Schwingung in vertikaler Richtung angeregt. Dabei ist die Amplitude der anregenden Schwingung dieses Mal so klein, dass man auch dieses linke Seilende als festes Ende auffassen kann. Die Frequenz f dieser Erregerschwingung wird von sehr kleinen Werten ausgehend in kleinen Stufen bis auf den Wert 1,5 Hz gesteigert. Nach jeder neuen Einstellung der Frequenz f wird abgewartet und beobachtet, ob sich eine stehende Welle ausbildet.

**2.1** Erklären Sie das Auftreten von stehenden Wellen auf dem Gummiseil und begründen Sie, dass solche stehenden Wellen nur bei bestimmten Frequenzen der Erregerschwingung zustande kommen. **5**

**2.2** Berechnen Sie diejenigen Frequenzen aus dem Bereich ]0 Hz; 1,5 Hz], bei denen eine stehende Welle beobachtet wird. **4**

**TIPP** **Lösungshinweise zu Aufgabe 4**

**Teilaufgabe 1.1**
Es gilt die Gleichung für eine Bewegung mit konstanter Geschwindigkeit.

**Teilaufgabe 1.2**
Überlegen Sie, in welcher Form sich die Welle aufgrund der Aufwärtsbewegung des Erregers auszubreiten beginnt und wie sich die Welle weiter ausbildet.
Zur Zeichnung benötigt man noch die Wellenlänge.

**Teilaufgabe 1.3**
Das Teilchen führt eine harmonische Schwingung aus. Die Schwingungsgleichung erhält man aus der Wellengleichung, die Geschwindigkeit aus der Ableitung der Schwingungsgleichung nach der Zeit.

**Teilaufgabe 2.1**
Überlegen Sie, wie stehende Wellen generell entstehen, und wie das auf dem Gummiseil möglich wird.
Erklären Sie ferner, welchen Einfluss dabei die Frequenz hat.

**Teilaufgabe 2.2**
Der Gangunterschied ist die doppelte Seillänge und muss ein ganzzahliges Vielfaches der Wellenlänge sein.
Die Frequenz kann nicht beliebig gesteigert werden.

## Lösungsvorschlag zu Aufgabe 4

**1.1** Da sich die Welle mit konstanter Geschwindigkeit ausbreitet, kann mit der aus der Mechanik bekannten Gleichung $v = \frac{s}{t} \Rightarrow s = v \cdot t$ gerechnet werden.

Die Welle besitzt die Ausbreitungsgeschwindigkeit $c = 160\ \frac{cm}{s}$ und läuft während der Zeit $t_1 = 0{,}75$ s bis zur **Stelle** $\mathbf{x_1}$, für die man somit erhält:

$$x_1 = c \cdot t_1 = 160\ \frac{cm}{s} \cdot 0{,}75\ s = \underline{\underline{120\ cm}}$$

**1.2** *Vorüberlegung:* Die Erregung des Seils beginnt mit einer Aufwärtsbewegung. Dadurch entsteht ein Wellenberg, der sich im weiteren Verlauf nach rechts ausbreitet. Nach einer vollständigen Erregerschwingung hat sich eine Welle der Länge $\lambda$ ausgebildet, der Wellenberg befindet sich am rechten Ende. Zum Zeitpunkt $t_1 = 0{,}75$ s hat das rechte Ende der Welle die Stelle $x_1 = 120$ cm erreicht.

Zur Zeichnung benötigt man noch die Wellenlänge, die aus der Gleichung $c = \lambda \cdot f$ folgt:

$$\lambda = \frac{c}{f} = \frac{160\ \frac{cm}{s}}{2{,}0\ Hz} = 80\ cm$$

Damit kann man das **Momentanbild** zeichnen: Beginnend bei $x = 120$ cm trägt man nach links auf der x-Achse die Nulldurchgänge bei jeweils einer halben Wellenlänge ein. Am rechten Ende der Welle zwischen den beiden Nullstellen befindet sich der Wellenberg, der zu Beginn der Erregung erzeugt wurde.

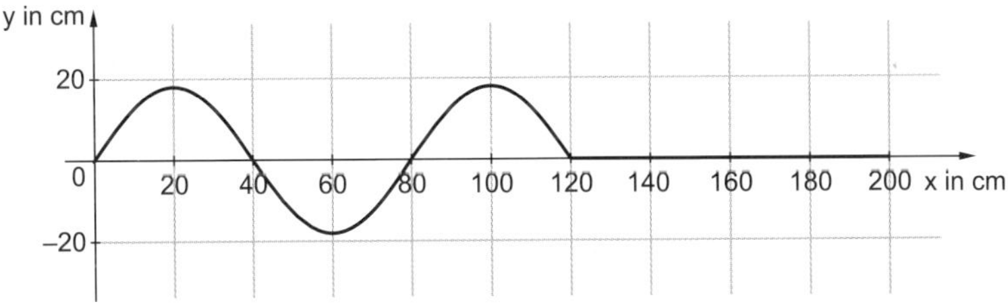


**1.3** Das Teilchen führt eine harmonische Schwingung aus. Seine Geschwindigkeit erhält man aus der Ableitung seiner Schwingungsgleichung y(t) nach der Zeit. Die Schwingungsgleichung y(t) erstellt man aus der Wellengleichung y(t; x):

$$y(t; x) = A \cdot \sin\left(2\pi \cdot \left(\frac{t}{T} - \frac{x}{\lambda}\right)\right) = A \cdot \sin\left(2\pi \cdot \frac{t}{T} - 2\pi \cdot \frac{x}{\lambda}\right)$$

$$= A \cdot \sin\left(\omega \cdot t - 2\pi \cdot \frac{x}{\lambda}\right)$$

Damit lautet die Schwingungsgleichung für das Teilchen, das bei $x_G = 90$ cm schwingt:

$$y(t) = A \cdot \sin\left(\omega \cdot t - 2\pi \cdot \frac{90\text{ cm}}{80\text{ cm}}\right) = A \cdot \sin\left(\omega \cdot t - \frac{9}{4}\pi\right)$$

Die Momentangeschwindigkeit an dieser Stelle berechnet man hieraus, indem man mithilfe der Kettenregel (d. h.: nachdifferenzieren!) nach der Zeit ableitet:

$$\dot{y}(t) = A \cdot \omega \cdot \cos\left(\omega \cdot t - \frac{9}{4}\pi\right)$$

Die **Geschwindigkeit zum Zeitpunkt $t_1 = 0{,}75$ s** ist daher

$$v(t_1) = \dot{y}(0{,}75\text{ s}) = 0{,}18\text{ m} \cdot 2\pi \cdot 2{,}0\text{ Hz} \cdot \cos\left(2\pi \cdot 2{,}0\text{ Hz} \cdot 0{,}75\text{ s} - \frac{9}{4}\pi\right)$$

$$\underline{\underline{= -1{,}6\,\frac{\text{m}}{\text{s}}}},$$

d. h.: Das Teilchen besitzt eine Geschwindigkeit vom Betrag $1{,}6\,\frac{\text{m}}{\text{s}}$ und schwingt in Richtung abnehmender y-Werte, also **nach unten**.

**TIPP** Vergessen Sie nicht, vor Berechnen des Kosinuswertes Ihren Taschenrechner auf Bogenmaß (rad) umzustellen.

**2.1** **Stehende Wellen** entstehen, wenn zwei Wellen gleicher Amplitude und gleicher Wellenlänge einander entgegenlaufen.
Auf dem Gummiseil geht vom Erreger eine Welle aus, die nach rechts läuft. Am Seilende wird die Welle reflektiert, läuft nach links, wird dort wieder reflektiert, läuft nach rechts usw. Die Welle läuft also mit gleicher Wellenlänge zwischen den Seilenden hin und her. (Außerdem findet bei jeder Reflexion an den beiden festen Seilenden ein Phasensprung um $\Delta\varphi = \pi$ statt.)
Damit sich die am linken Seilende erzeugte Welle und die dort reflektierte Welle konstruktiv überlagern und somit verstärken können, müssen sie mit der gleichen Schwingungsphase starten. Dies ist nur möglich, wenn der Gangunterschied $\Delta s$ ein ganzzahliges Vielfaches der Wellenlänge beträgt:

$$\Delta s = k \cdot \lambda, \quad k = 1, 2, 3, \ldots \qquad (*)$$

Nun ist die Wellenlänge von der Frequenz abhängig, der Gangunterschied aber fest vorgegeben: Er beträgt stets die doppelte Seillänge, weil die eine Welle das Seil hin und zurück durchlaufen muss, bevor sie sich mit der neuen Welle überlagern kann. Daher können gemäß der Bedingung (*) stehende Wellen **nur bei bestimmten Frequenzen** auftreten.

**2.2** Aus dem Gangunterschied $\Delta s = 2L$ und der Bedingung

$$\Delta s = k \cdot \lambda = k \cdot \frac{c}{f} \quad (k = 1, 2, \ldots)$$

ergeben sich die **Frequenzen**, bei der stehende Wellen auftreten können:

$$2L = k \cdot \frac{c}{f_k}$$

$$\Rightarrow \quad f_k = k \cdot \frac{c}{2L} \quad \text{bzw.} \quad f_k = k \cdot f_1 \quad (k = 1, 2, \ldots)$$

Die drei kleinsten Frequenzen ergeben sich für

$$k = 1: \quad f_1 = \frac{1{,}60\,\frac{m}{s}}{2 \cdot 2{,}00\,m} = \underline{\underline{0{,}40\,Hz}}$$

$$k = 2: \quad f_2 = 2 \cdot 0{,}40\,Hz = \underline{\underline{0{,}80\,Hz}}$$

$$k = 3: \quad f_3 = 3 \cdot 0{,}40\,Hz = \underline{\underline{1{,}20\,Hz}}$$

Da die Frequenz nicht über 1,5 Hz gesteigert wird, gibt es keine weiteren Lösungen.

**BE**

Ein Faden und eine kleine Kugel mit der Masse m bilden ein Fadenpendel mit der Pendellänge $\ell$. Die Masse des Fadens ist vernachlässigbar klein. Wird das Pendel ausgelenkt und aus der Ruhe heraus losgelassen, so schwingt die Kugel in einer vertikalen Ebene um die Ruhelage O hin und her (siehe Skizze). Reibungsverluste sollen unberücksichtigt bleiben.

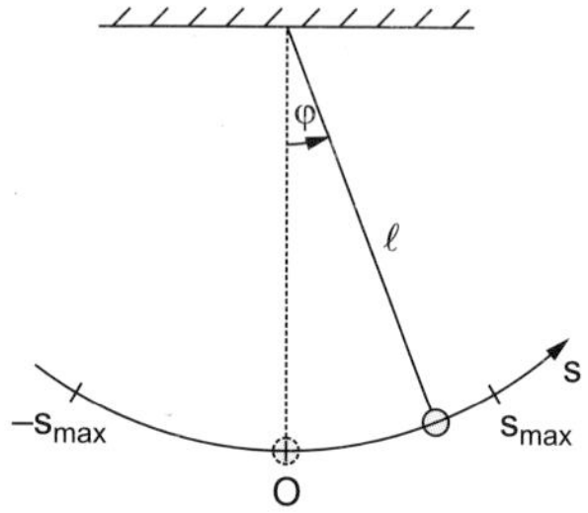


**1** Weisen Sie anhand eines Kräfteplans nach, dass das Fadenpendel bei hinreichend kleinen Auslenkwinkeln φ harmonisch schwingt und für die Richtgröße D des Fadenpendels gilt:

$$D = \frac{m \cdot g}{\ell},$$

wobei g der Betrag der Fallbeschleunigung ist. **7**

**2** Bestätigen Sie, dass für die Periodendauer T der harmonischen Schwingung eines Fadenpendels gilt:

$$T = 2\pi \cdot \sqrt{\frac{\ell}{g}}$$ **2**

**3.0** Die Kugel hat die Masse $m = 20$ g. Die Pendellänge beträgt $\ell = 70$ cm. Der Pendelkörper wird nach links ausgelenkt und zum Zeitpunkt $t_0 = 0$ aus der Ruhe heraus losgelassen. Die Kugel schwingt nun mit der Amplitude $s_{max} = 6{,}0$ cm harmonisch.

**3.1** Berechnen Sie die Periodendauer T dieser Schwingung und geben Sie die Zeit-Elongation-Gleichung mit eingesetzten Werten an. **3**

**3.2** Die kinetische Energie $E_k$ der kleinen Kugel ist abhängig von der Zeit t. Berechnen Sie die maximale kinetische Energie $E_{k,\,max}$ und geben Sie den Zeitpunkt t* an, zu dem die kinetische Energie $E_k$ zum zweiten Mal den Wert $E_{k,\,max}$ annimmt. **4**

**3.3** Beim Durchgang durch die Ruhelage O besitzt die Kugel eine Geschwindigkeit mit dem Betrag $22\,\frac{cm}{s}$. Der Faden übt auf die kleine Kugel im Punkt O die Kraft $\vec{F}_F$ aus.
Berechnen Sie den Betrag $F_F$ der Kraft $\vec{F}_F$. **4**

**4** Die kleine Kugel mit der Masse $m = 20$ g wird nun auf eine große Radfelge aufgeklebt. Die Felge hat den Radius $r = 70$ cm und ohne Kugel die Masse $m_F = 400$ g. Die Massen der Speichen und der Radnabe sowie Reibungsverluste sind zu vernachlässigen.

Die Radfelge wird so verdreht, dass sich die Kugel bei $s = 6{,}0$ cm befindet. Lässt man die Radfelge nun los, bewegt sie sich so, dass die Kugel wiederum harmonisch um die Gleichgewichtslage O hin- und her schwingt.

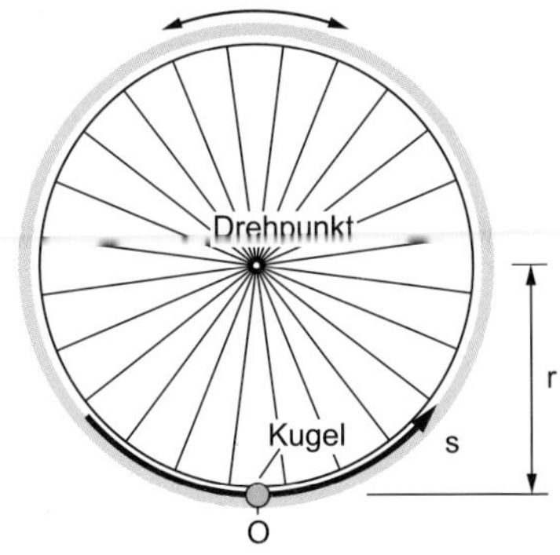


Untersuchen Sie qualitativ, ob und gegebenenfalls wie sich die Periodendauer $T_F$ dieser Schwingung von der Periodendauer T aus Teilaufgabe 3.1 unterscheidet. **3**

**TIPP** **Lösungshinweise zu Aufgabe 5**

**Teilaufgabe 1**
Beginnen Sie mit dem Kräfteplan und vergessen Sie nicht die zugehörige Legende. Aus dem Kräfteplan können Sie den Ansatz der Herleitung ablesen.

Zum Nachweis des linearen Kraftgesetzes benötigen Sie eine geometrische Beziehung zwischen s und $\ell$ (Formelsammlung) sowie die Kleinwinkelnäherung.

**Teilaufgabe 2**
Beginnen Sie mit der allgemeinen Gleichung für die Periodendauer T einer harmonischen Schwingung.

**Teilaufgabe 3.1**
Nutzen Sie die Formel aus Teilaufgabe 2 und die gegebenen Messwerte.

**Teilaufgabe 3.2**
Überlegen Sie sich zunächst, wie groß die maximale Geschwindigkeit ist, bevor Sie auf die maximale kinetische Energie schließen.

Für den Zeitpunkt, zu dem die kinetische Energie zum zweiten Mal ihr Maximum erreicht, ist zu berücksichtigen, in welchem Punkt die kinetische Energie maximal ist und wo die Schwingung startet.

**Teilaufgabe 3.3**
Beginnen Sie mit einem Kraftansatz. Bedenken Sie dabei, dass sich der Körper mit einer bestimmten Geschwindigkeit auf einer Kreisbahn bewegt.

**Teilaufgabe 4**
Berücksichtigen Sie hierbei, dass sich die gesamte schwingende Masse verändert hat, dass aber die Ursache der Schwingung gleichgeblieben ist.

1 Die Abbildung rechts zeigt den **Kräfteplan**.
Darin bedeuten

$\vec{F}_G$: Gewichtskraft des Körpers

$\vec{F}_F$: Kraft, die der Faden im Umkehrpunkt auf den Körper ausübt

$\vec{F}_R$: rücktreibende Kraft im Umkehrpunkt

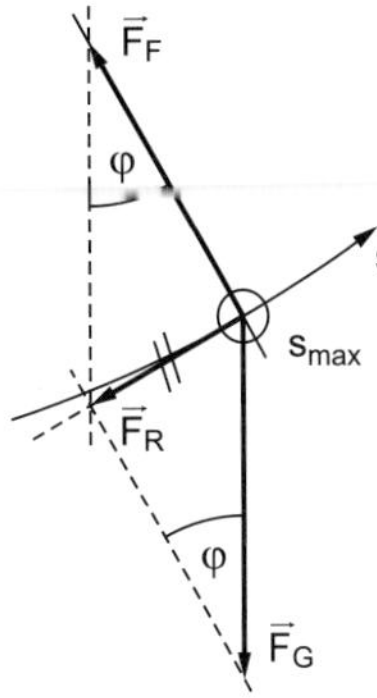


**TIPP** Vereinfachend wird hier nur vom Kräfteplan im Umkehrpunkt ausgegangen. Für alle anderen Punkte müsste zusätzlich die Zentripetalkraft (ruhendes Bezugssystem) bzw. die Zentrifugalkraft (mitbewegtes Bezugssystem) berücksichtigt werden.

Mögliche Vorgehensweise zum Zeichnen des Kräfteplans:

1. Die Kraft $\vec{F}_G$ vertikal nach unten einzeichnen (sinnvolle Länge!).
2. Die Wirkungslinie der resultierenden (= rücktreibenden) Kraft $\vec{F}_R$ rechtwinklig zum Faden durch den Schwerpunkt der Kugel dünn einzeichnen. (Die Wirkungslinie der Fadenkraft ist durch den Faden selbst vorgegeben.)
3. Parallelverschiebung der Wirkungslinie von $\vec{F}_F$ in die Spitze von $\vec{F}_G$.
4. Parallelverschiebung der Wirkungslinie von $\vec{F}_G$ in den Schnittpunkt der Wirkungslinie von $\vec{F}_R$ und der gerade verschobenen Wirkungslinie von $\vec{F}_F$.
5. Die Längen von $\vec{F}_F$ und $\vec{F}_R$ können nun eingezeichnet werden.

Im Kräfteplan kann man die folgende Beziehung ablesen:

$$\sin|\varphi| = \frac{F_R}{F_G} \qquad (*)$$

**TIPP** $\vec{F}_R$ zeigt für $\varphi > 0$ (Rechtsauslenkung) in –s-Richtung und für $\varphi < 0$ in +s-Richtung, ist also stets der Bewegungsrichtung des Pendelkörpers entgegen gerichtet (daher „rücktreibende“ Kraft).

Die Beziehung (*) lautet in Koordinatenschreibweise:

$$F_R = -F_G \cdot \sin\varphi$$

Weiterhin gilt:

(1) $F_G = m \cdot g$

(2) $\varphi = \frac{s}{\ell}$

(3) $\sin\varphi \approx \varphi$ (für kleine Auslenkwinkel $\varphi$ im Bogenmaß)

Unter Berücksichtigung von (1), (2) und (3) ergibt sich dann für $F_R$:

$$F_R = -m \cdot g \cdot \varphi = -m \cdot g \cdot \frac{s}{\ell} \quad \Rightarrow \quad \underline{\underline{F_R = -D \cdot s \quad \text{mit } D = \frac{m \cdot g}{\ell}}}$$

D ist konstant (d. h., unabhängig von s). Es gilt also ein **lineares Kraftgesetz** für diese Schwingung. Damit handelt es sich hierbei um eine **harmonische Schwingung**.

2 Für eine ungedämpfte harmonische Schwingung gilt allgemein:

$$T = 2\pi \cdot \sqrt{\frac{m}{D}}$$

Dabei ist m die Masse des schwingenden Körpers und D die Richtgröße der harmonischen Schwingung.

Im vorliegenden Fall ist $D = \frac{m \cdot g}{\ell}$, sodass für die **Periodendauer** folgt:

$$T = 2\pi \cdot \sqrt{\frac{m}{\frac{m \cdot g}{\ell}}} = \underline{\underline{2\pi \cdot \sqrt{\frac{\ell}{g}}}}$$

3.1 Mit den angegebenen Daten ergibt sich für den **Wert der Periodendauer**:

$$T = 2\pi \cdot \sqrt{\frac{\ell}{g}} = 2\pi \cdot \sqrt{\frac{0{,}70\ \text{m}}{9{,}81\ \frac{\text{m}}{\text{s}^2}}} = \underline{\underline{1{,}7\ \text{s}}}$$

Die **Zeit-Elongation-Gleichung** lautet unter Berücksichtigung der Anfangsbedingung $s(0\,\text{s}) = -6{,}0\,\text{cm}$:

$$s(t) = 6{,}0\ \text{cm} \cdot \sin\left(\frac{2\pi}{1{,}7\ \text{s}} \cdot t - \frac{\pi}{2}\right) = \underline{\underline{-6{,}0\ \text{cm} \cdot \cos\left(\frac{2\pi}{1{,}7\ \text{s}} \cdot t\right)}}$$

3.2 Für die **maximale kinetische Energie** gilt:

$$E_{kin,\,max} = \frac{1}{2} m \cdot v_{max}^2$$

Die Geschwindigkeit erhält man durch Ableiten der s(t)-Funktion nach der Zeit:

$$v(t) = \dot{s}(t) = 6{,}0\,\text{cm} \cdot \frac{2\pi}{1{,}7\,\text{s}} \cdot \sin\left(\frac{2\pi}{1{,}7\,\text{s}} \cdot t\right) \Rightarrow v_{max} = 6{,}0\,\text{cm} \cdot \frac{2\pi}{1{,}7\,\text{s}}$$

Damit folgt:

$$E_{kin,\,max} = \frac{1}{2} \cdot 0{,}020\,\text{kg} \cdot \left(0{,}060\,\text{m} \cdot \frac{2\pi}{1{,}7\,\text{s}}\right)^2 = \underline{\underline{0{,}49\,\text{mJ}}}$$

**TIPP** *Lösungsalternative 1: über Energiebilanz und Richtgröße D*

Da es sich um eine ungedämpfte harmonische Schwingung handelt, gilt der Energieerhaltungssatz der Mechanik. Legt man das Nullniveau der potenziellen Energie auf Höhe des Punktes O, so ergibt sich konkret:

$$E_{kin}(t) + E_{pot}(t) = E_{ges} = \text{konst.}$$

Insbesondere stimmen die Maximalwerte von kinetischer und potenzieller Energie überein:

$$E_{kin,\,max} = E_{pot,\,max} = \frac{1}{2} D \cdot s_{max}^2 = \frac{1}{2} \cdot \frac{m \cdot g}{\ell} \cdot s_{max}^2$$

$$= \frac{1}{2} \cdot \frac{0{,}020\,\text{kg} \cdot 9{,}81\,\frac{\text{m}}{\text{s}^2}}{0{,}70\,\text{m}} \cdot (0{,}060\,\text{m})^2 = \underline{\underline{0{,}50\,\text{mJ}}}$$

**TIPP** *Lösungsalternative 2: über Energiebilanz (Lageenergie)*

Ausgangspunkt ist wie in der Lösungsalternative 1 die Energiebilanz

$$E_{kin,\,max} = E_{pot,\,max}.$$

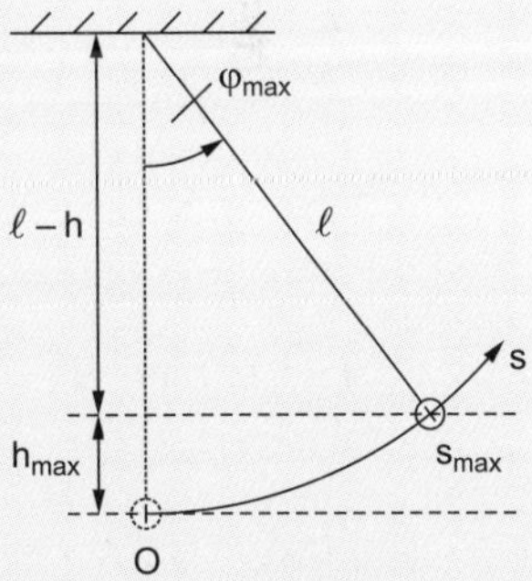


Die maximale potenzielle Energie, die der Pendelkörper im Umkehrpunkt besitzt, ist gleich der Lageenergie bzgl. des Nullniveaus:

$$E_{pot,\,max} = m \cdot g \cdot h_{max}$$

Dabei ist $h_{max}$ die Höhe, die der Pendelköper im Umkehrpunkt bezüglich der Ruhelage besitzt (siehe Skizze). Sie lässt sich durch die bekannten Längen und den Auslenkwinkel $\varphi_{max} = \frac{s_{max}}{\ell}$ ausdrücken:

$$\cos\varphi_{max} = \frac{\ell - h_{max}}{\ell} \Rightarrow h_{max} = \ell - \ell \cdot \cos\varphi_{max} = \ell \cdot (1 - \cos\varphi_{max})$$

$$= \ell \cdot \left(1 - \cos\left(\frac{s_{max}}{\ell}\right)\right)$$

Damit ergibt sich für die **maximale** potenzielle und damit auch **kinetische Energie** (Taschenrechner auf Bogenmaß einstellen!):

$$E_{kin,\,max} = m \cdot g \cdot h_{max} = m \cdot g \cdot \ell \cdot \left(1 - \cos\left(\frac{s_{max}}{\ell}\right)\right)$$

$$= 0{,}020\ kg \cdot 9{,}81\ \frac{m}{s^2} \cdot 0{,}70\ m \cdot \left(1 - \cos\left(\frac{0{,}060\ m}{0{,}70\ m}\right)\right) = \underline{\underline{0{,}50\ mJ}}$$

**Zeitpunkt t***

Die Schwingung beginnt zum Zeitpunkt $t = 0$ im linken Umkehrpunkt mit der Geschwindigkeit $v_0 = 0$. Beim Durchschwingen der Ruhelage nach $t = \frac{1}{4}T$ erreicht die Geschwindigkeit und damit auch die kinetische Energie zum ersten Mal das Maximum. Die maximale kinetische Energie wird das zweite Mal eine halbe Periode später erreicht, also zum Zeitpunkt

$$t^* = \frac{3}{4}T = 0{,}75 \cdot 1{,}7\ s = \underline{\underline{1{,}3\ s}}.$$

**3.3** Beim Durchgang durch die Ruhelage mit $\vec{v} = \vec{v}_{max}$ wirkt die Resultierende aus der Gewichtskraft $\vec{F}_G$ und der Fadenkraft $\vec{F}_F$ als Zentripetalkraft $\vec{F}_Z$:

$$\vec{F}_G + \vec{F}_F = \vec{F}_Z$$

Im Nullpunkt sind Gewichtskraft- und Fadenkraftvektor antiparallel zueinander, sodass für die zugehörigen Beträge und speziell für den Betrag der Fadenkraft gilt:

$$F_F - F_G = F_Z$$

$$\Rightarrow\quad F_F = F_G + F_Z$$

$$= m \cdot g + m \cdot \frac{v_{max}^2}{\ell} = m \cdot \left(g + \frac{v_{max}^2}{\ell}\right)$$

$$= 0{,}020\ kg \cdot \left(9{,}81\ \frac{m}{s^2} + \frac{(0{,}22\ \frac{m}{s})^2}{0{,}70\ m}\right) = \underline{\underline{0{,}20\ N}}$$

TIPP Da man zunächst nicht weiß, dass $F_Z$ wesentlich kleiner als $F_G$ ist, muss man $F_Z$ entweder wie hier berücksichtigen oder nachweisen, dass $F_Z$ vernachlässigt werden kann. Eine kommentarlose Vernachlässigung führt wahrscheinlich zum Abzug von Bewertungseinheiten.

**4** Für die Periodendauer der harmonischen Schwingung der Felge gilt:

$$T_F = 2\pi \cdot \sqrt{\frac{m_{ges}}{D}}$$

Entscheidend ist, die auftretenden Massen zu unterscheiden:

(1) $m_{ges}$ steht für die **gesamte** schwingende Masse. Im vorliegenden Fall gilt also:

$$m_{ges} = m + m_F$$

(2) Die Richtgröße $D_F$ stimmt hier mit der Richtgröße D aus Teilaufgabe 1 wegen $r = \ell$ überein, d. h.

$$D_F = D = \frac{m \cdot g}{\ell}.$$

In D geht **nur** die **Kugelmasse m** als diejenige Masse ein, die für die rücktreibende Kraft und damit für die Schwingung verantwortlich ist.

Aus (1) und (2) folgt:

$$\underline{\underline{T_F > T}}$$

**TIPP** Genauer gilt:

$$T_F = 2\pi \cdot \sqrt{\frac{m + m_F}{D}} = 2\pi \cdot \sqrt{\frac{m + m_F}{\frac{m \cdot g}{\ell}}} = 2\pi \cdot \sqrt{\frac{m + m_F}{m} \cdot \frac{\ell}{g}} = T \cdot \underbrace{\sqrt{\frac{m + m_F}{m}}}_{>1}$$

$$\Rightarrow \quad \underline{\underline{T_F > T}}$$

Im vorliegenden Fall der Felge folgt mit $m_F = 400\ \text{g}$ und $m = 20\ \text{g}$:

$$T_F = \sqrt{\frac{420\ \text{g}}{20\ \text{h}}} \cdot T = 4{,}6 \cdot T$$

BE

Zwei punktförmige Erreger $E_1$ und $E_2$ schwingen in einer Wellenwanne vertikal (längs der z-Koordinatenachse) und erzeugen in der horizontalen x-y-Koordinatenebene jeweils Kreiswellen mit der Amplitude $A = 2{,}0$ mm und der Ausbreitungsgeschwindigkeit vom Betrag $c = 0{,}20\,\frac{m}{s}$. Die Erreger schwingen phasengleich mit der Frequenz $f = 10$ Hz und sind gemäß der Abbildung auf der x-Achse bei $x_1 = 0$ bzw. $x_2 = -5{,}0$ cm positioniert. Es wird angenommen, dass sich die Kreiswellen mit gleichbleibender Amplitude ausbreiten.

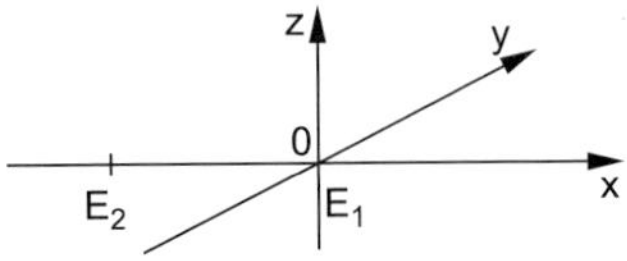


**1** In der Wellenwanne bilden sich fortlaufende Wellen und eine stehende Welle aus.
Erklären Sie, in welchem Bereich der Wellenwanne sich eine stehende Welle ausbildet, und geben Sie an, in welchem Intervallbereich die Amplituden der dort schwingenden Teilchen liegen. Beschreiben Sie zwei Merkmale, durch die sich eine stehende von einer fortlaufenden Welle unterscheidet. **5**

**2** Zeigen Sie, dass die Schwingungsbewegung der Wasseroberfläche an Orten $P(x\,|\,0)$ der x-y-Ebene mit $x \leq -5{,}0$ cm und $x \geq 0$ minimal ist. Geben Sie für die Punkte $P(x\,|\,0)$ mit $x \in [-5{,}0 \text{ cm}; 0]$ die Gleichung der Elongation $z(t; x)$ mit eingesetzten Zahlenwerten an, wenn vom Ursprung ausgehend nach links an der Stelle des ersten Bauches der stehenden Welle zum Zeitpunkt $t = 0$ die Auslenkung maximal positiv ist. **6**

**3.0** An der Stelle $x_{DS} = 2{,}0$ cm wird jetzt senkrecht und symmetrisch zur x-Achse zusätzlich ein Doppelspalt mit Spaltmittenabstand $b = 2{,}0$ cm aufgestellt. Die Spaltbreite ist sehr viel kleiner als der Spaltabstand. Die Abbildung rechts zeigt die Draufsicht auf die Wasseroberfläche in der Wellenwanne.

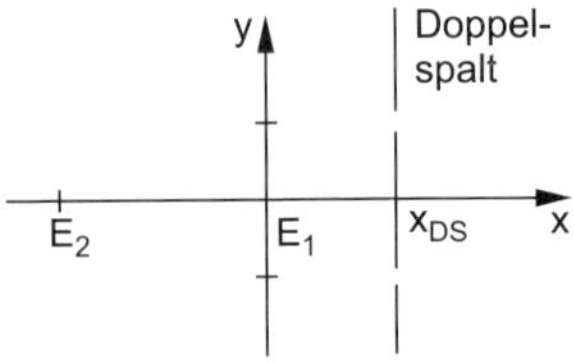


**3.1** Berechnen Sie aus dem Gangunterschied der von $E_1$ bzw. $E_2$ ausgehenden Wellen die Phasendifferenz $\Delta\varphi \in [0; 2\pi]$ bzw. $\Delta\varphi \in [0; 360°]$ der sich überlagernden Schwingungen am Ort einer Spaltöffnung.
Bestimmen Sie mithilfe eines maßstabsgetreuen Zeigerdiagramms die Überlagerungsamplitude der beiden Schwingungen an diesem Ort. **6**

**3.2** In dieser Teilaufgabe ist die Position von $E_2$ längs der x-Achse verschiebbar. Berechnen Sie eine mögliche Lage von $E_2$ auf der x-Achse mit $x < 0$ so, dass der Bereich rechts des Doppelspaltes wellenfrei ist. **5**

**3.3** Ausgehend von der Situation in Angabe 3.0 wird der Spaltmittenabstand symmetrisch zur x-Achse kontinuierlich größer.
Begründen Sie, ob und gegebenenfalls in welcher Weise sich die Anzahl der Kurven, entlang derer sich die Wasserwellen **rechts des Doppelspaltes** konstruktiv überlagern, ändert. **2**

**3.4** Ausgehend von der Situation in Angabe 3.0 wird die gemeinsame Frequenz f von $E_1$ und $E_2$ kontinuierlich und geringfügig verkleinert.
Begründen Sie, ob und gegebenenfalls in welcher Weise sich die Amplitude der Wasserbewegung an den Orten konstruktiver Interferenz **rechts des Doppelspaltes** ändert. **3**

## TIPP Lösungshinweise zu Aufgabe 6

**Teilaufgabe 1**
Stehende Wellen entstehen durch Überlagern von zwei einander entgegenlaufende Wellen. Jeder Punkt der stehenden Welle hat seine eigene Amplitude.

**Teilaufgabe 2**
Sie müssen zeigen, dass außerhalb der Erreger die Bedingung für ein Interferenzminimum erfüllt ist; der Gangunterschied ist dabei der Erregerabstand.

Zum Aufstellen der Gleichung z(t; x) gehen Sie von der Gleichung für die stehende Welle in der Formelsammlung aus und passen diese den vorliegenden Bedingungen an (berücksichtigen Sie die Anfangs- und Randbedingungen sowie die geforderte Auslenkrichtung der Welle).

**Teilaufgabe 3.1**
Gangunterschied und Phasendifferenz sind direkt proportional und hängen mit der Wellenlänge und dem Vollwinkel zusammen. Die Überlagerungsamplitude ergibt sich durch Vektoraddition der Zeiger für die Einzelwellen.

**Teilaufgabe 3.2**
In den Spaltöffnungen müssen sich die Wellen zu einem Interferenzminimum überlagern. Berechnen Sie erst den Weg der Welle von $E_2$ zur Spaltöffnung mit dem Satz des Pythagoras und dann den Abstand des Erregers zum Doppelspalt.

**Teilaufgabe 3.3**
In den Spaltöffnungen schwingen die Wellen gleichphasig, auch dann, wenn der Spaltabstand vergrößert wird. Argumentieren Sie mit dem maximal möglichen Gangunterschied.

**Teilaufgabe 3.4**
Überlegen Sie, wie sich die Phasendifferenz in den Spaltöffnungen verändert. Welche Auswirkung hat das auf das Zeigerdiagramm?

1 **Stehende Welle**
Eine stehende Welle bildet sich zwischen $E_1$ und $E_2$ auf der Verbindungslinie aus, also für Punkte

$$\underline{\underline{P(x\,|\,0) \;\text{ mit }\; x \in [-5{,}0\text{ cm}; 0]}}$$

Dort überlagern sich zwei einander entgegenlaufende Wellen.

**Amplituden der Teilchen**
Die Amplituden der schwingenden Teilchen in einer stehenden Welle nehmen alle Werte von null in den Knoten bis zur doppelten Amplitude einer Einzelwelle in der Mitte eines Schwingungsbauchs an:

$$\underline{\underline{A \in [0; 4{,}00\text{ mm}]}}$$

**Unterscheidung fortlaufende Welle – stehende Welle**
- Bei einer stehenden Welle schwingen alle Teilchen zum selben Zeitpunkt durch die Gleichgewichtslage, bei einer fortlaufenden Welle erfolgen die Nulldurchgänge zeitlich nacheinander.
- Bei einer stehenden Welle variiert die Amplitude ortsabhängig von null bis zu einem Maximalwert, bei einer fortschreitenden Welle haben alle Punkte die gleiche Amplitude.

2 **Nachweis der minimalen Schwingungsbewegung**
Es soll gezeigt werden, dass auf der x-Achse im Bereich $x \leq -5{,}0$ cm und $x \geq 0$ ein Interferenzminimum vorliegt. In einem Minimum beträgt der Gangunterschied

$$\Delta s = (2k-1)\cdot\frac{\lambda}{2} \quad \text{mit } k \in \mathbb{N}.$$

Im angegebenen Bereich ist der Gangunterschied $\Delta s = 5{,}0$ cm, also gleich dem Abstand der beiden Erreger; die Wellenlänge ergibt sich mit der Gleichung $\lambda = \frac{c}{f}$:

$$\Delta s = (2k-1)\cdot\frac{c}{2f}$$

Wenn diese Gleichung für einen Wert $k \in \mathbb{N}$ erfüllt ist, ist das Minimum nachgewiesen. Dafür wird nach k aufgelöst und der Wert für k berechnet:

$$2k-1 = \Delta s\cdot\frac{2f}{c}$$

$$\Rightarrow \quad k = \Delta s\cdot\frac{f}{c}+\frac{1}{2} = 0{,}050\text{ m}\cdot\frac{10\text{ Hz}}{0{,}20\,\frac{\text{m}}{\text{s}}}+\frac{1}{2} = \underline{\underline{3 \in \mathbb{N}}}$$

**Gleichung der Elongation**

Die Gleichung der Elongation mit eingesetzten Werten lautet:

$$z(t;x) = -4{,}0\,\text{mm} \cdot \sin\left(\frac{2\pi}{2{,}0\,\text{cm}} \cdot x\right) \cdot \cos\left(\frac{2\pi}{0{,}10\,\text{s}} \cdot t\right) \quad \text{bzw. vereinfacht}$$

$$z(t;x) = -4{,}0\,\text{mm} \cdot \sin\left(\pi \cdot \frac{x}{\text{cm}}\right) \cdot \cos\left(20\pi \cdot \frac{t}{\text{s}}\right)$$

TIPP Laut Aufgabenstellung genügt es, wenn Sie die Gleichung *angeben* (Operator). Dennoch wird sie im Folgenden zum besseren Verständnis hergeleitet.

Im Bereich $x \in [-5{,}0\text{ cm}; 0]$ hat sich eine stehende Welle ausgebildet. Der Formelsammlung entnimmt man dafür die Gleichung:

$$z(t;x) = 2A \cdot \cos\left(\frac{2\pi}{\lambda} \cdot x\right) \cdot \sin\left(\frac{2\pi}{T} \cdot t\right)$$

Diese Gleichung muss den vorliegenden Bedingungen angepasst werden:

- **Randbedingung:** Die stehende Welle hat bei $x = 0$ einen Knoten. Die Funktion, die die x-Abhängigkeit beschreibt, muss daher für $x = 0$ eine Nullstelle besitzen. Daher muss $\cos(\frac{2\pi}{\lambda} \cdot x)$ ersetzt werden durch $\sin(\frac{2\pi}{\lambda} \cdot x)$
- **Auslenkungsrichtung:** Da die x-Werte negativ sind, besitzt der Sinusterm vom Ursprung ausgehend nach links negative Werte. Die Welle soll aber positiv ausgelenkt sein, sodass die Form der Welle durch den Term $-\sin(\frac{2\pi \cdot x}{\lambda})$ beschrieben wird.
- **Anfangsbedingung:** Die Welle ist beim ersten Wellenbauch zum Zeitpunkt $t = 0$ s maximal positiv ausgelenkt.
  Daher muss der Term $\sin(\frac{2\pi}{T} \cdot t)$ ersetzt werden durch $\cos(\frac{2\pi}{T} \cdot t)$.

Damit wird die Welle für die Auslenkung in z-Richtung beschrieben durch

$$z(t;x) = -2A \cdot \sin\left(\frac{2\pi}{\lambda} \cdot x\right) \cdot \cos\left(\frac{2\pi}{T} \cdot t\right) \qquad (*)$$

mit

- $2 \cdot A = 2 \cdot 2{,}0\,\text{mm} = 4{,}00\,\text{mm}$,
- $\lambda = \frac{c}{f} = \frac{0{,}20\,\frac{\text{m}}{\text{s}}}{10\,\text{Hz}} = 2{,}0\,\text{cm}$,
- $T = \frac{1}{f} = \frac{1}{10\,\text{Hz}} = 0{,}10\,\text{s}$.

Einsetzen in (*) führt zu der angegebenen Gleichung.

**3.1** Wegen der symmetrischen Anordnung des Doppelspalts bzgl. der x-Achse ist der Gangunterschied in beiden Spaltöffnungen gleich. Die Längen der Strecken, die die Teilwellen von $E_1$ bzw. von $E_2$ zu einer Spaltöffnung zurücklegen, betragen:

$$s_1 = \sqrt{(2{,}0\text{ cm})^2 + (1{,}0\text{ cm})^2} = \sqrt{5{,}0}\text{ cm}$$

$$s_2 = \sqrt{(7{,}0\text{ cm})^2 + (1{,}0\text{ cm})^2} = \sqrt{50}\text{ cm}$$

Der Gangunterschied ist die Differenz dieser Streckenlängen:

$$\begin{aligned}\Delta s &= s_2 - s_1\\ &= \left(\sqrt{50} - \sqrt{5{,}0}\right)\text{cm}\end{aligned}$$

Zwischen Gangunterschied und Phasendifferenz gilt die Gleichung (im Bogenmaß)

$$\frac{\Delta\varphi}{2\pi} = \frac{\Delta s}{\lambda}$$

$$\Rightarrow \quad \Delta\varphi = 2\pi \cdot \frac{\Delta s}{\lambda},$$

sodass man mit $\lambda = 2{,}0$ cm für die **Phasendifferenz** erhält:

$$\Delta\varphi = 2\pi \cdot \frac{\left(\sqrt{50} - \sqrt{5{,}0}\right)\text{cm}}{2{,}0\text{ cm}} = \underline{\underline{4{,}83 \cdot \pi}}$$

**TIPP** Entsprechend gilt im Gradmaß:

$$\frac{\Delta\varphi}{360°} = \frac{\Delta s}{\lambda} \Rightarrow \Delta\varphi = 360° \cdot \frac{\Delta s}{\lambda} = 360° \cdot \frac{\left(\sqrt{50} - \sqrt{5{,}0}\right)\text{cm}}{2{,}0\text{ cm}} = \underline{\underline{870°}}$$

Für das **Zeigerdiagramm** benötigt man den Phasenwinkel im Intervall [0; 360°]:

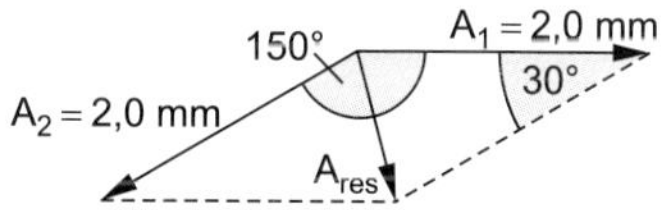


$$\begin{aligned}\Delta\varphi &= 870 - 2 \cdot 360°\\ &= 150°\end{aligned}$$

Um diesen Winkel liegt der Zeiger für die Welle, die den längeren Weg zurücklegen muss, hinter dem anderen Zeiger. Dem maßstäblichen Zeigerdiagramm entnimmt man für die Überlagerungsamplitude den Wert

$$A_{res} = \underline{\underline{1{,}0\text{ mm}}}.$$

**TIPP** Falls Sie die Amplitude rechnerisch ermitteln möchten, können Sie den Kosinussatz mit $\alpha = 30°$ und $A_1 = A_2 =: A = 2{,}0$ mm verwenden:

$$A_{res}^2 = A_1^2 + A_2^2 - 2A_1 \cdot A_2 \cdot \cos\alpha = 2A^2 \cdot (1 - \cos\alpha)$$

$$\Rightarrow \quad A_{res} = 2{,}0\text{ mm} \cdot \sqrt{2 \cdot (1 - \cos(30°))} = \underline{\underline{1{,}0\text{ mm}}}$$

Alternativ können Sie die entsprechende Gleichung aus der Formelsammlung anwenden:

$$A_{res} = 2A \cdot \cos\frac{\Delta\varphi}{2} = 2 \cdot 2{,}0\text{ mm} \cdot \cos\frac{150°}{2} = \underline{\underline{1{,}0\text{ mm}}}$$

**3.2** Damit der Bereich rechts vom Doppelspalt wellenfrei ist, dürfen in den Spaltöffnungen keine Wellenbewegungen auftreten. Das ist der Fall, wenn sich die Wellen der beiden Erreger zu einem Interferenzminimum in den Spaltöffnungen überlagern. Hierzu muss für den Gangunterschied in einer Spaltöffnung gelten:

$$\Delta s = (2k - 1) \cdot \frac{\lambda}{2} \quad \text{mit } k \in \mathbb{N}$$

Einen möglichen Gangunterschied $\Delta s = s_2 - s_1$ erhält man für $k = 1$. Dann ist $\Delta s = \frac{\lambda}{2}$.

**TIPP** Beachten Sie, dass die Aufgabenstellung lediglich verlangt, *eine* mögliche Lage zu berechnen. Sie müssen also keine allgemeine Lösung finden, sondern dürfen Ihnen geeignet erscheinende Werte der auftretenden Größen (z. B. für k) festlegen.

Erreger $E_1$ bleibt unverändert an seiner Position, daher beträgt $s_1 = \sqrt{5{,}0}$ cm. Die Welle von $E_2$ legt bis zur Spaltöffnung die Strecke $s_2$ zurück. Mit $\lambda = 2{,}0$ cm ergibt sich für den Gangunterschied somit die Gleichung:

$$\Delta s = \frac{\lambda}{2} \quad \Rightarrow \quad |s_2 - \sqrt{5{,}0}\text{ cm}| = 1{,}0\text{ cm} \quad \Rightarrow \quad s_2 - \sqrt{5{,}0}\text{ cm} = \pm 1{,}0\text{ cm}$$

Sie liefert als **eine** mögliche Streckenlänge $s_2 = \sqrt{5{,}0}\text{ cm} + 1{,}0\text{ cm} = 3{,}24$ cm. Mit dem Spaltmittenabstand $b = 2{,}0$ cm erhält man daraus durch Anwenden des Satzes des Pythagoras den Abstand L von $E_2$ zum Doppelspalt:

$$s_2^2 = L^2 + \left(\frac{b}{2}\right)^2 \Rightarrow L = \sqrt{s_2^2 - \left(\frac{b}{2}\right)^2} = \sqrt{(3{,}24\text{ cm})^2 - (1{,}0\text{ cm})^2} = 3{,}08\text{ cm}$$

Da sich der Doppelspalt an der Stelle $x_{DS} = 2{,}0$ cm befindet und $E_2$ im Abstand 3,08 cm links davon positioniert werden muss, ergibt sich für die **Lage von $E_2$** (im Rahmen der zulässigen Genauigkeit): $x_{E_2} = \underline{\underline{-1{,}1\text{ cm}}}$.

**3.3** In den Spaltöffnungen schwingen die Wellen gleichphasig, da der Doppelspalt symmetrisch zur x-Achse orientiert ist. Daran ändert auch eine Vergrößerung des Spaltabstandes b nichts. Es bleibt also nur zu überlegen, wie die Vergrößerung von b bei gleichbleibender Frequenz den maximal möglichen Gangunterschied **rechts vom Doppelspalt** verändert.

Damit dort ein Interferenzmaximum auftritt, muss für den Gangunterschied gelten:

$$\Delta s = k \cdot \lambda \quad \text{mit } k \in \mathbb{N}_0$$

Der Gangunterschied ist rechts vom Doppelspalt höchstens so groß wie der Spaltabstand, denn für Beugungswinkel $\alpha \leq 90°$ gilt:

$$\Delta s = b \cdot \sin\alpha \leq b$$

Daraus folgt für die möglichen Ordnungen k:

$$k = \frac{\Delta s}{\lambda} \leq \frac{b}{\lambda} \quad \text{bzw.} \quad k_{max} = \frac{b}{\lambda}$$

**Nimmt der Spaltabstand zu**, wird $k_{max}$ größer, d. h., es können **mehr Interferenzkurven** beobachtet werden.

**3.4** Wird die **Frequenz kleiner**, wird gemäß der Beziehung $\lambda = \frac{c}{f}$ die **Wellenlänge größer**. Da die Geometrie der Anordnung nicht verändert wird, bleibt auch der Gangunterschied in den Spaltöffnungen unverändert. Nach der Gleichung

$$\frac{\Delta\varphi}{360°} = \frac{\Delta s}{\lambda} \quad \Leftrightarrow \quad \Delta\varphi = 360° \cdot \frac{\Delta s}{\lambda}$$

wird jedoch bei größerer Wellenlänge der **Phasenwinkel $\Delta\varphi$ kleiner**. Im Zeigerdiagramm von Teilaufgabe 3.1 wird dann der Winkel zwischen den Zeigern kleiner, dadurch ergibt die Vektoraddition einen längeren Vektor und deshalb **vergrößert sich die Amplitude $A_{res}$** in den Spaltöffnungen. Daher gehen vom Doppelspalt Kreiswellen mit größerer Amplitude aus und somit wird die **Amplitude** an den Orten konstruktiver Interferenz rechts vom Doppelspalt **größer**.

**BE**

Ein Plattenkondensator mit dem Plattenabstand $d_0 = 1{,}8$ cm, der Plattenfläche $A = 750\ \text{cm}^2$ und mit Luft als Dielektrikum ($\varepsilon_r = 1{,}00$) wird mit einem ohmschen Widerstand $R = 1{,}5\ \text{M}\Omega$ in Reihe geschaltet. Diese Reihenschaltung wird zum Zeitpunkt $t_0 = 0$ s an eine Gleichspannungsquelle mit der Spannung $U_0 = 2{,}0$ kV angeschlossen.

Ab dem Zeitpunkt $t_0 = 0$ s wächst die am Kondensator abfallende Spannung $U_C$ mit der Zeit t an. Die Abhängigkeit der Spannung $U_C$ von der Zeit t ist im untenstehenden t-$U_C$-Diagramm dargestellt.

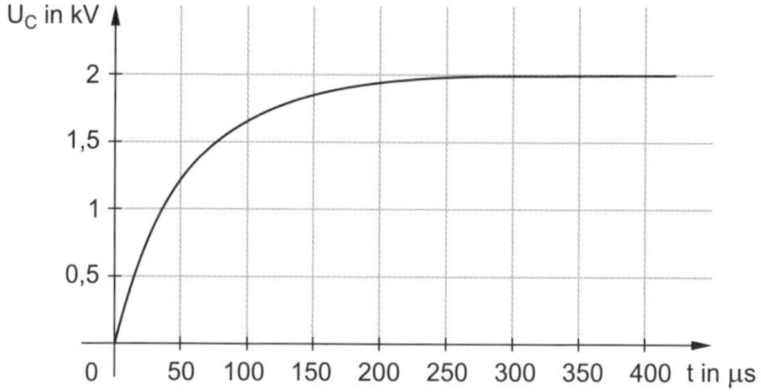


**1.0** Die Stärke I des Ladestroms nimmt mit der Zeit t exponentiell ab.

**1.1** Berechnen Sie den Anfangswert I(0 s) der Stromstärke I und ermitteln Sie mithilfe des t-$U_C$-Diagramms die Stromstärke I(75 µs).
[Teilergebnis: I(75 µs) = 0,33 mA] **5**

**1.2** Skizzieren Sie das t-I-Diagramm für $0\ \text{s} \leq t \leq 400\ \mu\text{s}$.
Verwenden Sie dabei die Ergebnisse von 1.1. **3**

**2.0** Der Ladevorgang ist beendet. Der Kondensator trägt nun die Ladung $Q_0$. Zwischen den Platten des Kondensators herrscht ein homogenes elektrisches Feld, in dem die Energie $W_0$ gespeichert ist.

**2.1** Berechnen Sie $Q_0$ und $W_0$.
Kennzeichnen Sie die Ladung $Q_0$ im Diagramm von Teilaufgabe 1.2. **5**

**2.2** Es soll experimentell bestätigt werden, dass das elektrische Feld zwischen den geladenen Kondensatorplatten homogen ist.
Beschreiben Sie einen dafür geeigneten Versuch. **6**

**3.0** Der Kondensator ist auf die Spannung $U_0 = 2{,}0$ kV aufgeladen und wird nun von der Spannungsquelle getrennt. Dann wird der Plattenabstand d variiert.

**3.1** Untersuchen Sie durch allgemeine Rechnung, ob und gegebenenfalls wie die Kapazität C des Kondensators, die Spannung $U_C$ zwischen den Kondensatorplatten und der Energieinhalt $W_{el}$ des elektrischen Feldes vom Plattenabstand d abhängig sind. **5**

**3.2** Der Plattenabstand d wird von $d_0 = 1{,}8$ cm auf $d_1 = 2{,}5$ cm vergrößert. Berechnen Sie die Arbeit W, die beim Vergrößern des Plattenabstandes gegen die Anziehungskräfte der beiden ungleichnamig geladenen Kondensatorplatten verrichtet wird. **4**

## TIPP Lösungshinweise zu Aufgabe 7

**Teilaufgabe 1.1**
Die Anfangsstromstärke wird durch den ohmschen Widerstand bestimmt.
Für I(75 μs) entnehmen Sie dem Diagramm die entsprechende Spannung.
Vorsicht! Das Diagramm zeigt die am Kondensator abfallende Spannung.

**Teilaufgabe 1.2**
Beachten Sie: Ist der Kondensator vollständig geladen, fließt kein Strom mehr.

**Teilaufgabe 2.1**
Benützen Sie die Formelsammlung.
Kennzeichnung der Ladung: Die Ladung ist allgemein $\int I\,dt$.

**Teilaufgabe 2.2**
Erinnern Sie sich an den Versuch zur Influenz, die Messung der Ladung und die sich daraus ergebende Feldstärke. Genügt **eine** Messung? Wie sieht das Gesamtergebnis aus?

**Teilaufgabe 3.1**
Drücken Sie die gesuchten Größen in Abhängigkeit des Abstand d aus und interpretieren Sie die Ergebnisse. Geeignete Beziehungen finden Sie in der Formelsammlung.

**Teilaufgabe 3.2**
Die verrichtete Arbeit verändert den Energieinhalt des Kondensators.

**1.1** Die **Anfangsstromstärke** I(0 s) wird allein durch den ohmschen Widerstand bestimmt:

$$I(0\,s)=\frac{U_0}{R}=\frac{2{,}0\cdot 10^3\,V}{1{,}5\cdot 10^6\,\frac{V}{A}}=\underline{\underline{1{,}3\,mA}}$$

Dem Diagramm entnimmt man, dass zum Zeitpunkt t = 75 µs am Kondensator 1,5 kV abfallen. Wegen der Reihenschaltung fallen am Widerstand R dann noch 0,50 kV ab und es folgt:

$$I(75\,\mu s)=\frac{0{,}50\cdot 10^3\,V}{1{,}5\cdot 10^6\,\frac{V}{A}}=\underline{\underline{0{,}33\,mA}}$$

**TIPP** Wenn Sie I(0 s) und I(75 µs) vergleichen, werden Sie feststellen, dass die Stromstärke auf ein Viertel des Anfangswerts abgefallen ist. Da Sie zudem wissen, dass die Stromstärke exponentiell abnimmt (siehe Aufgabenstellung), kennen Sie damit die Halbwertszeit $T_H = 37{,}5\,\mu s$. Die Kenntnis von $T_H$ erleichtert Ihnen das in der folgenden Teilaufgabe geforderte Zeichnen des t-I-Diagramms deutlich, weil Sie, ausgehend von I(0 s), leicht weitere Punkte des Graphen konstruieren können.

**1.2** **t-I-Diagramm**

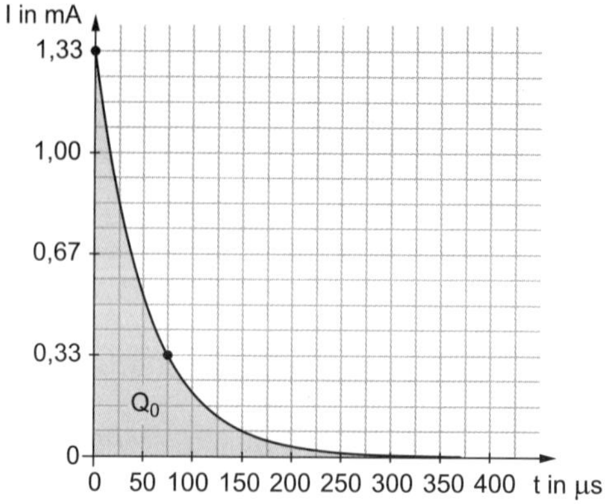

**2.1** Die **Ladung $Q_0$** wird durch die grau getönte Fläche in obigem Diagramm beschrieben. Für $Q_0$ gilt:

$$Q_0 = C \cdot U_0 = \varepsilon_0 \cdot \frac{A}{d_0} \cdot U_0$$

$$= 8{,}85 \cdot 10^{-12} \frac{\text{As}}{\text{Vm}} \cdot \frac{750 \cdot 10^{-4}\,\text{m}^2}{1{,}8 \cdot 10^{-2}\,\text{m}} \cdot 2{,}0 \cdot 10^3\,\text{V} = \underline{\underline{74 \cdot 10^{-9}\,\text{As}}}$$

Die im Kondensator gespeicherte **Feldenergie $W_0$** beträgt:

$$W_0 = \frac{1}{2} Q_0 \cdot U_0$$

$$= \frac{1}{2} \cdot 74 \cdot 10^{-9}\,\text{As} \cdot 2{,}0 \cdot 10^3\,\text{V} = \underline{\underline{74 \cdot 10^{-6}\,\text{J}}}$$

**2.2** Um die Homogenität eines elektrischen Feldes nachzuweisen, muss geprüft werden ob, die elektrische Feldstärke $\vec{E}$ im gesamten Feldbereich in Betrag und Richtung konstant ist. Dazu dient der folgende **Versuch**:

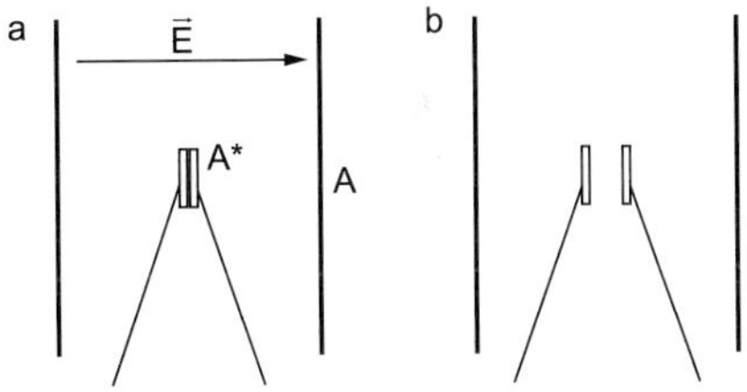


In das elektrische Feld des Kondensators bringt man zwei Metallplättchen (Influenzplattenpaar) an isolierenden Stäben. Die Metallplättchen berühren sich mit ihrer gesamten Fläche A*, sind ungeladen und parallel zu den Kondensatorplatten ausgerichtet. Durch die elektrische Feldkraft $\vec{F}_e$ werden die Ladungen auf den Plättchen getrennt – das rechte Plättchen trägt dann die positiven, das linke die negativen Ladungen (Bild a). Noch im Feld werden die Plättchen getrennt und so aus dem Feld geführt. Sie tragen beide entgegengesetzte, gleich große Ladungen (Bild b).
Die Ladung $Q_i$ eines Plättchens wird mit einem ladungsempfindlichen Messverstärker gemessen. Der Betrag E der elektrischen Feldstärke $\vec{E}$ lässt sich dann bei bekannter Fläche A* über die Flächenladungsdichte

$$\sigma = \frac{Q_i}{A^*}$$

berechnen, denn es gilt:

$$E = \frac{\sigma}{\varepsilon_0} = \frac{Q_i}{\varepsilon_0 \cdot A^*} \qquad \text{(G2)}$$

Dieser Versuch wird mehrmals wiederholt, wobei die Influenzplättchen an verschiedene Stellen zwischen den Kondensatorplatten gebracht und dort getrennt werden. (Es genügt, die Ladung $Q_i$ zu messen; die Feldstärke muss bei diesem Versuch nicht berechnet werden, weil sie nach G2 bei konstanter Fläche A* direkt proportional zu $Q_i$ ist).

*Ergebnis:* Man misst in allen Fällen die gleiche Ladung $Q_i$, der Betrag E der elektrischen Feldstärke $\vec{E}$ ist an allen Orten zwischen den Kondensatorplatten gleich groß. Da Richtung und Orientierung des Feldes sich nicht ändern – $\vec{E}$ ist stets senkrecht zu den Platten gerichtet und zeigt von der positiv geladenen Platte zur negativ geladenen Platte –, ist damit die **Homogenität des elektrischen Feldes in einem Plattenkondensator** experimentell nachgewiesen.

**3.1 Kapazität**

Für die Kapazität C eines Plattenkondensators gilt allgemein ($\varepsilon_r = 1{,}00$):

$$C = \varepsilon_0 \cdot \frac{A}{d} \quad \Rightarrow \quad \underline{\underline{C \sim \frac{1}{d}}}$$

Bei konstanter Fläche A ist die **Kapazität C indirekt proportional zu d**: Je größer d wird, umso kleiner wird die Kapazität.

**Spannung**

Ist der Kondensator von der Spannungsquelle getrennt, kann sich seine Ladung $Q_0$ nicht mehr verändern, $Q_0$ bleibt konstant. Für die Spannung $U_C$ gilt hier deshalb:

$$U_C = \frac{Q_0}{C} = \frac{Q_0}{\varepsilon_0 \cdot \frac{A}{d}} = \frac{Q_0}{\varepsilon_0 \cdot A} \cdot d \quad \Rightarrow \quad \underline{\underline{U_C \sim d}}$$

Da $Q_0$, $\varepsilon_0$ und A konstant sind, ist die **Spannung $U_C$ direkt proportional zu d**.

**Energieinhalt**

Für den Energieinhalt $W_{el}$ gilt allgemein:

$$W_{el} = \frac{1}{2} C \cdot U_C^2$$

Mit $U_C = \frac{Q_0}{C}$ erhält man:

$$W_{el} = \frac{1}{2} Q_0 \cdot U_C = \frac{1}{2} \cdot \frac{Q_0^2}{\varepsilon_0 \cdot A} \cdot d \quad \Rightarrow \quad \underline{\underline{W_{el} \sim d}}$$

Ebenso wie die Spannung ist der **Energieinhalt $W_{el}$ direkt proportional zu d**.

**3.2** Die beim Vergrößern des Plattenabstands von $d_0$ auf $d_1$ **verrichtete Arbeit W** ist die Differenz zwischen den Energieinhalten $W_{el,1}$ und $W_{el,0}$:

$$W = W_{el,1} - W_{el,0} = \frac{1}{2} \cdot \frac{Q_0^2}{\varepsilon_0 \cdot A} \cdot (d_1 - d_0)$$

$$= \frac{(74 \cdot 10^{-9}\,\text{As})^2}{2 \cdot 8{,}85 \cdot 10^{-12}\,\frac{\text{As}}{\text{Vm}} \cdot 750 \cdot 10^{-4}\,\text{m}^2} \cdot (2{,}5 - 1{,}8) \cdot 10^{-2}\,\text{m} = \underline{\underline{29 \cdot 10^{-6}\,\text{J}}}$$

**BE**

Ein „Gold-Cap“ ist ein sogenannter Superkondensator, ein Kondensator mit sehr großer Kapazität. Ein solcher Gold-Cap besitzt die Kapazität $C = 10$ F.

**1** Um eine Vorstellung von der Größenordnung dieser gewaltigen Kapazität zu bekommen, soll ein Vergleich mit einem Plattenkondensator durchgeführt werden. Die Platten dieses Kondensators sind kreisförmig und haben den Radius $r = 16{,}9$ cm, der Plattenabstand der zueinander parallelen Platten beträgt $d = 3{,}0$ mm und der Raum zwischen den Platten ist mit einem Kunststoff der Dielektrizitätszahl $\varepsilon_r = 3{,}5$ ausgefüllt.
Berechnen Sie die Anzahl k solcher Kondensatoren, die parallel geschaltet werden müssten, damit die Gesamtkapazität dieser Parallelschaltung den Wert $C = 10$ F erreicht. **4**

**2** Der zunächst ungeladene Gold-Cap wird auf die Spannung $U_0 = 2{,}2$ V aufgeladen. Der Kondensator nimmt die Ladung $Q_0$ auf und speichert die Energie $E_0$.
Berechnen Sie $Q_0$ und $E_0$. **4**

**3.0** Eine Spule, ein Gold-Cap und eine Diode sind zu einem Stromkreis zusammengeschlossen (siehe nebenstehendes Bild). Die Summe aller ohmschen Widerstände dieses Stromkreises ergibt den Widerstand R.

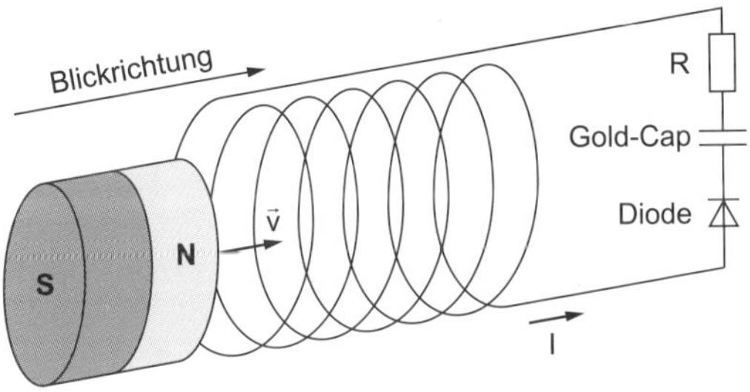


Eine Diode kann als ein elektrischer Schalter betrachtet werden. Abhängig von der Stromrichtung lässt die Diode den Strom fließen (entspricht Schalter geschlossen) oder sie sperrt (entspricht Schalter offen). Sie wurde so eingebaut, dass der elektrische Strom nur entgegen dem Uhrzeigersinn durch den Stromkreis fließen kann (Blickrichtung siehe Bild).

**3.1** Begründen Sie ausführlich, dass es beim Eintritt des Permanentmagneten in die Spule zu einem Stromfluss entgegen dem Uhrzeigersinn im Stromkreis kommt und somit Energie im Gold-Cap gespeichert wird. **4**

**3.2** Der Permanentmagnet wird so durch die Spule geführt, dass er auf der anderen Seite wieder vollständig aus der Spule austritt. Nach dieser Bewegung durch die Spule soll im Gold-Cap möglichst viel Energie gespeichert sein.
Erklären Sie, warum die Diode dabei eine wesentliche Funktion erfüllt. **4**

**3.3** Bei Schütteltaschenlampen kommt die zum Betrieb der Leuchtdiode (kurz LED) notwendige Energie nicht aus einer Batterie, sondern wird durch mechanisches Schütteln erzeugt.
Das nachfolgende Bild zeigt eine einfache Realisierung einer solchen Schütteltaschenlampe.

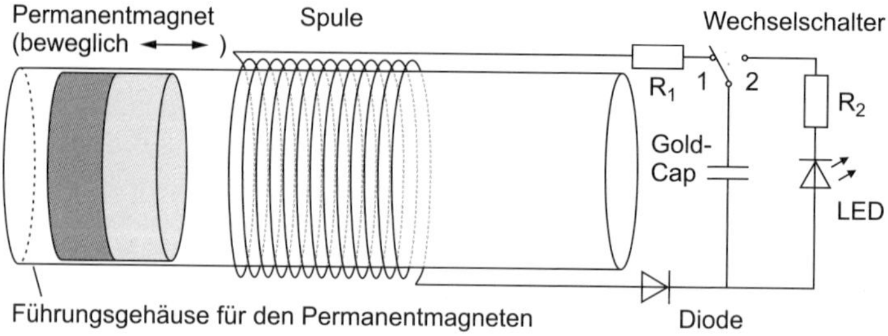


Beschreiben Sie die Funktionsweise dieser Taschenlampe. Unterscheiden Sie dabei die Schalterstellungen 1 und 2 (auf die Funktion von $R_1$ und $R_2$ brauchen Sie nicht eingehen). **4**

**3.4** Der Gold-Cap ist auf die Spannung $U_0 = 2{,}2$ V aufgeladen. Entlädt sich der Gold-Cap über die LED, so leuchtet diese, falls die Betriebsspannung mindestens 1,6 V beträgt. Liegt an der LED die mittlere Spannung $U_m = 1{,}9$ V, so fließt durch die LED ein Strom der mittleren Stärke $I_m = 10$ mA.
Schätzen Sie durch Rechnung ab, über welche Zeitspanne $\Delta t$ die LED beim Betrieb mit dem Gold-Cap Licht abgibt (der Innenwiderstand des Gold-Caps und der Widerstand der Leitungen soll vernachlässigt werden). **5**

**TIPP** **Lösungshinweise zu Aufgabe 8**

**Teilaufgabe 1**
Benutzen Sie die Formel für die Kapazität eines Plattenkondensators mit kreisförmiger Querschnittsfläche aus der Formelsammlung und berechnen Sie damit die gesuchte Anzahl.

**Teilaufgabe 2**
Die Formeln beider gesuchten physikalischen Größen finden Sie in ihrer Formelsammlung.

**Teilaufgabe 3.1**
Für die Begründung benötigen Sie die Regel von Lenz. Sie müssen sich weiterhin die genauen Richtungen der magnetischen Feldlinien überlegen, um dann auf die Richtung des Stromflusses schließen zu können.

**Teilaufgabe 3.2**
Hierzu müssen Sie genau lesen, welche Funktion die Diode hat.
Weiterhin müssen Sie auf die Stärke und das Vorzeichen der Induktionsspannung bei einer vollständigen Bewegung des Permanentmagneten durch die Spule eingehen.

**Teilaufgabe 3.3**
Unterscheiden Sie die Schalterstellungen 1 und 2.
Nutzen Sie die Überlegungen aus den beiden vorherigen Teilaufgaben.

**Teilaufgabe 3.4**
Zum Betreiben der LED kann nicht die gesamte im Gold-Cap gespeicherte Energie benutzt werden. Überlegen Sie also zunächst, wieviel Energie zur Nutzung zur Verfügung steht. Anschließend können Sie mithilfe der gegebenen Werte für die mittlere Spannung und die mittlere Stromstärke die Leuchtdauer abschätzen.

1 Die Kapazität $C_P$ eines kreisförmigen Plattenkondensators mit dem Radius r und einem Dielektrikum der Dielektrizitätszahl $\varepsilon_r$ berechnet sich nach der Formel:

$$C_P = \varepsilon_0 \cdot \varepsilon_r \cdot \frac{A}{d} = \varepsilon_0 \cdot \varepsilon_r \cdot \frac{\pi \cdot r^2}{d}$$

Die **Anzahl k** solcher Kondensatoren, die man benötigt, um die vorgegebene Kapazität C durch Parallelschaltung zu erreichen, ergibt sich daraus zu:

$$C = k \cdot C_P$$

$$C = k \cdot \varepsilon_0 \cdot \varepsilon_r \cdot \frac{\pi \cdot r^2}{d}$$

$$\Rightarrow \quad k = \frac{C \cdot d}{\varepsilon_0 \cdot \varepsilon_r \cdot \pi \cdot r^2} = \frac{10\,\text{F} \cdot 3{,}0 \cdot 10^{-3}\,\text{m}}{8{,}854 \cdot 10^{-12}\,\frac{\text{C}}{\text{Vm}} \cdot 3{,}5\pi \cdot (0{,}169\,\text{m})^2} = \underline{\underline{11 \cdot 10^9}}$$

**TIPP** Die hier herangezogenen Vergleichskondensatoren kennen Sie aus dem physikalischen Schülerpraktikum; von diesen bräuchten Sie also die unvorstellbar große Anzahl von rund 11 Milliarden Stück!

2 **Kondensatorladung und -energie** lassen sich mit den Standardformeln (Formelsammlung) berechnen:

$$Q_0 = C \cdot U_0 = 10\,\text{F} \cdot 2{,}2\,\text{V} = \underline{\underline{22\,\text{C}}}$$

$$E_0 = \frac{1}{2} C \cdot U_0^2 = \frac{1}{2} \cdot 10\,\text{F} \cdot (2{,}2\,\text{V})^2 = \underline{\underline{24\,\text{J}}}$$

3.1 Wird der Permanentmagnet in die Spule geschoben, kommt es zu einem Induktionsstrom, der nach Lenz so gerichtet ist, dass das durch ihn erzeugte Magnetfeld in der Induktionsspule seiner Ursache, also der zunehmenden magnetischen Flussdichte (durch den Permanentmagneten) entgegenwirkt. Das in der **Induktionsspule** entstehende Magnetfeld hat seinen **Nordpol links** und seinen **Südpol rechts** (in der Spule zeigen die magnetischen Feldlinien nach links). Dies ist nur möglich, wenn der Strom **gegen den Uhrzeigersinn** durch die Spule und somit hier auch durch den Stromkreis fließt.

3.2 Die **Diode verhindert das Entladen** des Gold-Caps:

- Befindet sich der Magnet vollständig in der Spule, findet keine Induktion mehr statt. Die gespeicherte Energie im Gold-Cap würde nun ohne Diode einen Entladungsstrom hervorrufen, der dem Ladestrom zuvor entgegen gerichtet wäre. Dies wird jedoch durch die Diode verhindert.

- Beim Austreten des Magneten aus der Spule kommt es wiederum zu einem Induktionsstrom, der jedoch nun im Uhrzeigersinn gerichtet ist und den Gold-Cap ohne Diode zunächst weiter entladen und dann entgegengesetzt aufladen würde. Auch dieser Vorgang wird durch die Diode verhindert.

**3.3** Bei **Schalterposition 1** bewirkt ein „Schütteln" der Lampe eine Bewegung des Permanentmagneten durch die Spule. Es entsteht eine Induktionsspannung beim Eintauchen in die Spule und beim Verlassen der Spule, jedoch mit unterschiedlicher Polung. Durch die Diode ist aber ein Stromfluss nur in eine Richtung möglich, wodurch sich die im Gold-Cap gespeicherte Energie pro Durchgang des Magneten durch die Spule erhöht und eine Entladung verhindert wird. (In dieser Schalterstellung ist ein Leuchten der Diode nicht möglich.)

In **Schalterposition 2** kommt es zu einem Stromfluss durch die LED, falls der Gold-Cap geladen ist. Ist die an der LED abfallende Spannung hoch genug, kann die LED leuchten. (Ein Laden des Gold-Caps durch weiteres Schütteln ist bei dieser Schalterstellung nicht möglich.)

**3.4** Da die LED zum Leuchten mindestens 1,6 V benötigt, kann die gespeicherte Energie $E_{Nutz}$ aus dem Gold-Cap nur solange genutzt werden, bis die Spannung von $U_0 = 2{,}2\ V$ auf $U_1 = 1{,}6\ V$ gesunken ist:

$$E_{Nutz} = E(U_0) - E(U_1) = \frac{1}{2}C \cdot U_0^2 - \frac{1}{2}C \cdot U_1^2 = \frac{1}{2}C \cdot \left(U_0^2 - U_1^2\right)$$

$E_{Nutz}$ hängt über die gesuchte Leuchtdauer $\Delta t = t_1 - t_0$ mit der mittleren Leistung $\overline{P}$ zusammen, welche die LED abgibt (ohne Berücksichtigung des Wirkungsgrades der LED):

$$\overline{P} = \frac{E_{Nutz}}{\Delta t} \qquad (1)$$

$\overline{P}$ lässt sich wiederum aus der mittleren Spannung $U_m = 1{,}9\ V$ und der mittleren Stärke $I_m = 10\ mA$ des durch die LED fließenden Stroms berechnen:

$$\overline{P} = U_m \cdot I_m \qquad (2)$$

Nach Gleichsetzen von (1) und (2) kann die **Leuchtdauer** abgeschätzt werden (unter Vernachlässigung der Widerstandsverluste):

$$\frac{E_{Nutz}}{\Delta t} = U_m \cdot I_m \quad \Rightarrow \quad \Delta t = \frac{E_{Nutz}}{U_m \cdot I_m}$$

$$= \frac{\frac{1}{2}C \cdot \left(U_0^2 - U_1^2\right)}{U_m \cdot I_m}$$

$$= \frac{10\ F \cdot \left((2{,}2\ V)^2 - (1{,}6\ V)^2\right)}{2 \cdot 1{,}9\ V \cdot 0{,}010\ A} = 600\ s = \underline{\underline{10\ min}}$$

## Aufgabe 9: Spule im Magnetfeld

FOS/BOS 12, 2012, Aufgabe I.2

**BE**

Eine flache Induktionsspule mit der Windungszahl $N = 150$ hat einen rechteckigen Querschnitt mit der Breite $b = 5{,}0\,cm$ und der Höhe $h = 6{,}0\,cm$. Diese Spule steht senkrecht über einer Horizontalebene H, die ein homogenes Magnetfeld nach oben begrenzt (siehe nebenstehende Skizze). Die magnetische Flussdichte $\vec{B}$ ist zeitlich konstant und hat den Betrag $B = 240\,mT$.

Bei den folgenden Induktionsversuchen ist die Querschnittsfläche der Spule stets senkrecht zu den Magnetfeldlinien ausgerichtet.

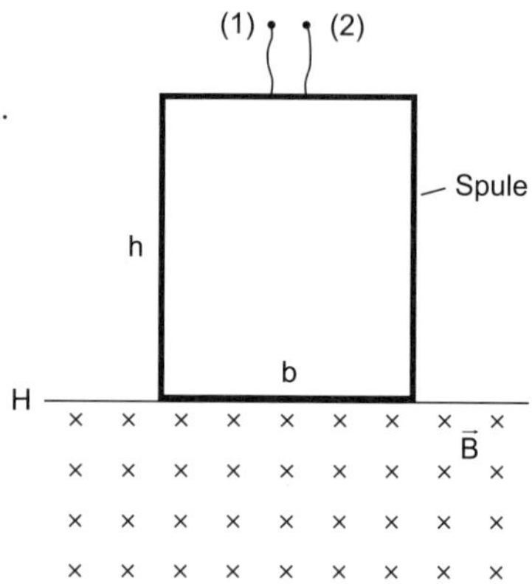


**1.0** Die Spule wird mit der konstanten Geschwindigkeit $\vec{v}$, die den Betrag $v = 1{,}5\,\frac{cm}{s}$ hat, vertikal nach unten in das Magnetfeld hineinbewegt.

Zum Zeitpunkt $t_0 = 0\,s$ treten die unteren Querleiter der Spule in das Magnetfeld ein. Zum Zeitpunkt $t = 6{,}0\,s$ haben die unteren Querleiter der Spule das Magnetfeld noch nicht verlassen.

**1.1** $\Phi_{max}$ ist der Maximalwert des magnetischen Flusses $\Phi$ bei der Abwärtsbewegung der Spule.
Berechnen Sie $\Phi_{max}$ und zeichnen Sie das t-$\Phi$-Diagramm für $0\,s \leq t \leq 6{,}0\,s$. **5**

**1.2** Die zwischen den Spulenenden (1) und (2) auftretende Induktionsspannung $U_{i,1}$ hat den Betrag $U_1$.

Stellen Sie den zeitlichen Verlauf von $U_1$ für $0\,s \leq t \leq 6{,}0\,s$ grafisch dar. **4**

**2.0** Die Spule befindet sich wieder, wie im Eingangstext oben beschrieben, über der Horizontalebene H. Ab dem Zeitpunkt $t_0 = 0\,s$ lässt man nun die Spule aus der Ruhe heraus frei fallen. Zum Zeitpunkt $t_v$ ist die Spule soeben vollständig in das Magnetfeld eingetaucht.

**2.1*** Zeigen Sie ausgehend vom Induktionsgesetz in differentieller Form, dass für den Betrag $U_2$ der während der Eintauchphase zwischen den Spulenenden (1) und (2) auftretenden Induktionsspannung $U_{i,2}$ gilt

$$U_2 = N \cdot B \cdot b \cdot v_F,$$

wobei $v_F$ der Betrag der momentanen Fallgeschwindigkeit $\vec{v}_F$ ist. **6**

**2.2** Im Zeitintervall $[t_v; 0{,}14\,s]$ befindet sich die Spule vollständig im Magnetfeld. Berechnen Sie den Zeitpunkt $t_v$ und zeichnen Sie das t-$U_2$-Diagramm zu dem unter 2.0 beschriebenen Induktionsversuch für $0\,s \leq t \leq 0{,}14\,s$.
[Maßstab für die t-Achse: $0{,}02\,s \mathrel{\hat{=}} 1\,cm$] **6**

**3.0** Die Enden (1) und (2) der Spule werden leitend verbunden. Die kurzgeschlossene Spule hat den ohmschen Widerstand R. Man lässt die kurzgeschlossene Spule noch einmal in das Magnetfeld hineinfallen.

**3.1*** Während die Spule in das Magnetfeld eintaucht, fließt durch die Spule ein Induktionsstrom.
Erläutern Sie mithilfe der Regel von Lenz, welchen Umlaufsinn der Induktionsstrom hat. **4**

**3.2** Begründen Sie, dass die Beschleunigung der kurzgeschlossenen Spule beim Eintauchen in das Magnetfeld nicht konstant ist. **4**

* *Anmerkung der Redaktion:* Die Aufgabenstellung in den Teilaufgaben 2 und 3 weicht geringfügig von der Original-Fassung ab, um die ansonsten erforderliche Kenntnis der Lorentzkraft zu umgehen; diese wird nach Lehrplan Plus erst in der 13. Jahrgangsstufe eingeführt.

## TIPP Lösungshinweise zu Aufgabe 9

**Teilaufgabe 1.1**
Für den maximalen Fluss muss die eingetauchte Fläche maximal sein.
Wie lange dauert es bis zu diesem Zustand?

**Teilaufgabe 1.2**
Eine Induktionsspannung entsteht nur, wenn der Fluss sich ändert.
In welchem Zeitintervall ist dies der Fall? Wenden sie das Induktionsgesetz an.

**Teilaufgabe 2.1**
Überlegen Sie zunächst die eigentliche Ursache der Induktion und berücksichtigen Sie diese im Induktionsgesetz.

Die durchsetzte Fläche ist eine sich zeitlich vergrößernde Rechteckfläche, bei der sich nur ein Seitenpaar vergrößert.

Stellen Sie eine Funktion auf, die die zeitliche Änderung der durchsetzten Fläche beschreibt. Nutzen Sie dazu die Zusammenhänge des freien Falls.

**Teilaufgabe 2.2**
Die Spule durchfällt die Höhe h frei bis zum vollständigen Eintauchen. Aus den Beziehungen für den freien Fall ergibt sich der Zeitpunkt $t_V$ und die Eintauchgeschwindigkeit. Nach der Beziehung von Teilaufgabe 2.1 lässt sich dann das Diagramm zeichnen.

**Teilaufgabe 3.1**
Überlegen Sie: Was ist die Ursache dafür, dass ein Induktionsstrom entsteht?
Was besagt die Regel von Lenz über diese Ursache?

**Teilaufgabe 3.2**
Durch den Induktionsstrom wirkt auf die unteren Querleiter eine zusätzliche Kraft nach oben. Zeigen Sie, dass deren Betrag nicht konstant ist. Welche Konsequenz hat dies für die Gesamtkraft und damit für die Beschleunigung?

## Lösungsvorschlag zu Aufgabe 9

**1.1** Der **magnetische Fluss** wird **maximal**, wenn die gesamte Spulenfläche in das Feld eingetaucht ist:

$$\Phi_{max} = B \cdot A_{max} = B \cdot b \cdot h = 0{,}240\,\frac{Vs}{m^2} \cdot 0{,}050\text{ m} \cdot 0{,}060\text{ m} = \underline{\underline{7{,}2 \cdot 10^{-4}\text{ Vs}}}$$

Bei der gegebenen Eintauchgeschwindigkeit $v = 1{,}5\,\frac{cm}{s}$ ist die Spule nach

$$t_{ein} = \frac{h}{v} = \frac{6{,}0\text{ cm}}{1{,}5\,\frac{cm}{s}} = 4{,}0\text{ s}$$

vollständig eingetaucht. Damit ergibt sich folgendes **t-Φ-Diagramm**:

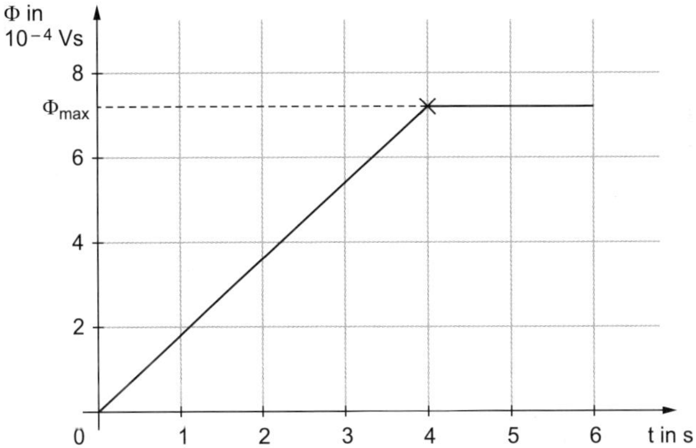


**TIPP** Der magnetische Fluss nimmt linear mit der Zeit zu, bis er seinen Maximalwert erreicht. Bezeichnet s(t) die Eintauchtiefe als Funktion der Zeit mit $s_{max} = s(t_{ein}) = h$, folgt:

$$\Phi(t) = B \cdot A(t) = B \cdot b \cdot s(t) = B \cdot b \cdot v \cdot t \quad \text{für } 0\,s \le t \le t_{ein}$$
$$\Phi(t) = \Phi_{max} \quad \text{für } t_{ein} \le t \le 6{,}0\,s$$

**1.2** **t-$U_1$-Diagramm**

Für die Eintauchphase im Zeitintervall [0 s; 4,0 s] ist $U_1$ wegen der konstanten Geschwindigkeit konstant. Es gilt:

$$U_1 = \left| -N \cdot \frac{\Delta\Phi}{\Delta t} \right| = N \cdot \frac{\Phi_{max}}{t_{ein}}$$

$$= 150 \cdot \frac{7{,}2 \cdot 10^{-4}\text{ Vs}}{4{,}0\text{ s}} = 27\text{ mV}$$

**TIPP** Alternativ können Sie auch von der Funktion Φ(t) ausgehen:

$$U_1 = \left| -N \cdot \frac{\Delta\Phi}{\Delta t} \right| = N \cdot \frac{B \cdot b \cdot v \cdot \Delta t}{\Delta t} = N \cdot B \cdot b \cdot v$$

$$= 150 \cdot 0{,}240\,\frac{\text{Vs}}{\text{m}^2} \cdot 0{,}050\,\text{m} \cdot 0{,}015\,\frac{\text{m}}{\text{s}} = 27\,\text{mV}$$

Im Zeitintervall ]4,0 s; 6,0 s] ändert sich der magnetische Fluss nicht: Es folgt also $U_1 = 0$ V.

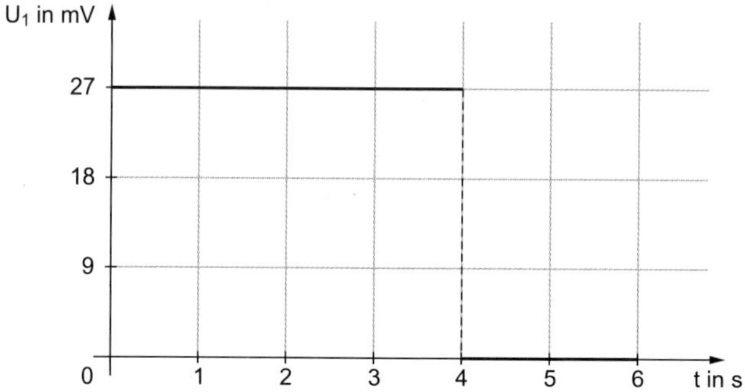


**2.1** Ausgehend vom Induktionsgesetz in differentieller Form erhält man mit $\Phi = B \cdot A$ zunächst:

$$U_{i,2} = -N \cdot \dot{\Phi}$$
$$= -N \cdot (\dot{B} \cdot A + B \cdot \dot{A})$$

Da sich im vorliegenden Fall die magnetische Flussdichte $\vec{B}$ nicht ändert, ist $\dot{B} = 0$, sodass folgt:

$$U_{i,2} = -N \cdot B \cdot \dot{A} \qquad (*)$$

Die vom Magnetfeld durchsetzte Fläche A der Spule nimmt aufgrund des freien Falls zu, es gilt $A(t) = y(t) \cdot b$. Dabei ist y(t) die Höhe der Spule, die sich zum Zeitpunkt t während der Eintauchphase bereits im Magnetfeld befindet. Da sich die Spule im freien Fall in das Magnetfeld bewegt, gilt

$$y = \frac{1}{2} g \cdot t^2$$

und damit:

$$A(t) = \frac{1}{2} g \cdot t^2 \cdot b \;\Rightarrow\; \dot{A}(t) = g \cdot t \cdot b$$

Eingesetzt in (*) folgt mit $v_F = g \cdot t$:

$$U_{i,2} = -N \cdot B \cdot g \cdot t \cdot b$$
$$= -N \cdot B \cdot b \cdot v_F$$

Für den **Betrag $U_2$ dieser Induktionsspannung** gilt dann die gesuchte Beziehung:

$$U_2 = |U_{i,2}| = \underline{\underline{N \cdot B \cdot b \cdot v_F}}$$

**2.2** Die Spule fällt frei nach unten. Zum Zeitpunkt $t = t_v$ hat die Spule die Höhe $h = 6{,}0$ cm durchfallen, es gilt also für den **Zeitpunkt $t_v$**:

$$h = \frac{1}{2} g \cdot t_v^2 \quad \Rightarrow \quad t_v = \sqrt{\frac{2h}{g}} = \sqrt{\frac{2 \cdot 0{,}060\ \text{m}}{9{,}81\ \frac{\text{m}}{\text{s}^2}}} = \underline{\underline{0{,}11\ \text{s}}}$$

Im freien Fall gilt für den Betrag $v_F$ der Geschwindigkeit

$$v_F = g \cdot t$$

und damit für die Spannung $U_2$ während der Eintauchphase:

$$U_2(t) = N \cdot B \cdot b \cdot g \cdot t \quad (0\ \text{s} \le t \le 0{,}11\ \text{s})$$

Die Spannung $U_2$ nimmt proportional zur Zeit t zu, der t-$U_2$-Graph ist für [0 s; 0,11 s] eine **Ursprungsgerade**. Die maximale Induktionsspannung beträgt:

$$U_2(0{,}11\ \text{s}) = 150 \cdot 0{,}240\ \frac{\text{Vs}}{\text{m}^2} \cdot 0{,}050\ \text{m} \cdot 9{,}81\ \frac{\text{m}}{\text{s}^2} \cdot 0{,}11\ \text{s} = 1{,}9\ \text{V}$$

Im Zeitintervall [0,11 s; 0,14 s] ist die Spule vollständig eingetaucht. Der magnetische Fluss ändert sich nun nicht mehr. Die Induktionsspannung ist null:

$$U_2(t) = 0\ \text{V} \quad (0{,}11\ \text{s} \le t \le 0{,}14\ \text{s})$$

Damit ergibt sich folgendes **t-$U_2$-Diagramm**:

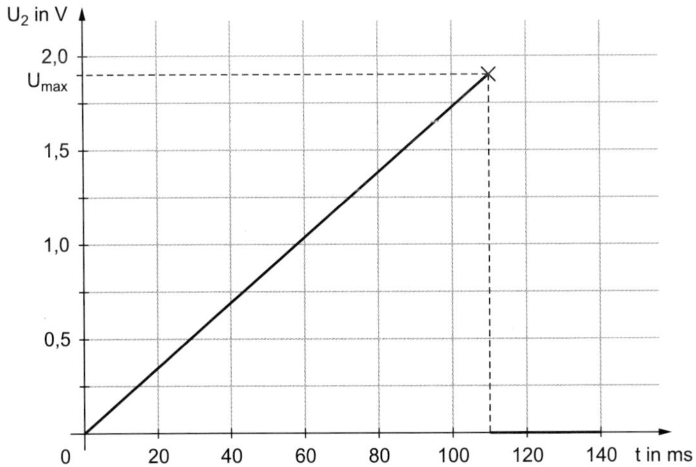

**3.1** Fällt die Spule in das Magnetfeld, so vergrößert sich die vom Magnetfeld durchsetzte Fläche der Spule; es wird eine Spannung induziert, die aufgrund des geschlossenen Stromkreises zu einem Stromfluss führt. Nach Lenz fließt der Induktionsstrom so, dass er der Vergrößerung der durchsetzten Fläche und damit der Vergrößerung des magnetischen Flusses $\Phi = B \cdot A$ (Ursache) entgegenwirkt. Das „Entgegenwirken" geschieht, indem sein Magnetfeld das bereits vorhandene Magnetfeld innerhalb der durchsetzten Fläche schwächt. Dies ist nur möglich, wenn der Strom **gegen den Uhrzeigersinn** durch die Spule fließt.

**3.2** Wenn die Spule fällt, wirkt auf sie die konstante Gewichtskraft $\vec{F}_G$. Zusätzlich wirkt auf die N unteren Querleiter, die vom selben Induktionsstrom I durchflossen werden, eine nach oben gerichtete Kraft $\vec{F}_{oben}$ (Dreifingerregel: rechte Hand für die technische Stromrichtung, linke Hand für Elektronenbewegung). Für den Betrag $F_{oben}$ gilt:

$$F_{oben} = N \cdot B \cdot b \cdot I$$

Mit $I = \frac{U_2}{R} = \frac{N \cdot B \cdot b \cdot v_F}{R}$ erhält man:

$$F_{oben} = N \cdot B \cdot b \cdot \frac{N \cdot B \cdot b \cdot v_F}{R} = \frac{N^2 \cdot B^2 \cdot b^2}{R} \cdot v_F$$

Der Betrag $v_F$ der Momentangeschwindigkeit und damit $F_{oben}$ nehmen zeitlich zu. Wenn aber $\vec{F}_{oben}$ nicht konstant ist, sind auch die beschleunigende Kraft $\vec{F}_a = \vec{F}_G + \vec{F}_{oben}$ und daher die **Beschleunigung**

$$\vec{a} = \frac{1}{m} \cdot \vec{F}_a$$

**nicht konstant**.

**TIPP** Könnte die Spule fallen, ohne jemals vollständig ins Feld einzutauchen – falls also h und das Magnetfeld unendlich ausgedehnt wären –, geht $F_a$ gegen null, d. h., im Grenzfall gilt:

$$F_{oben} = F_G \Leftrightarrow \frac{N^2 \cdot B^2 \cdot b^2}{R} \cdot v_{F,\,grenz} = m \cdot g \Rightarrow v_{F,\,grenz} = \frac{m \cdot g \cdot R}{N^2 \cdot B^2 \cdot b^2}$$

Sind alle Daten bekannt (hier fehlt ein Wert für den ohmschen Widerstand R), kann die Grenzgeschwindigkeit $v_{F,\,grenz}$ berechnet werden. $v_F$ nähert sich dieser asymptotisch.

**BE**

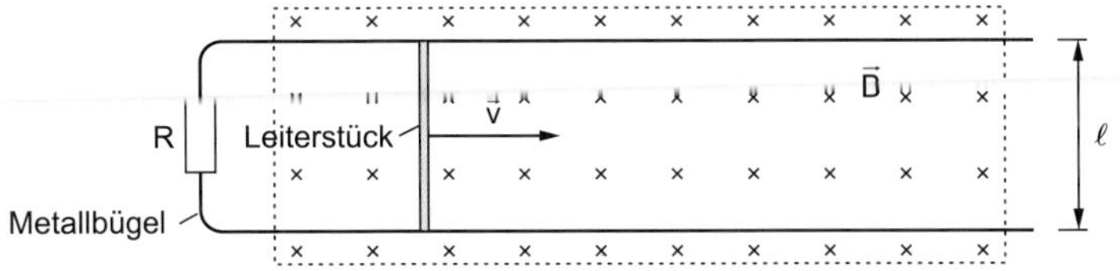


In obenstehender Skizze ist eine Versuchsanordnung in einer Draufsicht dargestellt. In einem homogenen Magnetfeld, dessen Flussdichte $\vec{B}$ zeitlich konstant ist und den Betrag $B = 900$ mT hat, befindet sich ein rechtsseitig offener Metallbügel. Der ohmsche Widerstand im linken Teil des Metallbügels hat den Wert $R = 0{,}80\ \Omega$. Auf dem Metallbügel wird ein Leiterstück der Länge $\ell = 25$ cm zunächst mit der konstanten Geschwindigkeit $\vec{v}_0$ nach rechts verschoben. Die Geschwindigkeit $\vec{v}_0$ ist senkrecht zur Flussdichte $\vec{B}$ gerichtet und hat den Betrag $v_0 = 16\ \frac{\text{cm}}{\text{s}}$.
Die Leitungswiderstände von Bügel und Leiterstück sowie die Kontaktwiderstände zwischen dem Leiterstück und dem Metallbügel sind gegenüber dem Widerstand $R = 0{,}80\ \Omega$ vernachlässigbar. Das Leiterstück befindet sich während der betrachteten Vorgänge stets im Magnetfeld.

**1** Bei der Bewegung des Leiterstücks fließt durch den geschlossenen Kreis ein Induktionsstrom. Berechnen Sie die Stärke I dieses Induktionsstroms. **4**

**2.0** Die bei der Verschiebung des Leiterstücks zwischen dem Leiterstück und dem Metallbügel auftretende Reibung ist vernachlässigbar. Dennoch muss zur Aufrechterhaltung der Geschwindigkeit $\vec{v}_0$ eine Zugkraft $\vec{F}_{Zug}$ auf das Leiterstück ausgeübt werden.

**2.1** Erläutern Sie, warum diese Kraft $\vec{F}_{Zug}$ notwendig ist, und bestätigen Sie durch eine allgemeine Rechnung, dass für den Betrag $F_{Zug}$ der Zugkraft $\vec{F}_{Zug}$ gilt:

$$F_{Zug} = \frac{B^2 \cdot \ell^2}{R} \cdot v_0$$ **7**

**2.2** In einem Zeitintervall mit der Länge $\Delta t = 5{,}0$ s wird am Leiterstück durch die Zugkraft $\vec{F}_{Zug}$ die mechanische Arbeit $W_{mech}$ verrichtet.
Berechnen Sie $W_{mech}$ und erläutern Sie, was mit der dem Leiterstück zugeführten Energie im Stromkreis geschieht. **5**

**3** Das mit der Geschwindigkeit $\vec{v}_0$ bewegte Leiterstück wird zum Zeitpunkt $t_L$ losgelassen, d. h., die Zugkraft $\vec{F}_{Zug}$ wird nicht mehr ausgeübt. Das Leiterstück erfährt nun eine Verzögerung $\vec{a}$ mit dem Betrag a, sodass der Betrag v seiner Geschwindigkeit $\vec{v}$ abnimmt.
Begründen Sie mithilfe des Ergebnisses von Teilaufgabe 2.1, dass a für $t > t_L$ direkt proportional zu v ist, und skizzieren Sie für $t > t_L$ ein zugehöriges t-v-Diagramm. **6**

**TIPP** **Lösungshinweise zu Aufgabe 10**

**Teilaufgabe 1**
Berücksichtigen Sie den Zusammenhang zwischen der erzeugten Induktionsspannung, der Stromstärke und der Größe des vorliegenden Widerstandes.

Den Betrag der Induktionsspannung erhalten Sie z. B. aus dem Induktionsgesetz.

**Teilaufgabe 2.1**
Der Leiter soll sich mit einer konstanten Geschwindigkeit bewegen. Dafür ist ein Kräftegleichgewicht notwendig.

Für die zweite Kraft (neben der Zugkraft) ist die Stromrichtung entscheidend. Diese müssen Sie sich mithilfe der Regel von Lenz erschließen.

**Teilaufgabe 2.2**
Die zu berechnende Arbeit beruht auf einer konstanten Zugkraft entlang eines Weges.

**Teilaufgabe 3**
Wenden Sie das Grundgesetzes der Mechanik an sowie das Ergebnis aus Teilaufgabe 2.1.

Bedenken Sie für das Skizzieren des t-v-Diagramms, welche physikalische Bedeutung die Steigung des t-v-Graphen besitzt.

1 Der zu berechnende Induktionsstrom hat seine Ursache in der durch die Bewegung des Leiters hervorgerufenen Induktionsspannung $U_i$. Die Stromstärke I wird durch den Widerstand R begrenzt. Es gilt folgender Zusammenhang:

$$R = \frac{|U_i|}{I} \Rightarrow I = \frac{|U_i|}{R}$$

Den Betrag der Induktionsspannung erhält man aus der Formelsammlung oder, indem man ihn aus dem Induktionsgesetz herleitet (Windungszahl N = 1; s: zurückgelegter Weg des Leiterstücks):

$$|U_i| = |\dot{\Phi}| = B \cdot |\dot{A}| = B \cdot \ell \cdot |\dot{s}| = B \cdot \ell \cdot v_0$$

Damit ergibt sich für die **Stromstärke**:

$$I = \frac{B \cdot \ell \cdot v_0}{R} \qquad (6)$$

$$= \frac{0{,}900\,\text{T} \cdot 0{,}25\,\text{m} \cdot 0{,}16\,\frac{\text{m}}{\text{s}}}{0{,}80\,\Omega} = \underline{\underline{0{,}045\,\text{A} = 45\,\text{mA}}}$$

2.1 Wird das Leiterstück im Magnetfeld nach rechts bewegt, so vergrößert sich die vom Magnetfeld durchsetzte Fläche; es wird eine Spannung induziert, die aufgrund des geschlossenen Stromkreises zu einem Stromfluss führt. Nach Lenz fließt der Induktionsstrom so, dass er der Vergrößerung der durchsetzten Fläche und damit der Vergrößerung des magnetischen Flusses $\Phi = B \cdot A$ (Ursache) entgegenwirkt. Das „Entgegenwirken" geschieht, indem sein Magnetfeld das bereits vorhandene Magnetfeld innerhalb der durchsetzten Fläche schwächt. Dies ist nur möglich, wenn der Induktionsstrom **gegen den Uhrzeigersinn** durch den über den Widerstand geschlossenen Stromkreis fließt.
Im Leiterstück ist dann die technische Stromrichtung von unten nach oben gerichtet. Dieses Leiterstück erfährt deshalb eine nach links gerichtete magnetische Kraft $F_m$. Soll nun die Geschwindigkeit $\vec{v}_0$ des Leiters gleich bleiben, ist eine gleichgroße, in die entgegengesetzte Richtung zeigende Zugkraft $\vec{F}_{Zug}$ für das nötige Kräftegleichgewicht (Resultierende vom Betrag null) erforderlich. Mit Gleichung (6) aus Teilaufgabe 1 folgt dann für den **Betrag der Zugkraft**:

$$F_{Zug} = F_m$$

$$= B \cdot I \cdot \ell$$

$$\overset{(6)}{=} B \cdot \frac{B \cdot \ell \cdot v_0}{R} \cdot \ell$$

$$= \underline{\underline{\frac{B^2 \cdot \ell^2}{R} \cdot v_0}}$$

**2.2** Für die **mechanische Arbeit $W_{mech}$** ist die konstante Zugkraft $\vec{F}_{Zug}$ entlang des Wegstücks $\Delta\vec{s}$ verantwortlich. $\vec{F}_{Zug}$ und $\Delta\vec{s}$ sind gleichgerichtet. Folglich gilt:

$$W_{mech} = F_{Zug} \cdot \Delta s = F_{Zug} \cdot v_0 \cdot \Delta t = \frac{B^2 \cdot \ell^2}{R} \cdot v_0^2 \cdot \Delta t$$

$$= \frac{(0{,}900\,T)^2 \cdot (0{,}25\,m)^2}{0{,}80\,\Omega} \cdot \left(0{,}16\,\frac{m}{s}\right)^2 \cdot 5{,}0\,s = \underline{\underline{8{,}1 \cdot 10^{-3}\,J = 8{,}1\,mJ}}$$

Die zugeführte mechanische Arbeit wird im Stromkreis in **elektrische Energie** umgewandelt. Diese wird im ohmschen Widerstand wiederum in **Wärme** umgeformt.

**3** Nach dem Grundgesetz der Mechanik gilt für die Beschleunigung:

$$a = \frac{F}{m}$$

m entspricht hierbei der Masse des Leiterstücks. F ist der Betrag der resultierenden Kraft auf das Leiterstück. Da für $t > t_L$ nur noch die nach links gerichtete magnetische Kraft $\vec{F}_m$ auf das Leiterstück wirkt, ist diese Kraft zugleich auch die resultierende Kraft. Nach Teilaufgabe 2.1 gilt für den Betrag der magnetischen Kraft auf das stromdurchflossene Leiterstück, das sich nun mit der Geschwindigkeit $\vec{v}$ bewegt:

$$F_m = \frac{B^2 \cdot \ell^2}{R} \cdot v$$

Damit erhält man für den Zusammenhang zwischen a und v:

$$a = \frac{F_m}{m} = \frac{B^2 \cdot \ell^2}{m \cdot R} \cdot v \quad \Rightarrow \quad \underline{\underline{a \sim v}} \quad \text{wegen} \quad \frac{B^2 \cdot \ell^2}{m \cdot R} = \text{konst.}$$

Im **t-v-Diagramm** entspricht der Betrag der Steigung des Graphen dem Betrag der vorliegenden Beschleunigung a. Da a abnimmt, heißt das, dass auch der Betrag der Steigung des Graphen abnimmt. Wegen $a \sim v$ und abnehmendem v für $t > t_L$ muss der zugehörige Graph streng monoton fallend sein. Wegen des abnehmenden Betrags der Steigung muss der Graph dabei eine Linkskrümmung aufweisen.

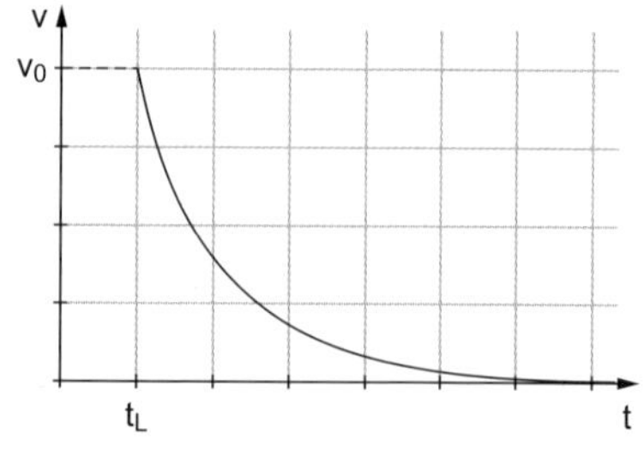

# PRÜFUNGSAUFGABEN

# FOS / BOS 12 Bayern Physik
Fachabiturprüfung 2020

## Pflichtaufgabengruppe P – Aufgabenstellung

**HINWEIS:** Ist eine Aufgabenstellung mit **(G)** gekennzeichnet, ist die Bearbeitung/die Lösung dieser Aufgabe direkt in das vorliegende Geheft einzutragen.

**BE**

**1.0** Ein Spielplatz besitzt als Attraktion ein Sitzkarussell, dessen vertikale Drehachse senkrecht durch den Mittelpunkt der kreisförmigen Grundfläche verläuft.
Um die Winkelgeschwindigkeit $\omega$ des Karussells konstant zu halten, laufen Kinder außen um das Karussell und halten dieses dabei an der Rückenlehne fest. Die Schwerpunkte der mitlaufenden Kinder haben hierbei den Abstand $d = 1{,}8\,m$ zur Drehachse des Karussells. Die Schwerpunkte der im Karussell sitzenden Personen bewegen sich auf einem Kreis mit dem Radius $r_K = 1{,}5\,m$.

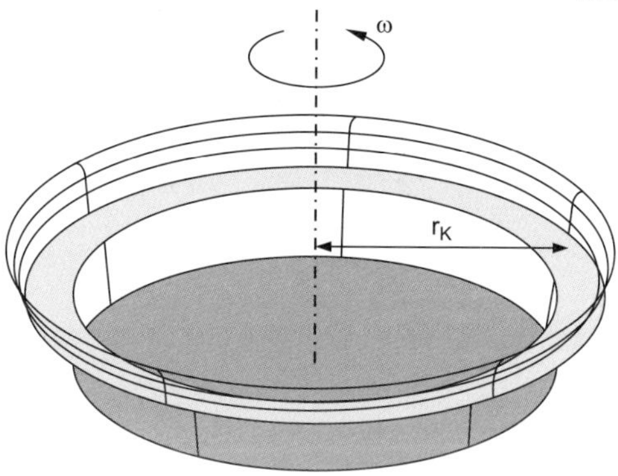


**1.1** Eine im Karussell sitzende Person erfährt die Radialbeschleunigung $\vec{a}_z$. Der zugehörige Betrag $a_z$ erreicht 50 % des Betrages der Fallbeschleunigung auf der Erde.
Berechnen Sie den Betrag v der dafür notwendigen Bahngeschwindigkeit der mitlaufenden Kinder. **4**

**(G) 1.2** Während der Fahrt löst sich ein auf der Sitzfläche liegendes Handy, rutscht zwischen den Gitterstäben der Rückenlehne hindurch und fliegt bis zum Boden; die Luftreibung wird hierbei vernachlässigt.
Kreuzen Sie an, welcher Vorschlag den jeweiligen Satz bezüglich des Fluges des Handys aus Sicht eines außenstehenden Beobachters physikalisch richtig vervollständigt:

**HINWEIS:** Setzen Sie Ihr Kreuz nur bei denjenigen Aussagen, bei denen Sie sicher sind. Jedes falsch gesetzte Kreuz geht mit –0,5 BE und jedes richtig gesetzte Kreuz mit +1 BE ein. Im ungünstigsten Fall wird die Aufgabe mit 0 BE gewertet.

a) Das Handy bewegt sich anfangs …

☐ … radial von der Drehachse weg.

☐ … tangential zur ursprünglichen Kreisbahn.

☐ … parallel zur Drehachse.

b) Die Bahnkurve des Handys ist eine …

☐ … Kreisbahn. ☐ … Gerade. ☐ … Parabel.

c) Die kinetische Energie des Handys …

☐ … nimmt ab. ☐ … bleibt konstant. ☐ … nimmt zu. **3**

**2.0** In einem Messversuch wird die Bewegung eines zylindrischen Körpers der Masse $m = 20\,g$ beim Fallen in einer durchsichtigen Plexiglasröhre untersucht. Der Ort des Körpers wird durch die y-Koordinate seines Schwerpunktes beschrieben. Die y-Achse ist dabei so festgelegt, dass sie parallel zur Röhre gerichtet und nach unten orientiert ist (siehe Skizze).
Zu Beginn ist der Körper in einer Haltevorrichtung fixiert und befindet sich am Ort $y_0 = 0$. Zum Zeitpunkt $t_0 = 0$ löst sich der Körper aus der Haltevorrichtung und fällt in der vertikal befestigten Röhre senkrecht nach unten. Dieser Vorgang wird von einer Kamera gefilmt. Reibungseffekte sind vernachlässigbar klein.

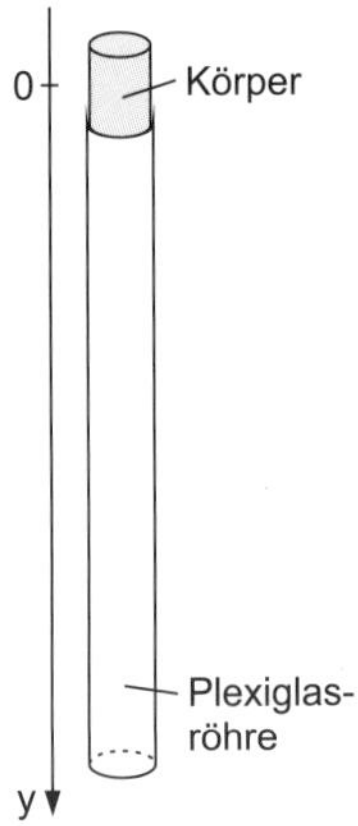


**2.1** Aus Bildern der Videoaufnahme wird der Ort des Körpers zum Zeitpunkt $t_0 = 0$ sowie nach sechs gleichen Zeitintervallen der Länge $\Delta t_F$ erfasst und als Stroboskopaufnahme dargestellt. Dabei wurde die Aufnahme um 90° gegen den Uhrzeigersinn gedreht.
Die nachfolgende Darstellung enthält drei Stroboskopaufnahmen A, B und C, von denen nur eine zu diesem Versuch passt.
Geben Sie diese an und ermitteln Sie $\Delta t_F$.

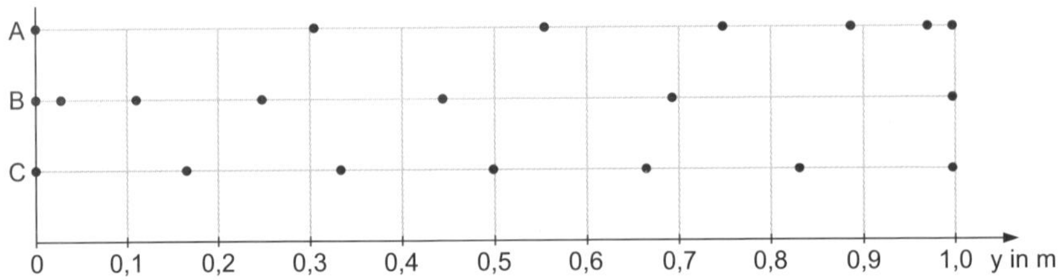


**4**

**2.2.0** Durch Analyse der Videoaufnahme wird die y-Koordinate $v_y$ der Geschwindigkeit des Körpers an verschiedenen Orten während des Falls bestimmt. Es ergibt sich folgende Tabelle, in welcher der Wert von $v_y$ bei $y_4 = 0{,}80\,m$ fehlt:

| y in m | 0 | 0,20 | 0,40 | 0,60 | 0,80 | 1,0 |
|---|---|---|---|---|---|---|
| $v_y$ in $\frac{m}{s}$ | 0 | 2,0 | 2,8 | 3,4 | | 4,4 |

**2.2.1** Zeigen Sie anhand einer geeigneten grafischen Auswertung, dass $v_y = k \cdot \sqrt{y}$ gilt, wobei k eine Konstante ist. **5**

**(G) 2.2.2** Geben Sie die Einheit der Konstanten k an und ergänzen Sie einen sinnvollen Wert für $v_y$ bei $y_4 = 0{,}80\,m$ in der Tabelle von 2.2.0.

$[k] =$ ____________ **2**

**(G) 2.3** Im Verlauf des freien Falls nimmt mit zunehmender y-Koordinate des Körpers dessen kinetische Energie $E_{kin}$ zu.
Ermitteln Sie die Funktionsterme $E_{kin}(y)$ und $E_{kin}(t)$, die die Abhängigkeit der kinetischen Energie von dem Ort y bzw. der Zeit t in allgemeiner Form beschreiben.
Skizzieren Sie die Graphen der zugehörigen Funktionen in die vorbereiteten Koordinatensysteme.

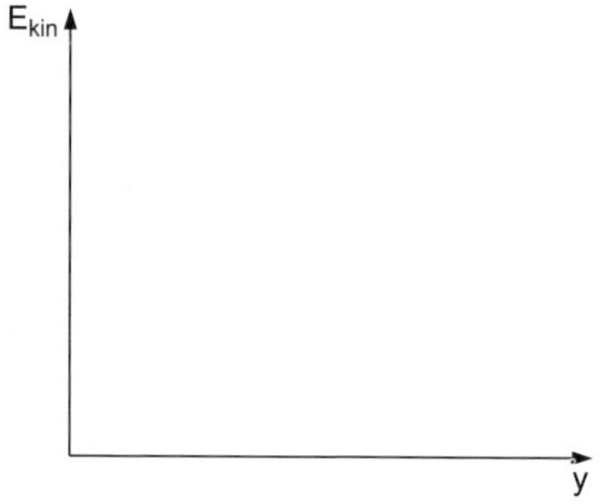


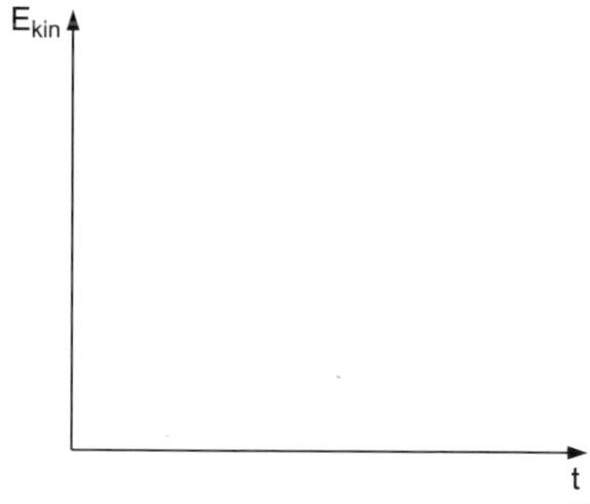


**5**

**2.4** Der zylindrische Körper wird durch einen formgleichen Stabmagneten ersetzt. Am Ort $y_S$ ist eine dünne Spule um das Plexiglas gewickelt. Bewegt sich der Stabmagnet durch diese Spule, so wird zwischen ihren Anschlüssen eine elektrische Spannung U induziert, deren zeitlicher Verlauf mit einem Oszilloskop beobachtet werden kann (siehe nebenstehende Skizze).
Entscheiden Sie, welches der vier folgenden Diagramme hierfür einen möglichen Spannungsverlauf darstellt, und begründen Sie bei den anderen Diagrammen jeweils, weshalb sie auszuschließen sind.

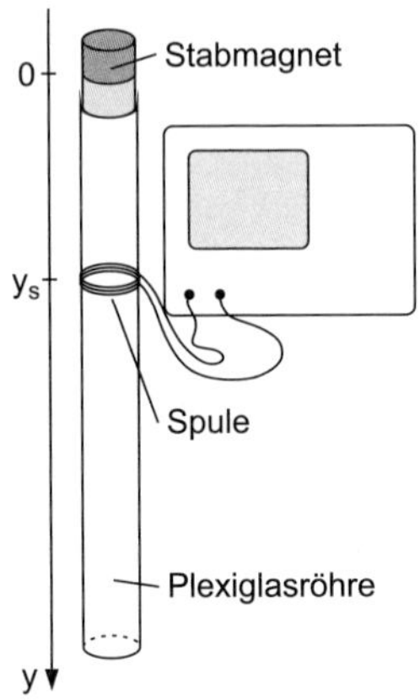


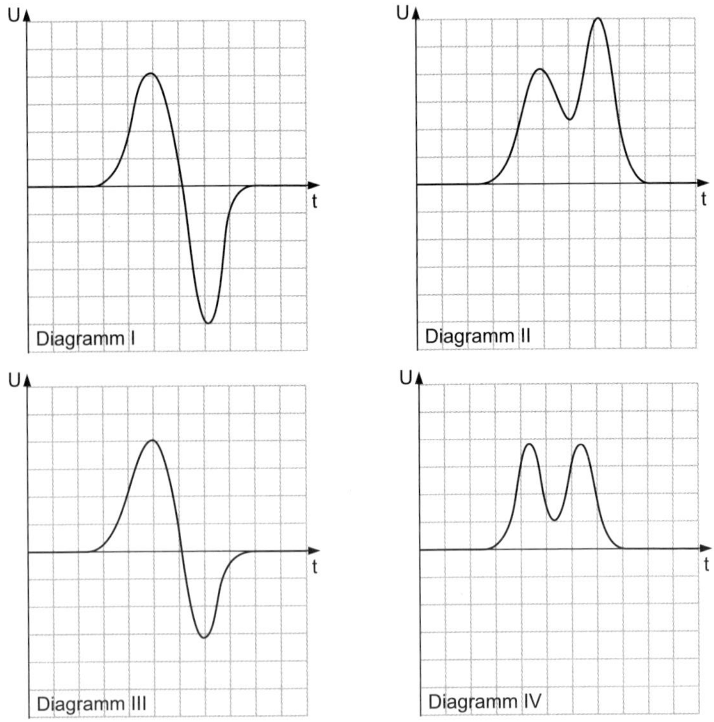


**4**

**3.0** Im Punkt A(0 | 0) eines kartesischen Koordinatensystems befindet sich die Ladung Q und erzeugt im Punkt B(0 | 5,0 cm) ein elektrisches Feld der Stärke $\vec{E}_B$ (siehe nachfolgende Abbildung).
Für den Betrag der elektrischen Feldstärke gilt der Maßstab $1\,\text{cm} \mathrel{\hat{=}} 1\,\frac{\text{kV}}{\text{m}}$.

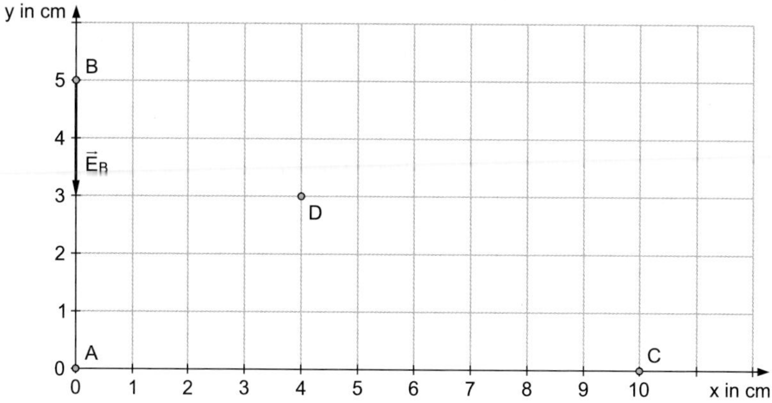


**(G) 3.1** Ermitteln Sie den Betrag der Ladung Q und geben Sie deren Vorzeichen an. **4**

**(G) 3.2** Ergänzen Sie im Diagramm von 3.0 für die Punkte C(10,0 cm | 0) und D(4,0 cm | 3,0 cm) die Vektoren $\vec{E}_C$ und $\vec{E}_D$ unter Beachtung des vorgegebenen Maßstabs. **2**

**3.3** In den Punkt B(0 | 5,0 cm) wird nun die Ladung $q = -1{,}0$ nC gebracht. Jemand behauptet: „Es gibt auf der Strecke $\overline{AB}$ einen Punkt, in dem die resultierende Kraft auf eine positive Probeladung verschwindet." Nehmen Sie begründet Stellung zu dieser Aussage. **3**

**4.0** Folgende maßstabsgetreue Darstellung zeigt eine Wellenwanne mit jeweils einem punktförmigen Erreger in den Punkten $P_1$ und $P_2$. Beide Erreger schwingen gleichphasig und mit gleicher Amplitude. Von den Erregern gehen kreisförmige Wellen mit der Wellenlänge $\lambda = 2{,}0$ cm aus.
Die gesamte Wellenwanne ist bereits von beiden Kreiswellen erfasst worden. Sämtliche Reflexionen sind zu vernachlässigen.

**(G) 4.1** Entscheiden Sie mithilfe geeigneter Messungen in der Darstellung aus 4.0, ob im Punkt R entweder ein Interferenzmaximum oder ein -minimum vorliegt. Bestimmen Sie die zugehörige Ordnung.

3

**(G) 4.2** Kennzeichnen Sie in der Darstellung aus 4.0 einen beliebigen zusätzlichen Punkt S, in dem ein Interferenzmaximum vorliegt.

1

40

## TIPP Lösungshinweise zur Aufgabengruppe P

**Teilaufgabe 1.1**
Beachten Sie, dass sich die gegebene Beschleunigung auf die sitzenden Kinder, die gesuchte Bahngeschwindigkeit aber auf die laufenden Kinder bezieht. Welche Größe ist bei beiden gleich? Ihre Formelsammlung hilft Ihnen hierbei.

**Teilaufgabe 1.2**
Beachten Sie die zu betrachtende Sichtweise eines außenstehenden Beobachters. Überlegen sie, welche Kraft nach Verlassen des Karussells auf das Handy wie wirkt und welchen Einfluss diese auf den Geschwindigkeitsvektor hat.

Genereller Hinweis zur Strategie solcher Ankreuzaufgaben:

- Wenn Sie sich sicher sind, dann machen Sie sich keine weiteren Gedanken. Kreuzen Sie an, was Ihrer Meinung nach stimmt.
- Wenn Sie sich nicht bei allen Aussagen sicher sind, dann sollten Sie eventuell nur die ankreuzen, bei denen Sie sich wirklich sicher sind. Bei den Unsicheren bedeutet nämlich eine falsche Wahl, dass Sie Bewertungseinheiten abgezogen bekommen.
- Wenn sie keine Ahnung haben, dann raten Sie einfach. Im schlimmsten Falle (alles falsch) bekommen Sie dennoch nur 0 BE. Im besten Falle können Sie jedoch auch durch Raten punkten.

**Teilaufgabe 2.1**
Überlegen Sie sich zunächst, welche Art von Bewegung hierbei vorliegt und wie sich dabei jeweils die in gleichen Zeitintervallen $\Delta t_F$ durchfallenen Strecken verändern. Verwenden Sie die Formel, die diesen Zusammenhang richtig beschreibt, um mit deren Hilfe $\Delta t_F$ zu berechnen (Formelsammlung).

**Teilaufgabe 2.2.1**
Sie müssen die Messwerte laut Aufgabenstellung grafisch auswerten. Bedenken Sie, dass für einen grafischen Nachweis immer eine Ursprungsgerade erzeugt werden muss. Die nachzuweisende Gleichung muss also der Art $y = m \cdot x$ sein. Vergleichen Sie die Gleichung einer Ursprungsgeraden mit der zu zeigenden Gleichung, dann sehen Sie, welche Größe auf der x-Achse und welche auf der y-Achse anzutragen ist. Die noch zu berechnenden Werte sollten Sie vor dem Einzeichnen aufschreiben.

**Teilaufgabe 2.2.2**
Überlegen Sie sich die Einheit für k mithilfe der zu zeigenden Formel. Den fehlenden Wert können Sie mithilfe der Grafik oder rechnerisch ermitteln.

**Teilaufgabe 2.3**
Starten Sie jeweils mit der allgemeinen Formel für die kinetische Energie $E_{kin}$. Überlegen Sie, wie sie v durch eine weitere Formel ersetzen können, die einmal von y und einmal von t und sonst nur von konstanten Größen abhängt. Sehen Sie sich dann an, welchen mathematischen Zusammenhang es zwischen $E_{kin}$ und y sowie zwischen $E_{kin}$ und t gibt. Skizzieren Sie jeweils den zugehörigen Graphen in die Diagramme.

**Teilaufgabe 2.4**
Ursache der messbaren Spannung ist die Induktion in der Spule. Überlegen Sie, wie sich der magnetische Fluss in der Spule beim Ein- und Austritt des Magneten verändert und welchen Einfluss die sich verändernde Geschwindigkeit des Magneten während des freien Falls darauf hat.

**Teilaufgabe 3.1**
Die benötigte Formel für die Feldstärke einer Punktladung finden Sie in der Formelsammlung. Alle erforderlichen Werte finden Sie ebenfalls in der Formelsammlung bzw. können Sie – zum Teil unter Berücksichtigung des gegebenen Maßstabs – der Zeichnung entnehmen.

**Teilaufgabe 3.2**
Hierzu müssen Sie sich zum einen die Richtung und Orientierung der gesuchten Vektoren überlegen und zum anderen den Betrag der Feldstärke, um die richtige Pfeillänge einzeichnen zu können. Für den Betrag reicht es, wenn Sie sich die Proportionalität zwischen $|\vec{E}|$ und r überlegen, um dann auf die benötigte Länge mithilfe der Länge von $\vec{E}_B$ schließen zu können.

**Teilaufgabe 3.3**
Für die geforderte Argumentation müssen Sie das elektrostatische Kraftgesetz, die Vorzeichen der Ladungen und die Lage der Punkte, in denen sich die Ladungen befinden, berücksichtigen.

**Teilaufgabe 4.1**
Bestimmen Sie durch Messung den Gangunterschied der beiden in R eintreffenden Wellen und vergleichen Sie diesen mit der vorliegenden Wellenlänge $\lambda$, um auf die Art der vorliegenden Interferenz schließen zu können (evtl. Formelsammlung nutzen). Vergessen Sie nicht, die Ordnung der vorliegenden Interferenz anzugeben.

**Teilaufgabe 4.2**
Überlegen Sie, welche besondere Eigenschaft der Gangunterschied erfüllen muss, damit es sich um ein Interferenzmaximum handelt (evtl. Formelsammlung nutzen).

## Lösungsvorschlag zur Aufgabengruppe P

### 1.1 Bahngeschwindigkeit der mitlaufenden Kinder

**TIPP** *Vorüberlegung:* Das Problem dieser Aufgabe besteht darin, dass die sitzenden Kinder und die umlaufenden Kinder sich auf unterschiedlichen Radien bewegen. Der Betrag $a_Z$ der Beschleunigung ist für die sitzenden Kinder gegeben. Diese gilt somit nicht für die umlaufenden Kinder. Gesucht ist jedoch der Betrag v der Bahngeschwindigkeit der umlaufenden Kinder. Eine Lösung des Problems liefert die Winkelgeschwindigkeit ω. Diese ist unabhängig vom Radius des Körpers auf der Kreisbahn und ist deshalb für die sitzenden und laufenden Kinder gleich.

Für den Betrag v der der Bahngeschwindigkeit der mitlaufenden Kinder gilt:

$$v = \omega \cdot d \qquad (1)$$

Für die sitzenden Kinder gilt:

$$\left.\begin{array}{l} a_Z = 0{,}50\,g \\ a_Z = \omega^2 \cdot r_K \end{array}\right\} \Rightarrow \omega^2 \cdot r_K = 0{,}50 g \Rightarrow \omega = \sqrt{\frac{0{,}50 g}{r_K}} \qquad (2)$$

Da die Winkelgeschwindigkeit in beiden Fällen gleich ist, kann durch Einsetzen von (2) in (1) die Bahngeschwindigkeit v berechnet werden:

$$v = \sqrt{\frac{0{,}50 g}{r_K}} \cdot d = \sqrt{\frac{0{,}50 \cdot 9{,}81\,\frac{m}{s^2}}{1{,}5\,m}} \cdot 1{,}8\,m = \underline{\underline{3{,}3\,\frac{m}{s}}}$$

### 1.2 Flug des Handys

**TIPP** *Vorüberlegung:* Die dargelegten Situationen beziehen sich auf die Sichtweise eines außenstehenden Beobachters. Dieser sieht, dass sich sämtliche Körper im Karussell auf einer Kreisbahn bewegen. Löst sich ein Körper (Handy) vom Karussell, fehlt nun die Kraft, die Ihn auf die Kreisbahn gezwungen hat. Nach dem Trägheitssatz von Newton bewegt sich der Körper beim Verlassen des Karussells in Richtung und Orientierung des Vektors seiner Bahngeschwindigkeit. Damit liegt die Lösung von Teilaufgabe a auf der Hand.
Nun wirkt nur noch die (konstante) Gewichtskraft auf das Handy, deren Richtung senkrecht zur tangentialen Bahngeschwindigkeit steht. Diese bewirkt eine konstante Beschleunigung in vertikaler Richtung. Somit ist die Lösung von Teilaufgabe b eindeutig.
Bei der folgenden Bewegung ändert sich die horizontale Komponente der Geschwindigkeit des Handys kaum (der Einfluss der Luftreibung ist bei dieser Geschwindigkeit sehr gering). Die vertikale Komponente der Geschwindigkeit des Handys nimmt aufgrund der Gewichtskraft jedoch deutlich zu. Der Geschwindigkeitsvektor des Handys ergib sich nun aus der Vektoraddition dieser beiden Kom-

ponenten. Der zugehörige Betrag vergrößert sich also auch. Unter Berücksichtigung der Formel für die kinetische Energie eines Körpers ($E_{kin} = \frac{1}{2} m \cdot v^2$) kann man nun Teilaufgabe c beantworten.

a) Das Handy bewegt sich anfangs …

- ☐ … radial von der Drehachse weg.
- ☒ … tangential zur ursprünglichen Kreisbahn.
- ☐ … parallel zur Drehachse.

b) Die Bahnkurve des Handys ist eine …

☐ … Kreisbahn. ☐ … Gerade. ☒ … Parabel.

c) Die kinetische Energie des Handys …

☐ … nimmt ab. ☐ … bleibt konstant. ☒ … nimmt zu.

## 2.1 Auswahl der zutreffenden Stroboskopaufnahme

**TIPP** *Vorüberlegung:* Es handelt sich hierbei um den freien Fall eines Körpers bei vernachlässigbarer Luftreibung. Man kann also von einer konstant beschleunigten Bewegung ausgehen, bei der sich die Geschwindigkeit in gleichen Zeitintervallen jeweils um denselben Wert erhöht.
Die Aufnahme A kann ausgeschlossen werden, da mit zunehmender Zeit die jeweils im Zeitintervall $\Delta t_F$ durchfallene Strecke abnimmt. Sie sollte jedoch zunehmen. Bei der Stroboskopaufnahme C handelt es sich um eine Bewegung mit konstanter Geschwindigkeit, sie kann daher auch ausgeschlossen werden.

Die **Aufnahme B** passt zu diesem Versuch.

**Ermittlung des Zeitintervalls $\Delta t_F$**

**TIPP** Um den Ablesefehler möglichst klein zu halten, sollten Sie den abzulesenden y-Wert möglichst groß wählen. Der größtmögliche y-Wert ergibt sich bei der Berücksichtigung aller 6 Zeitintervalle $\Delta t_F$.

Nach dem Zeitintervall $\Delta t = 6 \cdot \Delta t_F$ befindet sich der Schwerpunkt des Körpers bei $y(6 \cdot \Delta t_F) = 1{,}0$ m. Durch Einsetzen in das Zeit-Weg-Gesetz $y(t) = \frac{1}{2} g \cdot t^2$ des freien Falls folgt:

$$y(6 \cdot \Delta t_F) = \frac{1}{2} g \cdot (6 \cdot \Delta t_F)^2$$

$$\Rightarrow \quad \Delta t_F = \frac{1}{6} \cdot \sqrt{\frac{2 \cdot y(6 \cdot \Delta t_F)}{g}} = \frac{1}{6} \cdot \sqrt{\frac{2 \cdot 1{,}0 \text{ m}}{9{,}81 \frac{\text{m}}{\text{s}^2}}} = \underline{\underline{0{,}075 \text{ s}}}$$

### 2.2.1 Nachweis der Proportionalität

**TIPP** *Vorüberlegung:* Der grafische Nachweis einer direkten Proportionalität läuft stets darauf hinaus, dass mithilfe der gegebenen Messwerte eine Ursprungsgerade erzeugt werden muss. Aufgrund der Tatsache, dass ja bereits vorgegeben ist, was gezeigt werden soll ($v_y = k \cdot \sqrt{y}$), ist $v_y$ auf der Ordinate (y-Achse) und $\sqrt{y}$ auf der Abszisse (x-Achse) abzutragen. Vorher sollten Sie noch die Werte $\sqrt{y}$ in der Tabelle ergänzen.

| y in m | 0 | 0,20 | 0,40 | 0,60 | 1,0 |
|---|---|---|---|---|---|
| $\sqrt{y}$ in $\sqrt{m}$ | 0 | 0,45 | 0,63 | 0,77 | 1,0 |
| $v_y$ in $\frac{m}{s}$ | 0 | 2,0 | 2,8 | 3,4 | 4,4 |

Im Rahmen der Mess- und Zeichengenauigkeit liegen die zu den Messwerten gehörenden Punkte im $\sqrt{y}$-$v_y$-Diagramm auf einer **Ursprungsgeraden**. Daher muss gelten:

$$v_y \sim \sqrt{y}$$

$$\Leftrightarrow \quad v_y = k \cdot \sqrt{y} \qquad (*)$$

Dabei ist k eine Konstante.

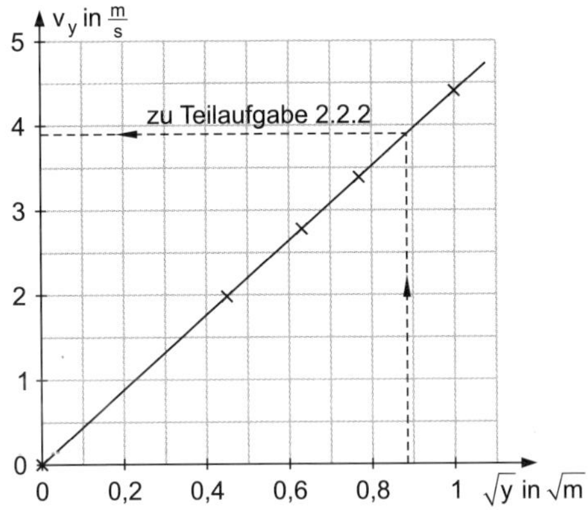


### 2.2.2 Einheit der Konstanten k

**TIPP** *Vorüberlegung:* Aus der Gleichung (*) ergibt sich $k = v_y / \sqrt{y}$. Für die Einheit der Größe k gilt also:

$$1\frac{\frac{m}{s}}{\sqrt{m}} = 1\frac{m}{s \cdot \sqrt{m}} = 1\frac{\sqrt{m} \cdot \sqrt{m}}{s \cdot \sqrt{m}} = 1\frac{\sqrt{m}}{s}$$

$$[k] = \underline{\underline{\frac{\sqrt{m}}{s}}}$$

**Geschwindigkeit bei $y_4 = 0{,}80$ m**

Der fehlende Tabellenwert kann zum Beispiel aus dem Diagramm von Teilaufgabe 2.2.1 bestimmt werden:

$$v_y(\sqrt{0{,}80\,m}) = v_y(0{,}89\,\sqrt{m}) = \underline{\underline{3{,}9\,\frac{m}{s}}}$$

## 2.3 Funktionsterm und Graph zu $E_{kin}(y)$

**TIPP** *Vorüberlegung:* Allgemein gilt $E_{kin} = \frac{1}{2} m \cdot v^2$, hier also $E_{kin} = \frac{1}{2} m \cdot v_y^2$.
$E_{kin}(y)$ beschreibt die Abhängigkeit der kinetischen Energie von der durchfallenen Höhe y: Die Lösung erhält man am einfachsten, indem man die Gleichung (∗) aus Teilaufgabe 2.2.1 verwendet, die den Zusammenhang zwischen $v_y$ und y beschreibt:

$$v_y = k \cdot \sqrt{y} \quad \Rightarrow \quad v_y^2 = k^2 \cdot y$$

Natürlich können Sie auch das bekannte Weg-Geschwindigkeit-Gesetz $v_y^2 = 2g \cdot y$ des freien Falls verwenden (es gilt also offenbar $k^2 = 2g$).

Mit Gleichung (∗) aus Teilaufgabe 2.2.1 erhält man

$$E_{kin}(y) = \frac{1}{2} m \cdot \left(v_y(y)\right)^2 = \frac{1}{2} m \cdot k^2 \cdot y$$

und damit $E_{kin}(y) \sim y$, weil m und k konstante Größen sind.

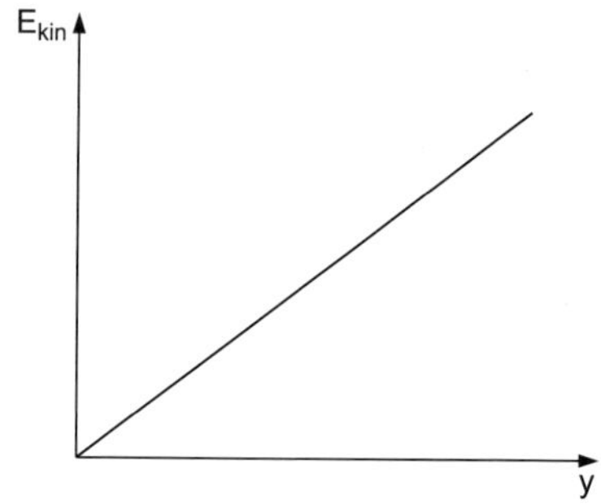


**Funktionsterm und Graph zu $E_{kin}(t)$**

$E_{kin}(t)$ beschreibt die Abhängigkeit der kinetischen Energie von der Fallzeit t: Die Lösung erhält man, indem man die Gleichung verwendet, die den Zusammenhang zwischen $v_y$ und y beschreibt:

$$v_y = g \cdot t$$

Aus

$$E_{kin}(t) = \frac{1}{2} m \cdot \left(v_y(t)\right)^2 = \frac{1}{2} m \cdot (g \cdot t)^2 = \frac{1}{2} m \cdot g^2 \cdot t^2$$

folgt $E_{kin}(y) \sim t^2$, da m und g konstante Größen sind.

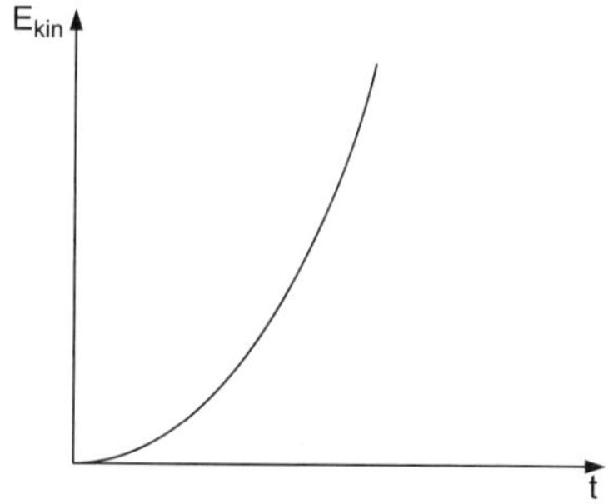

## 2.4 t-U-Diagramm

**TIPP** *Vorüberlegung:* Wenn der Magnet durch die Spule fällt, ändert sich der magnetische Fluss durch die Spule. Folglich wird in der Spule nach dem Induktionsgesetz eine Spannung induziert. Die Enden der Spule sind mit einem Oszilloskop verbunden, welche die Induktionsspannung anzeigt. Das Oszilloskop hat einen nahezu unendlich großen Innenwiderstand. Deshalb ist die Stärke des Induktionsstroms vernachlässigbar. Folglich wird der Magnet beim Fall durch die Spule nicht abgebremst.

Der Spannungsverlauf wird durch **Diagramm I** korrekt beschrieben.

*Begründung:* Da beim Eintreten des Magneten in die Induktionsspule der magnetische Fluss durch die Induktionsspule zunimmt und beim Austreten abnimmt (auch der umgekehrte Fall wäre denkbar), verändert sich während der Bewegung des Magneten durch die Spule das Vorzeichen der induzierten Spannung. Daher scheiden die Graphen II und IV aus.
Da der Magnet frei fällt, ist der Betrag seiner Geschwindigkeit beim Austreten größer als beim Eintreten. Somit ist die Änderung des Betrags des magnetischen Flusses pro Zeiteinheit beim Austreten größer und damit der maximale Betrag der Spannung beim Austreten ebenfalls größer als beim Eintreten. Daher scheidet III aus.

## 3.1 Betrag und Vorzeichen der Ladung

Aus der Zeichnung liest man den Abstand der beiden Punkte A und B ab:

$$r = \left| \overline{AB} \right| = 5{,}0\ \text{cm}$$

Der Vektor $\vec{E}_B$ hat die Länge 2,0 cm. Unter Berücksichtigung des vorgegebenen Maßstabs gilt also für den zugehörigen Betrag:

$$\left| \vec{E}_B \right| = 2{,}0\ \frac{\text{kV}}{\text{m}}$$

Im Punkt A befindet sich eine punktförmige Ladung. Für den Betrag der elektrischen Feldstärke einer solchen Ladung gilt:

$$\left| \vec{E} \right| = \frac{1}{4\pi \cdot \varepsilon_0} \cdot \frac{|Q|}{r^2}$$

Mit $r = \left| \overline{AB} \right|$ folgt:

$$|Q| = 4\pi \cdot \varepsilon_0 \cdot \left| \overline{AB} \right|^2 \cdot \left| \vec{E}_B \right| = 4\pi \cdot 8{,}854 \cdot 10^{-12}\ \frac{\text{C}}{\text{Vm}} \cdot (0{,}050\ \text{m})^2 \cdot 2{,}0 \cdot 10^3\ \frac{\text{V}}{\text{m}}$$

$$= 5{,}6 \cdot 10^{-10}\ \text{C} = 0{,}56\ \text{nC}$$

Da der elektrische Feldstärkevektor zum Punkt A orientiert ist, muss die Ladung in A negativ sein. Somit erhält man insgesamt:

$$Q = \underline{\underline{-0{,}56\ \text{nC}}}$$

### 3.2 Vektoren $\vec{E}_C$ und $\vec{E}_D$

**TIPP** *Vorüberlegung:*

$$|\vec{E}| = \frac{1}{4\pi \cdot \varepsilon_0} \cdot \frac{|Q|}{r^2} \Rightarrow |\vec{E}| \sim \frac{1}{r^2}$$

Die beiden einzuzeichnenden Pfeile der elektrischen Feldstärke von Q müssen auf der direkten Verbindungslinie von A und dem jeweiligen Punkt, in dem die vorliegende Feldstärke gesucht ist, liegen. Der Pfeil muss jeweils zum Punkt A orientiert sein (siehe $\vec{E}_B$).

**Punkt C**

Aus der Zeichnung erhält man:

$$r_C = |\overline{AC}| = 10\,\text{cm} = 2 \cdot |\overline{AB}|$$

$$\Rightarrow |\vec{E}_C| = \frac{1}{4} \cdot |\vec{E}_B| = 0{,}50\,\frac{\text{kV}}{\text{m}} \quad \text{und} \quad 0{,}50\,\frac{\text{kV}}{\text{m}} \mathrel{\hat{=}} 0{,}5\,\text{cm}$$

**Punkt D**

Aus der Zeichnung erhält man:

$$r_D = |\overline{AD}| = 5{,}0\,\text{cm} = |\overline{AB}|$$

$$\Rightarrow |\vec{E}_D| = |\vec{E}_B| = 2{,}0\,\frac{\text{kV}}{\text{m}} \quad \text{und} \quad 2{,}0\,\frac{\text{kV}}{\text{m}} \mathrel{\hat{=}} 2{,}0\,\text{cm}$$

Damit kann man nun die vorbereitete Zeichnung ergänzen (siehe nächste Seite).

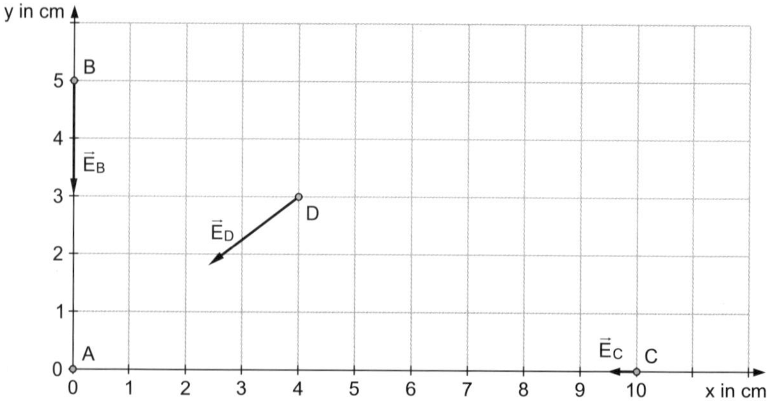

## 3.3 Gibt es einen Punkt mit $\vec{F}_{res} = 0$?

**TIPP** *Vorüberlegung:* Für diese Aufgabe benötigt man das elektrostatische Kraftgesetz, welches besagt, dass
- sich gleichartig geladene Körper abstoßen und ungleichartig geladene Körper anziehen;
- der Betrag der Kraft mit dem Abstand von der Ladung abnimmt.

Da die beiden Ladungen Q und q negatives Vorzeichen haben, wirkt jeweils eine anziehende Kraft auf die positive Probeladung. Da sich die positive Probeladung auf der Verbindungsstrecke $\overline{AB}$ beider Ladungen, also zwischen den Punkten A und B, befindet, besitzen diese Kräfte dieselbe Wirkungslinie, sind aber genau entgegengesetzt orientiert. Da zudem die Beträge der beiden Kräfte vom jeweiligen Abstand zu q bzw. Q abhängen, gibt es zwischen A und B einen Punkt, in dem sich die beiden Teilkräfte gegenseitig aufheben, die resultierende Kraft auf diese Probeladung also verschwindet.

## 4.1 Phase im Punkt R

**TIPP** *Vorüberlegung:* Um die Phase im Punkt R feststellen zu können, muss man den Gangunterschied $\Delta s$ der beiden in R eintreffenden Wellen ermitteln: Ist $\Delta s$ ein ganzzahliges Vielfache von $\lambda$, dann liegt in R ein Interferenzmaximum vor; ist $\Delta s$ ein ungeradzahliges Vielfaches von $\frac{\lambda}{2}$, dann liegt in R ein Interferenzminimum vor; ansonsten liegt keines von beidem vor.

Durch Messung erhält man $|\overline{P_1R}| = 11{,}5\text{ cm}$ und $|\overline{P_2R}| = 7{,}5\text{ cm}$, der Gangunterschied beträgt somit:

$$\Delta s = |\overline{P_1R}| - |\overline{P_2R}| = 11{,}5\text{ cm} - 7{,}5\text{ cm} = 4{,}0\text{ cm} = 2 \cdot \lambda$$

In R liegt ein **Interferenzmaximum** vor. Es hat die **Ordnung 2**.

## 4.2 Punkt S, in dem ein Interferenzmaximum vorliegt

**TIPP** *Vorüberlegung:* Für ein Interferenzmaximum muss der Gangunterschied ein ganzzahliges Vielfaches von der Wellenlänge $\lambda$ sein (siehe Vorüberlegung zu Teilaufgabe 4.1). Im einfachsten Falle nimmt der Gangunterschied den Wert null an. Das ist für all diejenigen Punkte der Fall, die gleichweit von $P_1$ und $P_2$ entfernt sind. Diese Punkte liegen dann auf der Mittelsenkrechten. Auf dieser befindet sich das sogenannte Hauptmaximum.
Natürlich können Sie auch einen beliebigen anderen Punkt wählen, bei dem der Gangunterschied ein ganzzahliges Vielfache von $\lambda$ ist.

Die folgende Skizze zeigt (verkleinert, aber maßstabsgetreu) alle möglichen Punkte, in denen ein Interferenzmaximum vorliegt. Diese liegen auf den sogenannten Interferenzhyperbeln (schwarze durchgezogene Linien). Sie müssen also einen dieser Punkte markieren. (Es ist auch erkennbar, dass im Punkt R ein Interferenzmaximum vorliegt.)

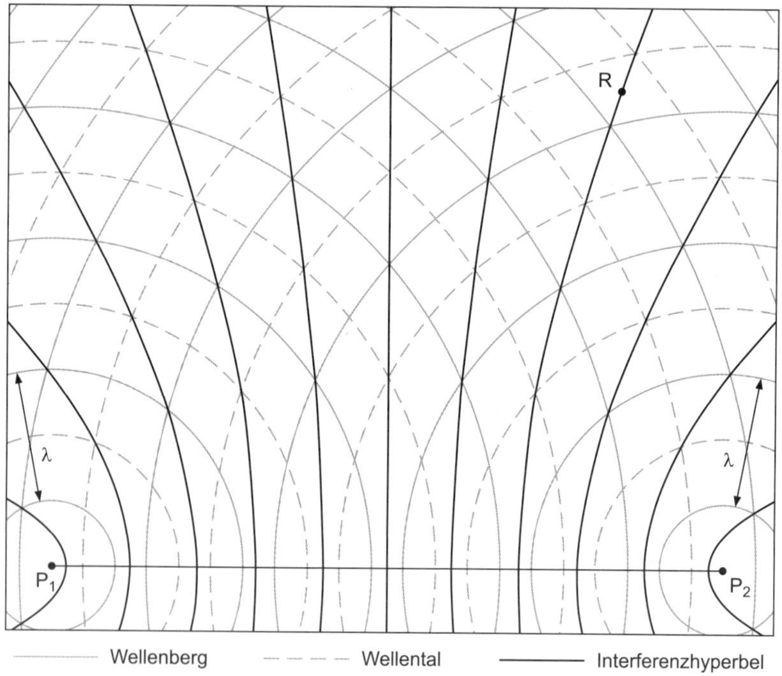

**BE**

**1.0** Ein Spielplatz wird durch eine Schaukel bereichert, bei welcher der Sitz in der Art eines Nestes gestaltet ist. In dieses Nest kann man kleine Kinder legen oder setzen. Die besetzte Schaukel wird im Folgenden als Pendel der Länge $\ell$ aufgefasst, bei welchem ein Massenpunkt der Masse m um den Aufhängepunkt A schwingt. Entlang des Kreisbogens, auf dem die Pendelbewegung des Massenpunktes stattfindet, wird die s-Koordinate so festgelegt, dass für die Elongation des Pendels in seiner Gleichgewichtslage $s_0 = 0$ gilt (siehe Skizze). Die Masse der Seile, Auswirkungen von Eigenbewegungen des Kindes auf die Schaukelbewegung und jegliche Art von Reibung sind im Folgenden zu vernachlässigen.

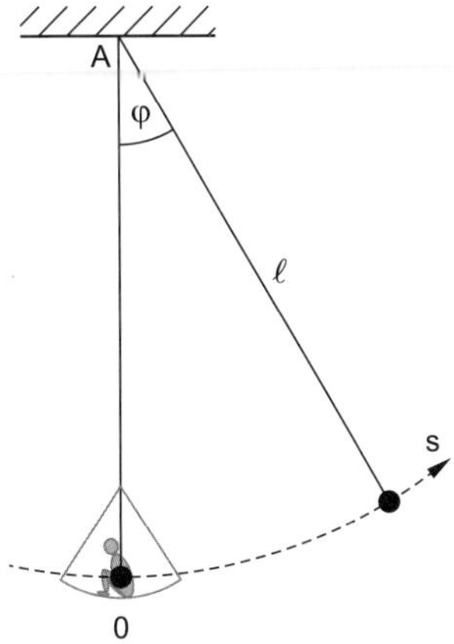


**1.1** Die Eltern eines Kindes unterhalten sich über diese Schaukel. Der Vater behauptet, dass die Schaukel mit ihm als Passagier eine kürzere Schwingungsdauer T besitzt als mit seinem Kleinkind.
Gehen Sie davon aus, dass für kleine Startwinkel $\hat{\varphi}$ eine harmonische Schwingung vorliegt. Für die s-Koordinate $F_s$ der rücktreibenden Kraft gilt dann $F_s = -m \cdot g \cdot \frac{s}{\ell}$, wobei g der Betrag der Fallbeschleunigung ist (Nachweis nicht erforderlich). Zeigen Sie, dass in diesem Fall

$$T = 2\pi \cdot \sqrt{\frac{\ell}{g}}$$

gilt. Nehmen Sie anschließend kurz Stellung zur Behauptung des Vaters. **3**

**1.2** Die um einen kleinen Startwinkel $\hat{\varphi}$ ausgelenkte Schaukel benötigt für 14 Schwingungen die Zeitdauer 56,0 s. Berechnen Sie $\ell$. **3**

**1.3.0** Der Spielplatz besitzt noch eine zweite Schaukel, deren vertikale Schwingungsebene parallel zu derjenigen der ersten Schaukel liegt und deren Elongation durch $s^*$ beschrieben wird. Die Koordinatenachsen s und $s^*$ haben dieselbe Orientierung. Die zweite Schaukel hat die Pendellänge $\ell^*$ und die Schwingungsdauer $T^* = 3{,}5$ s. Beide Schaukeln werden zum Zeitpunkt $t_0 = 0$ bei $s(t_0) = s^*(t_0) = 0{,}50$ m losgelassen. Anschließend schwingen sie harmonisch.

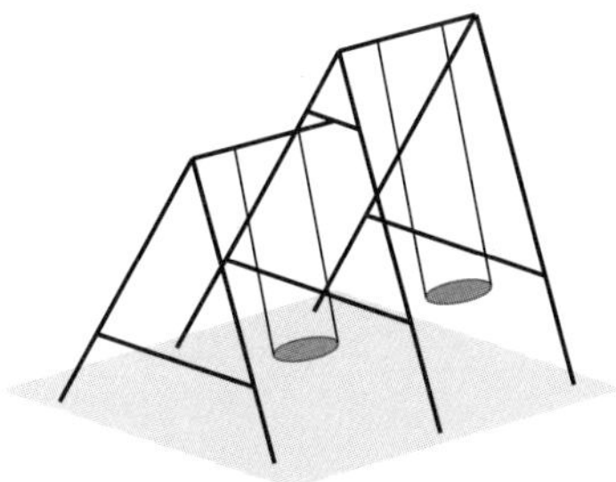

**1.3.1** Bestimmen Sie für das längere Pendel den Betrag der Beschleunigung, die der Massenpunkt zum Zeitpunkt $t_0 = 0$ erfährt. **5**

**1.3.2** Die beiden Schaukeln befinden sich zum Zeitpunkt $t_g$ zum ersten Mal nach dem Loslassen zeitgleich in einem der beiden höchsten Punkte ihrer jeweiligen Bahn, jedoch auf gegenüberliegenden Seiten.
Ermitteln Sie $t_g$. **4**

**1.4** Die Schaukel mit der Pendellänge $\ell = 4{,}0\,\text{m}$ wird nun um $\hat{\varphi}_m = 60°$ ausgelenkt und losgelassen. Die Kleinwinkelnäherung ist nicht mehr sinnvoll, weshalb die Schwingung nicht mehr als harmonisch betrachtet werden darf.
Berechnen Sie mithilfe eines Energieansatzes den Betrag $v_m$ der Geschwindigkeit beim Durchgang der Schaukel durch die Ruhelage bei $s_0 = 0$. **6**

**2.0** Auf dem Spielplatz befindet sich auch ein an zwei Bäumen befestigtes und dazwischen gespanntes Seil. Der gespannte Teil des Seils verläuft horizontal und hat die Länge $L = 6{,}0\,\text{m}$. Ein Kind beginnt nun mit seiner Hand das gespannte Seil in der Nähe eines Seilendes periodisch nach oben und unten zu drücken. Dadurch wird eine fortschreitende Welle erzeugt, deren Ausbreitungsgeschwindigkeit $\vec{c}$ den Betrag $c = 2{,}0\,\frac{\text{m}}{\text{s}}$ hat.
Das Kind bemerkt, dass sich so interessante Figuren (stehende Wellen) erzeugen lassen.

**(G) 2.1** Kreuzen Sie an, welche Eigenschaften zwei Wellen, die sich auf demselben Medium ausbreiten, bezüglich der vorgegebenen physikalischen Größen erfüllen müssen, damit sich eine stehende Welle einstellen kann, wenn sonst alle weiteren notwendigen Bedingungen erfüllt sind.

**HINWEIS:** Setzen Sie Ihr Kreuz nur bei denjenigen Aussagen, bei denen Sie sicher sind. Jedes falsch gesetzte Kreuz geht mit –0,5 BE und jedes richtig gesetzte Kreuz mit +1 BE ein. Im ungünstigsten Fall wird die Aufgabe mit 0 BE gewertet.

| Eigenschaft | a) | b) | c) |
|---|---|---|---|
| Wellenlängen $\lambda_1$ und $\lambda_2$ | ☐ $\lambda_1 = \lambda_2$ | ☐ $\lambda_1 = k \cdot \frac{\lambda_2}{2}, \quad k \in \mathbb{N}$ | ☐ $\lambda_1 \neq \lambda_2$ |
| Amplituden $A_1$ und $A_2$ | ☐ $A_1 \neq A_2$ | ☐ $A_1 = k \cdot A_2, \; k \in \mathbb{N}$ | ☐ $A_1 = A_2$ |
| Ausbreitungsrichtungen | ☐ sind gleich mit gleicher Orientierung | ☐ sind gleich mit entgegengesetzter Orientierung | ☐ sind senkrecht zueinander |

**3**

**2.2** Das Kind erzeugt eine stehende Welle mit drei Bäuchen.
Ermitteln Sie die notwendige Frequenz der Auf- und Abbewegung der Hand sowie die Wellenlänge der stehenden Welle. **4**

**2.3** Der Betrag c der Ausbreitungsgeschwindigkeit von Wellen längs des Seils hängt vom Betrag $F_{Sp}$ der Seilspannkraft ab. Jemand sucht den entsprechenden Zusammenhang im Internet und findet die Formel

$$c = \sqrt{\frac{F_{Sp}}{\pi \cdot r^2 \cdot \rho}}.$$

Hierbei soll r der Radius des im Querschnitt kreisförmigen Seils und ρ die mittlere Dichte des Seils sein.
Zeigen Sie nachvollziehbar mithilfe einer Einheitenrechnung, dass die Formel korrekt sein könnte. **2**

**30**

**TIPP** **Lösungshinweise zur Aufgabengruppe W1**

**Teilaufgabe 1.1**
Neben der gegebenen Formel für die s-Koordinate der rücktreibenden Kraft auf die schwingende Masse benötigen Sie weiterhin noch das lineare Kraftgesetz sowie die allgemeine Formel für die Schwingungsdauer einer harmonischen Schwingung (siehe jeweils Formelsammlung). Diese drei Zusammenhänge müssen Sie dann richtig kombinieren, um das vorgegebene Ergebnis für T zu bestätigen. Dieses Ergebnis benötigen Sie auch für Ihre Stellungnahme.

**Teilaufgabe 1.2**
Nutzen Sie die angegebene Formel aus Teilaufgabe 1.1 zur Berechnung von $\ell$. Dazu benötigen Sie noch die vorliegende Schwingungsdauer, die sich einfach aus der vorgegebenen Zeitdauer ermitteln lässt.

**Teilaufgabe 1.3.1**
Zunächst müssen Sie mithilfe der Formel aus Teilaufgabe 1.1 überlegen, welche der Periodendauern zu dem längeren Pendel gehört. Dann stellen Sie die zugehörige Schwingungsgleichung s(t) auf und schließen durch Ableiten auf die Gleichung a(t). Mit dieser und der richtigen Periodendauer können Sie anschließend $a(t_0)$ berechnen und auf den gesuchten Betrag schließen.

**Teilaufgabe 1.3.2**
Da der Auftrag „Ermitteln Sie …" lautet, dürfen Sie kreativ sein. Sie können den Zeitpunkt $t_g$ berechnen oder auch anders ermitteln, z. B. mithilfe einer Wertetabelle.

**Teilaufgabe 1.4**
Der Weg ist bei dieser Aufgabe vorgegeben. Sie müssen $v_m$ ausgehend von einem Energieansatz ermitteln. Vergleichen Sie also die Gesamtenergien zweier sinnvoller Punkte miteinander.

**Teilaufgabe 2.1**
Hierbei handelt es sich um eine Lernfrage, bei der man die Bedingungen für die Entstehung einer stehenden Welle wissen muss.

**Teilaufgabe 2.2**
Sie können diese Aufgabe mithilfe einer Skizze und durch Überlegen lösen oder unter Nutzung der Formelsammlung.

**Teilaufgabe 2.3**
Überlegen Sie, welche Einheit sich bei dieser Formel für die Ausbreitungsgeschwindigkeit c ergeben müsste, und überprüfen Sie, ob sich diese auch wirklich ergibt.

## 1.1 Schwingungsdauer

TIPP *Vorüberlegung:* Für ungedämpfte harmonische Schwingungen beträgt die Schwingungsdauer allgemein

$$T = 2\pi \cdot \sqrt{\frac{m}{D}}.$$

Dabei ist m die Masse des schwingenden Körpers und D die Richtgröße der harmonischen Schwingung.
Laut Aufgabenstellung handelt es sich um eine harmonische Schwingung. Für die s-Koordinate der rücktreibenden Kraft (welche auch die resultierende Kraft ist) gilt also das lineare Kraftgesetz der Form:

$$F_s = -D \cdot s$$

Außerdem gilt laut Aufgabenstellung für die vorliegende rücktreibende Kraft:

$$F_s = -m \cdot g \cdot \frac{s}{\ell}$$

Durch Gleichsetzen der Terme für die rücktreibende Kraft erhält man:

$$\left.\begin{aligned} F_s &= -D \cdot s \\ F_s &= -m \cdot g \cdot \frac{s}{\ell} \end{aligned}\right\} \Rightarrow D = \frac{m \cdot g}{\ell}$$

Setzt man nun dieses D in $T = 2\pi \cdot \sqrt{\frac{m}{D}}$ ein, ergibt sich:

$$\underline{\underline{T = 2\pi \cdot \sqrt{\frac{\ell}{g}}}} \qquad (*)$$

**Stellungnahme zur Aussage des Vaters**
Die Behauptung des Vaters zielt offenbar auf die unterschiedlichen Massen der beiden schwingenden Schaukeln ab. Da die Gleichung der Schwingungsdauer T eines Fadenpendels jedoch unabhängig von der Masse m ist, ist die Behauptung des Vaters **falsch**.

## 1.2 Pendellänge $\ell$

TIPP *Vorüberlegung:* Der Hinweis auf den kleinen Startwinkel bedeutet, dass es sich um eine harmonische Schwingung handelt. Somit können Sie die in Teilaufgabe 1.1 angegebene Formel zur Berechnung der Schwingungsdauer T verwenden.

Durch Umstellen der Formel (*) für die Schwingungsdauer aus Teilaufgabe 1.1 folgt mit $T = \frac{56,0}{14}\,s = 4,0\,s$:

$$T = 2\pi \cdot \sqrt{\frac{\ell}{g}}$$

$$\Rightarrow \quad \ell = \frac{T^2}{4\pi^2} \cdot g = \frac{(4,0\,s)^2}{4\pi^2} \cdot 9,81\,\frac{m}{s^2} = \underline{\underline{4,0\,m}}$$

## 1.3.1 Betrag der Beschleunigung des längeren Pendels zum Zeitpunkt $t_0 = 0$

**TIPP** *Vorüberlegung:* Zunächst müssen Sie erstmal überlegen, welche der beiden Schwingungsdauern $T = 4,0\,s$ und $T^* = 3,5\,s$ zu dem längeren Pendel gehört.

Da gemäß (*) $T \sim \sqrt{\ell}$ gilt, muss die größere Schwingungsdauer $T = 4,0\,s$ zu dem längeren Pendel gehören. Bei der vorliegenden harmonischen Schwingung hängen die Auslenkung s, die Geschwindigkeit v und die Beschleunigung a des Pendelkörpers in folgender Weise von der Zeit t ab:

$$s(t) = \hat{s} \cdot \cos\left(\frac{2\pi}{T} \cdot t\right)$$

$$v(t) = \dot{s}(t) = -\hat{s} \cdot \frac{2\pi}{T} \cdot \sin\left(\frac{2\pi}{T} \cdot t\right)$$

$$a_s(t) = \dot{v}(t) = \ddot{s}(t) = -\hat{s} \cdot \frac{4\pi^2}{T^2} \cdot \cos\left(\frac{2\pi}{T} \cdot t\right)$$

Speziell gilt zum Zeitpunkt $t_0 = 0$ für die Beschleunigung:

$$a_s(0) = -\hat{s} \cdot \frac{4\pi^2}{T^2} \cdot \underbrace{\cos\left(\frac{2\pi}{T} \cdot 0\right)}_{=1} = -\hat{s} \cdot \frac{4\pi^2}{T^2}$$

Mit $\hat{s} = s(0) = 0,50\,m$ ergibt sich:

$$a_s(0) = -0,50\,m \cdot \frac{4\pi^2}{(4,0\,s)^2} = -1,2\,\frac{m}{s^2} \quad \Rightarrow \quad |\vec{a}| = \underline{\underline{1,2\,\frac{m}{s^2}}}$$

## 1.3.2 Zeitpunkt $t_g$

**TIPP** *Vorüberlegung:* Gesucht ist der Zeitpunkt $t_g$, zu dem sich die beiden Schaukeln das erste Mal in gegenüberliegenden Umkehrpunkten befinden. Da dieser Zeitpunkt „ermittelt“ werden soll, stehen Ihnen hier viele Möglichkeiten offen.

*Möglichkeit 1:* Rechnerische Auswertung der Phasenbeziehung
Wenn sich die beiden Pendel in gegenüberliegenden Umkehrpunkten befinden, gilt für die Phasendifferenz:

$$\Delta\varphi = \varphi^* - \varphi = \pi \qquad (1)$$

Dabei ist die Phase durch

$$\varphi(t) = 2\pi \cdot \frac{t}{T} \quad \text{bzw.} \quad \varphi^*(t) = 2\pi \cdot \frac{t}{T^*}$$

gegeben, da beide Pendel zum Zeitpunkt $t_0 = 0$ bei $\varphi_0 = \varphi_0^* = 0$ starten. Zum Zeitpunkt $t = t_g$ gilt:

$$\Delta\varphi = \frac{2\pi}{T^*} \cdot t_g - \frac{2\pi}{T} \cdot t_g = 2\pi \cdot t_g \cdot \left(\frac{1}{T^*} - \frac{1}{T}\right) \qquad (2)$$

Setzt man die rechten Terme von (1) und (2) gleich, folgt für $t_g$:

$$\pi = 2\pi \cdot t_g \cdot \left(\frac{1}{T^*} - \frac{1}{T}\right) \quad \Rightarrow \quad t_g = \frac{1}{2 \cdot \left(\frac{1}{T^*} - \frac{1}{T}\right)} = \frac{1}{2 \cdot \left(\frac{1}{3{,}5\,\text{s}} - \frac{1}{4{,}0\,\text{s}}\right)} = \underline{\underline{14\,\text{s}}}$$

*Möglichkeit 2:* Lösung mithilfe einer Tabelle
Man berechnet die Elongation s(t) bzw. s*(t) zu genügend vielen Zeitpunkten t. Dabei verwendet man für diese entweder ganzzahlige Vielfache von $\frac{T}{2}$ (ist einfacher) oder von $\frac{T^*}{2}$ (ist etwas umständlicher), denn dann muss sich zumindest immer eines der beiden Pendel in einem Umkehrpunkt befinden.

$$s(t) = 0{,}50\,\text{m} \cdot \cos\left(\frac{2\pi}{4{,}0\,\text{s}} \cdot t\right); \quad s^*(t) = 0{,}50\,\text{m} \cdot \cos\left(\frac{2\pi}{3{,}5\,\text{s}} \cdot t\right)$$

| t in s | 0 | 2,0 | 4,0 | 6,0 | 8,0 | 10 | 12 | 14 | 16 |
|---|---|---|---|---|---|---|---|---|---|
| s(t) in m | 0,50 | −0,50 | 0,50 | −0,50 | 0,50 | −0,50 | 0,50 | −0,50 | 0,50 |
| s*(t) in m | 0,50 | −0,45 | 0,31 | −0,11 | −0,11 | 0,31 | −0,45 | 0,50 | −0,45 |

Man erkennt in der Tabelle, dass bei 14 s die beiden Pendel sich das erste Mal in gegenüberliegenden Umkehrpunkten befinden, also:

$$t_g = \underline{\underline{14\,\text{s}}}$$

*Möglichkeit 3:* mithilfe einer Skizze der beiden zugehörigen Graphen

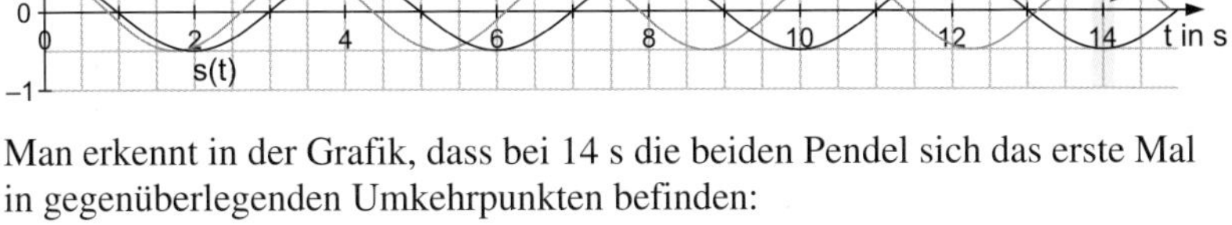


Man erkennt in der Grafik, dass bei 14 s die beiden Pendel sich das erste Mal in gegenüberlegenden Umkehrpunkten befinden:

$$t_g = \underline{\underline{14\,\text{s}}}$$

*Möglichkeit 4:* Rechnerische Lösung mithilfe des kgV

Der Zeitpunkt $t_g$ ergibt sich als kleinstes gemeinsames Vielfaches (kgV) der halben Schwingungsdauern („halb“ wegen der gegenüberliegenden Umkehrpunkte). Mit $\frac{T}{2} = 2{,}0\,s = 200 \cdot 10^{-2}\,s$ und $\frac{T^*}{2} = 1{,}75\,s = 175 \cdot 10^{-2}\,s$ folgt:

$$\left.\begin{array}{l} 200 = 2 \cdot 2 \cdot 2 \cdot 5 \cdot 5 = 2^3 \cdot 5^2 \\ 175 = 5 \cdot 5 \cdot 7 = 5^2 \cdot 7 \end{array}\right\} \begin{array}{l} \Rightarrow \quad \text{kgV}(200; 175) = 2^3 \cdot 5^2 \cdot 7 = 1400 \\ \Rightarrow \quad t_g = 1400 \cdot 10^{-2}\,s = \underline{\underline{14\,s}} \end{array}$$

## 1.4 Maximalbetrag $v_m$ der Geschwindigkeit

**TIPP** *Vorüberlegung:* Der Energieerhaltungssatz der Mechanik besagt allgemein, dass sich die Gesamtenergie eines Systems nicht verändert. Die Gesamtenergie der Schaukel ist also in jedem Punkt ihrer Schwingung immer gleich. Da der maximale Auslenkwinkel $\hat{\varphi}_m$ den höchsten Punkt (Umkehrpunkt) festlegt und der Betrag $v_m$ der maximalen Geschwindigkeit im tiefsten Punkt (Ruhelage) vorliegt, sollte man diese beiden Punkte für den Energieansatz benutzen.

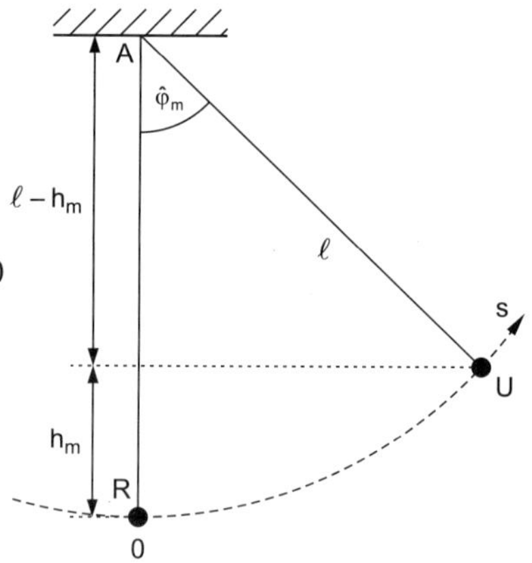


Wählt man das Bezugsniveau der potenziellen Energie auf Höhe der Ruhelage, dann gilt:

$$E_{ges,\,U} = E_{ges,\,R}$$

$$E_{ges}(h = h_m) = E_{ges}(h = 0)$$

Wegen $E_{kin}(h = h_m) = 0$ und $E_{pot}(0) = 0$ folgt:

$$E_{pot}(h_m) = E_{kin}(h = 0)$$

$$m \cdot g \cdot h_m = \frac{1}{2} m \cdot v_m^2$$

$$\Rightarrow \quad v_m = \sqrt{2g \cdot h_m}$$

Der Höhenunterschied $h_m$ ist zwar nicht angegeben, lässt sich aber aus den bekannten Werten für die Pendellänge $\ell$ und den Auslenkwinkel $\hat{\varphi}_m$ berechnen:

$$\cos\hat{\varphi}_m = \frac{\ell - h_m}{\ell} = 1 - \frac{h_m}{\ell} \quad \Rightarrow \quad h_m = \ell \cdot (1 - \cos\hat{\varphi}_m)$$

Somit folgt:

$$v_m = \sqrt{2g \cdot \ell \cdot (1 - \cos\hat{\varphi}_m)}$$

$$= \sqrt{2 \cdot 9{,}81\,\frac{m}{s^2} \cdot 4{,}0\,m \cdot (1 - \cos 60°)} = \underline{\underline{6{,}3\,\frac{m}{s}}}$$

## 2.1 Stehende Wellen

**TIPP** *Vorüberlegung:* Eine stehende Welle ergibt sich aus der Überlagerung zweier gegenläufig fortschreitender Wellen gleicher Amplitude und gleicher Frequenz. Da die Ausbreitungsgeschwindigkeit beider Wellen gleich ist, stimmen beide Wellen auch in ihrer Wellenlänge überein. Damit können Sie nun die richtigen Antworten ankreuzen. (Beachten Sie auch den generellen Hinweis zur Strategie bei Ankreuzaufgaben in den Tipps der Aufgabe 1.2 im P-Teil, S. 2020-7).

| Eigenschaft | a) | b) | c) |
|---|---|---|---|
| Wellenlängen $\lambda_1$ und $\lambda_2$ | ☒ $\lambda_1 = \lambda_2$ | ☐ $\lambda_1 = k \cdot \frac{\lambda_2}{2}, \quad k \in \mathbb{N}$ | ☐ $\lambda_1 \neq \lambda_2$ |
| Amplituden $A_1$ und $A_2$ | ☐ $A_1 \neq A_2$ | ☐ $A_1 = k \cdot A_2, \quad k \in \mathbb{N}$ | ☒ $A_1 = A_2$ |
| Ausbreitungsrichtungen | ☐ sind gleich mit gleicher Orientierung | ☒ sind gleich mit entgegengesetzter Orientierung | ☐ sind senkrecht zueinander |

## 2.2 Frequenz und Wellen der stehenden Welle

**TIPP** *Vorüberlegung:*
Der Abstand d zweier Knoten bzw. zweier Bäuche beträgt $d = \frac{\lambda}{2}$, wobei λ die gesuchte Wellenlänge ist.

Da das Seil gespannt und fest mit den Bäumen verbunden ist, kann man davon ausgehen, dass das Seil nicht an den Bäumen auf und ab rutschen kann. Somit muss an den Bäumen jeweils ein Knoten vorliegen. Zwischen den drei Bäuchen liegen noch zwei weitere Knoten.

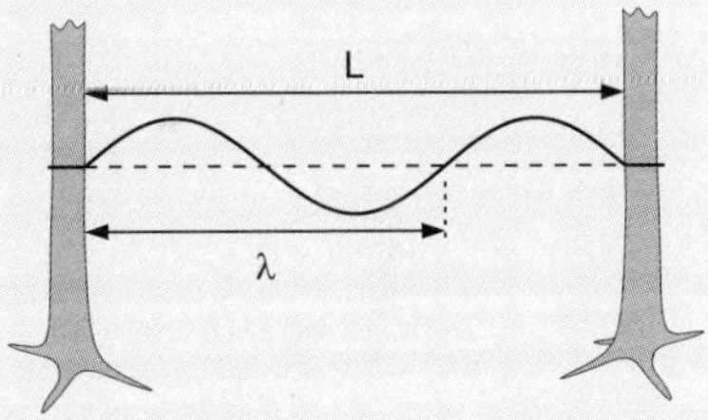


*Möglichkeit 1:* durch Überlegen
Auf dem Seil der Länge L = 6,0 m befinden sich 3 Bäuche, wobei an den Enden jeweils ein Knoten vorliegt. Es handelt sich also um 1,5 Wellenlängen:

$$1{,}5 \cdot \lambda = 6{,}0\,\text{m} \quad \Rightarrow \quad \underline{\underline{\lambda = 4{,}0\,\text{m}}}$$

Bei gegebener Ausbreitungsgeschwindigkeit $c = 2{,}0\,\frac{\text{m}}{\text{s}}$ der beiden Wellen auf dem Seil folgt damit für die Frequenz:

$$c = \lambda \cdot f \Rightarrow \quad f = \frac{c}{\lambda} = \frac{2{,}0\,\frac{\text{m}}{\text{s}}}{4{,}0\,\text{m}} = \underline{\underline{0{,}50\,\text{Hz}}}$$

*Möglichkeit 2:* mithilfe der Formelsammlung
Bei drei Bäuchen und zwei festen Enden handelt es sich um die 2. Oberschwingung (k = 2):

$$f_k = (k+1) \cdot \frac{c}{2L} = 3 \cdot \frac{2{,}0\,\frac{m}{s}}{2 \cdot 6{,}0\,m} = \underline{\underline{0{,}50\,Hz}}$$

Der Abstand zweier Knoten ist:

$$\frac{\lambda}{2} = \frac{L}{3} = \frac{6{,}0\,m}{3} = 2{,}0\,m \quad \Rightarrow \quad \lambda = \underline{\underline{4{,}0\,m}}$$

## 2.3 Seilspannkraft

> **TIPP** *Vorüberlegung:* Um die vorgegebene Formel mithilfe einer Einheitenkontrolle auf Richtigkeit zu überprüfen, müsste sich in unserem Fall für die Einheit der Ausbreitungsgeschwindigkeit $\frac{m}{s}$ ergeben. Mit einer solchen Überprüfung lässt sich nicht überprüfen, ob die einheitslosen Faktoren (hier: $\pi$) stimmen.

Laut Aufgabenstellung gilt:

$$c = \sqrt{\frac{F_{Sp}}{\pi \cdot r^2 \cdot \rho}}$$

Einheitenkontrolle:

$$1\sqrt{\frac{N}{m^2 \cdot \frac{kg}{m^3}}} = 1\sqrt{\frac{kg \cdot m \cdot m^3}{s^2 \cdot m^2 \cdot kg}} = 1\sqrt{\frac{m^2}{s^2}} = 1\,\frac{m}{s}$$

Damit ergibt sich die erwartete Einheit der Ausbreitungsgeschwindigkeit und die Formel lässt sich nicht widerlegen.

BE

**1.0** Ein Startup-Unternehmen entwickelt einen Detektor zur automatisierten Erfassung der Abmessungen bestimmter Gegenstände, welche dazu einen Plattenkondensator horizontal von hinten nach vorne durchlaufen. Die Funktionstauglichkeit des geplanten Detektors wird durch Vorexperimente untersucht. Die Platten des luftgefüllten Kondensators sind quadratisch mit den Seitenlängen a = 2,00 m und haben den Abstand d = 80 cm (siehe Skizze).

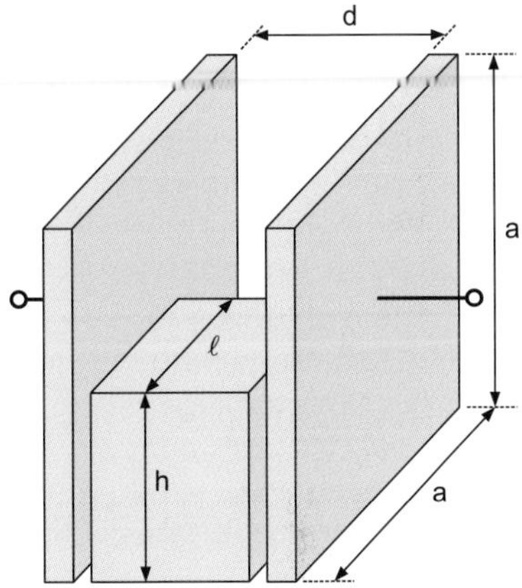


Der Kondensator ist an eine Gleichspannungsquelle angeschlossen. Vereinfachend wird davon ausgegangen, dass das elektrische Feld auf den Bereich zwischen den Kondensatorplatten begrenzt und homogen ist.

**1.1** Im Raum zwischen den Platten befindet sich zunächst noch kein Gegenstand. Für den Betrag der elektrischen Feldstärke gilt $E = 70\,\frac{\text{V}}{\text{m}}$.
Berechnen Sie die an den Platten anliegende Spannung U sowie die Energie $W_{el}$, die im elektrischen Feld des Kondensators gespeichert ist. **5**

**1.2.0** In einer Versuchsreihe werden verschiedene Quader gleicher Grundfläche, aber unterschiedlicher Höhe h in das Innere des Kondensators gestellt. Die Quader bestehen aus demselben homogenen Material mit der Permittivitätszahl $\varepsilon_r > 1$.
Die Länge $\ell$ sowie die Höhe h der verschiedenen Quader sind jeweils kleiner als die Seitenlänge a des Kondensators.
Bei konstanter Spannung U = 56 V wird jeweils der Betrag Q der Ladung in Abhängigkeit der Höhe h des jeweiligen Quaders auf den Platten des Kondensators gemessen. Es ergibt sich die folgende Messwerttabelle:

| h in m | 0 | 0,60 | 1,20 | 1,80 |
|---|---|---|---|---|
| Q in $10^{-9}$ C | 2,5 | 3,2 | 3,9 | 4,5 |

**1.2.1** Skizzieren Sie einen Versuchsaufbau, welcher alle notwendigen Messinstrumente enthält, um Q bestimmen zu können.
Beschreiben Sie kurz die Versuchsdurchführung. **5**

**1.2.2** Fertigen Sie ein beschriftetes h-Q-Diagramm an, in dem sie die Messwerte aus der Tabelle in 1.2.0 sowie den sich daraus ergebenden Verlauf einzeichnen. Erläutern Sie ferner, warum bei zunehmender Höhe des Quaders die Ladung auf den Platten zunimmt. **5**

**1.3.0** Man legt an den Plattenkondensator nun dauerhaft die Gleichspannung $U = 56\ V$ an. Ein quaderförmiger Körper besitzt die in 1.2.0 beschriebenen Eigenschaften bezüglich seiner Ausmaße und Materialbeschaffenheit. Dieser Körper wird mit einer konstanten Geschwindigkeit mit dem Betrag $v = 2{,}0\,\frac{m}{s}$ parallel zu den Kondensatorplatten horizontal durch den Detektor bewegt.

Zum Zeitpunkt $t_0 = 0$ beginnt der Eintritt des Körpers in das elektrische Feld des Kondensators. Das nebenstehende Diagramm zeigt den Betrag Q der Ladung auf den Kondensatorplatten in Abhängigkeit von der Zeit t.

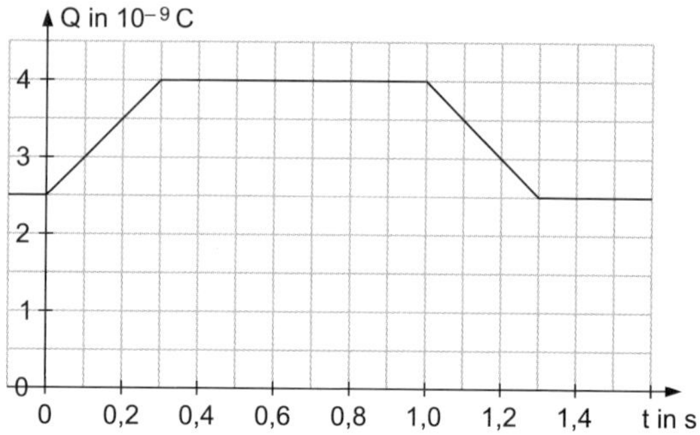


**1.3.1** Bestimmen Sie mithilfe des obigen t-Q-Diagramms und Ihrem Diagramm aus 1.2.2 die Länge $\ell$ und die Höhe h des Quaders. **5**

**1.3.2** Ermitteln Sie die Stärke des elektrischen Stroms, der im Zeitintervall $0 \leq t \leq 0{,}30\,s$ zwischen der Spannungsquelle und dem Kondensator fließt. **2**

**2.0** Ein Jugendlicher der Masse $m_J = 70\,kg$ läuft an und springt auf sein ruhendes Langboard, welches die Masse $m_L = 3{,}0\,kg$ hat. Zur Beschreibung der nachfolgenden Bewegung wird die in der Skizze dargestellte x-Achse verwendet. Die Geschwindigkeit des Jugendlichen hat unmittelbar vor dem Aufkommen auf dem Board die x-Koordinate $v_x = 4{,}0\,\frac{m}{s}$.
Nach dem Aufkommen auf dem Board bewegt sich der Jugendliche mit seinem Board horizontal in x-Richtung weiter.
Zunächst werden alle Reibungseffekte vernachlässigt.

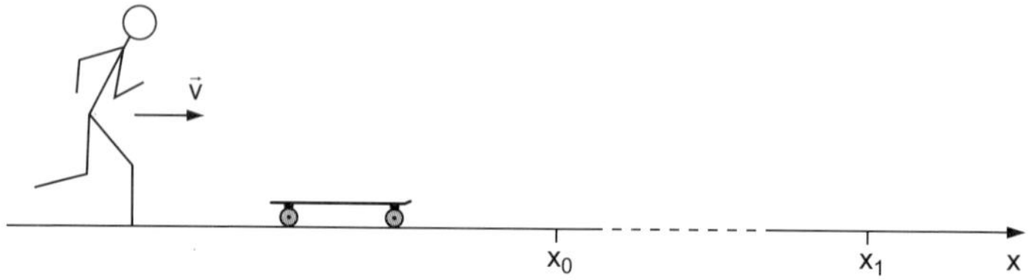

**2.1** Berechnen Sie die x-Koordinate $u_x$ der Geschwindigkeit des Jugendlichen auf seinem Board unmittelbar nach dem Aufkommen. **3**

**2.2** Die Spitze des Longboards mit dem darauf stehenden Jugendlichen hat später am Ort $x_0 = 0$ eine Geschwindigkeit mit der x-Koordinate $u_{0,x} = 3{,}8\,\frac{m}{s}$.
Die Reibung ist aufgrund eines anderen Bodenbelags nun nicht mehr vernachlässigbar. Der Reibungskoeffizient zwischen Bodenbelag und den Rollen des Boards ist konstant und hat den Wert $\mu$. Deshalb wird der Jugendliche bis zum Ort $x_1 = 12{,}0\,m$ auf eine Geschwindigkeit mit der x-Koordinate $u_{1,x} = 1{,}5\,\frac{m}{s}$ abgebremst. Weitere Reibungseffekte werden nicht berücksichtigt.
Berechnen Sie $\mu$. **5**

**30**

## TIPP Lösungshinweise zur Aufgabengruppe W2

**Teilaufgabe 1.1**
Die hier benötigten Formeln finden Sie in Ihrer Formelsammlung.

**Teilaufgabe 1.2.1**
Hierbei geht es allgemein darum, wie man die in den Kondensatorplatten gespeicherte Ladung messen kann. Sie benötigen eine Spannungsquelle, einen Kondensator und eine Möglichkeit, die Ladung des Kondensators zu messen. Bedenken Sie auch, dass nur die Ladung des geladenen Kondensators gemessen werden soll und keine weiteren Ladungen, die evtl. weiterhin aus der Spannungsquelle kommen könnten. Vergessen Sie nicht, ihren Schaltplan zu beschreiben.

**Teilaufgabe 1.2.2**
Stellen Sie die Messwerte grafisch dar. Überlegen Sie, welche Größe auf welche Achse gehört und wählen Sie eine sinnvolle Skalierung. Für die Begründung des erkennbaren Zusammenhangs müssen Sie auf die physikalischen Zusammenhänge zwischen der Ladung Q, der Spannung U und der Kapazität C eingehen. Bedenken Sie, dass sich die Kapazität durch die Körper im Kondensator ($\varepsilon_r > 1$) beeinflussen lässt.

**Teilaufgabe 1.3.1**
An den Achsenbezeichnungen der beiden Diagramme erkennen Sie sehr schnell, mit welchem Sie jeweils die gesuchte Größe ermitteln können. Sie benötigen aber jeweils eine Zusatzinformation. In dem einen Fall ist das die gegebene konstante Geschwindigkeit und im anderen Fall ist es ein Wert für Q aus dem anderen Diagramm.

**Teilaufgabe 1.3.2**
Suchen Sie in Ihrer Formelsammlung den benötigten Zusammenhang zwischen der Stromstärke I und der fließenden Ladungsmenge Q. Nutzen Sie diesen und das Diagramm in Teilaufgabe 1.3.0, um die Stärke I des Stroms zu berechnen.

**Teilaufgabe 2.1**
Bei dieser Aufgabe müssen Sie den Impulserhaltungssatz anwenden.

**Teilaufgabe 2.2**
Bei diesem Vorgang handelt es sich um eine konstant verzögerte Bewegung. Sie können diese Aufgabe lösen, indem Sie sich diese Tatsache zu Nutze machen oder indem Sie den Energieerhaltungssatz verwenden.

**Lösungsvorschlag zur Aufgabengruppe W2**

**1.1 Spannung am Plattenkondensator**

Die Werte für den Betrag E der Feldstärke $\vec{E}$ und für den Plattenabstand d sind angegeben, sodass folgt:

$$E = \frac{U}{d} \quad \Rightarrow \quad U = E \cdot d = 70\,\frac{V}{m} \cdot 0{,}80\ m = \underline{\underline{56\ V}}$$

**Im Kondensator gespeicherte Energie**

Aus der angegebenen Seitenlänge a lässt sich die Fläche A der quadratischen Platten berechnen und man erhält für den leeren Kondensator:

$$W_{el} = \frac{1}{2} C \cdot U^2 = \frac{1}{2} \varepsilon_0 \cdot \frac{A}{d} \cdot U^2 = \frac{1}{2} \varepsilon_0 \cdot \frac{a^2}{d} \cdot U^2$$

$$= \frac{1}{2} \cdot 8{,}854 \cdot 10^{-12}\,\frac{C}{Vm} \cdot \frac{(2{,}00\ m)^2}{0{,}80\ m} \cdot (56\ V)^2$$

$$= \underline{\underline{6{,}9 \cdot 10^{-8}\ J}}$$

**1.2.1 Messung der Ladung Q**

TIPP *Vorüberlegung:* Der Kondensator muss zunächst geladen werden, bevor anschließend die gespeicherte Ladung gemessen werden kann. Für die Ladungsmessung muss der Kondensator aber von der Spannungsquelle getrennt sein, da ja sonst weitere Ladungen aus der Spannungsquelle nachfließen würden. Hierzu nutzt man in der Regel einen Wechselschalter. Die Ladung selbst kann direkt mit einem ladungsempfindlichen Messverstärker gemessen werden.

Befindet sich der Wechselschalter S in der Position I, so wird der Kondensator der Kapazität C durch die Spannung U der Gleichspannungsquelle aufgeladen.
Schaltet man S in die Stellung II, so fließen die Ladungsträger von den Platten des Kondensators zum Messverstärker MV. Dieser registriert die Ladungsträger und der Wert der Ladung kann über ein an den Messverstärker angeschlossenes Ladungsmessgerät angezeigt werden.

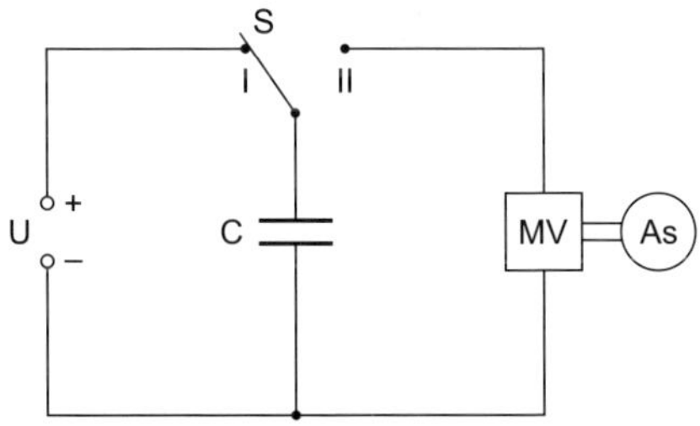

### 1.2.2 h-Q-Diagramm

TIPP *Vorüberlegung:* Das Diagramm sollte weder zu klein noch zu groß werden. Überlegen Sie sich also vorher eine geeignete Skalierung. Sehen Sie sich dazu die jeweiligen Maximalwerte an und überlegen Sie, wie lang Sie die zugehörige Achse zeichnen wollen.
Laut Aufgabenstellung sollen Sie ein h-Q-Diagramm zeichnen. Damit ist auch schon festgelegt, welche Größe auf welche Achse gehört. Entsprechend der aus der Mathematik bekannten Schreibweise (x-y-Diagramm) muss die Abszisse (x-Achse) h und die Ordinate (y-Achse) Q darstellen.

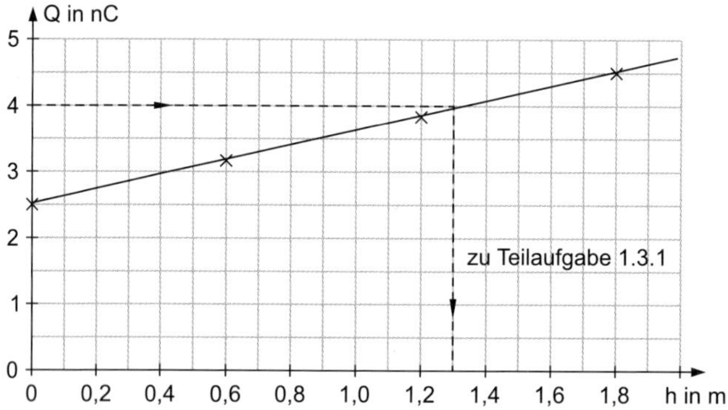


Bringt man in das Innere des Plattenkondensators ein Dielektrikum mit $\varepsilon_r > 1$, so erhöht sich die Kapazität C des Kondensators. Wenn das Dielektrikum den Kondensatorinnenraum bei gleicher Grundfläche höher ausfüllt, dann ist auch die Kapazität größer.
Der Kondensator ist die ganze Zeit mit der Gleichspannungsquelle verbunden. Deshalb bleibt die Kondensatorspannung U konstant.
Somit erhöht sich wegen $Q = C \cdot U$ bei steigender Kapazität auch die Ladung Q auf den Platten des Kondensators.

### 1.3.1 Länge und Höhe des Quaders

TIPP *Vorüberlegung:* Da sich der Körper mit konstanter Geschwindigkeit durch den Kondensator bewegt, wird man mithilfe des t-Q-Diagramms auf die Länge $\ell$ des Körpers schließen können. Mithilfe des h-Q-Diagramms kann man dann auf die Höhe h des Körpers schließen.

**Länge $\ell$:** Zum Zeitpunkt $t_0 = 0$ beginnt der Eintritt des Körpers in den Kondensator und zum Zeitpunkt $t_1 = 0{,}30$ s befindet er sich vollständig im Kondensator.

$$v = \frac{\ell}{\Delta t} = \frac{\ell}{t_1 - t_0} \quad \Rightarrow \quad \ell = v \cdot (t_1 - t_0) = 2{,}0\,\frac{\text{m}}{\text{s}} \cdot (0{,}30\,\text{s} - 0\,\text{s}) = \underline{\underline{0{,}60\,\text{m}}}$$

**Höhe h:** Ist der Quader vollständig im Kondensator, so beträgt die Ladung auf den Platten $Q = 4{,}0\ \text{nC}$ (siehe t-Q-Diagramm in Teilaufgabe 1.3.0). Laut dem h-Q-Diagramm in Teilaufgabe 1.2.2 ergibt sich damit ungefähr eine Höhe von

$$h = \underline{\underline{1{,}3\ \text{m}}}.$$

### 1.3.2 Stromstärke im Zeitintervall [0 s; 0,30 s]

**TIPP** *Vorüberlegung:* Für den Zusammenhang zwischen der Stromstärke in einem Leiter und der dort fließenden Ladungsmenge gilt allgemein:

$$I(t) = \dot{Q}(t) \quad \text{(siehe Formelsammlung)}$$

Handelt es sich hierbei um einen Gleichstrom, erkennt man dies im t-Q-Diagramm an einer konstanten Steigung des Graphen. Dann gilt:

$$I = \frac{\Delta Q}{\Delta t}$$

Im betrachteten Zeitintervall $0 \leq t \leq 0{,}30\ \text{s}$ erkennt man im t-Q-Diagramm eine konstante Steigung des Graphen. In diesem Fall gilt:

$$I = \frac{\Delta Q}{\Delta t} = \frac{(4{,}0 - 2{,}5) \cdot 10^{-9}\ \text{C}}{0{,}30\ \text{s}} = \underline{\underline{5{,}0\ \text{nA}}}$$

### 2.1 Geschwindigkeit nach dem Sprung

**TIPP** *Vorüberlegung:* Die betrachtete Bewegung kann als (unelastischer) Stoß zwischen zwei Körpern (Jugendlicher und Skateboard) aufgefasst werden. Eine Aussage über das Verhalten vor und nach dem Stoß macht der Impulserhaltungssatz, da keine äußeren Kräfte auf die beiden Körper in Bewegungsrichtung unmittelbar vor und nach dem Stoß wirken.

Nach dem Impulserhaltungssatz gilt für die x-Koordinaten der Gesamtimpulse unmittelbar vor und nach dem Aufspringen auf das Longboard

$$p_{\text{ges, vor}} = p_{\text{ges, nach}}$$

$$\Leftrightarrow \quad m_J \cdot v_x = (m_J + m_L) \cdot u_x,$$

sodass für die gemeinsame Geschwindigkeitskoordinate von Board und Jugendlichem nach dem Stoß folgt:

$$u_x = \frac{m_J}{m_J + m_L} \cdot v_x = \frac{70\ \text{kg}}{70\ \text{kg} + 3{,}0\ \text{kg}} \cdot 4{,}0\ \frac{\text{m}}{\text{s}} = \underline{\underline{3{,}8\ \frac{\text{m}}{\text{s}}}}$$

## 2.2 Reibungskoeffizient μ

TIPP *Vorüberlegung:* Bei der beschriebenen Bewegung handelt es sich aufgrund der wirkenden konstanten Reibungskraft um eine konstant verzögerte Bewegung. Dabei wird ein Teil der kinetischen Energie in Wärmeenergie umgewandelt. Folglich gibt es zwei Möglichkeiten, diese Aufgabe zu lösen.

*Möglichkeit 1:* Bewegung mit konstanter Verzögerung
Die wirkende Reibungskraft $\vec{F}_R$ ist die resultierende Kraft $\vec{F}$. Sie bestimmt die Größe der vorliegenden Verzögerung:

$$|\vec{F}_R| = |\vec{F}|$$

$$\mu \cdot (m_J + m_L) \cdot g = (m_J + m_L) \cdot |\vec{a}| \quad \Rightarrow \quad |\vec{a}| = \mu \cdot g$$

Weiterhin gilt für die gleichmäßig verzögerte Bewegung:

$$\begin{aligned} u_{1,x}^2 - u_{0,x}^2 &= -2 \cdot |\vec{a}| \cdot x_1 \\ &= -2\mu \cdot g \cdot x_1, \end{aligned}$$

sodass für den Reibungskoeffizienten folgt:

$$\mu = \frac{u_{0,x}^2 - u_{1,x}^2}{2g \cdot x_1} = \frac{\left(3{,}8\,\frac{m}{s}\right)^2 - \left(1{,}5\,\frac{m}{s}\right)^2}{2 \cdot 9{,}81\,\frac{m}{s^2} \cdot 12{,}0\text{ m}} = \underline{\underline{0{,}052}}$$

*Möglichkeit 2:* Energieerhaltungssatz
Setzt man das Bezugsniveau der potenziellen Energie auf Höhe des gemeinsamen Schwerpunktes des rollenden Jugendlichen und seines Skateboards, dann gilt folgende Energiebilanz:

$$E_{ges}(x_0) = E_{ges}(x_1)$$

$$E_{kin}(x_0) = E_{kin}(x_1) + |W_R|$$

$$\frac{1}{2} \cdot (m_J + m_L) \cdot u_{0,x}^2 = \frac{1}{2} \cdot (m_J + m_L) \cdot u_{1,x}^2 + \mu \cdot (m_J + m_L) \cdot g \cdot x_1$$

Durch Umstellen folgt für den Reibungskoeffizienten:

$$\mu = \frac{u_{0,x}^2 - u_{1,x}^2}{2g \cdot x_1} = \frac{\left(3{,}8\,\frac{m}{s}\right)^2 - \left(1{,}5\,\frac{m}{s}\right)^2}{2 \cdot 9{,}81\,\frac{m}{s^2} \cdot 12{,}0\text{ m}} = \underline{\underline{0{,}052}}$$

**BE**

**1.0** Auf einem Wagen aus Kunststoff ist eine Induktionsspule montiert. Sie hat einen rechteckigen Querschnitt mit den Seitenlängen $h = 5{,}0\,\text{cm}$ und $b = 6{,}0\,\text{cm}$. Der Wagen kann sich auf einer geradlinigen Fahrbahn, die durch ein homogenes, räumlich begrenztes Magnetfeld mit der zeitlich konstanten Flussdichte $\vec{B}$ hindurch führt, reibungsfrei bewegen. Das Magnetfeld hat in Fahrtrichtung des Wagens die Länge $L = 8{,}0\,\text{cm}$, seine magnetische Flussdichte hat den Betrag $B = 0{,}18\,\text{T}$. Während der Durchfahrt durchsetzen die Magnetfeldlinien die Querschnittsfläche der Induktionsspule senkrecht.

**1.1.0** In einem ersten Versuch verläuft die Fahrbahn horizontal. Der Wagen fährt mit der konstanten Geschwindigkeit mit dem Betrag $v = 20\,\frac{\text{cm}}{\text{s}}$ durch das homogene Magnetfeld. Dabei treten die rechten Querleiter der Induktionsspule zum Zeitpunkt $t_0 = 0$ in das Magnetfeld ein. Zum Zeitpunkt $t_E = 0{,}70\,\text{s}$ hat die Spule das Magnetfeld gerade vollständig verlassen.

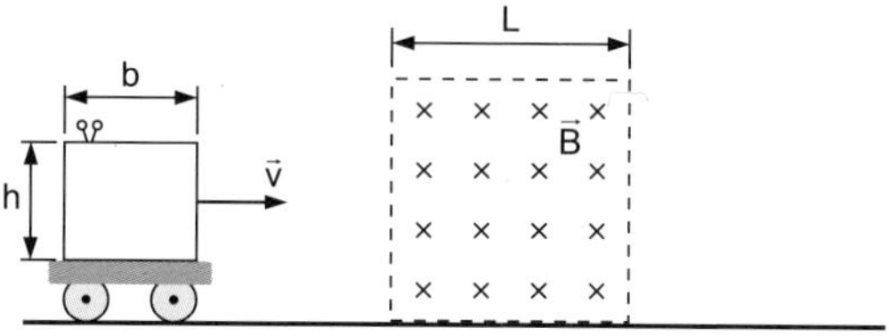


**1.1.1** $\Phi_{max}$ ist der maximale Betrag des magnetischen Flusses $\Phi$ durch die Induktionsspule. Berechnen Sie $\Phi_{max}$ und stellen Sie den zeitlichen Verlauf von $\Phi$ für $0 \leq t \leq 0{,}70\,\text{s}$ quantitativ in einem geeigneten Diagramm dar.
[Teilergebnis: $\Phi_{max} = 5{,}4 \cdot 10^{-4}\,\text{Vs}$] **6**

**1.1.2** Zwischen den Anschlüssen der Spule tritt während der Fahrt die Induktionsspannung $U_i$ auf. Der Maximalwert dieser Induktionsspannung beträgt $U_{i,\,max} = 0{,}45\,\text{V}$.
Bestimmen Sie die Windungszahl $N_i$ der Induktionsspule. **3**

**1.2.0** In einem zweiten Versuch ist die Fahrbahn um den Winkel $\alpha = 16°$ gegenüber der Horizontalen geneigt. Die Anschlüsse der Induktionsspule (Windungszahl $N_i = 250$) werden leitend verbunden. Der Wagen der Gesamtmasse $m = 0{,}35\,\text{kg}$ rollt

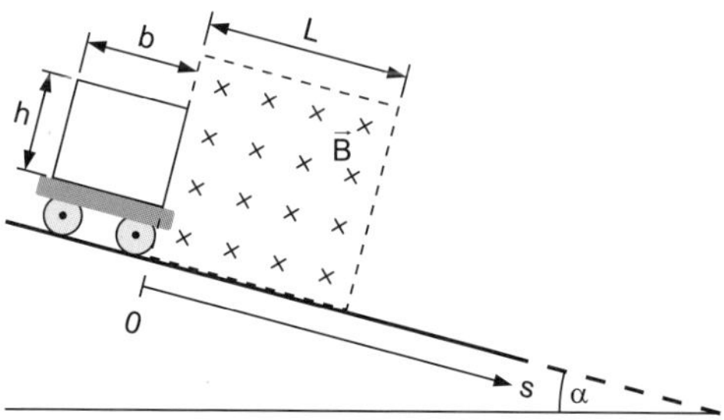


reibungsfrei ab dem Zeitpunkt $t_0 = 0$ von seiner Startposition aus der Ruhe heraus die schiefe Ebene hinunter. Unmittelbar nach dem Start treten die rechten

Querleiter der Induktionsspule in den Einflussbereich des homogenen magnetischen Feldes ein. Diese sogenannte Eintauchphase dauert so lange, bis die linken Querleiter der Induktionsspule ebenfalls in das Magnetfeld eingetreten sind. Parallel zur Fahrbahn wird die Achse der Ortskoordinate s entsprechend der Darstellung in der Skizze festgelegt.

**1.2.1** Der in der Induktionsspule zeitweise auftretende Induktionsstrom der Stärke $I_i$ verursacht die Kraft $\vec{F}_I$ auf die Induktionsspule.
Zeigen Sie, dass hierbei gilt:

$$|\vec{F}_I| = 2{,}3\,\frac{N}{A} \cdot I_i$$

Geben Sie die Orientierung von $\vec{F}_I$ an. **3**

**1.2.2** Zeichnen Sie für einen beliebigen Zeitpunkt während der Eintauchphase einen Kräfteplan, der alle für die Bewegung des Wagens relevanten Kräfte enthält. **3**

**1.2.3** Zeigen Sie ausgehend von einem Kraftansatz, dass für die s-Koordinate $a_s$ der Beschleunigung, die der Wagen erfährt, gilt:

$$a_s = g \cdot \sin\alpha - \frac{|\vec{F}_I|}{m}$$ **3**

**1.3.0** Im Wagen ist ein Beschleunigungssensor eingebaut. Mit diesem wird $a_s$ während der gesamten Fahrt aus 1.2.0 in Abhängigkeit von der Zeit t gemessen. Dabei wird im Zeitintervall $0 \le t \le 0{,}60\,\text{s}$ ein t-$a_s$-Diagramm aufgezeichnet. Dieses ist nachfolgend idealisiert dargestellt:

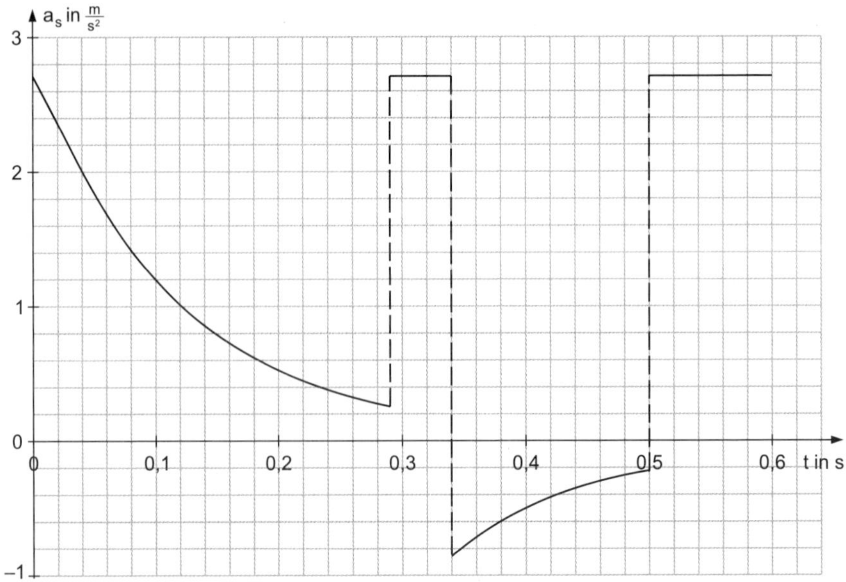

**1.3.1** Geben Sie die Länge des Zeitintervalls an, während dessen die Induktionsspule aus dem Magnetfeld austritt.
Beschreiben Sie möglichst genau, wie sich der Betrag der Geschwindigkeit des Wagens während dieser Phase verändert. **3**

**1.3.2** Bestimmen Sie $|\vec{F}_I|$ zum Zeitpunkt $t_1 = 0{,}40\,s$. Nutzen Sie dazu das Ergebnis der Teilaufgabe 1.2.3 sowie das Diagramm. **3**

**1.3.3** Entscheiden Sie, ob folgende Aussage wahr oder falsch ist:
„Der Wagen legt zwischen den Zeitpunkten $t_0 = 0$ und $t_2 = 0{,}50\,s$ eine Strecke der Länge 14 cm zurück."

Begründen Sie Ihre Entscheidung. **2**

**1.3.4** Schätzen Sie mithilfe des Diagramms den Betrag der Geschwindigkeit des aus der Ruhe heraus startenden Wagens zum Zeitpunkt $t_3 = 0{,}34\,s$ möglichst genau ab. Gehen Sie dabei nachvollziehbar vor. **4**

**30**

## TIPP Lösungshinweise zur Aufgabengruppe W3

**Teilaufgabe 1.1.1**
Die Formel für den magnetischen Fluss $\Phi$ finden Sie in Ihrer Formelsammlung. Überlegen Sie, wann $\Phi$ maximal wird und berechnen Sie $\Phi_{max}$. Für das zu zeichnende Diagramm müssen Sie sich nun noch überlegen, wie lange es dauert, bis die Spule vollkommen im Magnetfeld ist, wie lange Sie vollständig im Magnetfeld bleibt und wie lange der Austritt dauert. Außerdem sollten Sie sich noch Gedanken machen, wie sich der magnetische Fluss während der jeweiligen Phasen verändert. Jetzt müssen Sie nur noch den Graphen zeichnen.

**Teilaufgabe 1.1.2**
Die Grundlage dieser Aufgabe liefert das Induktionsgesetz. Überlegen Sie sich mithilfe des Diagramms in Teilaufgabe 1.1.1, wann die maximale Spannung $U_{i,\,max}$ induziert wird. Stellen Sie ausgehend vom Induktionsgesetz für dieses Zeitintervall eine Gleichung auf. Mit dieser können Sie dann $N_i$ berechnen.

**Teilaufgabe 1.2.1**
In der Formelsammlung finden Sie die Formel, mit der sich die Kraft auf einen stromdurchflossenen Leiter berechnet. Beachten Sie, dass die hier verwendete Spule $N_i$ solcher Leiter der Läng h hat. Geben Sie noch die Richtung dieser wirkenden Kraft an. Diese können Sie mithilfe der Regel von Lenz bestimmen.

**Teilaufgabe 1.2.2**
Skizzieren Sie zunächst die geneigte Fahrbahn, zeichnen Sie für den Kräfteplan zuerst die Gewichtskraft in sinnvoller Länge und erzeugen Sie aus dieser unter Berücksichtigung des Neigungswinkels der Fahrbahn die restlichen Kräfte in entsprechender Länge. Nun müssen Sie noch $\vec{F}_l$ einzeichnen. Überlegen Sie sich hierzu Richtung, Orientierung und Länge.
Vergessen Sie nicht die Legende der verwendeten Bezeichnungen für die Kräfte.

**Teilaufgabe 1.2.3**
Die auf den Wagen wirkende Beschleunigung erhalten Sie über die resultierende Kraft. Den zugehörigen Ansatz erhalten Sie aus dem Kräfteplan von Teilaufgabe 1.2.2.

**Teilaufgabe 1.3.1**
Sehen Sie sich das Diagramm genau an und versuchen Sie die einzelnen Phasen zu identifizieren. Geben Sie die Zeitdauer des gesuchten Zeitintervalls an, berücksichtigen Sie das Vorzeichen der Beschleunigung und beschreiben Sie die Veränderung des Betrags der Geschwindigkeit. Eine konkrete Begründung ist hier nicht verlangt.

**Teilaufgabe 1.3.2**
Sie dürfen laut Aufgabenstellung die Formel aus Teilaufgabe 1.2.3 verwenden. Stellen Sie diese nach $\vec{F}_l$ um. Benutzen Sie die gegebenen Werte und lesen Sie zusätzlich $a_s$ aus dem Diagramm ab, um $\vec{F}_l$ berechnen zu können.

**Teilaufgabe 1.3.3**
Überlegen Sie mithilfe des Diagramms aus Teilaufgabe 1.3.0, wo sich die Spule zu Beginn und am dieses Zeitintervalls befindet. Wenn Ihnen das klar ist, können Sie sich z. B. anhand der Skizze in Teilaufgabe 1.2.0 und den gegebenen Abmessungen überlegen, welchen Weg die Spule dabei zurückgelegt hat.

**Teilaufgabe 1.3.4**
Überlegen Sie, wo sich im Diagramm aus Teilaufgabe 1.3.0 die Geschwindigkeitsänderung verbirgt, und ermitteln Sie diese näherungsweise. Wenn Sie nun diese Geschwindigkeitsänderung zur Anfangsgeschwindigkeit addieren, erhalten Sie die gesuchte Endgeschwindigkeit.

**Lösungsvorschlag zur Aufgabengruppe W3**

## 1.1.1 Maximaler magnetischer Fluss $\Phi_{max}$

**TIPP** *Vorüberlegung:* Der magnetische Fluss $\Phi$ ergibt sich aus dem Produkt des Betrags B der magnetischen Flussdichte und der vom Magnetfeld durchsetzten Spulenfläche A. Im vorliegenden Fall verändert sich B nicht, aber die durchsetzte Fläche A. Damit erreicht $\Phi$ seinen maximalen Wert, wenn A maximal wird. Im vorliegenden Fall gilt also $\Phi \sim A$.
Da sich die Spule mit konstanter Geschwindigkeit bewegt, vergrößert sich A und damit auch $\Phi$ linear bei der Bewegung in das Magnetfeld und verringert sich A und damit auch $\Phi$ linear bei der Bewegung aus dem Magnetfeld. Dieser lineare Zusammenhang lässt sich mithilfe einer Formel belegen, z. B. für die Bewegung in das Magnetfeld:

$$\Phi(t) = B \cdot A(t) = B \cdot h \cdot b(t) = \underbrace{B \cdot h \cdot v}_{=k} \cdot t \Leftrightarrow \Phi(t) = k \cdot t$$

Dabei ist $k = B \cdot h \cdot v$ eine Konstante und $\Phi(t) = k \cdot t$ die Gleichung einer Ursprungsgeraden.

Der maximale magnetische Fluss wird erreicht, wenn sich die Spule vollständig im Magnetfeld befindet:

$$\Phi_{max} = B \cdot A_{max} = B \cdot h \cdot b = 0{,}18\,T \cdot 0{,}050\,m \cdot 0{,}060\,m = \underline{\underline{5{,}4 \cdot 10^{-4}\,Vs}}$$

Das Eintauchen der Spule in das Magnetfeld dauert

$$\Delta t_{ein} = \frac{b}{v} = \frac{0{,}060\,m}{0{,}20\,\frac{m}{s}} = 0{,}30\,s,$$

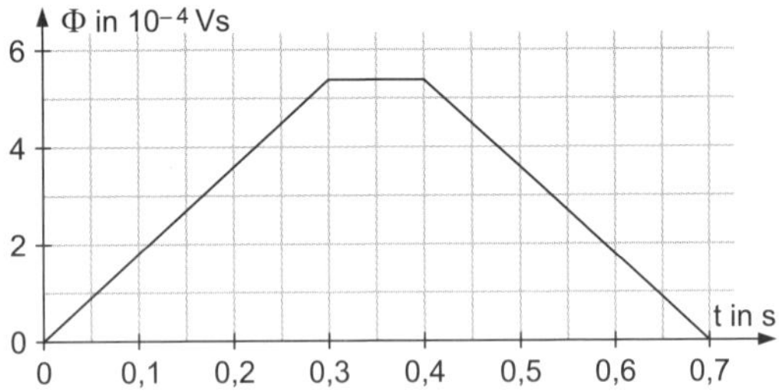


deren Austreten aus dem Magnetfeld

$$\Delta t_{aus} = \Delta t_{ein} = 0{,}30\,s.$$

Die Spule befindet sich vollständig im Magnetfeld während der Dauer

$$\Delta t_{drinnen} = \frac{L - b}{v} = \frac{0{,}080\,m - 0{,}060\,m}{0{,}20\,\frac{m}{s}} = 0{,}10\,s.$$

### 1.1.2 Windungszahl $N_i$ der Induktionsspule

**TIPP** *Vorüberlegung:* Der Zusammenhang zwischen der Induktionsspannung $U_i$ und dem magnetischen Fluss $\Phi$ wird durch das Induktionsgesetz: $U_i = -N_i \cdot \dot{\Phi}$ beschrieben: Es wird nur dann eine Spannung induziert, wenn sich $\Phi$ ändert; dann ist die Ableitung von $\Phi$ nach der Zeit t (also $\dot{\Phi}$) nicht null. Im vorliegenden Fall wird also in den Zeitintervallen $0 \le t \le 0{,}30$ s und $0{,}40\text{ s} \le t \le 0{,}70$ s eine Spannung induziert. In diesen beiden Fällen unterscheidet sich das Vorzeichen von $U_i$, da der Graph von $\Phi$ einmal steigend und einmal fallend ist. Berücksichtigt man noch das Minuszeichen im Induktionsgesetz, ergibt sich die maximale Induktionsspannung im Zeitintervall $0{,}40\text{ s} \le t \le 0{,}70$ s, da der Graph dort fallend und die Steigung folglich negativ ist. Dadurch wird in diesem Zeitintervall $U_i$ positiv.
Da sich der magnetische Fluss $\Phi$ im vorliegenden Fall jeweils linear mit der Zeit t ändert, gilt:

$$\dot{\Phi} = \frac{\Delta\Phi}{\Delta t}$$

Aus dem Induktionsgesetz $U_i = -N_i \cdot \dot{\Phi}$ folgt mit $\dot{\Phi} = \frac{\Delta\Phi}{\Delta t}$:

$$U_{i,\,max} = -N_i \cdot \frac{0 - \Phi_{max}}{\Delta t_{aus}}$$

$$\Rightarrow \quad N_i = \frac{U_{i,\,max} \cdot \Delta t_{aus}}{\Phi_{max}} = \frac{0{,}45\text{ V} \cdot 0{,}30\text{ s}}{5{,}4 \cdot 10^{-4}\text{ Vs}} = \underline{\underline{2{,}5 \cdot 10^2}}$$

### 1.2.1 Kraft $\vec{F}_I$ auf den Wagen

**TIPP** *Vorüberlegung:* Die Leiterstücke der Induktionsspule verlaufen senkrecht zu den Magnetfeldlinien. Sobald durch die Spule ein Induktionsstrom fließt, wirkt auf ein stromdurchflossenes Leiterstücke der Länge h im Magnetfeld senkrecht zur Stromrichtung und senkrecht zur Richtung des Magnetfeldes – also parallel zur Bewegungsrichtung – die Kraft $\vec{F}_{I,1}$. Für deren Betrag gilt:

$$\left|\vec{F}_{I,1}\right| = h \cdot B \cdot I_i \quad \text{(siehe Formelsammlung)}$$

Da die verwendete Spule $N_i$ solcher Leiterstücke hat, folgt:

$$\left|\vec{F}_I\right| = N_i \cdot h \cdot B \cdot I_i$$

Auch auf die Leiterstücke der Breite b wirkt eine solche Kraft. Diese steht aber jeweils senkrecht zur Bewegungsrichtung und ist damit für die Bewegung unerheblich.

Für den Betrag der Kraft ergibt sich mit der Einheitenumrechnung $1\text{ T} = 1\,\frac{\text{N}}{\text{Am}}$:

$$\left|\vec{F}_I\right| = N_i \cdot h \cdot B \cdot I_i = 250 \cdot 0{,}050\text{ m} \cdot 0{,}18\,\frac{\text{N}}{\text{Am}} \cdot I_i = \underline{\underline{2{,}3\,\frac{\text{N}}{\text{A}} \cdot I_i}}$$

Diese Kraft ist entgegen der Bewegung der Spule orientiert und damit auch **entgegen der s-Achse** orientiert.

TIPP *Begründung (nicht verlangt):* Nach der Regel von Lenz fließt der Induktionsstrom so, dass er seiner Ursache entgegenorientiert ist. Die Ursache einer jeden Induktion ist die Änderung des magnetischen Flusses $\Phi$. Dieser nimmt während der Eintauchphase aufgrund der Vergrößerung der durchsetzten Fläche zu. Der Stromfluss versucht nun dieser Zunahme entgegenzuwirken, indem er entgegen dem Uhrzeigersinn durch die Spule fließt. Denn dann schwächt das durch diesen Induktionsstrom erzeugte Magnetfeld das bereits vorhandene Magnetfeld innerhalb der Spule, wodurch der Zunahme von $\Phi$ entgegengewirkt wird. In den rechten Leiterstücken der Länge h fließt der Strom also von unten nach oben. Mit der Drei-Finger-Regel kann man sich nun überlegen, dass die auf die rechten Leiter wirkende Kraft entgegen der s-Achse orientiert ist.

## 1.2.2 Kräfteplan

TIPP *Vorüberlegung:* Neben den Kräften, welche auf einen sich (reibungsfrei) auf einer geneigten Ebene bewegenden Körper wirken, muss hierbei noch $\vec{F}_I$ (siehe Teilaufgabe 1.2.1) berücksichtigt werden. Dabei ist zu beachten, dass $|\vec{F}_I|$ nicht größer als der Betrag der Hangabtriebskraft $\vec{F}_H$ werden kann, denn der Wagen rollt aus der Ruhe heraus in das Magnetfeld. Folglich gilt zunächst $|\vec{F}_I| < |\vec{F}_H|$, wobei $\vec{F}_H$ konstant bleibt und $\vec{F}_I$ direkt proportional zur Geschwindigkeit ist.

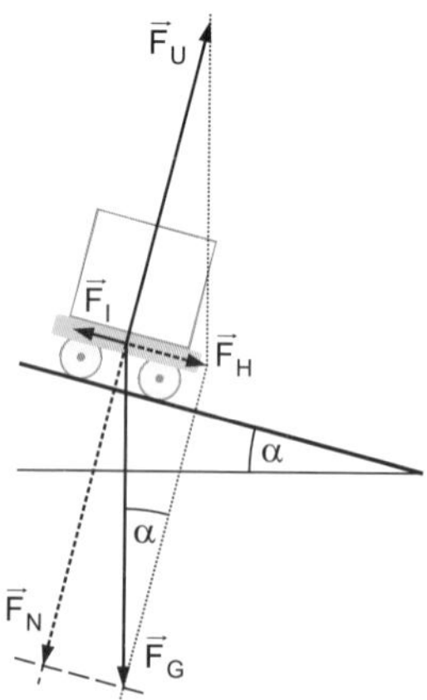


$\vec{F}_G$: Gewichtskraft auf den Massepunkt

$\vec{F}_N$: Normalkraft als Komponente von $\vec{F}_G$

$\vec{F}_H$: Hangabtriebskraft als Komponente von $\vec{F}_G$

$\vec{F}_U$: Kraft, die die Unterlage auf den Körper ausübt (gleicher Betrag wie $\vec{F}_N$)

$\vec{F}_I$: Kraft auf die $N_i$ stromdurchflossenen Leiter

Es muss gelten:

$$|\vec{F}_I| \leq |\vec{F}_H|$$

**TIPP** Mögliche Vorgehensweise zum Zeichnen des Kräfteplans:

1. Die Kraft $\vec{F}_G$ vertikal nach unten einzeichnen (sinnvolle Länge!)
2. Die Wirkungslinien der Normalkraft $\vec{F}_N$ und der Kraft der Unterlage $\vec{F}_U$ rechtwinklig zur geneigten Unterlage durch den Wagenschwerpunkt dünn einzeichnen
3. Die Wirkungslinie der Hangabtriebskraft $\vec{F}_H$ parallel zur geneigten Unterlage durch den Schwerpunkt des Wagens dünn einzeichnen
4. Parallelverschiebung der Wirkungslinien von $\vec{F}_N$ und $\vec{F}_H$ in die Spitze von $\vec{F}_G$
5. Die entstehenden Schnittpunkte der Wirkungslinien ergeben die Längen von $\vec{F}_H$ und $\vec{F}_N$. Diese können nun vom Schwerpunkt ausgehend dick eingezeichnet werden.
6. Die Länge von $\vec{F}_U$ entspricht der Länge von $\vec{F}_N$, ist aber entgegengesetzt zu $\vec{F}_N$ orientiert.
7. $\vec{F}_I$ hat die gleiche Richtung wie $\vec{F}_H$, ist aber entgegengesetzt zu $\vec{F}_H$ orientiert. $\vec{F}_I$ muss kürzer oder genauso lang wie $\vec{F}_H$ eingezeichnet werden (abhängig vom Bewegungszustand, in dem sich der Wagen gerade befindet).

### 1.2.3 Koordinate $a_s$ der Beschleunigung

**TIPP** *Vorüberlegung:* Für die Beschleunigung $\vec{a}$ eines Körpers gilt nach dem Grundgesetz der Mechanik:

$$\vec{a} = \frac{\vec{F}}{m}$$

Dabei ist $\vec{F}$ die auf den Körper einwirkende resultierende Kraft und m die zu beschleunigende Masse.
Wie sich die resultierende Kraft aus den anderen Teilkräften ergibt, erschließt sich aus dem Kräfteplan von Teilaufgabe 1.2.2: $\vec{F}_G$ wurde in $\vec{F}_H$ und $\vec{F}_N$ zerlegt. Statt $\vec{F}_G$ müssen also nur $\vec{F}_H$ und $\vec{F}_N$ berücksichtigt werden. $\vec{F}_N$ und $\vec{F}_U$ heben sich gegenseitig auf. Somit ergibt sich $\vec{F}$ nur noch aus $\vec{F}_H$ und $\vec{F}_I$. $\vec{F}$ ist dabei parallel zur s-Achse.

Nach dem Kräfteplan aus Teilaufgabe 1.2.2 gilt für die resultierende Kraft, die am Wagen angreift:

$$\vec{F} = \vec{F}_H + \vec{F}_I$$

Für die Beträge dieser Kräfte gilt:

$$|\vec{F}| = |\vec{F}_H| - |\vec{F}_I| \quad \Leftrightarrow \quad m \cdot |\vec{a}| = m \cdot g \cdot \sin\alpha - |\vec{F}_I| \quad \Rightarrow \quad |\vec{a}| = g \cdot \sin\alpha - \frac{|\vec{F}_I|}{m}$$

Da die resultierende Kraft hangabwärts orientiert ist, gilt für die s-Koordinate $a_s$ der Beschleunigung:

$$\underline{\underline{a_s = g \cdot \sin\alpha - \frac{|\vec{F}_I|}{m}}}$$

### 1.3.1 Austritt aus dem Magnetfeld

**TIPP** *Vorüberlegung:* Beim Austritt der Induktionsspule aus dem Magnetfeld nimmt die vom Magnetfeld durchsetzte Fläche der Spule ab, wodurch sich auch der magnetische Fluss verringert. Folglich wird auch nun eine Spannung induziert. Das führt in der kurzgeschlossenen Spule wiederum zu einem Stromfluss. Dadurch wirkt auf die stromdurchflossenen Leiter ein Kraft. Die Kraft auf die unteren und oberen Querleiter heben sich wieder auf. Die Kraft auf die linken, sich im Magnetfeld befindenden Leiter wirkt parallel zu $\vec{F}_H$ und ist geschwindigkeitsabhängig. Mithilfe der Regel von Lenz kann man sich nun überlegen, dass die Kraft $\vec{F}_I$ entgegengesetzt orientiert zur Kraft $\vec{F}_H$ ist (also genauso wie beim Eintritt!).
Wenn sich die Induktionsspule vollkommen im Magnetfeld bzw. vollkommen außerhalb des Magnetfeldes befindet, ändert sich der magnetische Fluss nicht. Folglich gibt es keinen Induktionsstrom und damit auch keine Kraft $\vec{F}_I$. Die einzig wirkende Kraft ist dann $\vec{F}_H$, welche eine konstante Beschleunigung des Wagens zur Folge hat, erkennbar in den Zeitintervallen $0{,}29\text{ s} < t < 0{,}34\text{ s}$ und $0{,}50\text{ s} < t < 0{,}60\text{ s}$ im Diagramm.

Die Zeitdauer der Phase des Austretens aus dem Magnetfeld beginnt ca. zum Zeitpunkt 0,34 s und endet ca. zum Zeitpunkt 0,50 s. Die Austrittsdauer beträgt also ca. 0,16 s.
Während dieser gesamten Phase gilt $a_s < 0$, daher nimmt der Betrag der Geschwindigkeit ab. Zu Beginn ist die Änderungsrate der Geschwindigkeit betragsmäßig am größten. Danach verringert sich diese Änderungsrate, bis die Induktionsspule komplett aus dem Magnetfeld ausgetreten ist.

### 1.3.2 $|\vec{F}_I|$ zum Zeitpunkt $t_1 = 0{,}40\text{ s}$

**TIPP** *Vorüberlegung:* In Teilaufgabe 1.2.3 wurde die Formel für die Koordinate $a_s$ für die Eintauchphase hergeleitet. Nach den Überlegungen zu Teilaufgabe 1.3.1 gilt aber auch während des Austritts, dass die Kraft $\vec{F}_I$ entgegengesetzt zur Kraft $\vec{F}_H$ orientiert ist. Daher kann die Formel auch hier verwendet werden.

Aus Teilaufgabe 1.2.3 folgt:

$$a_s = g \cdot \sin\alpha - \frac{|\vec{F}_I|}{m} \quad \Rightarrow \quad |\vec{F}_I| = m \cdot (g \cdot \sin\alpha - a_s) \qquad (*)$$

Aus dem Diagramm erhält man:

$$a_s(0{,}40\text{ s}) = -0{,}50\,\frac{\text{m}}{\text{s}^2}$$

Eingesetzt in (*) ergibt sich:

$$|\vec{F}_I(0{,}40\text{ s})| = 0{,}35\text{ kg} \cdot \left(9{,}81\,\frac{\text{m}}{\text{s}^2} \cdot \sin 16° - \left(-0{,}50\,\frac{\text{m}}{\text{s}^2}\right)\right) = \underline{\underline{1{,}1\text{ N}}}$$

**1.3.3** Im Diagramm erkennt man, dass die Spule zum Zeitpunkt $t_0 = 0$ in das Magnetfeld eintaucht und zum Zeitpunkt $t_2 = 0{,}50$ s gerade das Magnetfeld verlässt. Während dieser Zeitspanne $\Delta t = t_2 - t_0$ musste die $b = 6{,}0$ cm breite Spule in das Magnetfeld der Länge $L = 8{,}0$ cm ein- und ausfahren. Somit legte die Spule hierbei – also bis zum Zeitpunkt $t_2 = 0{,}50$ s – eine Strecke der Länge

$$8{,}0 \text{ cm} + 6{,}0 \text{ cm} = 14 \text{ cm}$$

zurück. Folglich ist die **Aussage wahr**.

**1.3.4 Geschwindigkeit zum Zeitpunkt $t_3 = 0{,}34$ s**

TIPP *Vorüberlegung:* Die Geschwindigkeitsänderung des betrachteten Körpers ist gleich dem Flächeninhalt der Fläche zwischen dem Graphen im t-$a_s$-Diagramm und der t-Achse. Da im betrachteten Zeitintervall $a_s > 0$ gilt, ist der Inhalt der Fläche zwischen Graph und t-Achse die Geschwindigkeitszunahme; da zudem $v_0 = 0$ ist, entspricht diese gleich der Geschwindigkeit zum Zeitpunkt $t_3 = 0{,}34$ s.

Im Zeitintervall $0 \leq t \leq t_3$ lässt sich der gesuchte Flächeninhalt zum Beispiel durch Zählen der Kästchen ermitteln.
Ein Kästchen entspricht im vorliegenden Diagramm der Geschwindigkeitszunahme

$$0{,}020\,\text{s} \cdot 0{,}20\,\frac{\text{m}}{\text{s}^2} = 4{,}0 \cdot 10^{-3}\,\frac{\text{m}}{\text{s}}.$$

Im vorliegenden Diagramm besteht die gesuchte Fläche aus ca. 109 Kästchen. Da der Wagen aus der Ruhe startet, ergibt sich somit

$$|\vec{v}(0{,}34\,\text{s})| = 109 \cdot 4{,}0 \cdot 10^{-3}\,\frac{\text{m}}{\text{s}} = \underline{\underline{0{,}44\,\frac{\text{m}}{\text{s}}}}.$$

# FOS / BOS 12 Bayern Physik
Fachabiturprüfung 2021

## Pflichtaufgabengruppe P – Aufgabenstellung

**HINWEIS:** Ist eine Aufgabenstellung mit **(G)** gekennzeichnet, ist die Bearbeitung/die Lösung dieser Aufgabe direkt in das vorliegende Geheft einzutragen.

**BE**

**(G) 1.0** In einem Experiment wird die zeitliche Abhängigkeit der Geschwindigkeit eines Körpers bei einer eindimensionalen Bewegung näher untersucht. Zur Beschreibung des Orts des Körpers wird die x-Achse so festgelegt, dass diese parallel zur Unterlage und durch den Körperschwerpunkt verläuft. Die folgenden Angaben beziehen sich auf den Körperschwerpunkt.

Zum Zeitpunkt $t_0 = 0$ ist der Körper am Ort mit der x-Koordinate $x_0 = 0$. Hier startet die Aufzeichnung der x-Koordinate $v_x$ der Geschwindigkeit (siehe nebenstehendes t-$v_x$-Diagramm).

Beschreiben Sie qualitativ die vorliegende Bewegung des Körpers bezüglich der x-Achse für die drei Zeitintervalle $[0; 2{,}0\,s[$, $[2{,}0\,s; 3{,}0\,s[$ und $[3{,}0\,s; 4{,}0\,s]$.

Berechnen Sie die x-Koordinate des Körpers zum Zeitpunkt $t_1 = 2{,}0\,s$.

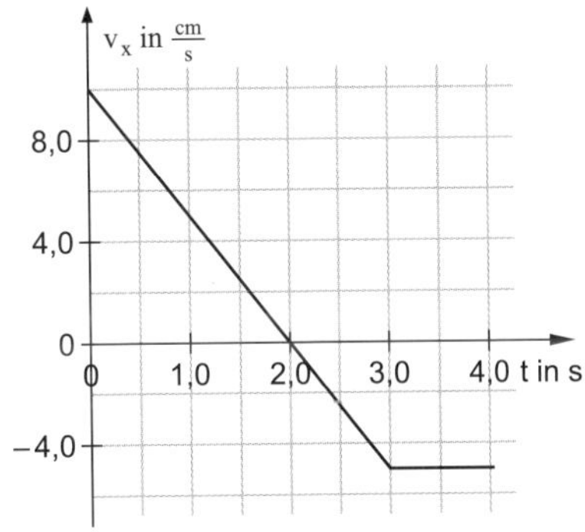


**6**

**2.0** Ein Körper wird vertikal nach oben geworfen. Für eine exakte Beschreibung der Bewegung wird eine nach oben orientierte h-Achse festgelegt, entlang derer sich der Schwerpunkt des Körpers bewegt. Die folgenden Angaben beziehen sich auf den Schwerpunkt des Körpers.

Der Abwurf findet zum Zeitpunkt $t_0 = 0$ auf Höhe $h_0 = 0$ mit der Anfangsgeschwindigkeit $\vec{v}_0$ statt. Der Körper erreicht die maximale Höhe $h_{max}$ und wird dann auf der Höhe $h_0$ wieder aufgefangen (siehe nebenstehende Skizze). Sämtliche Reibungseffekte sind zu vernachlässigen.

**(G) 2.1** Es gilt: $h_{max} = 8{,}7\ \text{m}$.
Berechnen Sie die h-Koordinate $v_{0,\,h}$ der dazu notwendigen Anfangsgeschwindigkeit. **4**

**(G) 2.2** Bei den unten dargestellten Diagrammen ist die Abszissenachse jeweils die Zeitachse, wobei $t_{ges}$ die gesamte Flugzeit des Körpers bezeichnet. Es soll nun für die folgenden Teilaufgaben a und b jeweils das richtige Diagramm ausgewählt und in diesem die fehlenden Beschriftungen der Ordinatenachse ergänzt werden.

a) Eines dieser Diagramme stellt die Abhängigkeit der Höhe des Körpers von der Zeit dar. Bezeichnen Sie in dem zugehörigen Diagramm die Ordinate mit h und beschriften Sie den bzw. die Platzhalter im Sinne der Situation aus Teilaufgabe 2.0.

b) Ein anderes Diagramm stellt die Abhängigkeit der h-Koordinate der Beschleunigung des Körpers von der Zeit dar. Bezeichnen Sie im zugehörigen Diagramm die Ordinate mit $a_h$ und beschriften Sie den bzw. die Platzhalter im Sinne der Situation aus Teilaufgabe 2.0.

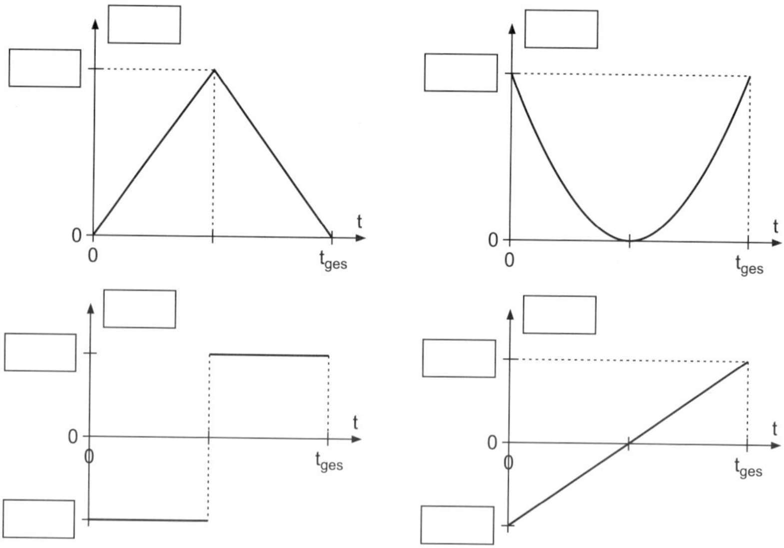

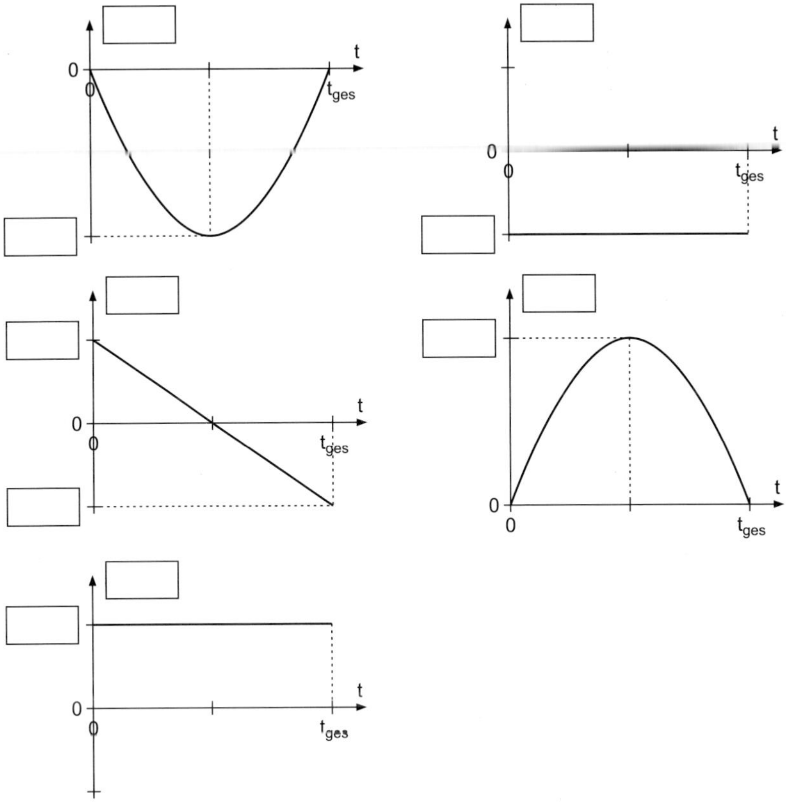


4

**3.0** Ein Feder-Schwere-Pendel schwingt harmonisch und reibungsfrei. Die y-Achse wird so festgelegt, dass sich der Schwerpunkt der schwingenden Masse entlang dieser bewegt. Alle weiteren Aussagen zu diesem Pendel beziehen sich auf den beschriebenen Schwerpunkt.

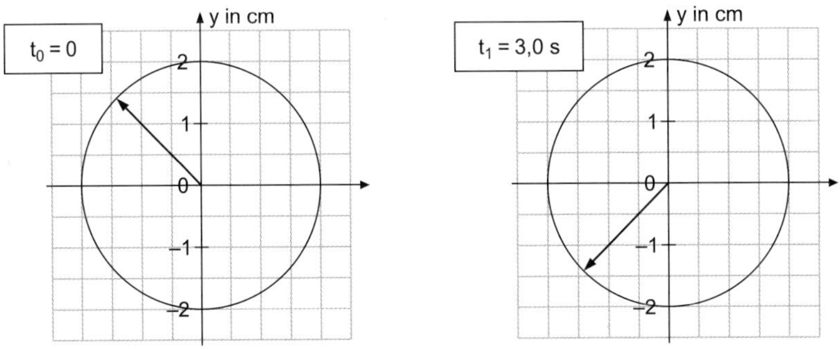

Die zwei Zeigerdiagramme enthalten Informationen über den Schwingungszustand des Pendels zu den beiden Zeitpunkten $t_0 = 0$ und $t_1 = 3{,}0$ s. Die Schwingungsdauer T des Pendels ist unbekannt. Der Zeiger dreht sich gegen den Uhrzeigersinn.

**(G) 3.1** Kreuzen Sie für jede der folgenden Aussagen bezüglich des Pendels an, ob diese wahr oder falsch ist oder ob aufgrund der vorliegenden Informationen eine eindeutige Entscheidung darüber nicht möglich ist.

**HINWEIS:** Jedes falsch gesetzte Kreuz geht mit –0,5 BE und jedes richtig gesetzte Kreuz mit +1 BE ein. Im ungünstigsten Fall wird die Aufgabe mit 0 BE gewertet.

| | **wahr** | **falsch** | **nicht eindeutig entscheidbar** |
|---|---|---|---|
| Zum Zeitpunkt $t_0$ ist die kinetische Energie negativ. | ☐ | ☐ | ☐ |
| Zum Zeitpunkt $t_0$ beträgt die Elongation 2,0 cm. | ☐ | ☐ | ☐ |
| Zum Zeitpunkt $t_1$ ist der Vektor der Geschwindigkeit zur Ruhelage hin orientiert. | ☐ | ☐ | ☐ |
| Zum Zeitpunkt $t_1$ ist die y-Koordinate $F_y(t_1)$ der rücktreibenden Kraft positiv. | ☐ | ☐ | ☐ |
| Zum Zeitpunkt $t_2 = 1{,}5$ s ist die y-Koordinate $v_y(t_2)$ der Geschwindigkeit negativ. | ☐ | ☐ | ☐ |

**5**

**(G) 3.2** Für genau eine der möglichen Schwingungsdauern T gilt: $T^* > 2{,}4$ s. Geben Sie $T^*$ an und ermitteln Sie die zugehörige Kreisfrequenz $\omega^*$. **3**

**4.0** Eine fortschreitende mechanische Querwelle hat sich zum Zeitpunkt $t_0 = 0$ bereits vollständig auf ihrem Medium ausgebreitet. Die Welle bewegt sich längs einer festgelegten, horizontal verlaufenden x-Achse. Die y-Achse ist vertikal gerichtet und nach oben orientiert. Die zugehörige Wellengleichung lautet:

$$y(t;\, x) = 0{,}75\ \text{m} \cdot \sin\left[2\pi \cdot \left(\frac{t}{4{,}0\ \text{s}} + \frac{x}{6{,}0\ \text{m}}\right)\right].$$

**(G) 4.1** Geben Sie die Amplitude sowie die Periodendauer der Schwingung eines Teilchens des Wellenträgers an.

Amplitude: ____________ Periodendauer: ____________ **2**

**(G) 4.2** Berechnen Sie den Betrag c der Ausbreitungsgeschwindigkeit dieser Welle und geben Sie die Orientierung der Ausbreitungsgeschwindigkeit an. **4**

**(G) 4.3** Geben Sie für den Zeitpunkt $t_1 = 10\,s$ die Elongation des Teilchens am Ort $x_0 = 0$ an. Untersuchen Sie z. B. mithilfe eines Diagramms oder einer Rechnung, ob sich dieses Teilchen unmittelbar nach dem Zeitpunkt $t_1$ nach unten oder oben bewegt. **4**

**(G) 4.4** Geben Sie an, wie oft im Beobachtungszeitraum $0 \leq t \leq 60\,s$ die y-Koordinate des schwingenden Teilchens am Ort $x_0 = 0$ maximal ist, und begründen Sie Ihre Angabe. **3**

**(G) 5** Nebenstehend ist für drei kleine, geladene Kugeln ein elektrisches Feldlinienbild dargestellt, bei dem auf die Orientierung der einzelnen Feldlinien verzichtet wurde. In den Aussagen der linken Spalte der nachfolgenden Tabelle steht Q für die Ladung einer Kugel und m für deren Masse. Der Index gibt an, ob es sich um die Kugel A, B oder C handelt. Kreuzen Sie für jede der folgenden Aussagen jeweils an, ob diese wahr, falsch oder aufgrund der vorliegenden Informationen eine eindeutige Entscheidung darüber nicht möglich ist.

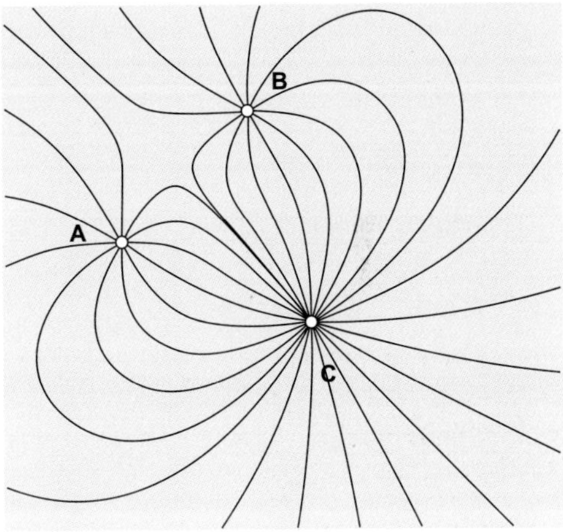


**HINWEIS:** Jedes falsch gesetzte Kreuz geht mit –0,5 BE und jedes richtig gesetzte Kreuz mit +1 BE ein. Im ungünstigsten Fall wird die Aufgabe mit 0 BE gewertet.

| | **wahr** | **falsch** | **nicht eindeutig entscheidbar** |
|---|---|---|---|
| $\lvert Q_A \rvert > \lvert Q_C \rvert$ | ☐ | ☐ | ☐ |
| $m_A = m_B$ | ☐ | ☐ | ☐ |
| Die Kugel A ist positiv geladen. | ☐ | ☐ | ☐ |
| Die Ladungen der Kugeln B und C haben unterschiedliche Vorzeichen. | ☐ | ☐ | ☐ |
| Die Ladungen der Kugeln A und B haben das gleiche Vorzeichen. | ☐ | ☐ | ☐ |

**5**

**40**

## TIPP Lösungshinweise zur Aufgabengruppe P

**Teilaufgabe 1.0**
Überlegen Sie, welche besonderen Bewegungsarten Ihnen entlang einer Achse bekannt sind und wie deren Graphen im t-v-Diagramm aussehen. Im vorliegenden Fall ist es sogar etwas einfacher, da Sie nur beschreiben müssen, wie sich die Geschwindigkeit mit der Zeit ändert.
Zur Berechnung von $x(t_1)$ können Sie die zugehörigen Formeln aus der Formelsammlung verwenden. Einfacher ist es jedoch, wenn Sie wissen, wo sich der zurückgelegte Weg in einem t-v-Diagramm verbirgt.

**Teilaufgabe 2.1**
Sie können diese Aufgabe mithilfe der Formeln der zugrunde liegenden Bewegungsart lösen (Formelsammlung) oder mithilfe eines Energieansatzes.

**Teilaufgabe 2.2**
Lesen Sie noch einmal nach bzw. überlegen Sie, welchen Wert die betrachtete Größe zum Zeitpunkt $t_0 = 0$ hat und wie sie sich im weiteren zeitlichen Verlauf verändert. Identifizieren Sie auf Basis dieser Überlegung die zugehörigen Diagramme und tragen Sie die passenden Formelzeichen in die Kästchen ein.

**Teilaufgabe 3.1**
Gehen Sie Aussage für Aussage durch. Die ersten Aussagen sind noch einfach zu beantworten. Sie werden jedoch immer schwieriger. Versuchen Sie sich vorzustellen, wo sich der Körper je nach Zeigerstellung gerade befindet, in welche Richtung er sich bewegt und welchen Einfluss das auf die beschriebene Größe hat. Bei der letzten Aussage ist die Position des Körpers nicht eindeutig festgelegt. Überlegen Sie, welche Positionen möglich sind und was das für die 5. Aussage bedeutet.

**Teilaufgabe 3.2**
Nutzen Sie die Definition der Winkelgeschwindigkeit (Formelsammlung) und überlegen Sie, um welchen Winkel sich der Zeiger in den 3,0 s gedreht haben muss, sodass eine möglichst große Umlaufdauer des Zeigers und damit eine möglichst große Schwingungsdauer des Körpers vorliegt.

**Teilaufgabe 4.1**
Nutzen Sie Ihre Formelsammlung und suchen Sie nach der allgemeinen Wellengleichung. Aus dieser können Sie ersehen, an welcher Stelle der Wellengleichung jeweils die gesuchte Größe auftritt.

**Teilaufgabe 4.2**
Die Formel für die Berechnung von c finden Sie in Ihrer Formelsammlung. Die Ausbreitungsrichtung der Welle erkennen Sie am Vorzeichen des Terms $x/\lambda$ in der Wellengleichung.

**Teilaufgabe 4.3**
Die gesuchte Elongation können Sie durch Einsetzen in die Wellengleichung berechnen. Zur Ermittlung der Bewegungsrichtung des schwingenden Teilchens am vorgegebenen Ort nutzen Sie Ihre Kenntnisse von den Schwingungen: Entweder fertigen Sie eine Skizze der Zeit-Ort-Funktion des Teilchens an oder Sie berechnen $v(t_1; x = 0)$ (Vorzeichen beachten!).

**Teilaufgabe 4.4**
Überlegen Sie zunächst, wie oft die Koordinate der Elongation des Teilchens während einer Periode maximal ist. Schließen Sie dann auf die Anzahl innerhalb des Zeitintervalls $0 \leq t \leq 60$ s. Da eine Begründung gefordert ist, fassen Sie Ihre Überlegungen in Worte.

**Teilaufgabe 5.0**
Hier ist Grundlagenwissen zu elektrischen Ladungen und elektrischen Feldlinien gefragt.

## 1.1 Bewegungen des Körpers

TIPP *Vorüberlegung:* Es handelt sich hier um eine eindimensionale Bewegung eines Körpers. Diesbezüglich haben Sie drei besondere Arten solcher Bewegungen im Unterricht kennengelernt: die Bewegung mit konstanter Geschwindigkeit (auch gleichförmige Bewegung genannt), die Bewegung mit konstanter Beschleunigung und die eindimensionale harmonische Schwingung (liegt hier aber nicht vor).
Das vorliegende Diagramm stellt die Änderung der Geschwindigkeit in Abhängigkeit von der Zeit dar. Verändert sich die Geschwindigkeit linear, liegt eine Bewegung mit konstanter Beschleunigung vor. Wenn sich die Geschwindigkeit nicht ändert, liegt die gleichförmige Bewegung zugrunde. Da hier konkret die x-Koordinate der Geschwindigkeit des Körpers dargestellt wird, besitzt das Vorzeichen von $v_x$ eine besondere Bedeutung: Es gibt Auskunft über die Bewegungsrichtung entlang der x-Achse. Ist die Geschwindigkeitskoordinate positiv, bewegt sich der Körper in die Richtung der positiven Koordinatenachse; ist sie negativ, bewegt sich der Körper in Richtung der negativen Koordinatenachse.

Innerhalb der vorgegebenen Zeitintervalle gilt:

[0; 2,0 s[: Der Körper bewegt sich konstant verzögert (also mit abnehmendem Betrag seiner Geschwindigkeit) in positive x-Richtung.

[2,0 s; 3,0 s[: Der Körper bewegt sich in negative x-Richtung, wobei der Betrag seiner Geschwindigkeit gleichmäßig zunimmt.

[3,0 s; 4,0 s]: Der Körper bewegt sich mit konstanter Geschwindigkeit in negative x-Richtung.

**x-Koordinate zum Zeitpunkt $t_1 = 2{,}0\,\text{s}$**

TIPP Dem in einem Zeitintervall zurückgelegten Weg entspricht im t-$v_x$-Diagramm die Fläche zwischen Graph und der t-Achse für dieses Zeitintervall. Natürlich lässt sich der zurückgelegte Weg auch mithilfe der zugehörigen Bewegungsgleichungen aus der Formelsammlung berechnen. Dazu müssen Sie aber noch zusätzlich die vorliegende Beschleunigung ermitteln. Diese verbirgt sich im gegebenen Diagramm in der Steigung des Graphen.

*Möglichkeit 1:* mithilfe der Zeit-Ort-Funktion (Startbedingung: $x(t_0) = 0$)

Aus $x(t_1) = \frac{1}{2} a \cdot t_1^2 + v_0 \cdot t_1$ folgt mit $a = \frac{\Delta v}{\Delta t} = \frac{v_1 - v_0}{t_1 - t_0} = \frac{0\,\frac{m}{s} - 0{,}10\,\frac{m}{s}}{2{,}0\,s - 0\,s} = -0{,}050\,\frac{m}{s^2}$:

$$x(t_1) = \frac{1}{2} \cdot \left(-0{,}050\,\frac{m}{s^2}\right) \cdot (2{,}0\,s)^2 + 0{,}10\,\frac{m}{s} \cdot 2{,}0\,s = \underline{\underline{0{,}10\,m}}$$

*Möglichkeit 2:* mithilfe der grau hinterlegten Fläche im t-$v_x$-Diagramm

$$\Delta x = \frac{1}{2} \cdot 2{,}0\,\text{s} \cdot 10{,}0\,\frac{\text{cm}}{\text{s}} = 10\,\text{cm}$$

Wegen $x(t_0) = 0$ gilt

$$\Delta x = x(t_1) - x(t_0) = x(t_1)$$

und damit:

$$x(t_1) = \underline{\underline{10\,\text{cm}}}$$

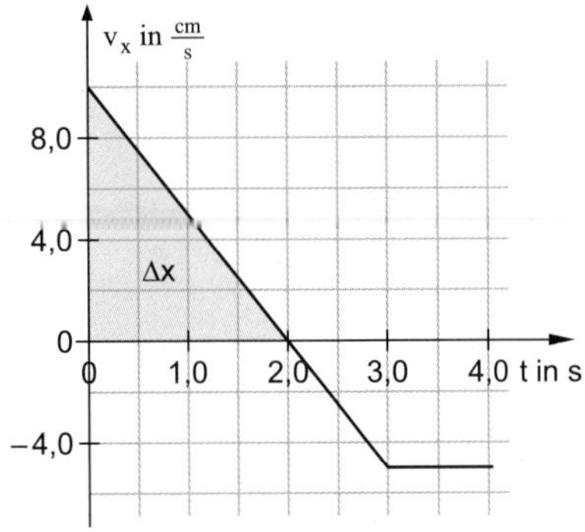


*Möglichkeit 3:* mithilfe der Ort-Geschwindigkeit-Funktion
Aus $v_1^2 - v_0^2 = 2a \cdot \Delta x$ folgt mit $a = \frac{\Delta v}{\Delta t} = \frac{v_1 - v_0}{t_1 - t_0} = \frac{0\,\frac{\text{m}}{\text{s}} - 0{,}10\,\frac{\text{m}}{\text{s}}}{2{,}0\,\text{s} - 0\,\text{s}} = -0{,}050\,\frac{\text{m}}{\text{s}^2}$:

$$\Delta x = \frac{v_1^2 - v_0^2}{2a} = \frac{\left(0\,\frac{\text{m}}{\text{s}}\right)^2 - \left(0{,}10\,\frac{\text{m}}{\text{s}}\right)^2}{2 \cdot \left(-0{,}050\,\frac{\text{m}}{\text{s}^2}\right)} = 0{,}10\,\text{m}$$

Wegen $x(t_0) = 0$ gilt $\Delta x = x(t_1) - x(t_0) = x(t_1)$ und damit:

$$x(t_1) = \underline{\underline{0{,}10\,\text{m}}}$$

## 2.1 Senkrechter Wurf: Anfangsgeschwindigkeit

**TIPP** *Vorüberlegung:* Beim senkrechten Wurf nach oben handelt es sich um eine konstant beschleunigte Bewegung mit Anfangsgeschwindigkeit. Die konstante Beschleunigung ist die Fallbeschleunigung. Für die h-Koordinate der Beschleunigung gilt hierbei $a_h = -g$. Wenn der Körper die Höhe $h_{max}$ erreicht hat, ist seine Geschwindigkeitskoordinate null.
Alternativ kann man dieses Problem auch mithilfe des Energieerhaltungssatzes der Mechanik lösen. Dazu vergleicht man die Gesamtenergien in zwei geeigneten Punkten bzw. auf zwei Höhen, von denen man etwas weiß bzw. wissen möchte. Vergessen Sie nicht, für die potenzielle Energie des Körpers ein Bezugsniveau festzulegen.

*Möglichkeit 1:* mithilfe der Ort-Geschwindigkeit-Funktion
Für $\Delta h = h_{max}$ ist $v_h = 0$. Damit folgt aus $v_h^2 - v_{0,h}^2 = 2 \cdot (-g) \cdot \Delta h$:

$$v_{0,h} = (\pm)\sqrt{2g \cdot h_{max}} = \sqrt{2 \cdot 9{,}81\,\frac{\text{m}}{\text{s}^2} \cdot 8{,}7\,\text{m}} = \underline{\underline{13\,\frac{\text{m}}{\text{s}}}}$$

*Möglichkeit 2:* mithilfe des Energieerhaltungssatzes der Mechanik
Es gilt $E_{ges}(h_0) = E_{ges}(h_{max})$. Legt man nun das Bezugsniveau der potenziellen Energie auf die Höhe $h_0$, so gilt dort $E_{pot}(h_0) = 0$. Da im oberen Umkehrpunkt die Geschwindigkeit des Körpers null ist, gilt dort $E_{kin}(h_{max}) = 0$, sodass insgesamt folgt:

$$E_{kin}(h_0) = E_{pot}(h_{max})$$

$$\frac{1}{2} m \cdot v_{0,h}^2 = m \cdot g \cdot h_{max}$$

$$\Rightarrow \quad v_{0,h} = \sqrt{2g \cdot h_{max}}$$

$$= \sqrt{2 \cdot 9{,}81 \frac{m}{s^2} \cdot 8{,}7\ m} = \underline{\underline{13 \frac{m}{s}}}$$

## 2.2 Senkrechter Wurf: Zuordnung der Diagramme

**TIPP** *Vorüberlegung:* Beim senkrechten Wurf nach oben handelt es sich um eine Bewegung mit konstanter Beschleunigung. Der Wurf beginnt zum Zeitpunkt $t_0 = 0$ auf der Höhe $h_{max} = 0$. Mit zunehmender Zeit nimmt die Höhe des Körpers zunächst zu und nach Erreichen der Maximalhöhe $h_{max}$ wieder ab. Der Zusammenhang zwischen t und h ist hierbei quadratisch ($h(t) = -\frac{1}{2} g \cdot t^2 + v_0 \cdot t$), der Graph also eine nach unten geöffnete Parabel.
Während der gesamten Wurfphase, also Steigphase und Fallphase, ist die Beschleunigung immer gleich. Da die h-Achse nach oben orientiert ist, gilt für die h-Koordinate der Beschleunigung $a_h = -g$.

zu a)

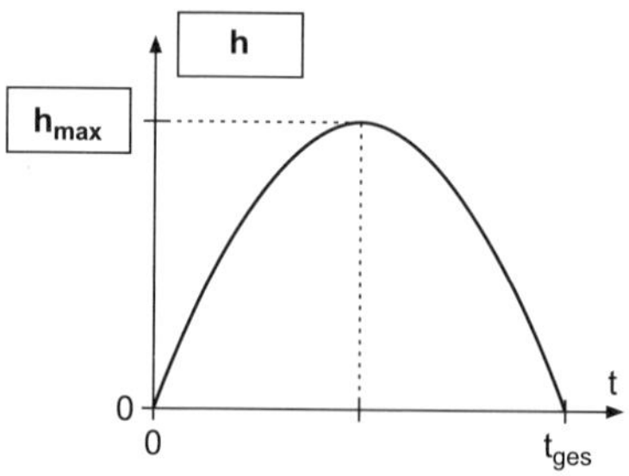


zu b)

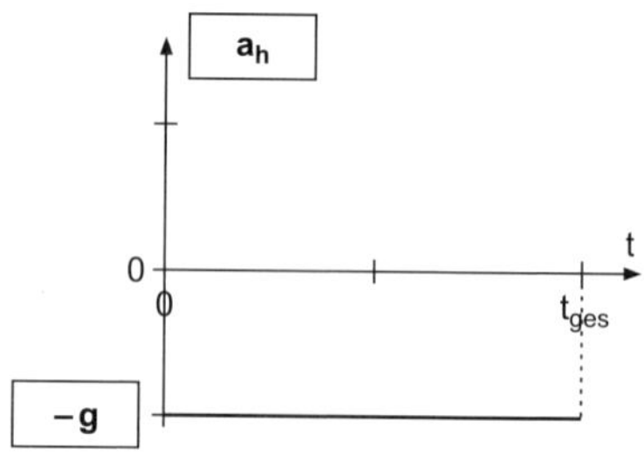

## 3.1 Feder-Schwere-Pendel: Prüfen der Aussagen

| | wahr | falsch | nicht eindeutig entscheidbar |
|---|---|---|---|
| Zum Zeitpunkt $t_0$ ist die kinetische Energie negativ. | ☐ | ☒ | ☐ |
| Zum Zeitpunkt $t_0$ beträgt die Elongation 2,0 cm. | ☐ | ☒ | ☐ |
| Zum Zeitpunkt $t_1$ ist der Vektor der Geschwindigkeit zur Ruhelage hin orientiert. | ☐ | ☒ | ☐ |
| Zum Zeitpunkt $t_1$ ist die y-Koordinate $F_y(t_1)$ der rücktreibenden Kraft positiv. | ☒ | ☐ | ☐ |
| Zum Zeitpunkt $t_2 = 1{,}5$ s ist die y-Koordinate $v_y(t_2)$ der Geschwindigkeit negativ. | ☐ | ☐ | ☒ |

**TIPP** *Überlegungen zu den Aussagen*

*1. Aussage:* Die kinetische Energie kann niemals negativ sein. Die Aussage ist also **falsch**.

*2. Aussage:* Für den Zeitpunkt $t_0$ muss man das linke Bild heranziehen. Für den dargestellten Zeiger ermittelt man die Elongation, indem man von der Spitze des Zeigers waagerecht zur y-Achse geht und den dortigen Wert abliest: $y(t_0) = 1{,}4$ cm. Die Aussage ist also **falsch**.

*3. Aussage:* Der Zeiger dreht sich gegen den Uhrzeigersinn. Für den Zeitpunkt $t_1$ muss man das rechte Bild heranziehen. Folglich befand sich der Zeiger bereits unter der Ruhelage $y = 0$ bei $y(t_1) = -1{,}4$ cm und dreht sich weiter in die Richtung des unteren Umkehrpunktes bei $y = -2$ cm. Der Körper, dessen Bewegung durch den Zeiger beschrieben wird, schwingt also von der Ruhelage zum unteren Umkehrpunkt. Da er sich nach unten bewegt, ist der Vektor der zugehörigen Geschwindigkeit von der Ruhelage weg orientiert. Die Aussage ist also **falsch**.

*4. Aussage:* Die rücktreibende Kraft ist bei einer harmonischen Schwingung immer zur Ruhelage orientiert. Für den Zeitpunkt $t_1$ muss man das rechte Bild heranziehen. Folglich muss der Vektor der rücktreibenden Kraft für den Körper unterhalb der Ruhelage nach oben zeigen und hat damit dieselbe Orientierung wie die positive y-Achse. Seine y-Koordinate ist also positiv. Die Aussage ist also **wahr**.

*5. Aussage:* Bewegt sich der Zeiger von $t_0$ (linkes Bild) bis $t_1$ (rechtes Bild) um 90°, würde er zum Zeitpunkt $t_2 = 1{,}5$ s, der genau zwischen den Zeitpunkten $t_0$ und $t_1$ liegt, waagerecht nach links zeigen. Er hat sich in diesem Fall ausgehend von der Zeigerstellung im linken Bild um $45° = 90°/2$ weitergedreht. Der Körper würde sich also dann gerade durch die Ruhelage nach unten bewegen, wodurch die Aussage richtig wäre.

Es ist jedoch auch möglich, dass sich der Zeiger von $t_0$ (linkes Bild) bis $t_1$ (rechtes Bild) um $360° + 90° = 450°$ gedreht hat. Dann würde sich der Zeiger zum Zeitpunkt $t_2 = 1{,}5$ s um $225° = 450°/2$, ausgehend von der Stellung im linken Bild, weitergedreht haben und waagerecht nach rechts zeigen. In diesem Falle würde der Körper gerade durch die Ruhelage nach oben schwingen. Die y-Koordinate seiner Geschwindigkeit wäre in diesem Fall positiv. Folglich ist diese Aussage **nicht eindeutig entscheidbar**.

*Hinweis zur Strategie bei solchen Aufgaben:* Wenn Sie sich sicher sind, dann machen Sie sich keine weiteren Gedanken. Kreuzen Sie an, was Ihrer Meinung nach stimmt.
Wenn Sie sich nicht bei allen Aussagen sicher sind, dann sollten Sie evtl. nur die ankreuzen, bei denen Sie sich wirklich sicher sind. Bei den Unsicheren bedeutet nämlich eine falsche Wahl, dass Sie Bewertungseinheiten abgezogen bekommen. Wenn sie keine Ahnung haben, dann raten Sie einfach. Im schlimmsten Falle (alles falsch) bekommen Sie dennoch nur 0 BE; im besten Falle können Sie jedoch auch durch Raten punkten.

## 3.2 Feder-Schwere-Pendel: Schwingungsdauer und Kreisfrequenz

TIPP *Vorüberlegung:* Wenn nur zwei punktuelle Aufnahmen eines eigentlich dynamischen Zeigerdiagramms vorhanden sind, ist nicht bekannt, ob der Zeiger sich nur direkt von der ersten zur zweiten Position gedreht hat oder ober er zwischendurch schon eine oder mehrere zusätzliche Umdrehungen durchgeführt hat.

Da hier im Text steht, dass es nur genau eine Schwingungsdauer gibt, die größer als 2,4 s ist, handelt es sich offenbar um die, bei der sich der Zeiger am langsamsten bewegt, also den kleinsten Winkel während der Zeitdauer $\Delta t = t_1 - t_0 = 3{,}0\,\text{s}$ überstreicht. Dieser kleinste Winkel beträgt dann 90° bzw. $\frac{\pi}{2}$, also ein Viertel eines vollständigen Umlaufs, sodass für die **Schwingungsdauer** folgt:

$$90° \mathrel{\hat{=}} 3{,}0\,\text{s} \quad \Rightarrow \quad T^* = 4 \cdot 3{,}0\,\text{s} = \underline{\underline{12\,\text{s}}}$$

Die angegebene Bedingung $T^* > 2{,}4$ s ist also erfüllt.

Laut Definition der **Winkelgeschwindigkeit** gilt ($\Delta\varphi$ muss hierbei im Bogenmaß angegeben werden!):

$$\omega^* = \frac{\Delta\varphi}{\Delta t} = \frac{\frac{\pi}{2}}{3{,}0\,\text{s}} = \underline{\underline{0{,}52\,\frac{1}{\text{s}}}}$$

## 4.1 Querwelle: Amplitude und Periodendauer

**TIPP** *Vorüberlegung:* Die Wellengleichung lautet ($\hat{y}$: Amplitude; T: Periodendauer):

$$y(t;x) = \hat{y} \cdot \sin\left[2\pi\left(\frac{t}{T} \quad \frac{x}{\lambda}\right)\right]$$

Amplitude: $\hat{y} = \underline{\underline{0{,}75\,\mathrm{m}}}$

Periodendauer: $T = \underline{\underline{4{,}0\,\mathrm{s}}}$

## 4.2 Querwelle: Ausbreitungsgeschwindigkeit

**TIPP** *Vorüberlegung:* Wenn die Wellengleichung einer Sinusfunktion mit positivem Vorfaktor entspricht, dann erkennt man die Ausbreitungsrichtung am Vorzeichen bzw. Rechenzeichen vor dem Term $x/\lambda$ der Wellengleichung:

- Ist dieses negativ, dann breitet sich die Welle in Richtung zunehmender x-Werte aus (x-Achse und Ausbreitungsgeschwindigkeit sind also gleich orientiert).
- Ist dieses positiv, dann breitet sich die Welle in Richtung abnehmender x-Werte aus (x-Achse und Ausbreitungsgeschwindigkeit sind dann entgegengesetzt orientiert).

Hier ist die Ausbreitungsgeschwindigkeit **entgegen der x-Achse** orientiert.

$$c = \lambda \cdot f = \lambda \cdot \frac{1}{T} = 6{,}0\,\mathrm{m} \cdot \frac{1}{4{,}0\,\mathrm{s}} = \underline{\underline{1{,}5\,\frac{\mathrm{m}}{\mathrm{s}}}}$$

## 4.3 Querwelle: Teilchenbewegung am Ort $x_0 = 0$

Durch Einsetzen in die Wellengleichung erhält man:

$$y(10\,\mathrm{s}; 0) = 0{,}75\,\mathrm{m} \cdot \sin\left[2\pi \cdot \left(\frac{10\,\mathrm{s}}{4{,}0\,\mathrm{s}} + \frac{0}{6{,}0\,\mathrm{m}}\right)\right] = \underline{\underline{0}}$$

Das Teilchen schwingt also gerade durch die **Ruhelage**.

**Bewegungsrichtung für $x_0 = 0$ und $t_1 = 10\,\mathrm{s}$**

*Möglichkeit 1:* Berechnung

Allgemein gilt für die Geschwindigkeitskoordinate am Ort $x_0 = 0$:

$$v(t; x_0 = 0) = \frac{d}{dt} y(t; x_0 = 0) = \frac{d}{dt}\left(0{,}75\,\mathrm{m} \cdot \sin\left[2\pi \cdot \frac{t}{4{,}0\,\mathrm{s}}\right]\right)$$

$$= 0{,}75\,\mathrm{m} \cdot \frac{2\pi}{4{,}0\,\mathrm{s}} \cdot \cos\left[2\pi \cdot \frac{t}{4{,}0\,\mathrm{s}}\right]$$

Speziell zum Zeitpunkt $t_1 = 10$ s gilt dann:

$$v(10\,s; x_0 = 0) = 0{,}75\,m \cdot \frac{2\pi}{4{,}0\,s} \cdot \cos\left[2\pi \cdot \frac{10\,s}{4{,}0\,s}\right] = -1{,}2\,\frac{m}{s}$$

Wegen $v(10\,s; x_0 = 0) < 0$ bewegt sich das Teilchen am Ort $x_0 = 0$ zum Zeitpunkt $t_1 = 10$ s nach **unten**.

*Möglichkeit 2:* Skizze des Graphen von y(t; 0)
Skizziert man sich den Graphen der Zeit-Ort-Funktion des schwingenden Teilchens am Ort $x_0 = 0$ (evtl. mithilfe einer Wertetabelle), kann man daran auch erkennen, wie sich das Teilchen zum Zeitpunkt $t_1 = 10$ s bewegt:

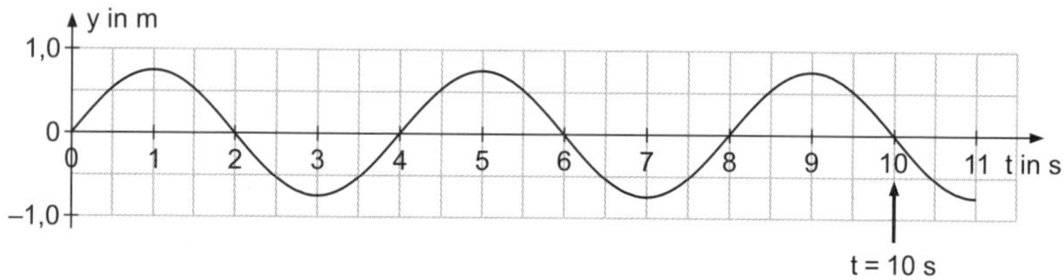


Unmittelbar vor den 10 s hat das Teilchen noch eine positive Elongation (der Graph befindet sich über der t-Achse), kurz danach eine negative (der Graph befindet sich unter der t-Achse). Offenbar bewegt sich das Teilchen zum Zeitpunkt $t_1 = 10$ s **von oben nach unten** durch die Ruhelage.

**4.4 Querwelle: Anzahl der Maxima am Ort $x_0 = 0$**

Im Intervall $0 \le t \le 4{,}0$ s, also während einer Periodendauer, ist die y-Koordinate am Ort $x_0 = 0$ genau einmal maximal (zum Zeitpunkt $t = 1{,}0$ s). Folglich ist die Anzahl N ihrer Maxima während des Zeitintervalls $0 \le t \le 60$ s am Ort $x_0$

$$N = \frac{60\,s}{4{,}0\,s} = \underline{\underline{15}}.$$

**5 Feldlinienbild: Prüfen der Aussagen**

Bedenken Sie auch hierbei die strategischen Hinweise bei solchen Aufgaben (siehe Lösung Teilaufgabe 3.1)

| | wahr | falsch | nicht eindeutig entscheidbar |
|---|---|---|---|
| $\lvert Q_A \rvert > \lvert Q_C \rvert$ | ☐ | ☒ | ☐ |
| $m_A = m_B$ | ☐ | ☐ | ☒ |
| Die Kugel A ist positiv geladen. | ☐ | ☐ | ☒ |
| Die Ladungen der Kugeln B und C haben unterschiedliche Vorzeichen. | ☒ | ☐ | ☐ |
| Die Ladungen der Kugeln A und B haben das gleiche Vorzeichen. | ☒ | ☐ | ☐ |

**TIPP** *Überlegungen zu den Aussagen*

*1. Aussage:* Prinzipiell kann man sagen, je größer der Betrag einer Ladung ist, desto mehr Feldlinien beginnen bzw. enden bei dieser Ladung. Die Anzahl der Feldlinien von A ist jedoch geringer als die von C. Also ist die Aussage **falsch**.

*2. Aussage:* Die Masse der geladenen Kugeln ist hierbei völlig irrelevant.
Es ist demnach **keine eindeutige Aussage** möglich.

*3. Aussage:* Wäre A positiv geladen, müssten die Feldlinien in A beginnen. A bezeichnet man dann auch als Quelle. Wäre A negativ geladen, müssten die Feldlinien in A enden. A würde man dann auch als Senke bezeichnen. Da aber die Orientierung der Feldlinien nicht eingezeichnet ist, kann hier **keine eindeutige Aussage** getroffen werden.

*4. Aussage:* Feldlinien verbinden zwei unterschiedlich geladene Körper. Sie beginnen bei der Quelle und enden bei der Senke. Das ist bei B und C der Fall, wenngleich man nicht weiß, welche der beiden Kugeln Quelle und welche Senke ist. Die Aussage ist folglich **wahr**.

*5. Aussage:* Die Feldlinien gleichgeladener Körper scheinen sich gegenseitig „abzustoßen", sodass es zu keinen gemeinsamen Punkten (Schnittpunkte oder Vereinigungspunkte) kommt. Da das bei A und B der Fall ist, ist diese Aussage **wahr**.

**BE**

**1.0** In einem Erlebnisbad wird die Wasserrutsche „Jumping Jack" von einem Badegast ausprobiert. Seine Bewegung während des Rutschvorgangs und des anschließenden Flugs wird im Folgenden untersucht. Dabei wird die Position des Badegasts vereinfachend mit der seines Schwerpunkts gleichgesetzt. Dieser folgt in der hier dargestellten, nicht maßstabsgetreuen Skizze der gestrichelt eingezeichneten Linie.
Um den Rutschvorgang zu beginnen, stellt sich der Badegast auf eine Falltür. Wird diese geöffnet, so gleitet der Badegast vom Startpunkt A aus der Ruhe heraus in eine steile, zunächst geradlinig verlaufende Röhre hinein (1. Abschnitt). Diese hat hier den Neigungswinkel $\alpha = 70°$ gegenüber der Horizontalen. Der Schwerpunkt folgt dann zwischen den Punkten B und D einem Viertelkreisbogen (2. Abschnitt) und passiert dabei im Punkt C seine tiefste Position innerhalb der Rutsche. Danach bewegt sich der Schwerpunkt vom Punkt D geradlinig zum Punkt E (3. Abschnitt). Die Rutsche hat in diesem Teil den Neigungswinkel $\beta = 20°$. Ab dem Punkt E beginnt der Flug bis zum Punkt F an der Wasseroberfläche des Eintauchbeckens (4. Abschnitt). Reibung ist bei den nachfolgenden Aufgaben zu vernachlässigen.

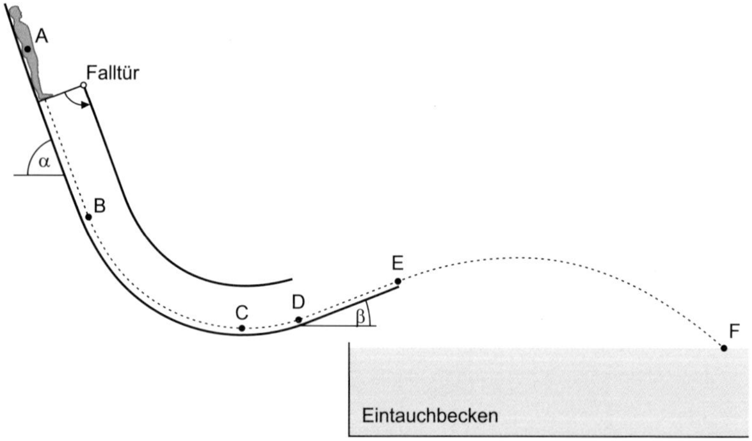

**(G) 1.1** Im Folgenden ist $\vec{v}$ die Geschwindigkeit, die der Badegast hat.
Kreuzen Sie für jede Zeile jeweils alle zutreffenden Aussagen an.

**HINWEIS:** Jedes falsch gesetzte Kreuz geht mit –0,5 BE und jedes richtig gesetzte Kreuz mit +1 BE ein. Im ungünstigsten Fall wird die Aufgabe mit 0 BE gewertet.

| | Die Bahnkurve ist | | | $\lvert\vec{v}\rvert$ ist | $\lvert\vec{v}\rvert$ ist |
|---|---|---|---|---|---|
| | geradlinig | kreisförmig | parabelförmig | konstant | nicht konstant |
| 1. Abschnitt (A bis B) | ☐ | ☐ | ☐ | ☐ | ☐ |
| 2. Abschnitt (B bis D) | ☐ | ☐ | ☐ | ☐ | ☐ |
| 3. Abschnitt (D bis E) | ☐ | ☐ | ☐ | ☐ | ☐ |
| 4. Abschnitt (E bis F) | ☐ | ☐ | ☐ | ☐ | ☐ |

4

**(G) 1.2** Betrachtet werden nun die folgenden Positionen auf der gestrichelten Linie:

a) ein beliebiger Punkt zwischen A und B

b) der Punkt C

c) ein beliebiger Punkt zwischen D und E

d) der höchste Punkt der Flugbahn zwischen E und F

Tragen Sie für jede dieser Positionen jeweils die Geschwindigkeit $\vec{v}$ sowie die Beschleunigung $\vec{a}$ des Badegasts als Vektoren in die Skizze von Teilaufgabe 1.0 ein. Beachten Sie dabei nur Richtung, Orientierung und eindeutige Beschriftung der Vektoren, nicht aber deren Betrag. Wählen Sie deshalb für sämtliche Vektoren die Länge 1,5 cm. **4**

**1.3** Der Badegast legt bei seiner Bewegung vom Punkt A zum Punkt B eine Strecke der Länge $\Delta s_{AB} = 3{,}2\ \text{m}$ zurück.
Bestimmen Sie die Zeitdauer $\Delta t_{AB}$ dieser Bewegung. **5**

**1.4** Der Punkt A liegt um $\Delta h = 4{,}9\ \text{m}$ höher als der Punkt C. Der Radius des Viertelkreises beträgt $r = 2{,}9\ \text{m}$.
Berechnen Sie den Betrag $a_C$ der Zentripetalbeschleunigung $\vec{a}_C$ in C. **5**

**1.5.0** Im Punkt E hat der Badegast die Geschwindigkeit $\vec{v}_E$ mit dem Betrag $v_E = 9{,}0\ \frac{\text{m}}{\text{s}}$.
Legt man in den Punkt E den Ursprung eines kartesischen Koordinatensystems mit horizontal verlaufender x- und vertikal verlaufender y-Achse (siehe Skizze), so schließt $\vec{v}_E$ mit der x-Achse den Winkel $\beta = 20°$ ein. Der Eintauchpunkt $F(x_F \mid y_F)$ hat dann die y-Koordinate $y_F = -1{,}6\ \text{m}$.

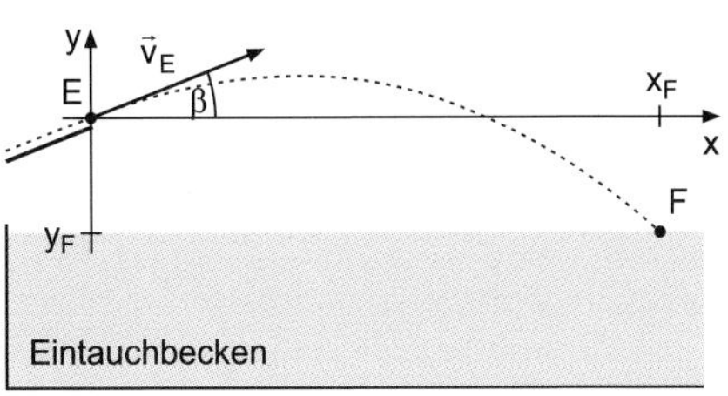

**1.5.1** Zeigen Sie ausgehend von einer allgemeinen Herleitung, dass für den Flug des Badegasts die Gleichung der Bahnkurve in der Form

$$y(x) = 0{,}36 \cdot x - 0{,}069 \frac{1}{m} \cdot x^2 \qquad \text{mit } x \in [0;\, x_F]$$

dargestellt werden kann. **6**

**1.5.2** Berechnen Sie $x_F$. **3**

**1.5.3** Ab dem Zeitpunkt $t_0 = 0$, zu dem der Schwerpunkt des Badegasts den Punkt E passiert, benötigt er die Steigdauer $t_{st}$, bis er den höchsten Punkt seiner Flugbahn erreicht.
Berechnen Sie $t_{st}$. **3**

**30**

**TIPP** **Lösungshinweise zur Aufgabengruppe W1**

**Teilaufgabe 1.1**
Hinsichtlich der Bahnkurve brauchen Sie nur den Text genau zu lesen. Dort finden Sie die richtigen Antworten. Denken Sie bei der Änderung des Betrags der Geschwindigkeit daran, wie diese von der Änderung der Höhe abhängt.

**Teilaufgabe 1.2**
Der Geschwindigkeitsvektor hängt ganz eng mit der momentanen Bewegungsrichtung zusammen und der Beschleunigungsvektor mit der resultierenden Kraft (Grundgesetz der Mechanik).

**Teilaufgabe 1.3**
Überlegen Sie sich die vorliegende Bewegungsart. Die benötigte Beschleunigung erhalten Sie mithilfe eines Kraftansatzes.

**Teilaufgabe 1.4**
Benutzen Sie Ihre Formelsammlung für $a_C$. Die notwendige Geschwindigkeit $v_C$ bekommen Sie mithilfe eines Energieansatzes.

**Teilaufgabe 1.5.1**
Beginnen Sie mit den die Bewegung beschreibenden Zeit-Ort Funktionen sowohl in x- als auch in y-Richtung. Wenn Sie nun die Zeit eliminieren, kommen sie von den beiden Gleichungen zur Bahnkurve.

**Teilaufgabe 1.5.2**
Nutzen Sie die Bahngleichung aus Teilaufgabe 1.5.1 zur Berechnung von $x_F$.

**Teilaufgabe 1.5.3**
Überlegen Sie, welche Bedingung für die Geschwindigkeit des Badegasts am höchsten Punkt der Bahn (Scheitel) gelten muss. Alternativ können Sie die Horizontalbewegung x(t) betrachten und $t_{St}$ aus der Scheitelkoordinate $x_S$ bestimmen.

## 1.1 Bahnkurve und Geschwindigkeit

**TIPP** *Vorüberlegung:* Geht man von einer reibungsfreien Bewegung aus, gibt es nach dem Energieerhaltungssatz der Mechanik einen direkten Zusammenhang zwischen der Höhenänderung des Körpers und der Änderung des Betrags seiner Geschwindigkeit. Bei Höhenabnahme nimmt die Geschwindigkeit zu und umgekehrt.

| | Die Bahnkurve ist gerad-linig | kreis-förmig | parabel-förmig | $\|\vec{v}\|$ ist konstant | $\|\vec{v}\|$ ist nicht konstant |
|---|---|---|---|---|---|
| 1. Abschnitt (A bis B) | ☒ | ☐ | ☐ | ☐ | ☒ |
| 2. Abschnitt (B bis D) | ☐ | ☒ | ☐ | ☐ | ☒ |
| 3. Abschnitt (D bis E) | ☒ | ☐ | ☐ | ☐ | ☒ |
| 4. Abschnitt (E bis F) | ☐ | ☐ | ☒ | ☐ | ☒ |

Bedenken Sie auch hierbei die strategischen Hinweise bei solchen Aufgaben (siehe Lösung P-Teil, Teilaufgabe 3.1).

## 1.2 Geschwindigkeit und Beschleunigung

**TIPP** *Vorüberlegung:* Der Vektor der Geschwindigkeit ist immer tangential zu seiner Bewegungsbahn (gepunktete Linie) gerichtet. Er gibt die momentane Bewegungsrichtung an. Der Vektor der Beschleunigung stimmt mit der Richtung und Orientierung der momentan wirkenden (resultierenden) Kraft überein.

zu a): $\vec{v}$ und $\vec{a}$ habe die gleiche Richtung und Orientierung. Resultierende Kraft ist hierbei die Hangabtriebskraft. Deshalb zeigt $\vec{a}$ hangabwärts.

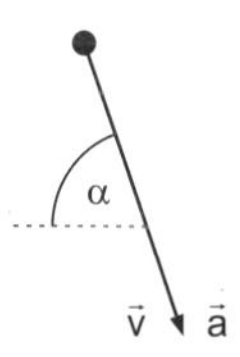


zu b): $\vec{v}$ und $\vec{a}$ stehen senkrecht zueinander. Da die resultierende Kraft hierbei die Zentripetalkraft ist, zeigt $\vec{a}$ von C zum Mittelpunkt der Kreisbahn.

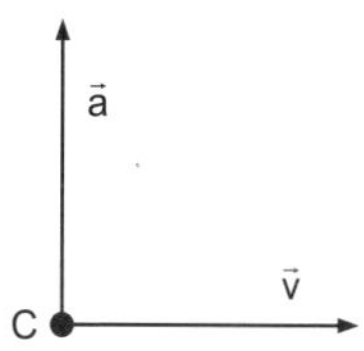

zu c): $\vec{v}$ und $\vec{a}$ habe die gleiche Richtung und entgegensetzte Orientierung. Resultierende Kraft ist hierbei die Hangabtriebskraft, die entgegen der Bewegungsrichtung orientiert ist. Deshalb zeigt $\vec{a}$ hangabwärts.

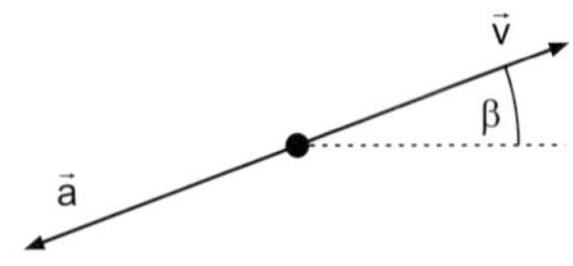


zu d): Im höchsten Punkt der Parabelbahn ist $v_y = 0$. Deshalb ist $\vec{v}$ horizontal gerichtet und nach rechts orientiert. Die resultierende Kraft ist die auf den Körper wirkende Gewichtskraft, die vertikal gerichtet und nach unten orientiert ist. $\vec{a}$ hat die gleiche Richtung und Orientierung.

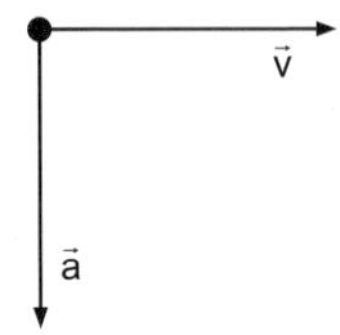


## 1.3 Benötigte Zeitdauer

**TIPP** *Vorüberlegung:* Von A nach B liegt eine geradlinig, beschleunigte Bewegung vor. Die konstante resultierende Kraft ist die Hangabtriebskraft $\vec{F}_H$; sie stellt die Komponente der Gewichtskraft $\vec{F}_G$ längs der Rutsche dar. Die Normalkomponente $\vec{F}_N$ der Gewichtskraft wird durch die gleichgroße Gegenkraft $\vec{F}_U$ der Unterlage gerade kompensiert (vgl. Kräfteskizze, nicht verlangt).

Das Zeit-Weg-Gesetz für den aus der Ruhe heraus beschleunigten Körper lautet

$$\Delta s_{AB} = \frac{1}{2} \cdot |\vec{a}_{AB}| \cdot \Delta t_{AB}^2. \qquad (1)$$

Für die Beschleunigung gilt nach dem Grundgesetz der Mechanik (2. Newton'sches Gesetz):

$$|\vec{a}_{AB}| = \frac{|\vec{F}_H|}{m} = \frac{m \cdot g \cdot \sin\alpha}{m} = g \cdot \sin\alpha \qquad (2)$$

(2) in (1):

$$\Delta t_{AB} = \overset{+}{(-)}\sqrt{\frac{2 \cdot \Delta s_{AB}}{|\vec{a}_{AB}|}}$$

$$= \overset{+}{(-)}\sqrt{\frac{2 \cdot \Delta s_{AB}}{g \cdot \sin\alpha}} = \sqrt{\frac{2 \cdot 3{,}2\ \text{m}}{9{,}81\ \frac{\text{m}}{\text{s}^2} \cdot \sin 70^\circ}} = \underline{\underline{0{,}83\ \text{s}}}$$

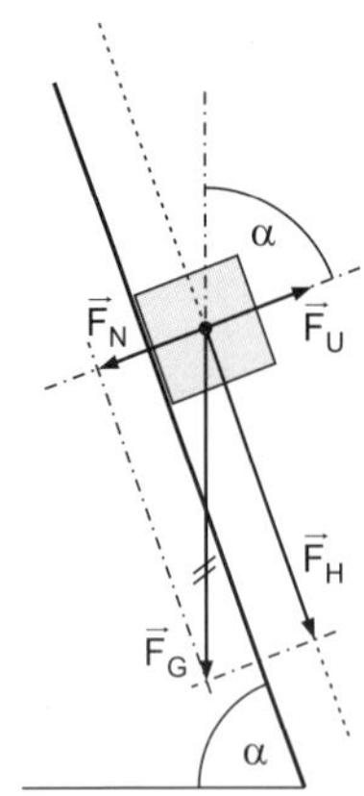


*Hinweis:* Die Fallbewegung startet am Punkt A zum Zeitpunkt t = 0, die gemessene Fallzeit nimmt positive Werte an. Daher kann die negative Lösung hier ignoriert werden.

## 1.4 Zentripetalbeschleunigung

**TIPP** *Vorüberlegung:* Die Zentripetalbeschleunigung hängt unmittelbar mit der Zentripetalkraft zusammen (Grundgesetz der Mechanik) und die Zentripetalkraft wiederum hängt unter anderem von der Momentangeschwindigkeit ab. Den Betrag $v_C$ der Momentangeschwindigkeit im Punkt C kann man hier nur mithilfe des Energieerhaltungssatzes der Mechanik berechnen, da der Betrag der vorliegenden Beschleunigung im gekrümmten Bereich der Rutsche nicht konstant ist.

Für den Betrag der Zentripetalbeschleunigung in C gilt:

$$a_C = \frac{v_C^2}{r} \qquad (1)$$

Nach dem Energieerhaltungssatz der Mechanik gilt (mit $E_{kin,\,A} = 0$):

$$E_{ges,\,A} = E_{ges,\,C}$$

$$E_{pot,\,A} = E_{pot,\,C} + E_{kin,\,C}$$

Legt man das Bezugsniveau der potenziellen Energie in C, gilt $E_{pot,\,C} = 0$ und es folgt:

$$m \cdot g \cdot \Delta h = \frac{1}{2} m \cdot v_C^2$$

$$\Rightarrow \quad v_C^2 = 2g \cdot \Delta h \qquad (2)$$

(2) in (1):

$$a_C = \frac{2g \cdot \Delta h}{r} = \frac{2 \cdot 9{,}81\,\frac{m}{s^2} \cdot 4{,}9\,m}{2{,}9\,m} = \underline{\underline{33\,\frac{m}{s^2}}}$$

### 1.5.1 Bahngleichung

**TIPP** *Vorüberlegung:* Bei einem schrägen Wurf kann man die Bewegungen in x- und y-Richtung getrennt betrachten. Die beiden Bewegungen beeinflussen sich nicht gegenseitig. Indem man die Zeit eliminiert, führt man die beiden Gleichungen zusammen und erhält die Bahngleichung.

Die x- und y-Koordinaten der Geschwindigkeit $\vec{v}_E$ des Badegasts im Punkt E ergeben sich aus der Zerlegung dieses Vektors:

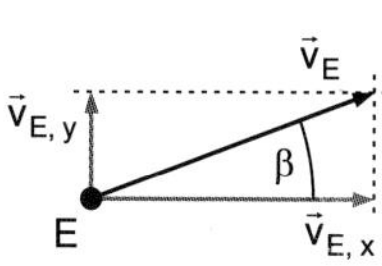


$$v_{E,\,x} = v_E \cdot \cos\beta \quad \text{und}$$

$$v_{E,\,y} = v_E \cdot \sin\beta$$

Bewegung in x-Richtung mit konstanter Geschwindigkeit:

$$x(t) = v_{E,x} \cdot t = v_E \cdot \cos\beta \cdot t$$

$$\Rightarrow \quad t = \frac{x}{v_E \cdot \cos\beta} \qquad (1)$$

Bewegung in y-Richtung mit konstanter Beschleunigung (mit $y(0)=0$):

$$y(t) = v_{E,y} \cdot t - \frac{1}{2} g \cdot t^2$$

$$y(t) = v_E \cdot \sin\beta \cdot t - \frac{1}{2} g \cdot t^2 \qquad (2)$$

(1) in (2) ergibt die Bahngleichung:

$$y(x) = v_E \cdot \sin\beta \cdot \frac{x}{v_E \cdot \cos\beta} - \frac{1}{2} g \cdot \left(\frac{x}{v_E \cdot \cos\beta}\right)^2$$

$$= \tan\beta \cdot x - \frac{1}{2} g \cdot \left(\frac{x}{v_E \cdot \cos\beta}\right)^2$$

$$= \tan 20° \cdot x - \frac{1}{2} \cdot 9{,}81 \frac{m}{s^2} \cdot \left(\frac{x}{9{,}0 \frac{m}{s} \cdot \cos 20°}\right)^2$$

$$\Rightarrow \quad \underline{\underline{y(x) = 0{,}36 \cdot x - 0{,}069 \frac{1}{m} \cdot x^2}} \qquad \text{mit } x \in [0; x_F]$$

### 1.5.2 Auftreffpunkt F des Badegasts

TIPP *Vorüberlegung:* $F(x_F \mid y_F)$ ist der Auftreffpunkt des Badegasts auf der Wasseroberfläche. Seine y-Koordinate $y_F = -1{,}6$ m ist bekannt; setzt man diese in die Bahngleichung ein, kann man dann den zugehörigen x-Wert $x_F$ berechnen. Deutlich umständlicher und zeitaufwendiger wäre der Weg, aus Gleichung (2) von Teilaufgabe 1.5.1 zunächst durch Einsetzen von $y_F$ den zugehörigen Wert von t zu berechnen und diesen anschließend in x(t) aus Teilaufgabe 1.5.1 einzusetzen, um dann $x_F$ zu erhalten.

Einsetzen von $y_F = -1{,}6$ m in die Bahngleichung:

$$-1{,}6\text{ m} = 0{,}36 \cdot x_F - 0{,}069 \frac{1}{m} \cdot x_F^2$$

$$\Rightarrow \quad 0 = 0{,}069 \frac{1}{m} \cdot x_F^2 - 0{,}36 \cdot x_F - 1{,}6\text{ m}$$

Durch Verwendung der Lösungsformel für eine quadratische Gleichung (siehe Merkhilfe Mathematik) erhält man:

$$\Rightarrow \quad x_F = \frac{0{,}36 \underset{(-)}{+} \sqrt{(-0{,}36)^2 + 4 \cdot 0{,}069 \, \frac{1}{m} \cdot 1{,}6 \text{ m}}}{2 \cdot 0{,}069 \, \frac{1}{m}} = \underline{\underline{8{,}1 \text{ m}}}$$

**TIPP** Da der Definitionsbereich der Bahngleichung auf den positiven Bereich $x \in [0; x_F]$ beschränkt ist, kommt hier nur die positive Lösung der quadratischen Gleichung in Betracht. Darin drückt sich physikalisch aus, dass der Badegast vom Punkt E (Ursprung des Koordinatensystems) in Richtung der positiv orientierten x-Achse fliegt.

### 1.5.3 Steigdauer

**TIPP** *Vorüberlegung:* Bei einem Wurf (bzw. hier Flug) steigt ein Körper so lange, bis die y-Koordinate seiner Geschwindigkeit den Wert null erreicht. Genau in diesem Moment hat der Körper den höchsten Punkt seiner Flugbahn erreicht. Die dafür benötigte Zeitdauer ist die gesuchte Steigdauer $t_{st}$.

*Möglichkeit 1:* Betrachtung der y-Komponente des schrägen Wurfs
Der Badegast bewegt sich mit konstanter (Brems-)Beschleunigung in y-Richtung. Für die Koordinate $v_y$ seiner Geschwindigkeit in y-Richtung gilt im höchsten Punkt der Flugbahn:

$$v_y(t_{st}) = 0 = -g \cdot t_{st} + v_{E,y}$$

Mit $v_{E,y} = v_E \cdot \sin\beta$ (siehe Teilaufgabe 1.5.1) folgt:

$$0 = -g \cdot t_{st} + v_E \cdot \sin\beta$$

$$\Rightarrow \quad t_{st} = \frac{v_E \cdot \sin\beta}{g} = \frac{9{,}0 \, \frac{m}{s} \cdot \sin 20°}{9{,}81 \, \frac{m}{s^2}} = \underline{\underline{0{,}31 \text{ s}}}$$

*Möglichkeit 2:* über x-Koordinate des Scheitels und Horizontalanteil x(t) der Bewegung des schrägen Wurfs
Kennt man die x-Koordinate $x_S$ des Scheitels der Wurfparabel, kann man anschließend mit (1) aus Teilaufgabe 1.5.1 $t_{st}$ berechnen. $x_S$ kann z. B. mit der Formel $x_S = -\frac{b}{2a}$ für die allgemeine Parabelgleichung $y = ax^2 + bx + c$ bestimmt werden; mit $a = -0{,}069 \, \frac{1}{m}$ und $b = 0{,}36$ aus der Bahngleichung von Teilaufgabe 1.5.1 erhält man:

$$x_S = -\frac{0{,}36}{-2 \cdot 0{,}069 \, \frac{1}{m}} = 2{,}6 \text{ m}$$

*Hinweis:* $x_S$ kann alternativ auch mithilfe der ersten Ableitung der Bahngleichung und der Tatsache, dass die Steigung im Scheitel den Wert 0 annimmt (lokales Maximum), oder über den Mittelwert der beiden Nullstellen $x_1$ und $x_2$ mit $x_S = \frac{1}{2}(x_1 + x_2)$ berechnet werden.

Damit kann $t_{st}$ durch Einsetzen von $x_S$ in (1) aus Teilaufgabe 1.5.1 berechnet werden:

$$t_{st} = \frac{x_S}{v_E \cdot \cos\beta} = \frac{2{,}6\ \text{m}}{9{,}0\ \frac{\text{m}}{\text{s}} \cdot \cos 20°} = \underline{\underline{0{,}31\ \text{s}}}$$

**BE**

**1.0** Ein Plattenkondensator mit quadratischen Platten der Seitenlänge $\ell = 50\,\text{cm}$ und dem Plattenabstand $d = 10\,\text{cm}$ mit Luft ($\varepsilon_r = 1{,}0$) im Inneren soll an eine Gleichspannungsquelle mit der Spannung $U_0 = 2{,}2\,\text{kV}$ angeschlossen werden (siehe nebenstehende, nicht maßstabsgetreue Skizze). Nach dem Schließen des Schalters beschränkt der ohmsche Widerstand R die Ladestromstärke auf den Maximalwert $I_{max}$.

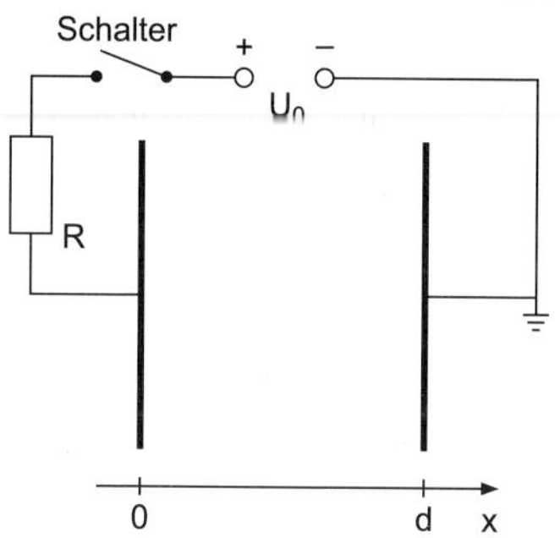


**1.1** Berechnen Sie die Kapazität C des Kondensators. **3**

**1.2.0** Nun wird der Ladevorgang des Kondensators untersucht. Zum Zeitpunkt $t_0 = 0$ wird der Schalter geschlossen. Das nebenstehende Diagramm zeigt die Ladung Q des Kondensators in Abhängigkeit von der Zeit t.

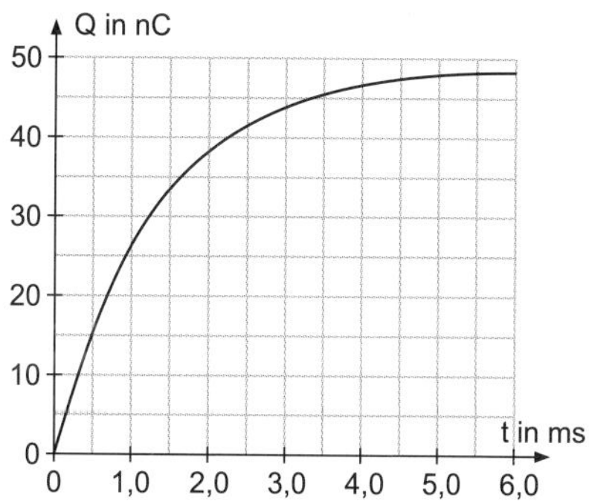


(G) **1.2.1** Ermitteln Sie $I_{max}$ mithilfe des Diagramms und berechnen Sie R. **5**

**1.2.2** Im vollständig geladenen Zustand ist im elektrischen Feld des Kondensators die Energie $W_{el}$ gespeichert. Berechnen Sie $W_{el}$. **2**

**1.3** Jedem Punkt des Innenraums des vollgeladenen Kondensators kann ein elektrisches Potenzial φ zugeordnet werden. Verläuft die x-Achse senkrecht zu den Kondensatorplatten, so hängt φ nur von der x-Koordinate des Punkts ab. Entsprechend der Skizze in Teilaufgabe 1.0 hat die linke Platte die Koordinate $x = 0$, wobei die x-Achse nach rechts orientiert ist. Das Bezugsniveau von φ befindet sich auf der rechten, geerdeten Kondensatorplatte bei $x = d$. Es gilt somit $\varphi(d) = 0$.
Geben Sie das Potenzial $\varphi(x = 0)$ an und stellen Sie den Verlauf des Potenzials in einem x-φ-Diagramm dar. **3**

**1.4.0** Im Innenraum des vollgeladenen Kondensators befindet sich nun eine kleine, positiv geladene Kugel. Die Kugel ist isoliert auf einem Gleiter befestigt und trägt die sehr kleine konstante Ladung $q = 2{,}5 \cdot 10^{-10}$ C. Diese Ladung beeinflusst das homogene Feld des Kondensators nicht. Der Gleiter kann sich auf einer horizontal angeordneten Luftkissenbahn bewegen. Sämtliche Reibungskräfte sind zu vernachlässigen.
Der Gleiter samt geladener Kugel besitzt die Masse $m = 60$ g. Der Mittelpunkt der Kugel hat die x-Koordinate $x_0 = 4{,}0$ cm.
Der zunächst ruhende Gleiter samt Kugel wird losgelassen.

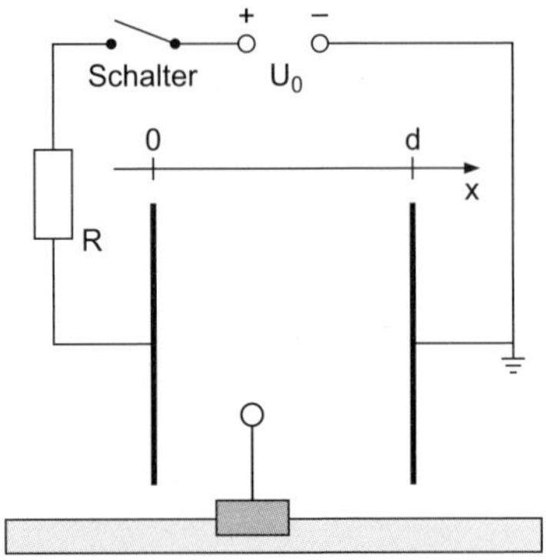


**1.4.1** Auch das Bezugsniveau für die potenzielle Energie einer Ladung in diesem elektrischen Feld befindet sich auf der rechten Kondensatorplatte, d. h., es gilt $E_{pot}(d) = 0$.
Ermitteln Sie die potenzielle Energie der geladenen Kugel am Ort $x_0$. **3**

**1.4.2** Zeigen Sie, dass für den Betrag a der Beschleunigung $\vec{a}$, die der Gleiter samt Kugel unmittelbar nach dem Loslassen hat, gilt: $a = 92 \cdot 10^{-6}\,\frac{\text{m}}{\text{s}^2}$. **3**

**1.4.3** Beschreiben Sie möglichst genau die Bewegung des Gleiters samt Kugel im elektrischen Feld bis kurz vor Erreichen der rechten Platte und berechnen Sie den Betrag $v_1$ der Geschwindigkeit, welche die Kugel am Ort $x_1 = 5{,}0$ cm hat. **4**

**1.5.0** Der Kondensator wird abgebaut. In der Ebene, in der sich zuvor die rechte Kondensatorplatte befand, ist nun senkrecht über der Luftkissenfahrbahn ortsfest der Mittelpunkt einer zweiten Kugel, welche die negative Ladung $Q_K$ trägt.
Die geladene Kugel samt Gleiter aus Teilaufgabe 1.4.0 wird wieder an den Ausgangsort mit der x-Koordinate $x_0 = 4{,}0$ cm gestellt und losgelassen. Die Mittelpunkte der beiden geladenen Kugeln befinden sich auf einer Geraden parallel zur Luftkissenbahn und sind zunächst $r = 6{,}0$ cm voneinander entfernt. Die Beschleunigung der Kugel samt Gleiter am Ort $x_0$ hat den Betrag $a_0 = 92 \cdot 10^{-6}\,\frac{\text{m}}{\text{s}^2}$.

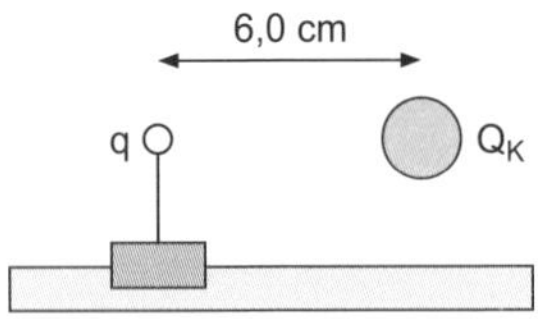


**1.5.1** Ermitteln Sie $Q_K$. **4**

**1.5.2** Entscheiden Sie ohne Rechnung, ob der Gleiter samt Kugel den Ort $x_1 = 5{,}0$ cm nach der gleichen Zeitdauer wie bei dem in Teilaufgabe 1.4.2 betrachteten Vorgang erreicht bzw. nach einer kürzeren oder längeren Zeitdauer als in Teilaufgabe 1.4.2. Begründen Sie Ihre Entscheidung. **3**

**30**

## TIPP Lösungshinweise zur Aufgabengruppe W2

**Teilaufgabe 1.1**
Suchen Sie in Ihrer Formelsammlung die entsprechende Formel.

**Teilaufgabe 1.2.1**
Die erforderlichen Formeln finden Sie in Ihrer Formelsammlung. Die benötigten Werte müssen Sie zum Teil aus dem gegebenen Diagramm ermitteln. Dazu müssen Sie aber noch eine Tangente einzeichnen – warum und an welcher Stelle?

**Teilaufgabe 1.2.2**
Die notwendigen Formeln finden Sie in Ihrer Formelsammlung. Je nach Vorgehensweise benötigen Sie entweder ein bereits berechnetes Ergebnis oder Sie müssen nochmal auf den Graphen von Teilaufgabe 1.2.0 zurückgreifen.

**Teilaufgabe 1.3**
Das Potenzial $\varphi(d)$ wurde in der Aufgabenstellung festgelegt. Überlegen Sie nun, welchen Wert das Potenzial für $x = 0$ hat und welchen Verlauf das Potenzial bei einem homogenen elektrischen Feld hat. Berücksichtigen Sie Ihre Überlegungen dann für die geforderte grafische Darstellung.

**Teilaufgabe 1.4.1**
Eine Formel für die potenzielle Energie eines Probekörpers innerhalb eines elektrischen Feldes finden Sie nicht in Ihrer Formelsammlung. Sie können sich jedoch über das Arbeit-Energie-Prinzip und die Formel für das elektrische Potenzial, in der wiederum die Verschiebungsarbeit vorkommt, eine Formel für das Potenzial herleiten.
Alternativ können Sie sich auch mithilfe einer Analogiebetrachtung zur potenziellen Energie eines Körpers in einem homogenen Gravitationsfeld eine Formel für das homogene elektrische Feld überlegen.

**Teilaufgabe 1.4.2**
Nutzen Sie das Grundgesetz der Mechanik als Ansatz für diese Aufgabe.

**Teilaufgabe 1.4.3**
Überlegen Sie, welche der Grundbewegungsarten hierbei vorliegt. Die notwendige Berechnung können Sie dann mithilfe der zugehörigen Bewegungsgleichung oder mithilfe des Energieerhaltungssatzes durchführen.

**Teilaufgabe 1.5.1**
Nutzen Sie wieder das Grundgesetz der Mechanik als Ansatz für diese Aufgabe. Bedenken Sie hinsichtlich der resultierenden Kraft, dass es sich nun um ein radialsymmetrisches Feld handelt.

**Teilaufgabe 1.5.2**
Die Anfangsbeschleunigung ist in beiden Fällen gleich. Überlegen Sie, wie sich die Beschleunigungen im weiteren Verlauf ändern. Was folgern Sie daraus?

**Lösungsvorschlag zur Aufgabengruppe W2**

## 1.1 Kapazität des Kondensators

$$C = \varepsilon_0 \cdot \varepsilon_r \cdot \frac{A}{d} = \varepsilon_0 \cdot \varepsilon_r \cdot \frac{\ell^2}{d}$$

$$= 8{,}854 \cdot 10^{-12} \frac{C}{Vm} \cdot 1{,}0 \cdot \frac{(0{,}50\text{ m})^2}{0{,}10\text{ m}} = \underline{\underline{22 \cdot 10^{-12}\text{ F} = 22\text{ pF}}}$$

## 1.2.1 Maximale Ladestromstärke und ohmscher Widerstand

**TIPP** *Vorüberlegung:* Beim Laden eines Kondensators fließen Ladungen auf die Kondensatorplatten. Diese fließen zunächst schnell, da der Kondensator anfangs noch leer ist. Je voller er wird, desto langsamer fließen die Ladungen, bis er irgendwann, abhängig von der anliegenden Spannung, keine weiteren Ladungen mehr aufnehmen kann. Wie schnell die Ladungen fließen, wird durch die Stromstärke I beschrieben: $I(t) = \Delta Q/\Delta t$, wenn die Ladungen mit konstanter Geschwindigkeit fließen (das ist hier aber nicht der Fall), bzw. $I(t) = \dot{Q}(t)$, wenn sich die Fließgeschwindigkeit ändert (was hier zutrifft).
Im gegebenen t-Q-Diagramm entspricht $\dot{Q}$ der Steigung des Graphen. Diese ist zum Zeitpunkt $t_0 = 0$ am größten. Diese Steigung entspricht der gesuchten Größe $I_{max}$, sie ist gleich der Tangentensteigung in diesem Punkt.

$I_{max}$ lässt sich mithilfe der Tangentensteigung zum Zeitpunkt $t_0 = 0$ bestimmen:

$$I_{max} = \frac{\Delta Q}{\Delta t}$$

Mit z. B. $\Delta Q = 38 \cdot 10^{-9}$ C und $\Delta t = 1{,}0 \cdot 10^{-3}$ s folgt:

$$I_{max} = \frac{38 \cdot 10^{-9}\text{ C}}{1{,}0 \cdot 10^{-3}\text{ s}} = \underline{\underline{38 \cdot 10^{-6}\text{ A} = 38\ \mu\text{A}}}$$

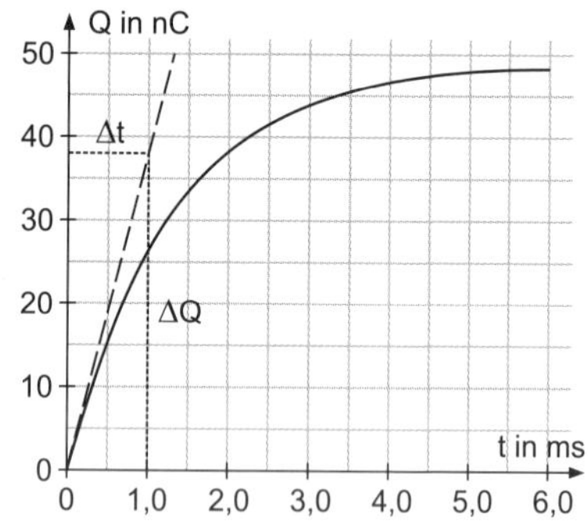


Daraus ergibt sich für den ohmschen Widerstand:

$$R = \frac{U_0}{I_{max}} = \frac{2{,}2 \cdot 10^3\text{ V}}{38 \cdot 10^{-6}\text{ A}} = \underline{\underline{58 \cdot 10^6\ \Omega = 56\text{ M}\Omega}}$$

**1.2.2 Kondensatorenergie**

*Möglichkeit 1:* Berechnung mithilfe von C und $U_0$

$$W_{el} = \frac{1}{2} C \cdot U_0^2 = \frac{1}{2} \cdot 22 \cdot 10^{-12}\,\text{F} \cdot (2{,}2 \cdot 10^3\,\text{V})^2 = \underline{\underline{53 \cdot 10^{-6}\,\text{J} = 53\,\mu\text{J}}}$$

*Möglichkeit 2:* Berechnung mithilfe von $Q_{max}$ (aus t-Q-Graph) und $U_0$

$$\left.\begin{aligned} W_{el} &= \frac{1}{2} C \cdot U_0^2 \\ C &= \frac{Q_{max}}{U_0} \end{aligned}\right\} \Rightarrow \quad W_{el} = \frac{1}{2} Q_{max} \cdot U_0$$

Der geladene Kondensator speichert nach dem Diagramm von Teilaufgabe 1.2.0 eine Ladung von ca. $Q_{max} = 48$ nC, sodass man erhält:

$$W_{el} = \frac{1}{2} \cdot 48 \cdot 10^{-9}\,\text{C} \cdot 2{,}2 \cdot 10^3\,\text{V} = \underline{\underline{53 \cdot 10^{-6}\,\text{J} = 53\,\mu\text{J}}}$$

**1.3 Elektrisches Potenzial φ(0) auf der linken Platte und x-φ-Diagramm**

TIPP *Vorüberlegung:* Der Potenzialverlauf innerhalb eines Kondensators ist linear. Dabei nimmt das Potenzial entlang der Orientierung der elektrischen Feldlinien ab. Wenn nun laut Aufgabenstellung das Potenzial φ auf der rechten Kondensatorplatte null ist ($\varphi(d) = 0$) und die elektrischen Feldlinien senkrecht zu den Kondensatorplatten gerichtet sowie von der linken zur rechten Kondensatorplatte orientiert sind, muss das Potenzial auf der linken Kondensatorplatte positiv sein.

Die Spannung zwischen den Kondensatorplatten ist gleich der Differenz der betreffenden Potenziale, sodass für φ(0) folgt:

$$\begin{aligned} U_0 &= \varphi(0) - \varphi(d) \\ \Rightarrow \quad \varphi(0) &= U_0 + \varphi(d) \\ &= U_0 + 0 \\ &= \underline{\underline{2{,}2 \cdot 10^3\,\text{V}}} \end{aligned}$$

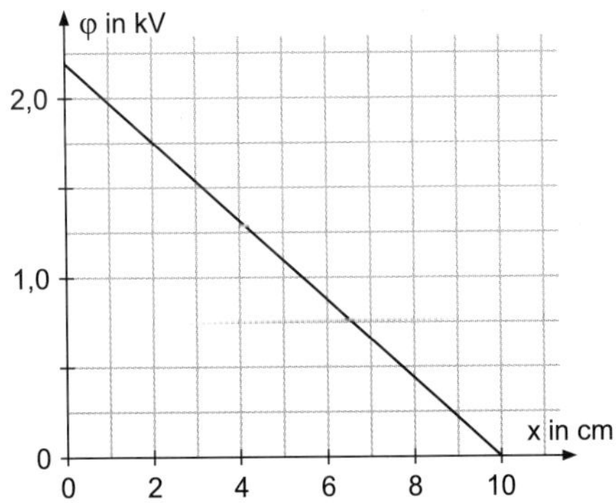

### 1.4.1 Potenzielle Energie $E_{pot}(x_0)$ der Kugel

*Möglichkeit 1:* mit Arbeit-Energie-Prinzip

TIPP *Vorüberlegung:* Nach dem Arbeit-Energie-Prinzip gilt für den vorliegenden Fall für die potenzielle Energie $E_{pot}(x_0) = W_{x_0 \to d}$. Die Verschiebungsarbeit $W_{x_0 \to d}$ ist hierbei die notwendige Arbeit, um die positiv geladene Kugel von der Stelle $x_0$ zum Bezugsniveau ($x = d$) zu verschieben. Diese Verschiebung geschieht hier durch die elektrische Feldkraft, sodass die Verschiebungsarbeit und damit auch die potenzielle Energie an der Stelle $x_0$ positiv sind.

$$E_{pot}(x_0) = W_{x_0 \to d} = \varphi(x_0) \cdot q$$

Aus dem Graphen von Teilaufgabe 1.3 liest man ab: $\varphi(x_0) = 1{,}3\ \text{kV}$

$$E_{pot}(x_0) = 1{,}3 \cdot 10^3\ \text{V} \cdot 2{,}5 \cdot 10^{-10}\ \text{C} = \underline{\underline{0{,}33 \cdot 10^{-6}\ \text{J} = 0{,}33\ \mu\text{J}}}$$

*Möglichkeit 2:* über Analogiebetrachtung zur Mechanik

TIPP *Vorüberlegung:* Viele Formeln des elektrischen Feldes lassen sich mithilfe einer Analogie zum Gravitationsfeld aus der Mechanik übertragen; die einander entsprechenden Größen sind $m \mathrel{\hat{=}} q$; $g \mathrel{\hat{=}} |\vec{E}|$ und $h \mathrel{\hat{=}} \Delta x$ (h: Höhe bzgl. des Bezugsniveaus, $\Delta x$ Entfernung bzgl. des Bezugsniveaus).
Das Vorzeichen sollte man sich im elektrischen Fall gesondert überlegen.
Analog zu $E_{pot}(h) = m \cdot g \cdot h$ gilt also: $E_{pot}(x_0) = \pm|q| \cdot |\vec{E}| \cdot |\Delta x|$.

Im vorliegenden Fall erfolgt die Verschiebung von $x = x_0$ nach $x = d$ durch die elektrische Feldkraft. Folglich muss die potenzielle Energie positiv sein:

$$E_{pot}(x_0) = +|q| \cdot |\vec{E}| \cdot (d - x_0)$$

Mit $E = \frac{U_0}{d}$ erhält man hieraus:

$$E_{pot}(x_0) = +|q| \cdot \frac{U_0}{d} \cdot (d - x_0)$$

$$= 2{,}5 \cdot 10^{-10}\ \text{C} \cdot \frac{2{,}2 \cdot 10^3\ \text{V}}{0{,}10\ \text{m}} \cdot (0{,}10\ \text{m} - 0{,}040\ \text{m})$$

$$= \underline{\underline{0{,}33\ \mu\text{J}}}$$

### 1.4.2 Beschleunigung des Gleiters

**TIPP** *Vorüberlegung:* Das Grundgesetz der Mechanik liefert hier den Zusammenhang zwischen dem Betrag a der Beschleunigung des Körpers der Masse m und dem Betrag F der resultierenden Kraft auf diesen Körper. Die resultierende Kraft ist hierbei die auf den Körper wirkende elektrische Kraft.

$$a = \frac{F}{m} = \frac{F_{el}}{m} = \frac{q \cdot |\vec{E}|}{m} = \frac{q \cdot U_0}{m \cdot d} = \frac{2{,}5 \cdot 10^{-10}\,\text{C} \cdot 2{,}2 \cdot 10^3\,\text{V}}{0{,}060\,\text{kg} \cdot 0{,}10\,\text{m}} = \underline{\underline{92 \cdot 10^{-6}\,\frac{\text{m}}{\text{s}^2}}}$$

Damit ist die Behauptung bestätigt.

### 1.4.3 Bewegung des Gleiters

Der Gleiter samt positiv geladenem Probekörper bewegt sich geradlinig mit konstanter Beschleunigung nach rechts in Richtung der negativ geladenen Kondensatorplatte.

**Betrag der Geschwindigkeit $v_1$ am Ort $x_1$**

*Möglichkeit 1 der Berechnung:* mit Weg-Geschwindigkeit-Gesetz der konstant beschleunigten Bewegung

Aus $v_1^2 = 2a \cdot \Delta x$ folgt mit $\Delta x = x_1 - x_0$ und a (aus Teilaufgabe 1.4.2):

$$v_1 = \sqrt{2a \cdot (x_1 - x_0)} = \sqrt{2 \cdot 92 \cdot 10^{-6}\,\frac{\text{m}}{\text{s}^2} \cdot (0{,}050\,\text{m} - 0{,}040\,\text{m})}$$

$$= \underline{\underline{1{,}4 \cdot 10^{-3}\,\frac{\text{m}}{\text{s}} = 1{,}4\,\frac{\text{mm}}{\text{s}}}}$$

*Möglichkeit 2 der Berechnung:* mithilfe des Energieerhaltungssatzes (Bezugsniveau wie in 1.4.1)

$$E_{ges}(x_0) = E_{ges}(x_1)$$

$$E_{pot}(x_0) = E_{pot}(x_1) + E_{kin}(x_1)$$

$$\varphi(x_0) \cdot q = \varphi(x_1) \cdot q + \frac{1}{2} m \cdot v_1^2$$

$$\Rightarrow \quad v_1 = \sqrt{\frac{2q}{m} \cdot (\varphi(x_0) - \varphi(x_1))}$$

$$= \sqrt{\frac{2 \cdot 2{,}5 \cdot 10^{-10}\,\text{C}}{0{,}060\,\text{kg}} \cdot (1{,}3 \cdot 10^3\,\text{V} - 1{,}1 \cdot 10^3\,\text{V})} = \underline{\underline{1{,}3\,\frac{\text{mm}}{\text{s}}}}$$

**TIPP** Es ergeben sich je nach verwendeter Möglichkeit leicht unterschiedliche Ergebnisse (Nachkommastellen). Das liegt an den Ungenauigkeiten der verwendeten, gerundeten Zwischenergebnisse.

### 1.5.1 Ladung der Kugel K

**TIPP** *Vorüberlegung:* Das Grundgesetz der Mechanik liefert hier den Zusammenhang zwischen dem Betrag a der Beschleunigung des Körpers der Masse m und dem Betrag F der resultierenden Kraft auf diesen Körper. Die resultierende Kraft ist hierbei die zwischen den beiden Kugeln wirkende Coulombkraft.

$$a_0 = \frac{|\vec{F}_{el}|}{m} = \frac{|\vec{F}_C|}{m} = \frac{1}{4\pi \cdot \varepsilon_0} \cdot \frac{q \cdot |Q_K|}{r^2 \cdot m}$$

$$\Rightarrow \ |Q_K| = \frac{4\pi \cdot \varepsilon_0 \cdot r^2 \cdot m \cdot a_0}{q}$$

$$= \frac{4\pi \cdot 8{,}854 \cdot 10^{-12}\,\frac{C}{Vm} \cdot (0{,}060\,m)^2 \cdot 0{,}060\,kg \cdot 92 \cdot 10^{-6}\,\frac{m}{s^2}}{2{,}5 \cdot 10^{-10}\,C}$$

$$= 8{,}8 \cdot 10^{-9}\,C = 8{,}8\,nC$$

Da $Q_K$ laut Aufgabenstellung eine negative Ladung ist, folgt:

$$Q_K = \underline{\underline{-8{,}8\,nC}}$$

**1.5.2** In beiden Fällen startet die Bewegung des Gleiters aus der Ruhe mit der gleichen Anfangsbeschleunigung.

- Im ersten Fall (Teilaufgabe 1.4.2) bewegt sich die Ladung in einem **homogenen** elektrischen Feld. Die elektrische Kraft verändert sich hierbei nicht und deshalb ändert sich auch die Beschleunigung bei der Bewegung zur rechten Platte nicht.
- Im zweiten Fall bewegt sich die Ladung in einem **radialsymmetrischen** elektrischen Feld, in dem der Betrag der Kraft mit abnehmender Entfernung der beiden Kugeln immer größer wird. Deshalb nimmt die Beschleunigung während der Bewegung zu ($a \sim |\vec{F}_{el}|$).

Folglich wird der Gleiter samt Kugel im zweiten Fall (Teilaufgabe 1.5) den Ort $x_1 = 5{,}0\,cm$ in einer **kürzeren Zeitdauer** als im ersten Fall (Teilaufgabe 1.4.2) erreichen.

**BE**

**1.0** Für den Bau einer neuen Bahnstrecke ist eine Kurve vorgesehen. Die kreisförmige Kurve hat einen Radius von $r = 0{,}54\,\text{km}$. Die Kurve soll um den Winkel $\alpha$ so überhöht werden, dass ein Zug bei der optimalen Geschwindigkeit mit dem Betrag $v = 150\,\frac{\text{km}}{\text{h}}$ keinerlei seitliche Kräfte auf die Schienen ausübt.
In nebenstehender Skizze ist der Querschnitt dieser Situation dargestellt. Sämtliche Reibungskräfte sind im Folgenden zu vernachlässigen.

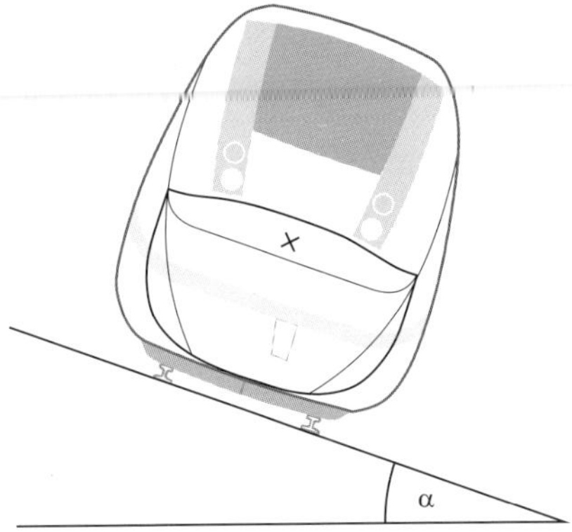


**(G) 1.1** Tragen Sie in der Skizze qualitativ alle auf den Zug wirkenden Kräfte sowie die resultierende Zentripetalkraft in seinen Schwerpunkt (×) ein.
Benennen Sie nachfolgend die eingezeichneten Kräfte. **3**

**1.2** Berechnen Sie $\alpha$. **3**

**(G) 1.3** Kreuzen Sie für jede der folgenden Aussagen über obige Kurvenfahrt an, ob diese wahr, falsch oder aufgrund der vorliegenden Informationen eine eindeutige Entscheidung darüber nicht möglich ist.

**HINWEIS:** Jedes falsch gesetzte Kreuz geht mit –0,5 BE und jedes richtig gesetzte Kreuz mit +1 BE ein. Im ungünstigsten Fall wird die Aufgabe mit 0 BE gewertet.

| | **wahr** | **falsch** | **nicht eindeutig entscheidbar** |
|---|---|---|---|
| Der optimale Kurvenüberhöhungswinkel ist abhängig von der Masse des Zuges. | ☐ | ☐ | ☐ |
| Wenn der Zug mit $100\,\frac{\text{km}}{\text{h}}$ durch die Kurve fährt, ist eine im Zugabteil frei hängende Jacke von einem Fahrgast aus betrachtet zum Mittelpunkt der Kurve hin ausgelenkt. | ☐ | ☐ | ☐ |
| Wenn der Zug mit $180\,\frac{\text{km}}{\text{h}}$ durch die Kurve fährt, ist der zugehörige optimale Kurvenüberhöhungswinkel kleiner. | ☐ | ☐ | ☐ |

**3**

**2.0** In einem Wellenbecken können mit einem Erreger, der mit einer einstellbaren Frequenz f schwingt, Wasserwellen unterschiedlicher Wellenlänge $\lambda$ erzeugt werden.

**2.1.0** Das Wellenbecken wird zunächst so gefüllt, dass eine große Wassertiefe vorliegt. In diesem Fall ergeben sich für verschiedene $\lambda$ und f unterschiedliche Werte für den Betrag c der Ausbreitungsgeschwindigkeit der Wasserwelle.

Die Abhängigkeit wird mithilfe folgender Messreihe untersucht.

| f in Hz | 8,6 | 6,9 | 6,0 | 5,6 | 4,8 |
|---|---|---|---|---|---|
| $\lambda$ in cm | 2,1 | 3,2 | 4,5 | 5,0 | 6,9 |
| c in $\frac{cm}{s}$ | 18 | | 27 | | 33 |

**(G) 2.1.1** Ergänzen Sie die zwei fehlenden Werte für c in dieser Tabelle. **1**

**2.1.2** Zeigen Sie durch eine grafische Auswertung, dass $c^2 = k \cdot \lambda$ gilt, wobei k die Proportionalitätskonstante ist. Ermitteln Sie k mithilfe Ihrer Grafik. [Mögliches Ergebnis: $k = 1{,}6\,\frac{m}{s^2}$] **6**

**2.1.3** Eine Recherche im Internet zeigt, dass bei Tiefwasserwellen näherungsweise der Zusammenhang

$$c = \sqrt{\frac{g}{2\pi} \cdot \lambda}$$

gilt, wobei g der Betrag der Fallbeschleunigung ist.
Ermitteln Sie g unter Nutzung der Proportionalitätskonstanten k. **3**

**2.2.0** Nun wird so viel Wasser abgelassen, dass die Ausbreitungsgeschwindigkeit in guter Näherung den konstanten Betrag $c = 22\,\frac{cm}{s}$ hat.
Zwei punktförmige Erreger $E_1$ und $E_2$ erzeugen kreisförmige Querwellen der Amplitude $A_E = 2{,}3\,mm$. Die Erreger haben den Abstand $d = 8{,}0\,cm$ und schwingen gleichphasig und harmonisch mit einstellbarer Frequenz f.

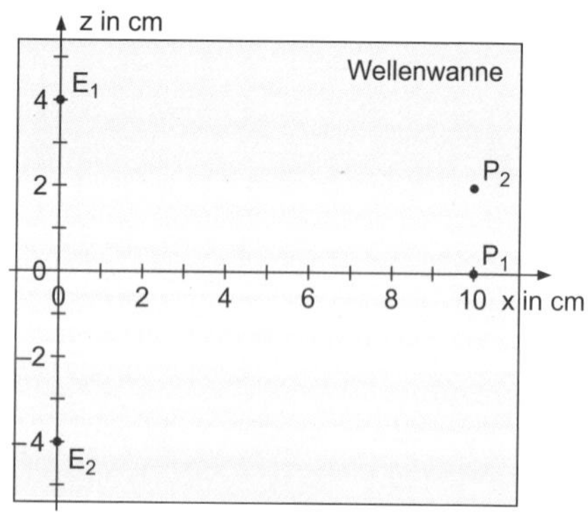


Zur Beschreibung der Orte der Teilchen der Wasseroberfläche dient ein Koordinatensystem, das wie in der Skizze abgebildet festgelegt wird. Die y-Achse steht senkrecht auf der ruhenden Wasseroberfläche. Für die ruhende Wasseroberfläche gilt $y = 0$.

Bezüglich des festgelegten Koordinatensystems haben die beiden Punkte $P_1$ und $P_2$ die Koordinaten $P_1(10\,\text{cm} \mid 0\,\text{cm} \mid 0\,\text{cm})$ und $P_2(10\,\text{cm} \mid 0\,\text{cm} \mid 2\,\text{cm})$. Die Abnahme der Amplitude mit zunehmendem Abstand zum Erreger sowie Reflexionen der Wellen an den Wänden werden vernachlässigt.

**2.2.1** Betrachtet wird nun ein Teilchen, dessen Ruhelage sich im Punkt $P_1$ befindet. Geben Sie mit Begründung die Amplitude seiner Schwingung an. **2**

**2.2.2** Das schwingende Teilchen, dessen Ruhelage sich in $P_2$ befindet, schwingt mit maximaler Amplitude (Maximum 1. Ordnung). Berechnen Sie die dafür notwendige Erregerfrequenz f. **5**

**(G) 2.2.3** f wird jetzt so eingestellt, dass sich Wellen der Wellenlänge $\lambda = 1{,}5\,\text{cm}$ ergeben. Die beiden Wellen interferieren miteinander. Es gibt einen eng begrenzten Bereich der Wasseroberfläche, in dem sich eine stehende Welle einstellt. Markieren Sie diesen Bereich in der Skizze von Teilaufgabe 2.2.0 und ermitteln Sie die Anzahl der dort auftretenden Bäuche. **4**

**30**

**TIPP** **Lösungshinweise zur Aufgabengruppe W3**

**Teilaufgabe 1.1**
Zeichnen Sie zunächst die Gewichtskraft in sinnvoller Länge ein und erzeugen Sie aus dieser die restlichen Kräfte inklusive der resultierenden Kraft (Zentripetalkraft) in entsprechender Länge.
Vergessen Sie nicht die Legende zu den verwendeten Bezeichnungen der Kräfte sowie den Hinweis auf die resultierende Kraft.

**Teilaufgabe 1.2**
Einen Ansatz hierfür finden Sie in Ihrem Kräfteplan aus Teilaufgabe 1.1.

**Teilaufgabe 1.3**
Die Antworten für die erste und dritte Aussage finden Sie in Ihrer Herleitung des Winkels von Teilaufgabe 1.2. Für die Antwort der zweiten Aussage versetzen Sie sich in die Position des Mitfahrers und überlegen Sie, was mit der Jacke passiert, wenn der Zug mit geringerer als der optimalen Geschwindigkeit durch die Kurve fährt.

**Teilaufgabe 2.1.1**
Die notwendige Formel finden Sie in der Formelsammlung.

**Teilaufgabe 2.1.2**
Bedenken Sie, dass für den grafischen Nachweis eine Ursprungsgerade erzeugt werden muss. Die nachzuweisende Gleichung muss also von der Art $y = k \cdot x$ sein. Vergleichen Sie diese Gleichung mit der zu zeigenden Gleichung, dann sehen Sie, welche Größe auf der x-Achse und welche auf der y-Achse anzutragen ist. Die noch zu berechnenden Werte sollten Sie vor dem Zeichnen aufschreiben. Um k mithilfe des Diagramms ermitteln zu können, müssen Sie sich überlegen, wo sich k darin verbirgt und wie man diese Größe üblicherweise ermittelt.

**Teilaufgabe 2.1.3**
Sie benötigen hierzu nur die zu zeigende Gleichung aus Teilaufgabe 2.1.2 und die vorgegebene Gleichung aus Teilaufgabe 2.1.3.

**Teilaufgabe 2.2.1**
Entscheidend für die Interferenz ist der Gangunterschied der beiden interferierenden Wellen. Überlegen Sie, wie groß dieser Gangunterschied in $P_1$ ist und was das für die Amplitude bedeutet.

**Teilaufgabe 2.2.2**
Die notwendige Formel finden Sie in der Formelsammlung. Setzen Sie für k den vorliegenden Wert ein und berechnen Sie die Frequenz f.

**Teilaufgabe 2.2.3**
Überlegen Sie, welche Bedingungen erfüllt sein müssen, damit sich eine stehende Welle bilden kann. Entscheidend hierbei ist die Richtung und Orientierung der Wellennormalen bzw. Wellenstrahlen. Markieren Sie den zugehörigen Bereich. Die sich einstellende Anzahl hängt vom Zusammenhang zwischen dem Gangunterschied und dem Abstand der beiden Erreger ab. Unter Berücksichtigung der gesuchten Interferenzerscheinung (Bäuche!) kann man nun die zugehörige Anzahl berechnen. Eventuell hilft Ihnen auch die Formel zu den Maxima aus der Formelsammlung.

**Lösungsvorschlag zur Aufgabengruppe W3**

## 1.1 Kräfteplan

TIPP *Vorüberlegung:* Auf den Zug wirken die Gewichtskraft vertikal nach unten und die Kraft der Unterlage senkrecht zur Unterlage nach rechts oben. Beide zusammen ergeben die resultierende Kraft, die in diesem Fall die horizontal nach rechts wirkende Zentripetalkraft ist. Für diese drei Kräfte muss gelten:

$$\vec{F}_G + \vec{F}_U = \vec{F}_Z$$

$\vec{F}_G$: Gewichtskraft auf den Zug

$\vec{F}_U$: Kraft, welche die Unterlage auf den Zug ausübt

$\vec{F}_Z$: Zentripetalkraft, sie ist die resultierende Kraft auf den Zug.

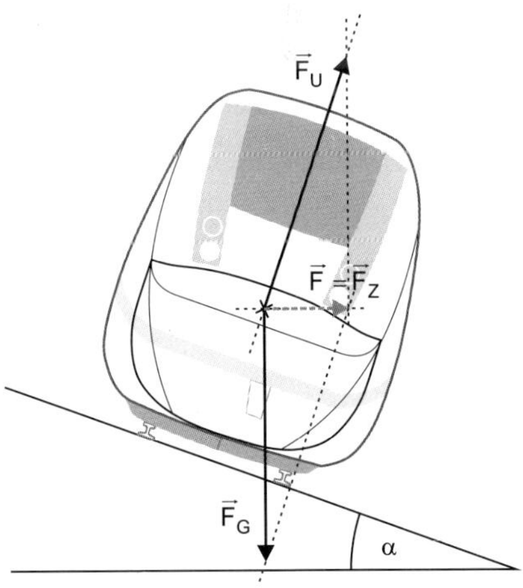

**TIPP** *Mögliche Vorgehensweise zum Zeichnen des Kräfteplans:*

1. Die Kraft $\vec{F}_G$ vertikal nach unten einzeichnen (sinnvolle Länge!)
2. Die Wirkungslinien der Kraft der Unterlage $\vec{F}_U$ rechtwinklig zur geneigten Unterlage durch den Schwerpunkt des Wagens dünn einzeichnen.
3. Die Wirkungslinie der Zentripetalkraft $\vec{F}_Z$ horizontal durch den Schwerpunkt des Zuges dünn einzeichnen.
4. Parallelverschiebung der Wirkungslinien von $\vec{F}_U$ in die Spitze von $\vec{F}_G$.
5. Der entstehende Schnittpunkt dieser Wirkungslinie mit der Wirkungslinie von $\vec{F}_Z$ ergibt die Länge von $\vec{F}_Z$. $\vec{F}_Z$ kann nun vom Schwerpunkt ausgehend dick eingezeichnet werden.
6. Parallelverschiebung der Wirkungslinie von $\vec{F}_G$ in die Spitze von $\vec{F}_Z$.
7. Der entstehende Schnittpunkt dieser Wirkungslinie mit der Wirkungslinie von $\vec{F}_U$ ergibt die Länge von $\vec{F}_U$. $\vec{F}_U$ kann nun vom Schwerpunkt ausgehend dick eingezeichnet werden.

**1.2** Der **optimale Kurvenüberhöhungswinkel $\alpha$** lässt sich anhand des Kräfteplans von Teilaufgabe 1.1 ermitteln:

$$\tan\alpha = \frac{|\vec{F}_Z|}{|\vec{F}_G|} = \frac{m\cdot v^2}{r\cdot m\cdot g} = \frac{v^2}{r\cdot g}$$

$$= \frac{\left(\frac{150}{3{,}6}\,\frac{m}{s}\right)^2}{0{,}54\cdot 10^3\,m\cdot 9{,}81\,\frac{m}{s^2}} = 0{,}33 \quad\Rightarrow\quad \alpha = \underline{\underline{18^\circ}}$$

**1.3** **Kurvenfahrt: Prüfen der Aussagen**

Bedenken Sie auch hierbei die strategischen Hinweise bei solchen Aufgaben (siehe Lösung P-Teil in Teilaufgabe 3.1)

| | **wahr** | **falsch** | **nicht eindeutig entscheidbar** |
|---|---|---|---|
| Der optimale Kurvenüberhöhungswinkel ist abhängig von der Masse des Zuges. | ☐ | ☒ | ☐ |
| Wenn der Zug mit 100 $\frac{km}{h}$ durch die Kurve fährt, ist eine im Zugabteil frei hängende Jacke von einem Fahrgast aus betrachtet zum Mittelpunkt der Kurve hin ausgelenkt. | ☒ | ☐ | ☐ |
| Wenn der Zug mit 180 $\frac{km}{h}$ durch die Kurve fährt, ist der zugehörige optimale Kurvenüberhöhungswinkel kleiner. | ☐ | ☒ | ☐ |

**TIPP** *Überlegungen zu den Aussagen*

*1. Aussage:* Die Antwort hierfür findet sich in der Berechnung von Teilaufgabe 1.2. Da sich dort die Masse m herauskürzt, spielt diese keine Rolle. Die Aussage ist demnach **falsch**.

*2. Aussage:* Da der optimale Kurvenüberhöhungswinkel dieser Kurve für eine Geschwindigkeit von 150 km/h ausgelegt ist, fährt der Zug nun zu langsam durch die Kurve. Folglich ist im mitbewegten Bezugssystem des Fahrgastes die Zentrifugalkraft auf alle Körper im Zug kleiner als bei 150 km/h (die mitbewegten Körper „fallen" Richtung Kurveninneres). Die Jacke hängt also bei 100 km/h mehr in Richtung von $\vec{F}_G$ und damit mehr zum Mittelpunkt der Kurve hin als bei 150 km/h. Die Aussage ist folglich **richtig**.

*3. Aussage:* Die Antwort hierfür findet sich in der Berechnung von Teilaufgabe 1.2. $\tan\alpha$ nimmt quadratisch mit dem Betrag der Geschwindigkeit $\vec{v}$ zu, damit wächst auch der optimale Kurvenüberhöhungswinkel $\alpha$, wenn der Zug schneller fährt. Die Aussage ist demnach **falsch**.

### 2.1.1 Ausbreitungsgeschwindigkeit

**TIPP** *Vorüberlegung:* Unabhängig von der Wassertiefe gilt für sämtliche Wellen der Zusammenhang $c = \lambda \cdot f$.

Für die fehlenden Werte von c berechnet man:

$$c_2 = \lambda_2 \cdot f_2 = 3{,}2\,\text{cm} \cdot 6{,}9\,\frac{1}{\text{s}} = \underline{\underline{22\,\frac{\text{cm}}{\text{s}}}}$$

$$c_4 = \lambda_4 \cdot f_4 = 5{,}0\,\text{cm} \cdot 5{,}6\,\frac{1}{\text{s}} = \underline{\underline{28\,\frac{\text{cm}}{\text{s}}}}$$

### 2.1.2 Zusammenhang zwischen c und λ

**TIPP** *Vorüberlegung:* Ein grafischer Nachweis einer Proportionalität läuft stets darauf hinaus, dass mithilfe der gegebenen Messwerte eine Ursprungsgerade erzeugt werden muss. Da bereits vorgegeben ist, welcher Zusammenhang vorliegt ($c^2 = k \cdot \lambda$), ist $c^2$ auf der Ordinate (y-Achse) und $\lambda$ auf der Abszisse (x-Achse) abzutragen. Vorher sollten Sie noch die Werte für $c^2$ berechnen. In der zu zeigenden Gleichung besitzt k aus mathematischer Sicht die Bedeutung der Steigung. Folglich bestimmt man k im Diagramm mithilfe eines Steigungsdreiecks.

Erweiterte Wertetabelle:

| $\lambda$ in cm | 2,1 | 3,2 | 4,5 | 5,0 | 6,9 |
|---|---|---|---|---|---|
| $c^2$ in $10^{-2} \cdot \frac{\text{m}^2}{\text{s}^2}$ | 3,2 | 4,8 | 7,3 | 7,8 | 11 |

**TIPP** Sollten Sie die Teilaufgabe 2.1.1 nicht gelöst haben, können Sie das Diagramm auch mit den verbleibenden drei vorgegebenen Messpaaren zeichnen.

Im Rahmen der Mess- und Zeichengenauigkeit liegen die zu den Messwerten gehörenden Punkte im λ-$c^2$-Diagramm auf einer Ursprungsgeraden. Daraus folgt:

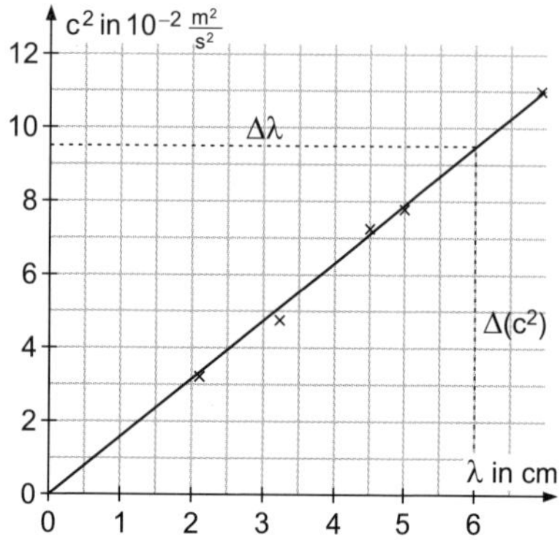


$$c^2 \sim \lambda \;\Rightarrow\; \underline{\underline{c^2 = k \cdot \lambda}}$$

Dabei ist k eine Konstante. Sie lässt sich mithilfe eines (nicht zu kleinen) Steigungsdreiecks im Diagramm ermitteln:

$$k = \frac{\Delta(c^2)}{\Delta\lambda} = \frac{9{,}5 \cdot 10^{-2}\,\frac{m^2}{s^2}}{6{,}0 \cdot 10^{-2}\,m} = \underline{\underline{1{,}6\,\frac{m}{s^2}}}$$

### 2.1.3 Erdbeschleunigung g

**TIPP** *Vorüberlegung:* Die gegebene Gleichung $c = \sqrt{(g/2\pi) \cdot \lambda}$ (1) hängt ganz eng mit der in Teilaufgabe 2.1.2 nachzuweisenden Gleichung $c^2 = k \cdot \lambda$ (2) zusammen. Am einfachsten erkennen Sie das, indem Sie Gleichung (1) quadrieren: Die so erhaltene neue Gleichung besitzt dann die gleiche Form wie Gleichung (2). Sie brauchen dann nur noch einen Koeffizientenvergleich durchführen, um g zu bestimmen.

Durch Quadrieren der angegebenen Gleichung erhält man:

$$c^2 = \frac{g}{2\pi} \cdot \lambda$$

Aus Teilaufgabe 2.1.2 weiß man:

$$c^2 = k \cdot \lambda$$

Die beiden Gleichungen stimmen formal überein, sodass die Vorfaktoren vor λ übereinstimmen müssen. Durch Gleichsetzen und Umstellen erhält man für die Erdbeschleunigung g:

$$k = \frac{g}{2\pi}$$

$$\Rightarrow \; g = 2\pi \cdot k = 2\pi \cdot 1{,}6\,\frac{m}{s^2} = \underline{\underline{10\,\frac{m}{s^2}}}$$

### 2.2.1 Amplitude der Schwingung am Punkt $P_1$

TIPP *Vorüberlegung:* Beim betrachteten Vorgang handelt es sich um die Interferenz zweier Kreiswellen, wobei die Abnahme der Amplitude vom zunehmenden Abstand zum Erreger vernachlässigt wird. Die Amplitude der interferierenden Wellen und der dazugehörigen Wellengleichung ergibt sich aus der Summe der beiden einzelnen Wellengleichungen für einen festen Ort $P_1$. Hierbei sind viele mögliche Überlagerungen, zu denen z. B. die Auslöschung zählt, denkbar. Welcher Fall tatsächlich eintritt, bestimmt der Gangunterschied $|\Delta s|$ am betrachteten Ort, also die Strecke, um welche die beiden am betrachteten Ort ankommenden Wellen „gegeneinander verschoben sind". Da der Punkt $P_1$ auf der Mittelsenkrechten der Strecke $\overline{E_1E_2}$ liegt, ist der Wert der vorliegenden Phasenverschiebung stets null. ($P_1$ ist von beiden Erregern gleich weit entfernt.)

Auf der Mittelsenkrechten von $\overline{E_1E_2}$ gilt für den Gangunterschied an jedem Ort $|\Delta s| = 0$. Deshalb überlagern sich die beiden Wellen in $P_1$ konstruktiv, sodass sich für die Amplitude im Punkt $P_1$ ergibt:

$$A = 2 \cdot A_E = 2 \cdot 2{,}3\ \text{mm} = \underline{\underline{4{,}6\ \text{mm}}}$$

### 2.2.2 Erregerfrequenz f

TIPP *Vorüberlegung:* Liegt in $P_2$ ein Maximum 1. Ordnung vor, muss mit $k = 1$ die Bedingung $|\Delta s| = k \cdot \lambda = 1 \cdot \lambda = \lambda$ für konstruktive Interferenz gelten (siehe Formelsammlung). Hierbei ist

$$|\Delta s| = \left|\,|\overline{E_2P_2}| - |\overline{E_1P_2}|\,\right|.$$

Weiterhin ist der Zusammenhang $c = \lambda \cdot f$ zu berücksichtigen.

Liegt in $P_2$ ein Maximum 1. Ordnung, gilt:

$$\left.\begin{aligned} |\Delta s| &= \lambda \\ c &= \lambda \cdot f \end{aligned}\right\} \Rightarrow f = \frac{c}{\lambda} = \frac{c}{|\Delta s|}$$

Die Abstände von $P_2$ zu den beiden Empfängern lassen sich mit dem Satz des Pythagoras berechnen:

$$|\overline{E_2P_2}| = \sqrt{(10\ \text{cm})^2 + (6\ \text{cm})^2} = 11{,}66\ \text{cm}$$

$$|\overline{E_1P_2}| = \sqrt{(10\ \text{cm})^2 + (2\ \text{cm})^2} = 10{,}20\ \text{cm}$$

Für den Gangunterschied ergibt sich daher

$$|\Delta s| = \left|\,|\overline{E_2P_2}| - |\overline{E_1P_2}|\,\right| = 11{,}66\ \text{cm} - 10{,}20\ \text{cm} = 1{,}46\ \text{cm}$$

und damit für die notwendige Erregerfrequenz:

$$f = \frac{c}{|\Delta s|} = \frac{22\ \text{cm/s}}{1{,}46\ \text{cm}} = \underline{\underline{15\ \text{Hz}}}$$

### 2.2.3 Stehende Wellen

TIPP *Vorüberlegung:* Für eine stehende Welle müssen die beiden interferierenden Wellen die gleiche Amplitude und Frequenz haben. Weiterhin müssen die beiden Wellennormalen gleichgerichtet, aber entgegengesetzt orientiert sein. Insbesondere die letzte Eigenschaft gilt im vorliegenden Fall nicht für alle Punkte der Wasseroberfläche.

Die Wellennormalen sind nur zwischen den beiden Erregern $E_1$ und $E_2$ gleich gerichtet, aber entgegengesetzt orientiert.
Folglich muss die Strecke $\overline{E_1E_2}$ im Bild von Teilaufgabe 2.2.0 markiert werden (siehe ergänzte Abbildung rechts).

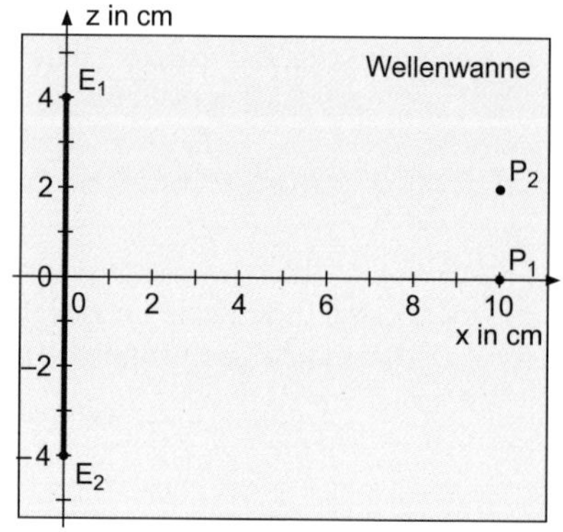


**Ermittlung der Anzahl der Bäuche**

*Möglichkeit 1:* Gangunterschied
Es muss gelten:

(1) $|\Delta s| \le d$

(2) $|\Delta s| = k \cdot \lambda$ mit $k \in \{0; 1; 2; ...\}$

(2) in (1):

$$k \le \frac{d}{\lambda} = \frac{8{,}0\text{ cm}}{1{,}5\text{ cm}} = 5{,}3 \quad \Rightarrow \quad k \in \{0; 1; 2; 3; 4; 5\}$$

Bei der stehenden Welle schwingen $2 \cdot 5 + 1 = \underline{\underline{11 \text{ Bäuche}}}$.

*Möglichkeit 2:* Zählen der Maxima
Wenn man weiß, dass sich bei einer stehenden Welle alle $\frac{\lambda}{4}$ ein Maximum und ein Minimum abwechseln und in der Mitte von $\overline{E_1E_2}$ das Maximum 0. Ordnung liegt, dann kommt von dort aus alle $\frac{\lambda}{2}$ ein weiteres Maximum, bis man den Erreger erreicht. Es muss daher gelten:

$$\frac{1}{2} \cdot \overline{E_1E_2} = 4{,}0\text{ cm} \ge k \cdot \frac{\lambda}{2} \quad \Rightarrow \quad k \le \frac{2 \cdot 4{,}0\text{ cm}}{\lambda} = \frac{2 \cdot 4{,}0\text{ cm}}{1{,}5\text{ cm}} = 5{,}3$$

Es gibt also rechts und links vom Maximum 0. Ordnung noch jeweils 5 weitere Maxima. Folglich sind das insgesamt $2 \cdot 5 + 1 = \underline{\underline{11 \text{ Bäuche}}}$.

## Pflichtaufgabengruppe P – Aufgabenstellung

**HINWEIS:** Ist eine Aufgabenstellung mit **(G)** gekennzeichnet, ist die Bearbeitung/die Lösung dieser Aufgabe direkt in das vorliegende Geheft einzutragen.

**BE**

**1.0** Das abgebildete Zeit-Ort-Diagramm stellt die eindimensionalen Bewegungen der Schwerpunkte zweier Fahrzeuge entlang der x-Achse im Zeitintervall [0; 9,0 s] dar.

Der Graph für Fahrzeug II enthält keinen Knick und ist in den Intervallen [0; 4,0 s] und [6,5 s; 9,0 s] jeweils parabelförmig.

Zum Zeitpunkt $t_0 = 0$ befindet sich Fahrzeug I bei $x_{I,0} = 30\,m$. Fahrzeug II befindet sich bei $x_{II,0} = -10\,m$ (siehe Diagramm).

Bearbeiten Sie die folgenden Teilaufgaben mithilfe des Diagramms.

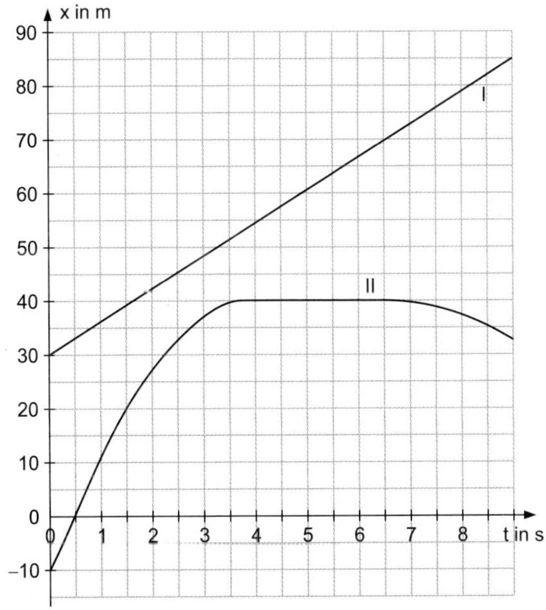

**(G) 1.1** Im Zeitintervall [0; 9,0 s] befindet sich Fahrzeug II in verschiedenen Bewegungszuständen.
Kreuzen Sie für den jeweils vorgegebenen Bewegungszustand das zugehörige Zeitintervall an.

| | **[0; 4,0 s]** | **]4,0 s; 6,5 s[** | **[6,5 s; 9,0 s]** |
|---|---|---|---|
| Fahrzeug II steht. | ☐ | ☐ | ☐ |
| Der Betrag der Geschwindigkeit nimmt zu. | ☐ | ☐ | ☐ |
| Der Betrag der Geschwindigkeit nimmt ab. | ☐ | ☐ | ☐ |

**3**

**(G) 1.2** a) Geben Sie den Zeitpunkt $t_1$ an, zu dem sich Fahrzeug II bei $x_{I,0}$ befindet.

b) Geben Sie den Abstand $\Delta x$ der beiden Fahrzeuge zum Zeitpunkt $t_2 = 4{,}0\ \text{s}$ an.

c) Geben Sie das Zeitintervall an, in dem Fahrzeug II schneller ist als Fahrzeug I.

d) Geben Sie den Zeitpunkt $t_3$ an, in dem beide Fahrzeuge den geringsten Abstand zueinander haben. **5**

**(G) 1.3** Bestimmen Sie die x-Koordinate $v_{I,x}$ der Geschwindigkeit des Fahrzeugs I. **2**

**2.0** Ein Gleiter $G_1$ mit der Masse $m_1 = 100\ \text{g}$, der Geschwindigkeit $\vec{v}_1$ und dem Impuls $\vec{p}_{1,\text{vor}}$ sowie ein Gleiter $G_2$ mit der Masse $m_1 = 200\ \text{g}$, der Geschwindigkeit $\vec{v}_1$ und dem Impuls $\vec{p}_{2,\text{vor}}$ gleiten reibungsfrei auf einem horizontalen Luftkissentisch. Es kommt zu einem Zusammenstoß der beiden Gleiter.
$G_1$ und $G_2$ haben nach dem Stoß die Geschwindigkeiten $\vec{u}_1$ und $\vec{u}_2$ sowie die Impulse $\vec{p}_{1,\text{nach}}$ und $\vec{p}_{2,\text{nach}}$.

**(G) 2.1** Für die Beträge der Impulse gilt:

$$\left|\vec{p}_{1,\text{vor}}\right| = 0{,}60\ \text{kg}\,\frac{\text{m}}{\text{s}} \quad \text{und} \quad \left|\vec{p}_{2,\text{vor}}\right| = 0{,}40\ \text{kg}\,\frac{\text{m}}{\text{s}}$$

Bestimmen Sie $|\vec{v}_1|$ und $|\vec{v}_2|$. **2**

**2.2.0** Im nebenstehenden Impulsplan sind die Impulse $\vec{p}_{1,\,vor}$, $\vec{p}_{2,\,vor}$ und $\vec{p}_{1,\,nach}$ dargestellt. Hierbei wurde der Maßstab $1\,cm \mathrel{\hat{=}} 0{,}2\,kg\frac{m}{s}$ zu Grunde gelegt.

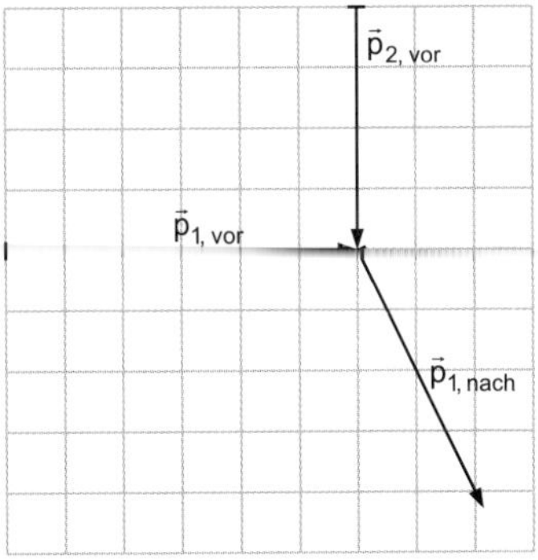


**(G) 2.2.1** Ermitteln Sie im Impulsplan von 2.2.0 zeichnerisch den Vektor des Gesamtimpulses $\vec{p}_{ges,\,vor}$ der beiden Gleiter vor dem Stoß. **2**

**(G) 2.2.2** Ermitteln Sie im Impulsplan von 2.2.0 $\vec{p}_{2,\,nach}$ und geben Sie $\left|\vec{p}_{2,\,nach}\right|$ an. **3**

**3.0** Viele Satelliten bewegen sich antriebslos und näherungsweise auf Kreisbahnen um die Erde. Sie haben dabei jeweils eine konstante Winkelgeschwindigkeit.

**(G) 3.1** Einige dieser Satelliten werden als geostationäre Satelliten betrieben. Geben Sie die drei Bedingungen an, welche die Bewegung eines Satelliten auf seiner Bahn um die Erde erfüllen muss, damit er ein geostationärer Satellit ist. **3**

**(G) 3.2** Ein bestimmter Satellit, der nicht geostationär ist, umkreist die Erde in 24 Stunden genau 8,0-mal. Die Erde hat die Masse $m_E = 5{,}974 \cdot 10^{24}\,kg$. Berechnen Sie seine Winkelgeschwindigkeit $\omega$ sowie den Radius r seiner Kreisbahn um den Schwerpunkt der Erde. **6**

**4.0** Ein harmonisch schwingender Körper bewegt sich parallel zur y-Achse. Das nebenstehende Diagramm beschreibt die y-Koordinate seines Schwerpunkts im Zeitintervall [–0,5 s; 2,5 s].

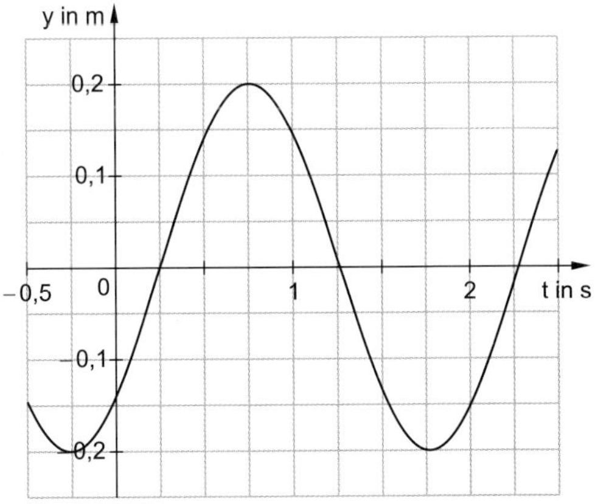

**(G) 4.1** Geben Sie alle Zeitpunkte aus dem dargestellten Zeitintervall an, zu denen der Betrag der …

a) … Geschwindigkeit maximal ist.

b) … Beschleunigung maximal ist. **4**

**(G) 4.2** Der in 4.0 dargestellte Graph kann durch eine Gleichung der Art $y(t) = A \cdot \sin(B \cdot t + C)$ beschrieben werden.

Kreuzen Sie in der folgenden Tabelle jeweils einen Wert für die Parameter A, B und C an, so dass y(t) den vorgegebenen Graphen richtig beschreibt.

**HINWEIS:** Setzen Sie ihr Kreuz nur bei denjenigen Aussagen, bei denen Sie sicher sind. Jedes falsch gesetzte Kreuz geht mit –0,5 BE und jedes richtig gesetzte Kreuz mit +1 BE ein. Im ungünstigsten Fall wird die Aufgabe mit 0 BE gewertet.

| | | | | | |
|---|---|---|---|---|---|
| **A** | ☐ 0,4 m | ☐ –0,20 m | ☐ $-0{,}63\,\frac{m}{s}$ | ☐ 0,20 m | ☐ –0,15 m |
| **B** | ☐ $0{,}50\,\frac{1}{s}$ | ☐ $3{,}1\,\frac{1}{s}$ | ☐ $2{,}0\,\frac{1}{s}$ | ☐ 5,0 s | ☐ 2,0 s |
| **C** | ☐ $-\frac{1}{4}\pi$ | ☐ 45° | ☐ $\pi$ | ☐ 0 | ☐ $-\frac{3}{4}\pi$ |

**3**

**(G) 4.3** Kreuzen Sie an, welche der folgenden Energieformen des schwingenden Systems aus 4.0 im hier abgebildeten Diagramm dargestellt ist:

☐ kinetische Energie

☐ potenzielle Energie

Zeichnen Sie den Graphen, der die Abhängigkeit der mechanischen Gesamtenergie des schwingenden Systems von der Zeit beschreibt, in dieses Diagramm ein.

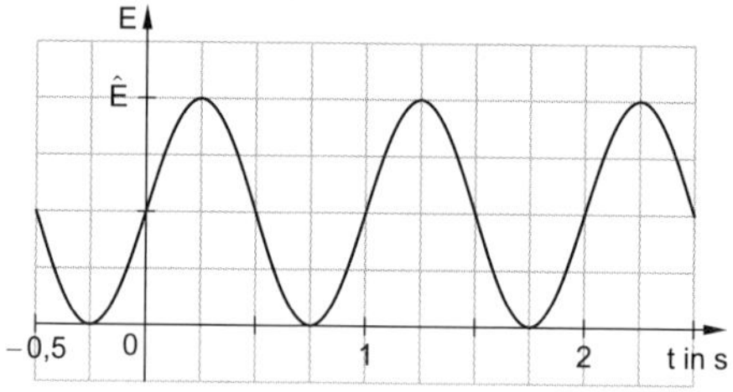


**2**

**(G) 5.0** Die folgenden vier Abbildungen zeigen Feldlinien eines zweidimensionalen Ausschnitts eines homogenen und zeitlich konstanten elektrischen Feldes. Der Vektor der elektrischen Feldstärke zeigt dabei …

↗ … in Pfeilrichtung oder ⊗ … senkrecht in die Zeichenebene.

Ein einzelnes geladenes Staubteilchen (◎) tritt wie eingezeichnet in den dargestellten Ausschnitt ein und soll sich weiterhin in der Papierebene entlang der gestrichelten Linie durch das elektrische Feld bewegen. Diese Linie ist in a), b) und c) jeweils parabelförmig. Die Änderung des Bewegungszustandes des Staubteilchens kommt dabei **einzig** durch die Wirkung der elektrischen Kraft zustande.

Kreuzen Sie jeweils an, ob aufgrund der Vorgaben die gestrichelte Bahn physikalisch möglich oder unmöglich ist. Falls die Bahn möglich ist, geben Sie das notwendige Vorzeichen (VZ) der Ladung des Staubteilchens an.

a)

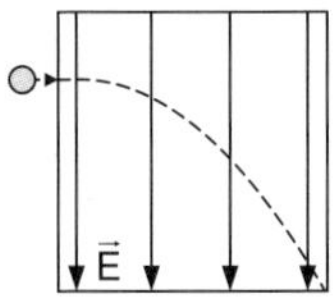


☐ unmöglich

☐ möglich

VZ der Ladung:

b)

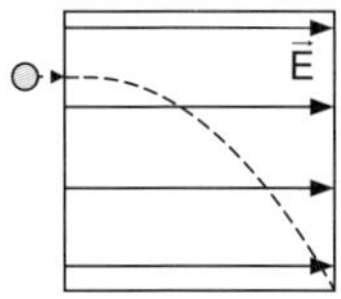


☐ unmöglich

☐ möglich

VZ der Ladung:

c)

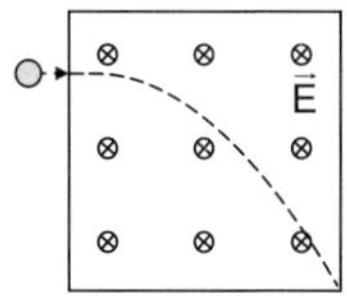


☐ unmöglich

☐ möglich

VZ der Ladung:

d) In A kehrt das Teilchen um.

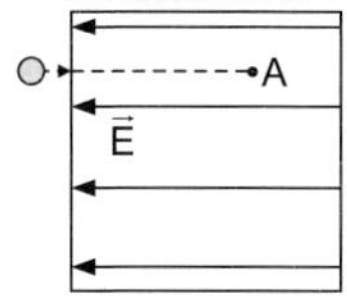


☐ unmöglich

☐ möglich

VZ der Ladung:

**5**
**40**

## TIPP Lösungshinweise zur Aufgabengruppe P

**Teilaufgabe 1.1**
Überlegen Sie, welche besonderen Bewegungsarten Ihnen entlang einer Achse bekannt sind und wie deren Graphen im t-x-Diagramm aussehen. Sollte die Geschwindigkeit eine Rolle spielen, so verbirgt sich diese in der Steigung des zugehörigen Graphen im t-x-Diagramm.

**Teilaufgabe 1.2**
Hierbei müssen Sie die gesuchten Zeitpunkte oder Zeitintervalle direkt aus dem Diagramm ablesen.

**Teilaufgabe 1.3**
Wie bereits in 1.1 dargelegt, gibt die Steigung des Graphen die zugehörige Geschwindigkeit wieder.

**Teilaufgabe 2.1**
Hierzu benötigen Sie die Definition des Impulses eines Körpers (siehe Formelsammlung). Diese müssen Sie jetzt nur noch auf die Beträge der Größen reduzieren.

**Teilaufgabe 2.2.1**
Nutzen Sie die Tatsache, dass sich zwei Teilimpulse zu einem Gesamtimpuls zusammenfassen lassen. Da es sich bei Impulsen um vektorielle Größen handelt, müssen Sie dies durch Vektoraddition erledigen.

**Teilaufgabe 2.2.2**
Hierzu benötigen Sie den Impulserhaltungssatz (Gesamtimpuls bleibt beim Stoß erhalten), die Überlegung aus Teilaufgabe 2.2.1 (nun aber für die Impulse nach dem Stoßvorgang) und abschließend den vorgegebenen Maßstab, um aus dem zeichnerisch bestimmten Vektor $\vec{p}_{2,\,nach}$ den zugehörigen Betrag angeben zu können.

**Teilaufgabe 3.1**
Hier ist Ihr Fachwissen gefragt. Erinnern Sie sich, was das Wort „geostationär" bedeutet.

**Teilaufgabe 3.2**
Zur Berechnung der Winkelgeschwindigkeit verwenden Sie deren Definition (Formelsammlung).
Für eine Kreisbewegung mit konstanter Winkelgeschwindigkeit gilt ein bestimmter Kraftansatz. Nutzen Sie diesen, um den Radius der Kreisbahn zu berechnen.

**Teilaufgabe 4.1**
Überlegen Sie, bei welchen Positionen eines harmonisch schwingenden Körpers dessen Geschwindigkeit am größten ist. Suchen Sie die zugehörigen Zeitpunkte im Diagramm. Verfahren Sie ebenso bei der Beschleunigung des harmonisch schwingenden Körpers.

**Teilaufgabe 4.2**
Die Parameter A, B und C beschreiben Form und Lage des Graphen der Schwingungsgleichung. Machen Sie sich die Bedeutung jedes dieser Parameter klar (evtl. auch Formelsammlung nutzen) und ermitteln Sie die zugehörigen Werte aus dem Diagramm.

**Teilaufgabe 4.3**
Überlegen Sie, in welchen Positionen des Körpers die kinetische Energie (und in welchen die potenzielle Energie) des Systems maximal ist. Suchen Sie im t-y-Diagramm von 4.0 einen zugehörigen Zeitpunkt und vergleichen Sie die Energie zu diesem Zeitpunkt im t-E-Diagramm von 4.3.
Für die Darstellung der Gesamtenergie hilft Ihnen die Aussage des Energieerhaltungssatzes der Mechanik weiter.

**Teilaufgabe 5**
Die (einzig) wirkende Kraft auf das geladene Staubteilchen ist im Text bereits benannt. Nun müssen Sie nur noch wissen, in welche Richtung diese Kraft wirkt und welches Vorzeichen die Ladung haben muss, damit die Orientierung bei einer möglichen Ablenkung mit der dargestellten übereinstimmt.

## 1.1 Bewegungszustände des Fahrzeugs II

**TIPP** *Vorüberlegung:* Im in 1.0 gegebenen Diagramm wird die eindimensionale Bewegung zweier Fahrzeuge beschrieben. Diesbezüglich haben Sie drei besondere Arten solcher Bewegungen im Unterricht kennengelernt:

- die Bewegung mit konstanter Geschwindigkeit (auch gleichförmige Bewegung genannt),
- die Bewegung mit konstanter Beschleunigung und
- die eindimensionale harmonische Schwingung (liegt hier aber nicht vor).

Das vorliegende Diagramm stellt die Änderung des Ortes in Abhängigkeit von der Zeit dar. Dabei gilt:

- Handelt es sich um einen Graphen oder um einen Abschnitt eines Graphen, der parallel zur t-Achse ist, verändert sich der Ort dieses Fahrzeugs nicht. Es steht also.
- Ist der Graph eine Gerade mit einer Steigung ungleich null, bewegt sich das Fahrzeug mit konstanter Geschwindigkeit. Die vorzeichenbehaftete Steigung gibt hierbei die Koordinate der konstanten Geschwindigkeit wieder.
- Ist der Graph oder ein Teil eines Graphen parabelförmig, bewegt sich das Fahrzeug mit konstanter Beschleunigung im zugehörigen Zeitintervall. Die Steigung des Graphen zu einem Zeitpunkt gibt die Koordinate der Geschwindigkeit dieser eindimensionalen Bewegung zu diesem Zeitpunkt an.
- Streng monoton steigende Abschnitte des Graphen bedeuten, dass sich das Fahrzeug in die Richtung der positiv orientierten x-Achse bewegen, bei negativer Steigung in Richtung der negativ orientierten x-Achse. Dabei ist zu beachten, ob der Betrag der Steigung (und damit der Betrag der Geschwindigkeit) zu- oder abnimmt.

| | [0; 4,0 s] | ]4,0 s; 6,5 s[ | [6,5 s; 9,0 s] |
|---|---|---|---|
| Fahrzeug II steht. | ☐ | ☒ | ☐ |
| Der Betrag der Geschwindigkeit nimmt zu. | ☐ | ☐ | ☒ |
| Der Betrag der Geschwindigkeit nimmt ab. | ☒ | ☐ | ☐ |

## 1.2 Auswertung der t-x-Graphen

**TIPP**

a) Ort und Zeitpunkt können Sie direkt auf den Achsen des Diagramms ablesen.

b) Der Abstand der beiden Fahrzeuge zu einem Zeitpunkt ergibt sich aus der Differenz der Ortswerte zu diesem Zeitpunkt (vertikaler Abstand der beiden Graphen).

c) Ein Fahrzeug ist in einem Zeitintervall schneller als ein anderes, wenn der zugehörige Graph in diesem Zeitintervall einen größeren Betrag der Steigung hat als der Graph des anderen Fahrzeugs. Fahren die Fahrzeuge in die gleiche Richtung (besitzen die Steigungen ihrer Graphen also das gleiche Vorzeichen), finden Sie die Intervallgrenze – nämlich den Zeitpunkt gleicher Steigung – grafisch, indem Sie den Graphen II vertikal so lange nach oben schieben, bis er den Graphen I berührt. Im Intervall [6,5 s; 9,0 s], in dem sich beide Fahrzeuge voneinander entfernen, gilt überall $|v_I| > |v_{II}|$.

d) Nach Teilaufgabe b liegt genau dann ein minimaler Abstand der Fahrzeuge vor, wenn die Ortswerte eine minimale Differenz besitzen. Grafisch können Sie diesen Zeitpunkt genauso wie bei Teilaufgabe c durch Graphenverschieben bestimmen: Die Abszisse des Punkts, bei dem sich die Graphen das erste Mal schneiden oder berühren (das ist hier der Fall), ist der gesuchte Zeitpunkt.

a) $t_1 = \underline{\underline{2{,}2\ \text{s}}}$ b) $\Delta x = \underline{\underline{14\ \text{m}}}$ c) $t \in \underline{\underline{[0; 3{,}0\ \text{s}[}}$ d) $t = \underline{\underline{3{,}0\ \text{s}}}$

## 1.3 Koordinate $v_{1,x}$ bei Fahrzeug I

**TIPP** *Vorüberlegung:* Wie bereits in der Vorüberlegung Teilaufgabe 1.1 dargelegt, verbirgt sich die Geschwindigkeit eines Fahrzeugs zu einem bestimmten Zeitpunkt in der Steigung des Graphen zu diesem Zeitpunkt. Diese Steigung kann man mithilfe eines Steigungsdreiecks ermitteln.
Das Fahrzeug I fährt mit konstanter Geschwindigkeit (erkennbar an der konstanten Steigung des Graphen I). Somit kann grundsätzlich ein beliebiges Steigungsdreieck verwendet werden. Sie sollten aber ein möglichst großes Steigungsdreieck wählen, denn dies verringert den relativen Fehler beim Ablesen und somit auch den Fehler beim Berechnen der Steigung.

$$v_{1,x} = \frac{\Delta x}{\Delta t}$$

Mit z. B. $\Delta x_1 = 85\ \text{m} - 30\ \text{m} = 55\ \text{m}$ und $\Delta t_1 = 9{,}0\ \text{s} - 0\ \text{s} = 9{,}0\ \text{s}$ erhält man:

$$v_1 = \frac{55\ \text{m}}{9{,}0\ \text{s}} = \underline{\underline{6{,}1\ \frac{\text{m}}{\text{s}}}}$$

### 2.1 Beträge der Geschwindigkeiten

**TIPP** *Vorüberlegung:* Für den Impuls eines Körpers gilt $\vec{p} = m \cdot \vec{v}$. Der Impuls ist also eine vektorielle Größe, die durch seinen Betrag, Richtung und Orientierung festgelegt ist.
In dieser Teilaufgabe geht es zunächst erst einmal um den Betrag des Impulses: $|\vec{p}| = m \cdot |\vec{v}|$

$$|\vec{p}| = m \cdot |\vec{v}| \quad \Rightarrow \quad |\vec{v}| = \frac{|\vec{p}|}{m}$$

Damit ergibt sich für die beiden gesuchten Beträge der Geschwindigkeiten vor dem Stoßvorgang:

$$|v_1| = \frac{|p_{1,\text{vor}}|}{m_1} = \frac{0{,}60\,\text{kg}\,\frac{\text{m}}{\text{s}}}{0{,}100\,\text{kg}} = \underline{\underline{6{,}0\,\frac{\text{m}}{\text{s}}}}$$

$$|v_2| = \frac{|p_{2,\text{vor}}|}{m_2} = \frac{0{,}40\,\text{kg}\,\frac{\text{m}}{\text{s}}}{0{,}200\,\text{kg}} = \underline{\underline{2{,}0\,\frac{\text{m}}{\text{s}}}}$$

### 2.2.1 Gesamtimpuls vor dem Stoß

**TIPP** *Vorüberlegung:* Haben mehrere Körper jeweils gleichzeitig einen Impuls, lassen sich all diese Teilimpulse durch vektorielle Addition zu einem Gesamtimpuls zusammenfassen: $\vec{p}_{\text{ges}}(t) = \vec{p}_1(t) + \vec{p}_2(t) + \ldots$

Im vorliegenden Fall soll der Gesamtimpuls $\vec{p}_{\text{ges, vor}}$ der beiden Gleiter vor dem Stoß zeichnerisch ermittelt werden. Es sind also die beiden Vektoren $\vec{p}_{1,\text{vor}}$ und $\vec{p}_{2,\text{vor}}$ vektoriell zu addieren.

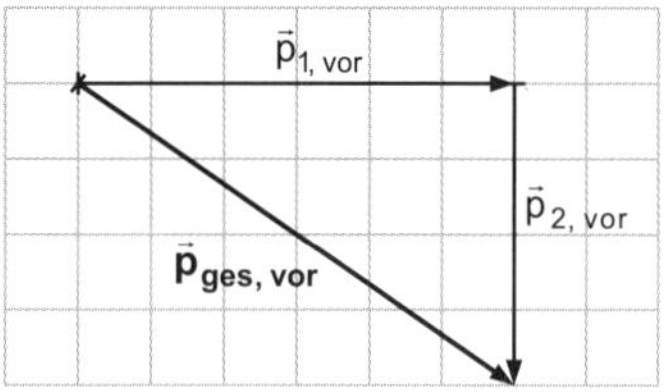


### 2.2.2 Impulsbetrag des Gleiters 2 nach dem Stoß

**TIPP** *Vorüberlegung:* Für die vektorielle Größe Impuls gilt ein Erhaltungssatz. Häufig verwendet man diesen im Unterricht nur bei eindimensionalen Stoßvorgängen und kann den Impulserhaltungssatz dann auf die eindimensionale Koordinate reduzieren. Hier benötigen wir aber die zweidimensionale Variante:
$\vec{p}_{\text{ges, vor}} = \vec{p}_{\text{ges, nach}}$.
$\vec{p}_{\text{ges, vor}}$ ist aus 2.2.1 bekannt. Daher können Sie $\vec{p}_{2,\text{nach}}$ zeichnerisch aus
$\vec{p}_{\text{ges, nach}} = \vec{p}_{1,\text{nach}} + \vec{p}_{2,\text{nach}}$
bestimmen und mit dem vorgegebenen Maßstab dessen Betrag ermitteln.

Es gilt:

$$\vec{p}_{ges,\,nach} = \vec{p}_{1,\,nach} + \vec{p}_{2,\,nach}$$

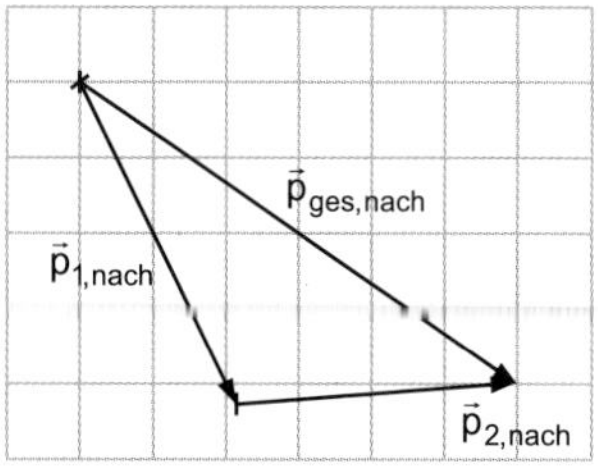


In dieser Gleichung sind der Summand $\vec{p}_{1,\,nach}$ und wegen des Impulserhaltungssatzes

$$\vec{p}_{ges,\,nach} = \vec{p}_{ges,\,vor}$$

auch der Summenvektor $\vec{p}_{ges,\,nach}$ bekannt, sodass sich $\vec{p}_{2.\,nach}$ zeichnerisch ermitteln lässt. Aus der Zeichnung liest man die Länge 2,0 cm ab; umgerechnet mit dem angegebenen Maßstab $1\,cm \mathrel{\hat{=}} 0{,}2\,kg\frac{m}{s}$ ergibt sich daraus:

$$|p_{2,\,nach}| = \underline{\underline{0{,}40\,kg\frac{m}{s}}}$$

**3.1** Die Kreisbewegung eines **geostationären** Satelliten muss im antriebslosen Fall …

- … den gleichen Drehsinn wie die Eigenrotation der Erde haben.
- … die Umlaufdauer $T = 24\,h$ haben.
- … in der Äquatorebene der Erde stattfinden.

**3.2** **Winkelgeschwindigkeit**

**TIPP** Die Formel zur Berechnung von ω finden Sie in Ihrer Formelsammlung.

$$\omega = \frac{\Delta\varphi}{\Delta t} = \frac{8{,}0 \cdot 2\pi}{24\,h} = \underline{\underline{2{,}1\frac{1}{h}}} = \underline{\underline{5{,}8 \cdot 10^{-4}\frac{1}{s}}}$$

**Kreisbahnradius**

**TIPP** *Vorüberlegung:* Bewegt sich ein Satellit auf einer Kreisbahn mit konstanter Winkelgeschwindigkeit um die Erde, so ist die Zentripetalkraft $\vec{F}_Z$ die Gravitationskraft $\vec{F}_G$ zwischen Satellit und Zentralgestirn.

Für die Beträge von Zentripetal- und Gravitationskraft gilt:

$$F_G = F_Z$$

$$G \cdot \frac{m_E \cdot m_S}{r^2} = m_s \cdot \omega^2 \cdot r$$

$$\Rightarrow\quad r = \sqrt[3]{\frac{G \cdot m_E}{\omega^2}} = \sqrt[3]{\frac{6{,}674 \cdot 10^{-11}\,\frac{m^3}{kg \cdot s^2} \cdot 5{,}974 \cdot 10^{24}\,kg}{(5{,}8 \cdot 10^{-4}\,\frac{1}{s})^2}}$$

$$= \underline{\underline{11 \cdot 10^6\,m}}$$

## 4.1 Maximalbeträge von Geschwindigkeit und Beschleunigung

**TIPP** *Vorüberlegung:* Im t-y-Diagramm verbirgt sich die Geschwindigkeit in der Steigung des Graphen. Da es um den maximalen Betrag der Geschwindigkeit geht, sucht man die Zeitpunkte, zu denen der Graph am steilsten ist. Das ist jeweils beim Durchgang durch die Ruhelage der Fall.
Der Betrag der Beschleunigung ist dagegen genau dann maximal, wenn die Geschwindigkeit null ist, also in den Umkehrpunkten.

a) Geschwindigkeit maximal: $t_1 = \underline{\underline{0{,}25\text{ s}}}$ $t_2 = \underline{\underline{1{,}25\text{ s}}}$ $t_3 = \underline{\underline{2{,}25\text{ s}}}$

b) Beschleunigung maximal: $t_4 = \underline{\underline{-0{,}25\text{ s}}}$ $t_5 = \underline{\underline{0{,}75\text{ s}}}$ $t_6 = \underline{\underline{1{,}75\text{ s}}}$

## 4.2 Parameter der Schwingungsgleichung

**TIPP** *Vorüberlegung:* In der Gleichung $y(t) = A \cdot \sin(B \cdot t + C)$, die den Graphen aus 4.0 beschreibt, haben die Buchstaben A, B und C folgende Bedeutung:

A: Amplitude der Schwingung (per Definition immer positiv)

B: Kreisfrequenz $\omega = \frac{2\pi}{T}$, wobei T die Periodendauer der Schwingung ist.

C: Schwingungsphase $\varphi$ zum Zeitpunkt $t_0 = 0$ (zu beachten ist hierbei, dass $\varphi$ im Bogenmaß angegeben werden muss)

**A** findet man zum Zeitpunkt $t_A = 0{,}75$ s: $A = \underline{\underline{0{,}20\text{ m}}}$

$$\mathbf{B} = \frac{2\pi}{T} \text{ mit } T = 2{,}0\text{ s} \quad \Rightarrow \quad B = \underline{\underline{\pi \frac{1}{s}}}$$

**C**: Der Graph von 4.0 ist gegenüber der Grundfunktion $y(t) = \sin(t)$ um 0,25 s nach rechts verschoben. Da zu einer kompletten Periodendauer $T = 2{,}0$ s der Phasenwinkel $2\pi$ gehört, folgt aus der Verhältnisgleichung:

$$\frac{|C|}{2\pi} = \frac{0{,}25\text{ s}}{2{,}0\text{ s}} \quad \Rightarrow \quad |C| = \frac{1}{4}\pi$$

Da der Graph um diesen Phasenwinkel nach rechts verschoben wurde, gilt:

$$C = \underline{\underline{-\frac{1}{4}\pi}}$$

Sie müssen also die folgenden Werte ankreuzen:

| | | | | | |
|---|---|---|---|---|---|
| **A** | ☐ 0,4 m | ☐ −0,20 m | ☐ $-0{,}63\,\frac{m}{s}$ | ☒ 0,20 m | ☐ −0,15 m |
| **B** | ☐ $0{,}50\,\frac{1}{s}$ | ☒ $3{,}1\,\frac{1}{s}$ | ☐ $2{,}0\,\frac{1}{s}$ | ☐ 5,0 s | ☐ 2,0 s |
| **C** | ☒ $-\frac{1}{4}\pi$ | ☐ 45° | ☐ $\pi$ | ☐ 0 | ☐ $-\frac{3}{4}\pi$ |

**TIPP** *Strategie bei solchen Aufgaben*

- Wenn Sie sich sicher sind, dann machen Sie sich keine weiteren Gedanken. Kreuzen Sie an, was Ihrer Meinung nach stimmt.
- Wenn Sie sich nicht bei allen Aussagen sicher sind, dann sollten Sie nur die ankreuzen, bei denen Sie sich wirklich sicher sind. Eine falsche Wahl bedeutet nämlich, dass Sie Bewertungseinheiten abgezogen bekommen.
- Wenn sie keine Ahnung haben, dann raten Sie einfach. Im schlimmsten Falle (alles falsch) bekommen Sie dennoch nur 0 BE. Im besten Falle können Sie jedoch auch durch Raten punkten.

## 4.3 Energiebetrachtung

**TIPP** *Vorüberlegung:* Die kinetische Energie eines Körpers ist maximal, wenn die Geschwindigkeit des Körpers maximal ist. Die potenzielle Energie eines harmonisch schwingenden Systems ist maximal, wenn der Körper in den Umkehrpunkten $y = \pm\hat{y}$ ist. Im Diagramm von 4.3 ist z. B. die Energie zum Zeitpunkt $t = 0{,}25$ s maximal. Zu diesem Zeitpunkt schwingt der Körper gerade durch seine Ruhelage (siehe Diagramm in 4.0). Folglich stellt das in 4.3 abgebildete Diagramm den Verlauf der kinetischen Energie dar.
Am Diagramm in 4.0 erkennt man, dass die Amplitude des vorliegenden schwingenden Systems nicht abnimmt. Das bedeutet, dass keine Reibungsverluste auftreten. Die mechanische Gesamtenergie des schwingenden Systems ist daher nach dem Energieerhaltungssatz konstant.

Ihre Lösung sollte folgendermaßen aussehen:

☒ kinetische Energie

☐ potenzielle Energie

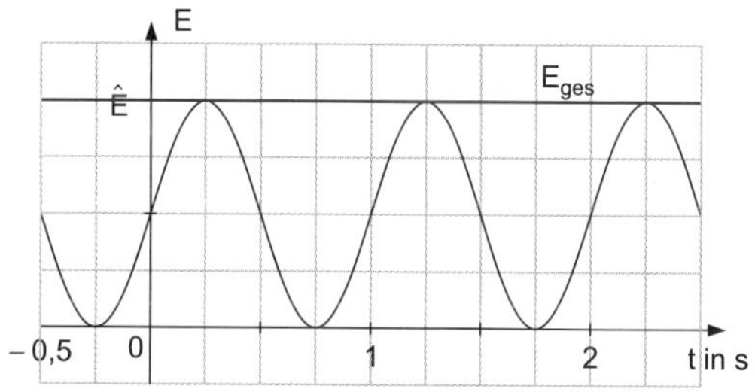

## 5 Bewegung eines geladenen Körpers im elektrischen Feld

**TIPP** *Vorüberlegung:* Die Richtung der elektrischen Kraft auf einen geladenen Körper stimmt mit der Richtung der elektrischen Feldlinien überein. Weiterhin verändert eine parallel zur Anfangsgeschwindigkeit wirkende Kraft eine Veränderung des Betrags der Geschwindigkeit, bewirkt aber keine Ablenkung. Wirkt die Kraft senkrecht zur Anfangsgeschwindigkeit, wird das geladene Teilchen abgelenkt. Aufgrund der Richtung der horizontalen Anfangsgeschwindigkeit folgt dann für die Ablenkung in den vier dargestellten Fällen:

a) Die elektrische Kraft wirkt vertikal. Das passt zu der Bewegung des Teilchens, das nach unten abgelenkt wird.
b) Die elektrische Kraft wirkt horizontal. Das steht im Widerspruch zur Ablenkung des Teilchens nach unten.
c) Die elektrische Kraft wirkt senkrecht zur Zeichenebene. Das steht im Widerspruch zur Ablenkung des Teilchens nach unten.
d) Die elektrische Kraft wirkt horizontal. Das passt zu der Bewegung des Teilchens, das zunächst abgebremst und dann wieder entgegengesetzt beschleunigt wird.

Vergleicht man in den möglichen Fällen a und d die Feldrichtung mit der Bewegungsrichtung des Teilchens, folgt aufgrund der oben gegebenen Definition, dass das Teilchen in beiden Fällen positiv geladen sein muss.
(Die Fälle b und c brauchen nicht betrachtet werden, da sie unmöglich sind.)

Die Lösung muss folgendermaßen aussehen:

| | | | |
|---|---|---|---|
| ☐ unmöglich | ☒ unmöglich | ☒ unmöglich | ☐ unmöglich |
| ☒ möglich | ☐ möglich | ☐ möglich | ☒ möglich |
| VZ der Ladung: + | VZ der Ladung: | VZ der Ladung: | VZ der Ladung: + |

**BE**

**1.0** Bei einem Tischkicker (Tischfußball) kann man mit Figuren, die an drehbaren Haltestangen befestigt sind, eine als Spielball dienende Kugel in Bewegung versetzen. Dabei sollte man auf eine horizontale Ausrichtung der oberen Tischfläche achten. Zum Einstellen gibt es an allen vier Tischbeinen höhenverstellbare Metallfüße.

**1.1** Nach dem Aufbau des Tisches wird die Kugel in die Tischmitte gelegt. Die Kugel verbleibt jedoch nicht in Ruhe. Sie fängt sofort an zu rollen und hat dabei eine konstante Beschleunigung. Bei einer Messung stellt man fest, dass die geradlinig rollende Kugel ab dem Zeitpunkt ihres Loslassens die Zeitdauer $\Delta t_1 = 3{,}0\,\text{s}$ benötigt, um eine Strecke der Länge $\Delta s_1 = 60\,\text{cm}$ zurückzulegen. Ermitteln Sie den Betrag a der vorliegenden Beschleunigung. **3**

**1.2.0** Die in 1.1 beschriebene Bewegung ist dadurch begründet, dass die Tischfläche nicht horizontal ausgerichtet ist. Bei der nachfolgenden Untersuchung dieser Bewegung der Kugel ist die Reibungskraft $\vec{F}_R$ zwischen Kugel und Tischfläche zu berücksichtigen. Die Luftreibung sowie die Rotationsenergie der Kugel sind jedoch außer Acht zu lassen.

**1.2.1** Stellen Sie alle an der Kugel angreifenden Kräfte in einem qualitativen Kräfteplan dar.
Benennen Sie diese Kräfte.

**HINWEIS:** Verwenden Sie bei Ihrem Kräfteplan aus Gründen der Übersichtlichkeit einen Neigungswinkel von ca. 30°. **3**

**1.2.2** Für den Betrag $F_R$ der Reibungskraft gilt in guter Näherung: $F_R = 2{,}5\,\% \cdot F_G$, wobei $F_G$ der Betrag der Gewichtskraft der Kugel ist. Der Betrag der Beschleunigung der Kugel ist $a = 0{,}13\,\frac{\text{m}}{\text{s}^2}$.
Ermitteln Sie mithilfe eines Kraftansatzes den vorliegenden Neigungswinkel $\alpha$ der Tischebene gegenüber der Horizontalen. **6**

**1.3** Das horizontale Ausrichten des Tisches erfolgt über Gewindestangen. Dabei weist ein Gewindegang den Steigungswinkel $\beta = 2{,}5°$ gegenüber der Horizontalen auf. Die verwendete Gewindestange hat den mittleren Durchmesser $d = 1{,}6$ cm. Ermitteln Sie die Anzahl der Umdrehungen, die zu dem Höhenunterschied $\Delta h = 2{,}2$ cm führt.

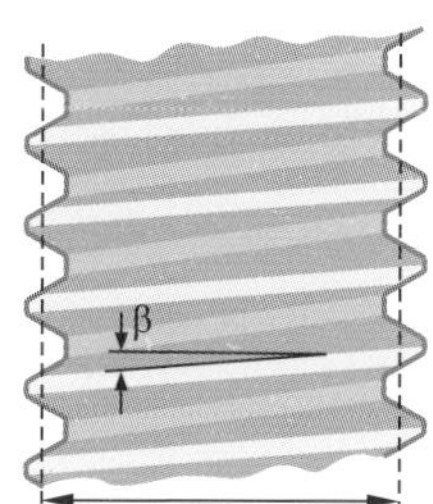


**4**

**1.4.0** Im Folgenden ist die Tischfläche horizontal ausgerichtet.

**1.4.1** Ein Spieler möchte den Betrag $\overline{v}$ der mittleren Geschwindigkeit für einzelne Schüsse bestimmen. Dafür benutzt er eine App auf seinem Handy, welche Geräusche aufzeichnet. Den Schalldruckpegel L (Maß für die Lautstärke) der aufgezeichneten Geräusche in Abhängigkeit von der Zeit t kann man sich in einem t-L-Diagramm anzeigen lassen.
Es werden zwei Schüsse vom selben Ort aus auf das Tor gemacht. Die Entfernung zwischen Abschussort und Aufprallort (Rückwand des Tores) beträgt $\Delta s_2 = 70$ cm. Das Handy wird bei der Messung so positioniert, dass dessen Mikrofon die gleiche Entfernung zum Abschussort und Aufprallort hat.

Die zugehörigen Aufzeichnungen sind vereinfacht in den folgenden Diagrammen dargestellt:

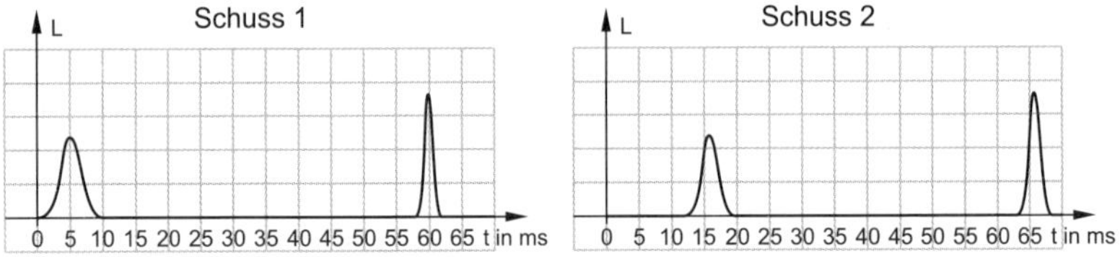


Berechnen Sie $\overline{v}$ für denjenigen Schuss, der den größeren Betrag der mittleren Geschwindigkeit hat. **3**

**1.4.2** Bei einem Spielzug wird die zunächst ruhende Kugel der Masse $m = 20$ g zentral gestoßen. Für den Betrag der dabei wirkenden mittleren Kraft gilt $\overline{F} = 375$ N. Die Kugel erreicht durch diesen Stoßvorgang eine Geschwindigkeit mit dem Betrag $v_1 = 20\ \text{km/h}$.
Berechnen Sie die Dauer $\Delta t$ der Wechselwirkung zwischen Figur und Kugel unter Vernachlässigung aller Reibungseffekte. **3**

**1.5.0** Die Tischfläche ist weiterhin horizontal ausgerichtet. Nun wird die Kugel derart gestoßen, dass sie sich auf einer parabelförmigen Flugbahn bewegt.
Im Folgenden wird ein x-y-Koordinatensystem verwendet, dessen Ursprung sich im Schwerpunkt der Kugel zum Zeitpunkt des „Abschusses" befindet. Die x-Achse ist hierbei horizontal gerichtet. Die y-Achse ist vertikal gerichtet und nach oben orientiert. Die parabelförmige Bahnkurve verläuft in der x-y-Ebene.

Für die Abschussgeschwindigkeit der Kugel gilt: $\vec{v}_0 = \begin{pmatrix} 6{,}1\ \text{m/s} \\ 1{,}1\ \text{m/s} \end{pmatrix}$

**1.5.1** Zeigen Sie, dass folgende Gleichung die Bahnkurve der Kugel beschreibt:

$$y(x) = -0{,}13\,\frac{1}{\text{m}} \cdot x^2 + 0{,}18 \cdot x$$ **4**

**1.5.2** Ermitteln Sie die x-Koordinate des Punktes der Bahnkurve, in dem die Kugel die größte Höhe erreicht, und geben Sie den Betrag der Geschwindigkeit der Kugel in diesem Punkt an. **4**

**30**

## TIPP Lösungshinweise zur Aufgabengruppe W1

**Teilaufgabe 1.1**
Lesen Sie genau, um welche Art von Bewegung es sich hierbei handelt, und beachten Sie, welche Größen gegeben sind. In der Formelsammlung finden Sie eine passende Formel hierzu.

**Teilaufgabe 1.2.1**
Skizzieren Sie zunächst die geneigte Tischfläche, zeichnen Sie für den Kräfteplan zuerst die Gewichtskraft in sinnvoller Länge und erzeugen Sie aus dieser unter Berücksichtigung des Neigungswinkels der Tischfläche die restlichen Kräfte in entsprechender Länge. Nun müssen Sie noch die Reibungskraft $\vec{F}_R$ einzeichnen. Überlegen Sie sich hierzu Richtung, Orientierung und Länge, damit es zu der in 1.1 dargelegten Bewegung kommen kann.
Vergessen Sie nicht die Legende der verwendeten Bezeichnungen für die Kräfte.

**Teilaufgabe 1.2.2**
Beginnen Sie mit einem Kraftansatz. Dabei hilft Ihnen der Kräfteplan aus 1.2.1. Ersetzen Sie die einzelnen Kräfte durch die zugehörigen Formeln. Stellen Sie nach dem gesuchten Winkel um und berechnen Sie diesen.

**Teilaufgabe 1.3**
Überlegen sie zunächst mithilfe der Abbildung, welchen Höhenunterschied man bei einer Umdrehung erreicht und wie sich dieser Höhenunterschied berechnen würde (rechtwinkliges Dreieck mit dem Steigungswinkel $\beta$ des Gewindes).
Mit dieser Vorüberlegung finden Sie bestimmt einen Ansatz für den gesuchten Höhenunterschied, in dem die Anzahl der gefragten Umdrehungen vorkommt.

**Teilaufgabe 1.4.1**
Bei der mittleren Geschwindigkeit $\overline{v}$ geht man vereinfachend davon aus, dass die Geschwindigkeit auf dem gesamten betrachteten Weg gleich bleibt.
Überlegen Sie: Wie hängt $\overline{v}$ von der Laufzeit $\Delta t$ ab, wenn die zurückgelegte Strecke konstant bleibt?
Damit sollten Sie den richtigen Stoßvorgang erkennen können. Mit der zur mittleren Geschwindigkeit gehörenden Formel können Sie diese dann berechnen. Die dazu benötigte Laufzeit können Sie im Diagramm ablesen.

**Teilaufgabe 1.4.2**
Bei diesem Vorgang handelt es sich um einen Kraftstoß. Wenn Ihnen das noch nicht weiterhilft, sehen Sie doch mal in Ihrer Formelsammlung nach.

**Teilaufgabe 1.5.1**
Beginnen Sie, indem Sie die Zeit-Ort Funktionen aufstellen, welche die Bewegung sowohl in x- als auch in y-Richtung beschreiben. Sie können dann die beiden Gleichungen zur Bahngleichung zusammenführen, indem Sie die Zeit eliminieren. Nun müssen Sie nur noch die Werte für die konstanten Größen einsetzen und zusammenfassen.

**Teilaufgabe 1.5.2**
Bei der Bahngleichung aus 1.5.1 handelt es sich um eine quadratische Funktion. Der Graph ist also eine Parabel. Der höchste Punkt der Flugbahn wird hierbei Scheitel genannt. Ihnen fällt bestimmt eine mathematische Methode ein, um die x-Koordinate dieses Scheitels zu berechnen.
Vergessen Sie nicht, den Betrag der Geschwindigkeit im Scheitel zu ermitteln. Überlegen Sie dazu zunächst, welche Werte die x- und y-Koordinate der Geschwindigkeit im Scheitel besitzen.

## 1.1 Betrag der Beschleunigung

**TIPP** *Vorüberlegung:* Da laut Aufgabenstellung klar ist, dass es sich um eine Bewegung mit konstanter Beschleunigung handelt, und die Zeitdauer für eine bestimmte Strecke bekannt ist, kann man diese Aufgabe mit der Zeit-Weg-Funktion einer konstant beschleunigten Bewegung ansetzen.

$$\Delta s_1 = \frac{1}{2} a \cdot (\Delta t_1)^2$$

$$\Rightarrow \quad a = \frac{2 \cdot \Delta s_1}{(\Delta t_1)^2} = \frac{2 \cdot 0{,}60\,\text{m}}{(3{,}0\,\text{s})^2} = \underline{\underline{0{,}13\,\frac{\text{m}}{\text{s}^2}}}$$

## 1.2.1 Kräfteplan

**TIPP** *Vorüberlegung:* Neben den Kräften, welche auf einen sich (reibungsfrei) auf einer geneigten Ebene bewegenden Körper wirken, muss hierbei noch die Reibungskraft $\vec{F}_R$ (siehe 1.2.0) berücksichtigt werden. Dabei ist zu beachten, dass $|\vec{F}_R|$ nicht größer als der Betrag der Hangabtriebskraft $\vec{F}_H$ werden kann, denn der Wagen rollt aus der Ruhe heraus hangabwärts mit konstanter Beschleunigung.

$\vec{F}_G$: Gewichtskraft auf den Schwerpunkt der Kugel

$\vec{F}_N$: Normalkraft als Komponente von $\vec{F}_G$

$\vec{F}_H$: Hangabtriebskraft als Komponente von $\vec{F}_G$

$\vec{F}_U$: Kraft, die die Unterlage auf die Kugel ausübt (gleicher Betrag wie $\vec{F}_N$)

$\vec{F}_R$: Reibungskraft zwischen Kugel und Tischfläche

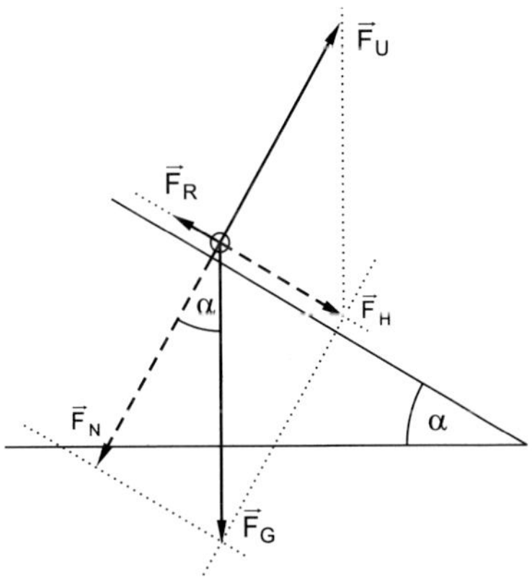


Es muss gelten:

$$|\vec{F}_R| < |\vec{F}_H|$$

**TIPP** *Mögliche Vorgehensweise zum Zeichnen des Kräfteplans:*

1. Die Kraft $\vec{F}_G$ vertikal nach unten einzeichnen (sinnvolle Länge!).
2. Die Wirkungslinie der Normalkraft $\vec{F}_N$ und der Kraft der Unterlage $\vec{F}_U$ rechtwinklig zur geneigten Unterlage durch den Schwerpunkt des Wagens dünn einzeichnen.
3. Die Wirkungslinie der Hangabtriebskraft $\vec{F}_H$ parallel zur geneigten Unterlage durch den Schwerpunkt des Wagens dünn einzeichnen.
4. Parallelverschiebung der Wirkungslinien von $\vec{F}_N$ und $\vec{F}_H$ in die Spitze von $\vec{F}_G$.
5. Die entstehenden Schnittpunkte der Wirkungslinien ergeben die Längen von $\vec{F}_H$ und $\vec{F}_N$ Diese können nun vom Schwerpunkt ausgehend dick eingezeichnet werden.
6. Die Länge von $\vec{F}_U$ entspricht der Länge von $\vec{F}_N$, ist aber entgegengesetzt zu $\vec{F}_N$ orientiert.
7. $\vec{F}_R$ hat die gleiche Richtung wie $\vec{F}_H$, ist aber entgegengesetzt zu $\vec{F}_H$ orientiert, da sich die Kugel hangabwärts bewegt und die Reibungskraft immer entgegen der Bewegungsrichtung orientiert ist. $\vec{F}_R$ muss außerdem kürzer als $\vec{F}_H$ eingezeichnet werden, da die Geschwindigkeit der Kugel zunimmt.

### 1.2.2 Neigungswinkel der Tischebene

Für die resultierende Kraft $\vec{F}$ gilt: $\vec{F} = \vec{F}_H + \vec{F}_R$ (siehe Kräfteplan in 1.2.1).
Für die zugehörigen Beträge gilt dann:

$$F = F_H - F_R$$

$$m \cdot a = F_G \cdot \sin\alpha - 0{,}025 \cdot F_G$$

$$m \cdot a = m \cdot g \cdot \sin\alpha - 0{,}025 \cdot m \cdot g$$

$$a = g \cdot \sin\alpha - 0{,}025 \cdot g$$

$$g \cdot \sin\alpha = a + 0{,}025 \cdot g$$

$$\Rightarrow \quad \alpha = \arcsin\left(\frac{a}{g} + 0{,}025\right) = \arcsin\left(\frac{0{,}13\,\frac{\text{m}}{\text{s}^2}}{9{,}81\,\frac{\text{m}}{\text{s}^2}} + 0{,}025\right) = \underline{\underline{2{,}2^\circ}}$$

### 1.3 Anzahl der Gewindestangenumdrehungen

**TIPP** *Vorüberlegung:* Das Gewinde der Schraube können Sie sich als aufgewickelte schiefe Ebene mit Neigungswinkel $\beta$ vorstellen. Bei einer ganzen Umdrehung besitzt diese schiefe Ebene die horizontale Breite $U = \pi \cdot d$ und die Höhe $\Delta h_1$ und es gilt:

$$\tan\beta = \frac{\Delta h_1}{U}$$

Eine Umdrehung hat den horizontalen Umfang $U = \pi \cdot d$. Für den Höhenunterschied $\Delta h_n$ bei n Umdrehungen gilt:

$$\tan\beta = \frac{\Delta h_n}{n \cdot U} = \frac{\Delta h_n}{n \cdot \pi \cdot d}$$

Daraus folgt für die Anzahl der benötigten Umdrehungen:

$$n = \frac{\Delta h}{\pi \cdot d \cdot \tan\beta} = \frac{2{,}2\ \text{cm}}{\pi \cdot 1{,}6\ \text{cm} \cdot \tan 2{,}5°} = \underline{\underline{10}}$$

### 1.4.1 Vergleich der mittleren Geschwindigkeiten

**TIPP** *Vorüberlegung:* Bei der mittleren Geschwindigkeit geht man bei einer beliebigen Bewegung davon aus, als würde sich der Körper während der ganzen Zeit $\Delta t$ (bzw. auf dem gesamten Weg $\Delta s$) mit einer konstanten Geschwindigkeit $\bar{v}$ bewegen. Folglich berechnet sich die mittlere Geschwindigkeit mit $\bar{v} = \Delta s / \Delta t$. Da im vorliegenden Fall $\Delta s$ in beiden Fällen gleich ist, gilt $\bar{v} \sim \frac{1}{\Delta t}$.

Der Schuss mit der betragsmäßig höheren mittleren Geschwindigkeit ist wegen $\bar{v} \sim \frac{1}{\Delta t}$ der mit der kürzeren Zeitdauer $\Delta t$ bei gleicher Strecke $\Delta s$, also Schuss 2 (rechtes Diagramm). In diesem Diagramm kann man ablesen:

$$\Delta t_2 \approx 50\ \text{ms} \quad \Rightarrow \quad \bar{v} = \frac{\Delta s_2}{\Delta t_2} = \frac{0{,}70\ \text{m}}{50 \cdot 10^{-3}\ \text{s}} = \underline{\underline{14\ \frac{\text{m}}{\text{s}}}}$$

### 1.4.2 Zentraler Stoß der Kugel

**TIPP** *Vorüberlegung:* Unter einem (eindimensionalen) Kraftstoß versteht man das Produkt $\bar{F} \cdot \Delta t$. Es ist gleich der Impulsänderung $\Delta p$ des Körpers. Bleibt bei diesem Stoßvorgang die Masse m des Körpers gleich, gilt somit $\bar{F} \cdot \Delta t = m \cdot |\Delta v|$. Dabei ist $\bar{F}$ der Betrag der mittleren Kraft, die auf den Körper beim Stoßvorgang während der Zeitdauer $\Delta t$ wirkt, und $\Delta v$ die Geschwindigkeitsänderung dieses Körpers während des Stoßvorgangs.

Kraftstoß:

$$\bar{F} \cdot \Delta t = m \cdot |\Delta v| \quad \Rightarrow \quad \Delta t = \frac{m \cdot |\Delta v|}{\bar{F}}$$

Die Kugel wird aus der Ruhe heraus ($v_{vor} = 0$) auf die Geschwindigkeit $v_{nach} = v_1$ beschleunigt, daher gilt für den Betrag der Geschwindigkeitsänderung $|\Delta v| = |v_{nach} - v_{vor}| = |v_1 - 0| = v_1$ und damit für die Stoßzeit:

$$\Delta t = \frac{m \cdot v_1}{\bar{F}} = \frac{0{,}020\ \text{kg} \cdot \frac{20}{3{,}6}\ \frac{\text{m}}{\text{s}}}{375\ \text{N}} = \underline{\underline{0{,}30\ \text{ms}}}$$

### 1.5.1 Bahngleichung der Kugel

**TIPP** *Vorüberlegung:* Bei einem schrägen Wurf betrachtet man die Bewegungen in x- und y-Richtung getrennt voneinander. Sie beeinflussen sich nicht gegenseitig (Superpositionsprinzip). Indem man die Zeit eliminiert, führt man die beiden Gleichungen zusammen und erhält die Bahngleichung.

Die x- und y-Koordinaten der Geschwindigkeit $\vec{v}_0$ der Kugel im Punkt O sind durch den Vektor

$$\vec{v}_0 = \begin{pmatrix} v_{0,x} \\ v_{0,y} \end{pmatrix} = \begin{pmatrix} 6{,}1\,\frac{m}{s} \\ 1{,}1\,\frac{m}{s} \end{pmatrix}$$

gegeben, also: $v_{0,x} = 6{,}1\,\frac{m}{s}$ und $v_{0,y} = 1{,}1\,\frac{m}{s}$.

Bewegung in x-Richtung (mit konstanter Geschwindigkeit):

$$x(t) = v_{0,x} \cdot t$$

$$\Rightarrow \quad t = \frac{x}{v_{0,x}} \qquad (1)$$

Bewegung in y-Richtung (mit konstanter Beschleunigung):

$$y(t) = -\frac{1}{2} g \cdot t^2 + v_{0,y} \cdot t \qquad (2)$$

Einsetzen von (1) in (2) ergibt die angegebene Bahngleichung:

$$\begin{aligned}
y(x) &= -\frac{1}{2} g \cdot \left( \frac{x}{v_{0,x}} \right)^2 + v_{0,y} \cdot \frac{x}{v_{0,x}} \\
&= -\frac{1}{2} g \cdot \frac{1}{v_{0,x}^2} \cdot x^2 + \frac{v_{0,y}}{v_{0,x}} \cdot x \\
&= -\frac{1}{2} \cdot 9{,}81\,\frac{m}{s^2} \cdot \frac{1}{\left(6{,}1\,\frac{m}{s}\right)^2} \cdot x^2 + \frac{1{,}1\,\frac{m}{s}}{6{,}1\,\frac{m}{s}} \cdot x \\
&= \underline{\underline{-0{,}13\,\frac{1}{m} \cdot x^2 + 0{,}18 \cdot x}}
\end{aligned}$$

## 1.5.2 x-Koordinate des höchstgelegenen Punktes der Flugbahn

*Möglichkeit 1:* Betrachtung der y-Komponente des schrägen Wurfs

**TIPP** *Vorüberlegung:* Bei einem Wurf steigt ein Körper so lange, bis die y-Koordinate seiner Geschwindigkeit den Wert null erreicht. Genau in diesem Moment hat der Körper den höchstgelegenen Punkt seiner Flugbahn erreicht.

Die Kugel bewegt sich mit konstanter Beschleunigung in y-Richtung. Für die Koordinate $v_y$ seiner Geschwindigkeit in y-Richtung gilt im höchsten Punkt der Flugbahn, dem Scheitelpunkt S, zum Zeitpunkt $t_S$:

$$v_y(t_S) = 0 = -g \cdot t_S + v_{0,\,y} \quad \Rightarrow \quad t_S = \frac{v_{0,\,y}}{g}$$

Setzt man diesen Term in x(t) aus 1.5.1 ein, bekommt man mit $v_{0,\,x} = 6{,}1\,\frac{m}{s}$ und $v_{0,\,y} = 1{,}1\,\frac{m}{s}$ (siehe 1.5.1):

$$x_S = x(t_S) = v_{0,\,x} \cdot t_S = v_{0,\,x} \cdot \frac{v_{0,\,y}}{g} = 6{,}1\,\frac{m}{s} \cdot \frac{1{,}1\,\frac{m}{s}}{9{,}81\,\frac{m}{s^2}} = \underline{\underline{0{,}68\ m}}$$

*Möglichkeit 2:* Betrachtung der x-Koordinate des Scheitels der Flugbahn

Die größte Höhe erreicht die Kugel im Scheitel $S(x_S \,|\, y_S)$ der Bahnkurve. Allgemein gilt für die x-Koordinate des Scheitels einer Parabel mit dem Funktionsterm $ax^2 + bx + c$:

$$x_S = -\frac{b}{2a}$$

Hier besitzen die Parameter die Werte $b = 0{,}18$ und $a = -0{,}13\,\frac{1}{m}$, sodass folgt:

$$x_S = -\frac{0{,}18}{2 \cdot \left(-0{,}13\,\frac{1}{m}\right)} = \underline{\underline{0{,}69\ m}}$$

*Hinweis:* $x_S$ kann alternativ auch mithilfe der ersten Ableitung der Bahngleichung und der Tatsache, dass die Steigung im Scheitel den Wert 0 annimmt, berechnet werden.
Eine weiterer Lösungsweg besteht darin, $x_S$ als Mittelwert der beiden Nullstellen $x_1$ und $x_2$ der Bahngleichung zu berechnen: $x_S = \frac{x_1 + x_2}{2}$.

### Betrag der Geschwindigkeit im Scheitelpunkt S

**TIPP** *Vorüberlegung:* Im höchsten Punkt S der Flugbahn nimmt die y-Koordinate der Geschwindigkeit den Wert null an.

$$|\vec{v}_S| = \sqrt{v_{0,\,x}^2 + v_{0,\,y}^2} = \sqrt{v_{0,\,x}^2 + 0} = v_{0,\,x} = \underline{\underline{6{,}1\,\frac{m}{s}}}$$

**BE**

**1.0** Ein Kran transportiert ein angehobenes, an einem Tragseil hängendes Werkstück W der Masse m. Das Tragseil ist oben an der sogenannten Laufkatze befestigt (siehe nicht maßstabsgetreue Skizze). Die Laufkatze kann zu jeder beliebigen Position x längs des Kranarms gefahren werden.

Der Befestigungspunkt des Seils an der Laufkatze und der Schwerpunkt des Werkstücks haben den Abstand $\ell = 5{,}0\,\text{m}$.

Im Folgenden wird weder die Länge des Seils verändert noch wird der Kranarm bewegt. Reibungseffekte werden nicht berücksichtigt.

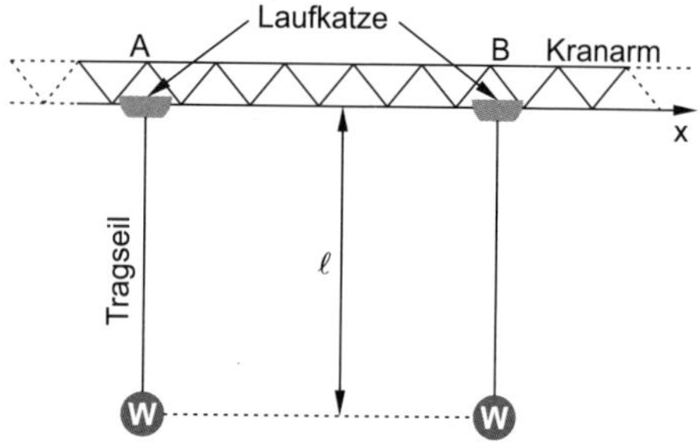


**(G) 1.1** Die Laufkatze bewegt sich mit der konstanten Geschwindigkeit $\vec{v}_L$ mit dem Betrag $\vec{v}_L = 0{,}50\,\frac{\text{m}}{\text{s}}$ entlang der x-Achse nach rechts. Von dieser Bewegung wird ein Video mit einer Wiederholrate von 25 Bildern pro Sekunde aufgezeichnet. In der nachfolgenden Skizze ist der Schwerpunkt der Laufkatze im Punkt A als Punkt dargestellt.

Ergänzen Sie in dieser Skizze die Positionen des Schwerpunkts der Laufkatze auf den vier folgenden Bildern des Videos im Maßstab 1 : 1.
Notieren Sie Ihre Rechnung zur Ermittlung der Punktabstände. **3**

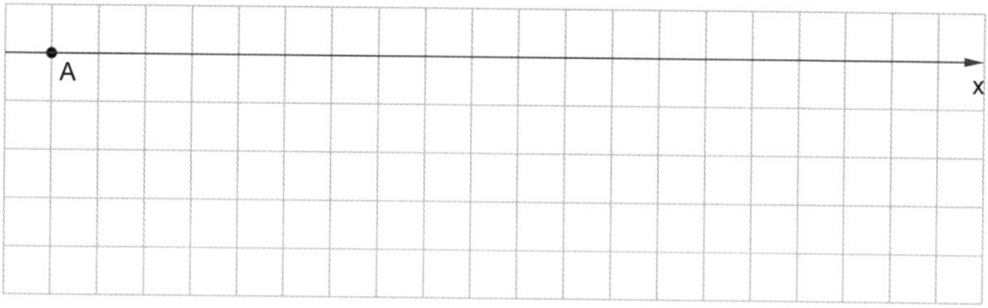

**1.2.0** Die Laufkatze wird am Ort B zum Zeitpunkt $t_0 = 0$ abrupt gestoppt. Dadurch kommt es zu einer harmonischen Schwingung des Schwerpunkts des Werkstücks entlang eines Kreisbogens. Längs dieses Kreisbogens ist die s-Koordinatenachse festgelegt. Zum Zeitpunkt $t_0$ hat der Schwerpunkt des Werkstücks die Geschwindigkeit $\vec{v}_W$ mit dem Betrag $\vec{v}_W = 0{,}50\,\frac{m}{s}$ und befindet sich senkrecht unter der Laufkatze bei $s_0 = 0$. Der Auslenkwinkel $\alpha$ ist der sich zeitlich ändernde Winkel zwischen der Vertikalen und dem Tragseil (siehe Skizze).

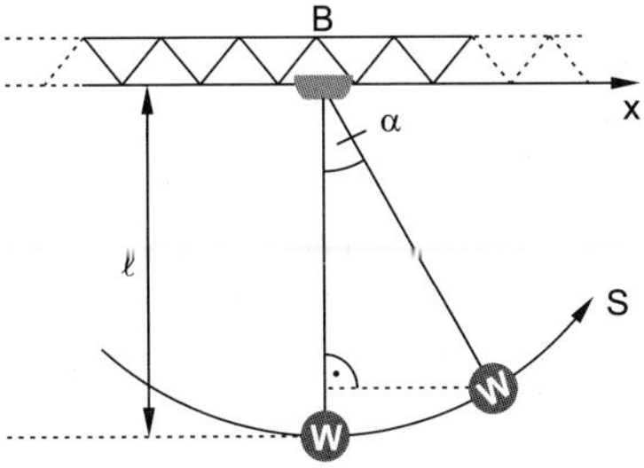


**1.2.1** Zeigen Sie unter Verwendung eines Energieansatzes, dass für den maximalen Auslenkwinkel $\alpha_{max}$ des Tragseils gilt: **5**

$$\cos\alpha_{max} = 1 - \frac{v_W^2}{2g \cdot \ell}$$

**1.2.2** Berechnen Sie $\alpha_{max}$ sowie die Schwingungsamplitude $\hat{s}$.
[Teilergebnis: $\hat{s} = 0{,}36$ m] **4**

**1.2.3** Für die Periodendauer gilt: $T = 2\pi \cdot \sqrt{\frac{\ell}{g}}$

Das Werkstück hat die Masse $m = 200$ kg. Die Masse des Tragseils ist vernachlässigbar. Stellen Sie die Elongation s in Abhängigkeit von der Zeit t in Form einer Gleichung mit eingesetzten Zahlenwerten dar.
Ermitteln Sie die Richtgröße D des schwingenden Systems. **6**

**1.2.4** $v_s$ ist die s-Koordinate der Geschwindigkeit des Schwerpunkts des Werkstücks. Berechnen Sie T und zeichnen Sie für $0 \leq t \leq T$ ein t-$v_s$-Diagramm. **4**

**(G) 1.2.5** Im Folgenden wird ein Zeigerdiagramm betrachtet, welches den Bewegungszustand des Werkstücks zu verschiedenen Zeitpunkten während seiner Schwingung beschreibt. Der Zeiger dreht sich gegen den Uhrzeigersinn. Ergänzen Sie für die folgenden Situationen jeweils den Zeiger in das vorbereitete Zeigerdiagramm und beschriften Sie den jeweiligen Zeiger mit a), b) bzw. c):

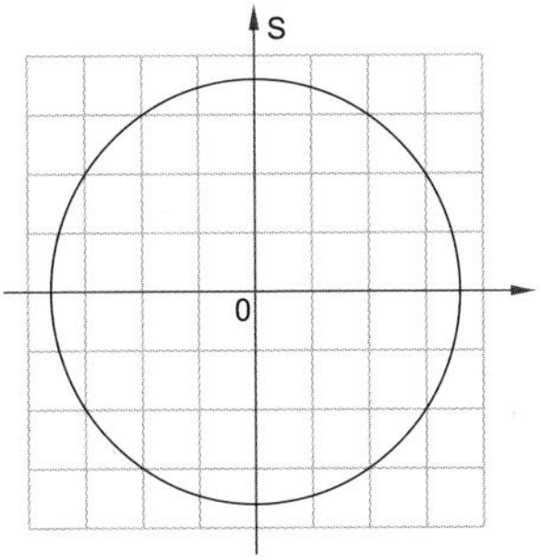


a) Es ist $t = 0$.

b) Das Werkstück befindet sich im linken Umkehrpunkt seiner Schwingung.

c) Die Koordinate $a_s$ der Beschleunigung des Werkstücks ist negativ und betragsmäßig maximal. **3**

**2.0** In zwei zylinderförmigen Röhren werden stehende Schallwellen jeweils in deren Grundschwingung angeregt. Die beiden Röhren haben dieselbe Länge L. Ihre Durchmesser sind klein im Vergleich zu ihren Längen. Die Röhren unterscheiden sich dadurch, dass eine beidseitig offen und die andere nur einseitig offen ist.

**(G) 2.1** Für die folgende Betrachtung wird die x-Achse entlang der Längsachse der jeweiligen Röhre festgelegt. Dabei kennzeichnen $x = 0$ und $x = L$ die Enden der Röhre.
Skizzieren Sie die Elongation E der schwingenden Luftteilchen in Abhängigkeit von der Position x ihrer jeweiligen Ruhelagen in die folgenden Diagramme. Wählen Sie dafür jeweils einen Zeitpunkt betragsmäßig maximaler Elongation. **2**

beidseitig offene Röhre

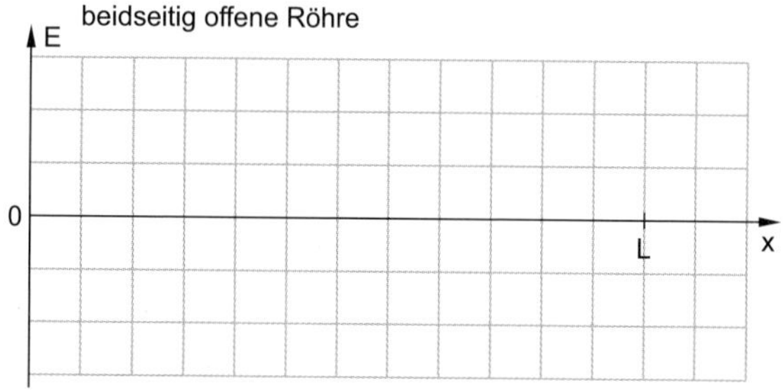


linksseitig (x = 0) offene und rechtsseitig (x = L) geschlossene Röhre

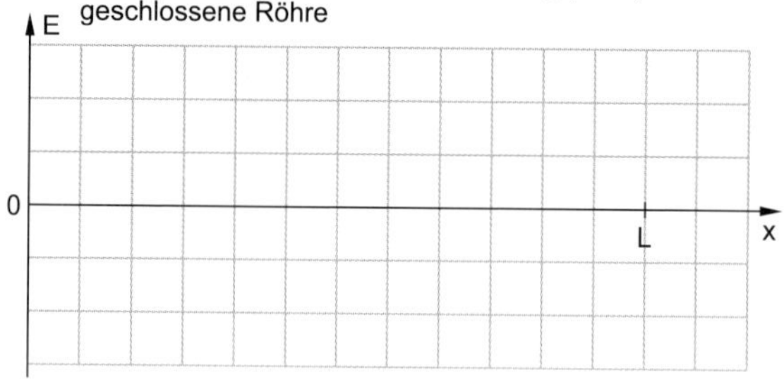


**2.2** Entscheiden Sie, in welcher der beiden Röhren die Luftteilchen mit höherer Frequenz schwingen, und begründen Sie Ihre Entscheidung. **3**

**30**

## TIPP Lösungshinweise zur Aufgabengruppe W2

**Teilaufgabe 1.1**
Es handelt sich um eine geradlinige Bewegung mit konstanter Geschwindigkeit. Mit der zugehörigen Formel und unter Nutzung der Angabe „25 Bilder pro Sekunde" können Sie nun berechnen, welchen Weg die Laufkatze zwischen zwei Bildern zurücklegt. Damit können Sie dann die weiteren Positionen einzeichnen (vorgegebenen Maßstab beachten).

**Teilaufgabe 1.2.1**
Laut Aufgabenstellung müssen Sie mit einem Energieansatz beginnen. Vergleichen Sie hierzu die Gesamtenergie im tiefsten Punkt mit der Gesamtenergie im höchsten Punkt des Körpers während der Schwingung. Hinsichtlich der benötigten Höhe hilft Ihnen das in der Skizze eingezeichnete rechtwinklige Dreieck unter Verwendung des Winkels $\alpha$.

**Teilaufgabe 1.2.2**
$\alpha_{max}$ können Sie mit der in 1.2.1 angegebenen Formel ermitteln. Für die Schwingungsamplitude $\hat{s}$ benötigen Sie den Zusammenhang zwischen der Bogenlänge eines Kreisbogens, dem Radius und dem zugehörigen Winkel (im Bogenmaß) des Kreisbogens (Formelsammlung!).

**Teilaufgabe 1.2.3**
Die Formel der Abhängigkeit der Elongation von der Zeit finden Sie in Ihrer Formelsammlung. Um die einzelnen Größen konkretisieren zu können, benötigen Sie bereits bekannte Teilergebnisse und die vorgegebene Formel.
Für die Ermittlung der Richtgröße D können Sie die Formel $T = 2\pi\sqrt{\frac{m}{D}}$ aus der Formelsammlung verwenden und umstellen.

**Teilaufgabe 1.2.4**
Die Formel zur Berechnung der Periodendauer finden Sie in 1.2.3.
Der Verlauf des Graphen muss sinusförmig sein. Die maximale Geschwindigkeit ist auch schon bekannt. Sie müssen sich nun nur noch überlegen, zu welchen Zeitpunkten die Geschwindigkeitskoordinate maximal, null bzw. minimal ist. Diese Punkte sollten für eine vernünftige Skizze bereits ausreichen. Für eine Zeichnung des Graphen sollten Sie sich noch Zwischenwerte berechnen.

**Teilaufgabe 1.2.5**
Ordnen Sie den gegebenen Situationen den entsprechenden Ort auf der s-Achse zu und überlegen Sie bei zwei der vorgegebenen Möglichkeiten evtl. noch die Orientierung der Bewegung des Körpers, um den Ort eindeutig festlegen zu können. Anschließend sollte das Einzeichnen der Zeiger problemlos gelingen.

**Teilaufgabe 2.1**
Eine eindimensionale stehende Welle hat an einem geschlossenen Ende immer einen Knoten und an einem offenen Ende immer einen Bauch.
Die Grundschwingung ist die Schwingungsvariante, die dann die geringste Anzahl an Knoten aufweist.

**Teilaufgabe 2.2**
Vergleichen Sie die beiden Wellenlängen aus Teilaufgabe 2.1 miteinander (eventuell auch unter Nutzung der Röhrenlänge L) und schließen Sie mithilfe der konstanten Ausbreitungsgeschwindigkeit auf einen Vergleich der zugehörigen Frequenzen.

## 1.1 Positionen des Schwerpunkts der Laufkatze

TIPP *Vorüberlegung:* Für eine lineare Bewegung mit konstanter Geschwindigkeit gilt: $\Delta x = v \cdot \Delta t$.

Aus der Wiederholrate folgt für die Zeitdauer $\Delta t$ zwischen zwei Bildern:

$$\frac{\Delta t}{1\,\text{Bild}} = \frac{1{,}0\,\text{s}}{25\,\text{Bilder}} \quad \Rightarrow \quad \Delta t = \frac{1}{25}\,\text{s}$$

Damit beträgt die Wegstrecke zwischen zwei Bildern:

$$\Delta x = v_L \cdot \Delta t = 0{,}50\,\frac{\text{m}}{\text{s}} \cdot \frac{1}{25}\,\text{s} = 2{,}0\,\text{cm}$$

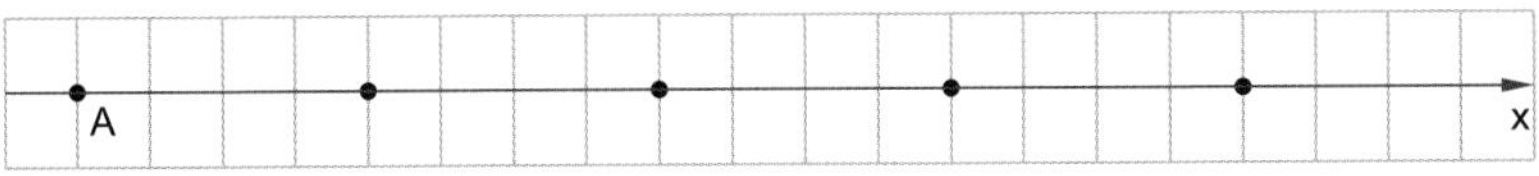


## 1.2.1 Maximaler Auslenkwinkel des Tragseils

Bei maximaler Auslenkung befindet sich das Werkstück im Umkehrpunkt der Schwingungsbewegung. Nach dem Energieerhaltungssatz der Mechanik gilt:

$$E_{\text{ges, unten}} = E_{\text{ges, oben}}$$

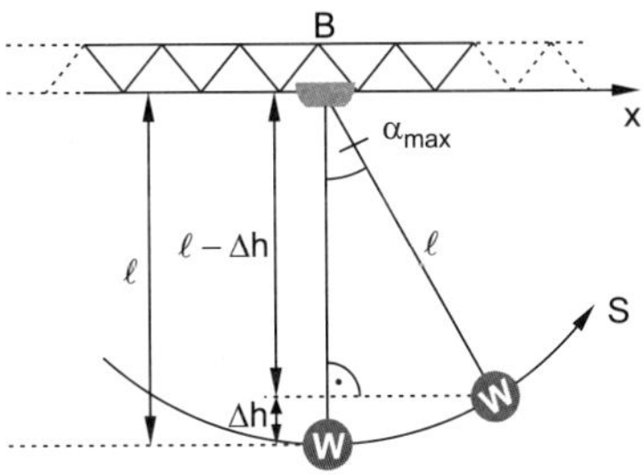


Die Gesamtenergie $E_{\text{ges}}$ des Werkstücks setzt sich zusammen aus seiner kinetischen und potenziellen Energie. Da im Umkehrpunkt $v = 0$ gilt, ist dort auch $E_{\text{kin, oben}} = 0$ und damit:

$$E_{\text{kin, unten}} + E_{\text{pot, unten}} = E_{\text{pot, oben}}$$

Legt man das Bezugsniveau der potenziellen Energie in den tiefsten Punkt der Bewegung, gilt $E_{\text{pot, unten}} = 0$ und es folgt (vgl. Skizze):

$$E_{\text{kin, unten}} = E_{\text{pot, oben}} \quad \Leftrightarrow \quad \frac{1}{2} m \cdot v_W^2 = m \cdot g \cdot \Delta h \quad \Rightarrow \quad \Delta h = \frac{v_W^2}{2g} \quad (*)$$

Mithilfe der Winkelbeziehungen im rechtwinkligen Dreieck folgt für den maximalen Auslenkwinkel die gesuchte Beziehung:

$$\cos\alpha_{max} = \frac{\ell - \Delta h}{\ell} = 1 - \frac{\Delta h}{\ell} \overset{(*)}{=} 1 - \frac{\frac{v_W^2}{2g}}{\ell} = 1 - \underline{\underline{\frac{v_W^2}{2g \cdot \ell}}}$$

### 1.2.2 Berechnung des maximalen Auslenkwinkels

Mit der in 1.2.1 angegebenen Formel ergibt sich:

$$\alpha_{max} = \arccos\left(1 - \frac{v_w^2}{2g \cdot \ell}\right) = \arccos\left(1 - \frac{(0{,}50\,\frac{m}{s})^2}{2 \cdot 9{,}81\,\frac{m}{s^2} \cdot 5{,}0\,m}\right) = \underline{\underline{4{,}1°}}$$

**Berechnung der Schwingungsamplitude**

Es gilt $\hat{s} = \ell \cdot \varphi_{max}$. Darin bezeichnet $\varphi_{max}$ den zu $\alpha_{max}$ gehörende Winkel im Bogenmaß:

$$\varphi_{max} = \frac{2\pi}{360°} \cdot \alpha_{max}$$

Damit folgt:

$$\hat{s} = \ell \cdot \frac{2\pi}{360°} \cdot \alpha_{max} = 5{,}0\,m \cdot \frac{2\pi}{360°} \cdot 4{,}1° = \underline{\underline{0{,}36\,m}}$$

### 1.2.3 Gleichung der Elongation s(t)

> **TIPP** *Vorüberlegung:* Für die s(t)-Gleichung einer harmonischen Schwingung gilt allgemein $s(t) = \hat{s} \cdot \sin(\omega t + \varphi_0)$. Hierbei sind $\hat{s}$ die Amplitude der Schwingung, $\omega = 2\pi/T$ die Kreisfrequenz der zugehörigen Kreisbewegung und $\varphi_0$ die Schwingungsphase zum Zeitpunkt $t = 0$.

In der Schwingungsgleichung $s(t) = \hat{s} \cdot (\omega \cdot t + \varphi_0)$ ist die Amplitude $\hat{s} = 0{,}36\,m$ aus 1.2.2 bekannt. Die Kreisfrequenz $\omega$ lässt sich aus der angegebenen Gleichung für die Schwingungsdauer bestimmen:

$$\omega = \frac{2\pi}{T} = \frac{2\pi}{2\pi \cdot \sqrt{\frac{\ell}{g}}} = \sqrt{\frac{g}{\ell}}$$

Schließlich gilt $\varphi_0 = 0$, da der Körper zum Zeitpunkt $t = 0$ durch die Ruhelage schwingt und seine Bewegung zu diesem Zeitpunkt mit der Orientierung der s-Achse übereinstimmt. Insgesamt erhält man:

$$s(t) = \hat{s} \cdot \sin\left(\sqrt{\frac{g}{\ell}} \cdot t\right) = 0{,}36\,m \cdot \sin\left(\sqrt{\frac{9{,}81\,\frac{m}{s^2}}{5{,}0\,m}} \cdot t\right) = \underline{\underline{0{,}36\,m \cdot \sin\left(1{,}4\,\frac{1}{s} \cdot t\right)}}$$

**Richtgröße D**

Man kennt

- aus der Formelsammlung: $T = 2\pi\sqrt{\frac{m}{D}}$ (1)
- aus der Aufgabenstellung: $T = 2\pi \cdot \sqrt{\frac{\ell}{g}}$ (2)

Durch Gleichsetzen von (1) und (2) folgt:

$$2\pi\sqrt{\frac{m}{D}} = 2\pi \cdot \sqrt{\frac{\ell}{g}} \quad \Leftrightarrow \quad \frac{m}{D} = \frac{\ell}{g}$$

$$\Rightarrow \quad D = \frac{m \cdot g}{\ell} = \frac{200\ \text{kg} \cdot 9{,}81\ \frac{\text{m}}{\text{s}^2}}{5{,}0\ \text{m}} = \underline{\underline{0{,}39\ \frac{\text{kN}}{\text{m}}}}$$

### 1.2.4 Berechnung der Schwingungsdauer

$$T = 2\pi \cdot \sqrt{\frac{\ell}{g}} = 2\pi \cdot \sqrt{\frac{5{,}0\ \text{m}}{9{,}81\ \frac{\text{m}}{\text{s}^2}}} = \underline{\underline{4{,}5\ \text{s}}}$$

Alternativ:

$$T = 2\pi \cdot \sqrt{\frac{m}{D}} = 2\pi \cdot \sqrt{\frac{200\ \text{kg}}{0{,}39 \cdot 10^3\ \frac{\text{N}}{\text{m}}}} = \underline{\underline{4{,}5\ \text{s}}}$$

**t-$v_s$-Diagramm**

**TIPP** *Vorüberlegung:* Die $v_s(t)$-Funktion ergibt sich aus der Ableitung der s(t)-Funktion nach der Zeit. Ihr Graph ist folglich auch sinusförmig, allerdings gegenüber dem s(t)-Graphen um eine Viertelperiode verschoben. Eine Ableitung ist hier aber nicht nötig. Es ist ja bereits bekannt, dass der Körper zum Zeitpunkt $t = 0$ durch die Ruhelage nach rechts schwingt. Seine Geschwindigkeitskoordinate ist also zu diesem Zeitpunkt gerade maximal. Nach einer Viertelperiodendauer befindet er sich im rechten Umkehrpunkt und hat dort die Geschwindigkeit null. Nach einer halben Periodendauer schwingt er wieder durch die Ruhelage mit entgegengesetzter Orientierung und maximalem Geschwindigkeitsbetrag.

Mit

$$\hat{v} = v_s(t_0) = v_L = 0{,}50\ \frac{\text{m}}{\text{s}}$$

ergibt sich das rechts gezeichnete Diagramm für $v_s(t)$.

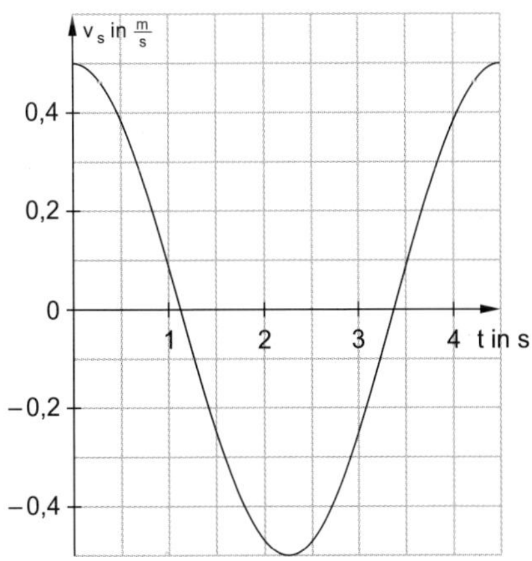

### 1.2.5 Zeigerdiagramm

**TIPP** *Vorüberlegung:* Im zugehörigen Zeigerdiagramm ist die s-Koordinate des Ortes auf der Ordinate (vertikale Achse) dargestellt. Der Zeiger beginnt im Ursprung (Drehpunkt) und endet auf dem Kreis. Er dreht sich gegen den Urzeigersinn um den Ursprung.

a) Zum Zeitpunkt $t = 0$ schwingt der Körper durch den Ursprung nach rechts. Folglich zeigt der Zeiger zu diesem Zeitpunkt horizontal nach rechts.
b) Der linke Umkehrpunkt ist bei $s = -\hat{s}$.
c) Der Betrag der Beschleunigung ist betragsmäßig in den Umkehrpunkten maximal. Der zugehörige Vektor $\vec{a}$ ist immer zur Ruhelage hin orientiert. Wenn die Koordinate der Beschleunigung negativ sein soll, muss der zugehörige Vektor $\vec{a}$ entgegen der s-Achse orientiert sein. Das ist im rechten Umkehrpunkt bei $s = \hat{s}$ der Fall. Der zugehörige Zeiger muss also nach oben zu $s = \hat{s}$ zeigen.

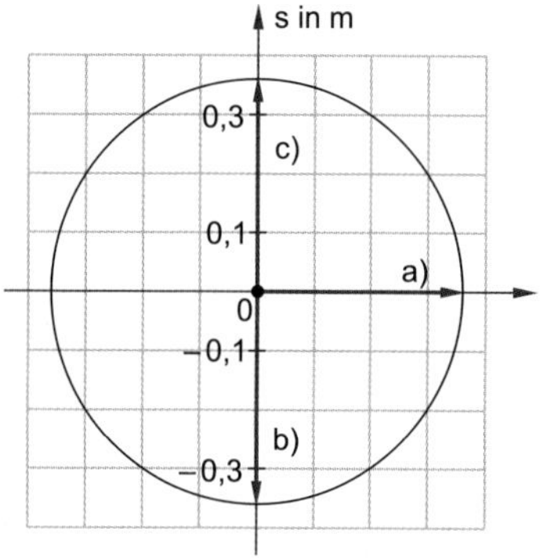


### 2.1 Elongation E(x)

**TIPP** *Vorüberlegung:* Bei stehenden Schallwellen in einem Rohr handelt es sich um Longitudinalwellen der Luftteilchen. Die Enden des Rohres entscheiden darüber, ob sich an dem jeweiligen Ende ein Knoten oder ein Bauch befindet. Ist das Ende des Rohrs geschlossen, ist dort ein Knoten, da die Luftteilchen hier nicht mehr (longitudinal) schwingen können. Ist das Ende offen, entsteht dort ein Bauch. Die Grundschwingung zeichnet sich in Abhängigkeit der jeweiligen Fälle bzgl. der Enden des Rohres dadurch aus, dass sie die geringste Anzahl an Knoten entlang der x-Achse besitzt.

beidseitig offene Röhre

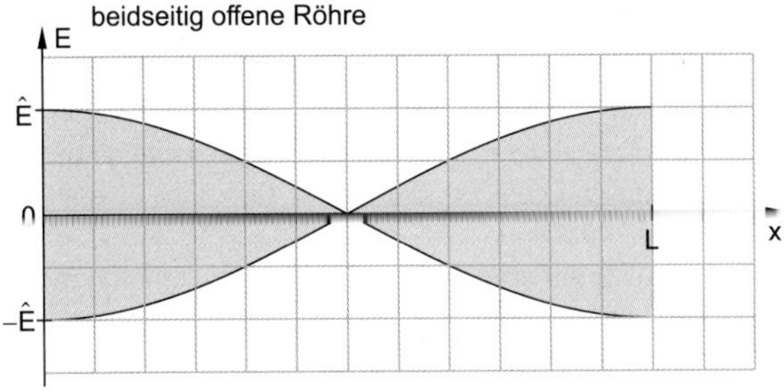


linksseitig (x = 0) offene und rechtsseitig (x = L) geschlossene Röhre

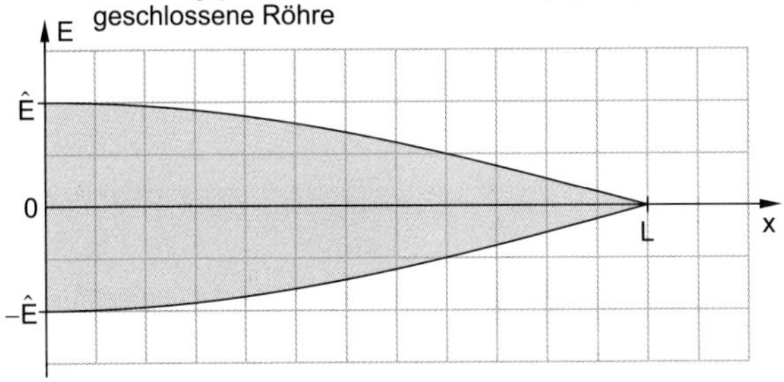


## 2.2 Vergleich der Frequenzen

**TIPP** *Vorüberlegung:* Im vorliegenden Fall kann man davon ausgehen, dass der Betrag c der Ausbreitungsgeschwindigkeit der Welle konstant ist.
Es gilt $c = \lambda \cdot f$ also $f \sim \frac{1}{\lambda}$.

Man erkennt im oberen Bild von Teilaufgabe 2.1:

$\lambda_b = 2L$ ($\lambda_b$: Wellenlänge im beidseitig offenen Rohr)

Man erkennt im unteren Bild von Teilaufgabe 2.1:

$\lambda_e = 4L$ ($\lambda_e$: Wellenlänge im einseitig offenen Rohr)

Es ist also $\lambda_e > \lambda_b$. Wegen $f \sim \frac{1}{\lambda}$ ist dann

$\underline{\underline{f_e < f_b}}$.

Die stehende Welle im beidseitig offenen Rohr schwingt also mit höherer Frequenz ($f_b$) als im einseitig offenen Rohr (Frequenz $f_e$).

**TIPP** Genaue Betrachtung *(nicht verlangt)*

Aus $\lambda_b = 2L$ und $\lambda_e = 4L = 2\lambda_b$ folgt mit $\lambda = \frac{c}{f}$:

$$\lambda_e = 2\lambda_b \;\Rightarrow\; \frac{c}{f_e} = 2 \cdot \frac{c}{f_b} \;\Rightarrow\; f_b = 2f_e$$

**BE**

**1.0** Die Abbildung zeigt die vereinfachte Darstellung einer sogenannten Spannungswaage. Dabei ist die obere Platte eines Plattenkondensators an einem der beiden gleich langen Arme einer Balkenwaage befestigt.
Liegt keine Spannung am Kondensator an, so ist die Waage im Gleichgewicht. Beim Anlegen einer Spannung U durch Schließen des Schalters S üben die geladenen Kondensatorplatten anziehende Kräfte aufeinander aus. Die elektrische Kraft $\vec{F}_K$ auf die obere, an der Waage befestigten Platte lässt sich mithilfe der Waage bestimmen.
Hierzu werden in die rechte Waagschale der Waage so lange Messgewichte gelegt, bis die Waage wieder horizontal ausgerichtet und damit im Gleichgewicht ist. Die elektrische Kraft $\vec{F}_K$ ist dann gleich der Gewichtskraft $\vec{F}_G$ der Messgewichte.
Der hier verwendete, mit Luft gefüllte Plattenkondensator ($\varepsilon_r = 1{,}0$) hat quadratische Platten mit der Seitenlänge $a = 20$ cm. Der Plattenabstand beträgt im Gleichgewicht zunächst $d = 15$ mm.

Für den Betrag $F_K$ gilt:

$$F_K = \frac{1}{2}\varepsilon_0 \cdot A \cdot \left(\frac{U}{d}\right)^2$$

Hierbei ist A der Flächeninhalt einer Kondensatorplatte.

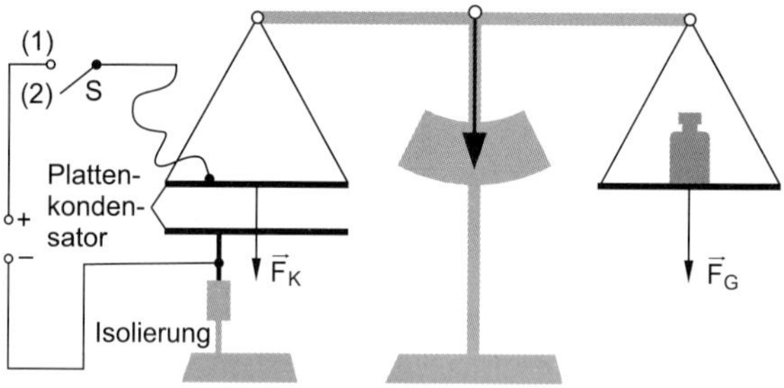


**1.1** Der Kondensator ist zu Beginn ungeladen und die Waage im Gleichgewicht (Schalterstellung 2). An der Spannungsquelle wird nun die Spannung U eingestellt. Der Schalter wird geschlossen (Schalterstellung 1). In die rechte Waagschale wird ein Körper der Masse $m = 2{,}0$ g gelegt, worauf sich die Waage wieder im Gleichgewicht befindet.

Zeigen Sie mithilfe eines Kraftansatzes, dass

$$U = \sqrt{\frac{2m \cdot g \cdot d^2}{\varepsilon_0 \cdot a^2}}$$

gilt und berechnen Sie U. Führen Sie eine Einheitskontrolle durch. **6**

**1.2.0** In einem Versuch soll die Abhängigkeit von $F_K$ von der Spannung U (Schalterstellung 1) bestätigt werden. Bei der Durchführung des Versuchs erhält man im jeweiligen Gleichgewichtszustand der Waage die folgenden Messergebnisse:

| **U in kV** | 2,0 | 3,1 | 3,6 | 4,0 |
|---|---|---|---|---|
| **$F_K$ in mN** | 3,3 | 7,3 | 10,5 | 12,4 |

**1.2.1** Zeigen Sie durch grafische Auswertung der Messreihe, dass gilt:

$F_K \sim U^2$ **4**

**1.2.2** Ermitteln Sie mithilfe des Diagramms den Wert für die zugehörige Proportionalitätskonstante k und bestimmen Sie aus k den Wert der elektrischen Feldkonstante $\varepsilon_0$. **4**

**1.3.0** Der Kondensator ist weiterhin mit der Spannungsquelle verbunden (Schalterstellung 1). Ihre Spannung wird auf U = 5,0 kV eingestellt.

**1.3.1** Die Waage befindet sich aufgrund eines geeigneten Messgewichts im Gleichgewicht.
Berechnen Sie die Kapazität C des Plattenkondensators sowie die im elektrischen Feld des Kondensators gespeicherte Energie. **4**

**1.3.2** Der Plattenabstand d des Kondensators wird nun verändert, indem die Höhe der unteren Kondensatorplatte verändert wird. Die Masse in der rechten Waagschale wird gegebenenfalls so angepasst, dass die Waage wieder im Gleichgewicht ist.
Geben Sie an, wie $F_K$ von d abhängt. Begründen Sie Ihre Angabe. **2**

**1.4** Die Waage ist weiterhin im Gleichgewicht. Der geladene Kondensator wird von der Spannungsquelle getrennt (Schalterstellung 2). Der Plattenabstand d des geladenen Kondensators wird erneut wie in 1.3.2 verändert.
Begründen Sie, dass $F_K$ in diesem Fall unabhängig von d ist. **4**

**1.5.0** Für einen weiteren Versuch wird der oben beschriebene Aufbau dadurch ergänzt, dass der Schalter S in die zusätzliche Position (3) geschaltet werden kann.

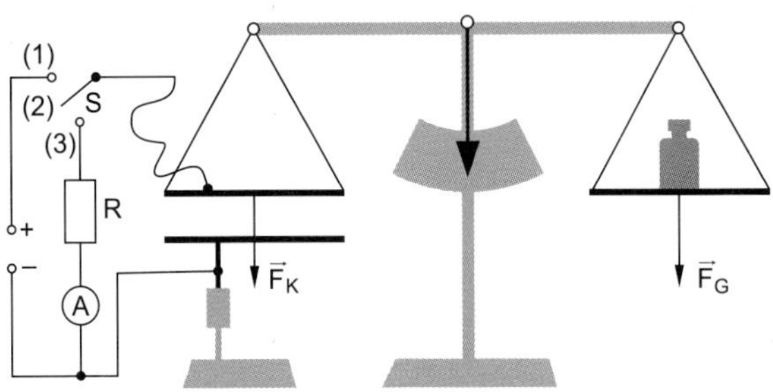

In dieser Schalterstellung ist die obere Kondensatorplatte über den ohmschen Widerstand $R = 200\ M\Omega$ und ein geeignetes Strommessgerät mit der unteren Platte verbunden (siehe Darstellung).

Der Kondensator ist zunächst geladen und S in Schalterstellung (2). Zum Zeitpunkt $t_0 = 0$ wird auf die Stellung (3) umgelegt und der Kondensator somit entladen.
In dem nebenstehenden Diagramm ist die Stromstärke I in Abhängigkeit von der Zeit t während des Entladevorgangs dargestellt.

**1.5.1** Ermitteln Sie möglichst genau mithilfe des t-I-Diagramms den Betrag der Ladung $Q_1$, welche ab dem Zeitpunkt $t_0 = 0$ bis zum Zeitpunkt $t_1 = 6{,}0$ ms von der negativ zur positiv geladenen Platte fließt. **4**

**1.5.2** Berechnen Sie mithilfe des Diagramms die elektrische Spannung $U_{R2}$, die zum Zeitpunkt $t_2 = 2{,}5$ ms am ohmschen Widerstand anliegt. **2**

**30**

**TIPP** **Lösungshinweise zur Aufgabengruppe W3**

**Teilaufgabe 1.1**
Der Lösungsansatz ist bereits in der Aufgabenstellung genannt. Sie müssen also nur die Beträge der beiden wirkenden Kräfte gleichsetzen, A ersetzen und nach U umstellen. Das Ergebnis ist angegeben. Berechnen Sie U und vergessen Sie nicht die Einheitenumrechnung.

**Teilaufgabe 1.2.1**
Die zu erwartende Proportionalität zwischen $F_K$ und U ist bereits vorgegeben. Berechnen Sie $U^2$ aus den angegebenen Spannungswerten und tragen Sie die Punkte in das Diagramm ein. Überlegen Sie vorher noch, welche Größe (inklusive Einheit!) auf welche Achse am sinnvollsten einzutragen ist.
Vergessen Sie nicht festzuhalten, um welche Art des Graphen es sich handelt und was daraus geschlussfolgert werden kann.

**Teilaufgabe 1.2.2**
Stellen Sie zunächst aus der in 1.2.1 gegebenen Proportionalität eine Gleichung mithilfe der Proportionalitätskonstanten k auf. Überlegen Sie nun, welche Bedeutung k im Diagramm hat und berechnen Sie damit k.
Setzen die ermittelte Gleichung mit der in 1.0 gegebenen gleich, um $\varepsilon_0$ zu berechnen.

**Teilaufgabe 1.3.1**
Die notwendigen Formeln finden Sie in der Formelsammlung.

**Teilaufgabe 1.3.2**
Hier hilft Ihnen die Formel aus 1.0 weiter. Vergessen Sie nicht den Hinweis auf die konstanten Größen.

**Teilaufgabe 1.4**
Entscheidend ist hierbei, dass der geladene Kondensator nun von der Spannungsquelle getrennt wird. Überlegen Sie, welchen Einfluss das auf die im Kondensator gespeicherte Ladung hat. Durch Änderung des Plattenabstandes verändert sich auch die Kapazität des Kondensators sowie die Spannung zwischen den Kondensatorplatten.

**Teilaufgabe 1.5.1**
Da sich die gesuchte Größe nicht direkt an den Achsen des gegebenen Graphen ablesen lässt, überlegen Sie, wo sich die gesuchte Größe im Diagramm verbirgt. Nun ermitteln Sie diese möglichst genau durch eine näherungsweise Abschätzung.

**Teilaufgabe 1.5.2**
Die am ohmschen Widerstand abfallende Spannung zu einem bestimmten Zeitpunkt hängt von der Stromstärke durch den Widerstand zu diesem Zeitpunkt ab. Den Zusammenhang dieser drei Größen liefert das Ohm‘sche Gesetz.

## 1.1 Spannung U

**TIPP** *Vorüberlegung:* Da die Waage bereits vor dem Anlegen einer Spannung austariert wurde, befindet sich die Waage erst dann wieder im Gleichgewicht, wenn die aufgrund der anliegenden Spannung (Schalterstellung (1)) wirkenden anziehenden Kräfte der geladenen Kondensatorplatten durch die Gewichtskraft der zusätzlichen Gewichte auf der anderen Seite der Waage kompensiert werden.

Im Gleichgewichtszustand der Waage gilt für die Beträge der Kräfte $\vec{F}_K$ und $\vec{F}_G$ (Gewichtskraft) mit $A = a^2$:

$$F_K = F_G$$

$$\frac{1}{2}\varepsilon_0 \cdot A \cdot \left(\frac{U}{d}\right)^2 = m \cdot g$$

$$\frac{1}{2}\varepsilon_0 \cdot a^2 \cdot \left(\frac{U}{d}\right)^2 = m \cdot g$$

$$\left(\frac{U}{d}\right)^2 = \frac{2m \cdot g}{\varepsilon_0 \cdot a^2}$$

$$\Rightarrow \quad |U| = \underline{\underline{\sqrt{\frac{2m \cdot g \cdot d^2}{\varepsilon_0 \cdot a^2}}}}$$

Mit den gegebenen Daten erhält man hierfür den Wert:

$$|U| = \sqrt{\frac{2 \cdot 2{,}0 \cdot 10^{-3}\,\text{kg} \cdot 9{,}81\,\frac{\text{m}}{\text{s}^2} \cdot (0{,}015\,\text{m})^2}{8{,}854 \cdot 10^{-12}\,\frac{\text{C}}{\text{Vm}} \cdot (0{,}20\,\text{m})^2}} = \underline{\underline{5{,}0\,\text{kV}}}$$

**TIPP** Die Berechnung der Spannung wird auch als korrekt gewertet, wenn Sie die – mathematisch erforderlichen – Betragsstriche weglassen, da die Polung der Spannung für den Betrieb der Spannungswaage und für die Messung der Kraft $F_K$ ohne Belang ist (vgl. Teilaufgabe 1.2.1).

Einheitenkontrolle:

$$1 \cdot \sqrt{\frac{\text{kg} \cdot \frac{\text{m}}{\text{s}^2} \cdot \text{m}^2}{\frac{\text{C}}{\text{Vm}} \cdot \text{m}^2}} \underset{\text{kg} \cdot \frac{\text{m}}{\text{s}^2} = \text{N}}{=} 1 \cdot \sqrt{\frac{\text{N}}{\frac{\text{C}}{\text{Vm}}}}$$

$$= 1 \cdot \sqrt{\frac{\text{V} \cdot \text{N} \cdot \text{m}}{\text{C}}} \underset{\text{Nm} = \text{J} = \text{VAs}}{=} 1 \cdot \sqrt{\frac{\text{V}^2 \cdot \text{A} \cdot \text{s}}{\text{A} \cdot \text{s}}} = 1\,\text{V}$$

### 1.2.1 Grafischer Nachweis $F_K \sim U^2$

TIPP *Vorüberlegung:* Bei einer grafischen Auswertung sollte immer eine Ursprungsgerade angestrebt werden, denn nur diese können Sie auch als eine solche identifizieren. Aufgrund der Tatsache, dass ja bereits vorgegeben ist, was gezeigt werden soll ($F_K \sim U^2$), sollte sinnvollerweise aufgrund der Formel in 1.0 $F_K$ auf der Ordinate (y-Achse) und $U^2$ auf der Abszisse (x-Achse) angetragen werden. Damit sollte sich eine Ursprungsgerade ergeben.
Berechnen Sie zunächst die Werte für $U^2$. Das Diagramm sollte weder zu klein noch zu groß werden. Überlegen Sie sich also vorher eine geeignete Skalierung. Sehen Sie sich dazu die jeweiligen Maximalwerte an und überlegen Sie, wie lang Sie die zugehörige Achse zeichnen wollen.

| **U in kV** | 2,0 | 3,1 | 3,6 | 4,0 |
|---|---|---|---|---|
| **$U^2$ in $10^6$ $V^2$** | 4,0 | 9,6 | 13 | 16 |
| **$F_K$ in mN** | 3,3 | 7,3 | 10,5 | 12,4 |

Im Rahmen der Mess- und Zeichengenauigkeit liegen die zu den Messwerten gehörenden Punkte im $U^2$-$F_K$-Diagramm auf einer Ursprungsgeraden.
Daraus folgt die Behauptung:

$\underline{\underline{F_K \sim U^2}}$

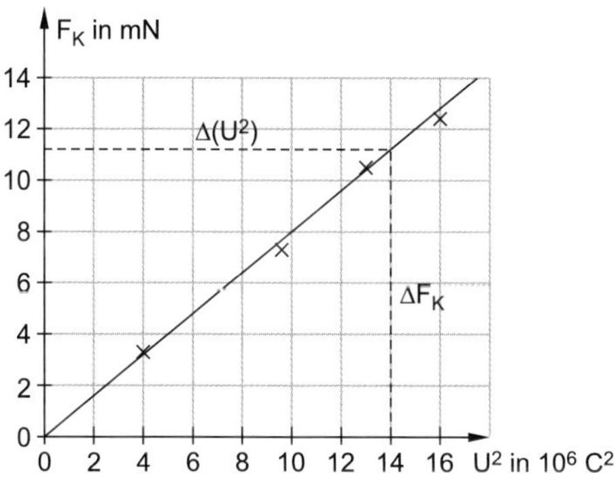


### 1.2.2 Proportionalitätskonstante k

TIPP *Vorüberlegung:* Aufgrund der in 1.2.1 vorgegebenen Proportionalität ergibt sich die Gleichung $F_K = k \cdot U^2$. k ist also die Steigung der Ursprungsgeraden. Diese ermittelt man mithilfe eines Steigungsdreiecks. Achten Sie darauf, dass Ihr Steigungsdreieck möglichst nicht zu einem Messpunkt geht, da die Gerade ja zwischen den Messpunkten „eingemittelt" wurde. Somit ist es sehr unwahrscheinlich, dass ein Messpunkt genau auf der Geraden liegt.
Vergleichen Sie anschließend die Formel aus 1.0 mit $F_K = k \cdot U^2$, um $\varepsilon_0$ mithilfe von k zu bestimmen.

**Bestimmung von k**

$$F_K = k \cdot U^2 \quad \Rightarrow \quad k = \frac{\Delta F_K}{\Delta(U^2)}$$

Ermittlung von k mithilfe eines (nicht zu kleinen) Steigungsdreiecks im Diagramm (siehe Diagramm in 1.2.1):

$$k = \frac{\Delta F_K}{\Delta(U^2)} = \frac{11{,}2 \cdot 10^{-3}\ \text{N}}{14 \cdot 10^6\ \text{V}^2} = \underline{\underline{8{,}0 \cdot 10^{-10}\ \frac{\text{N}}{\text{V}^2}}}$$

**Bestimmung von $\varepsilon_0$ aus k**

$$k \cdot U^2 = \frac{1}{2}\varepsilon_0 \cdot A \cdot \left(\frac{U}{d}\right)^2$$

$$k = \frac{1}{2}\varepsilon_0 \cdot a^2 \cdot \frac{1}{d^2}$$

$$\Rightarrow \quad \varepsilon_0 = \frac{2k \cdot d^2}{a^2}$$

$$= \frac{2 \cdot 8{,}0 \cdot 10^{-10}\ \frac{\text{N}}{\text{V}^2} \cdot (0{,}015\ \text{m})^2}{(0{,}20\ \text{m})^2} = \underline{\underline{9{,}0 \cdot 10^{-12}\ \frac{\text{C}}{\text{Vm}}}}$$

### 1.3.1 Kapazität

$$C = \varepsilon_0 \cdot \varepsilon_r \cdot \frac{a^2}{d} = 8{,}854 \cdot 10^{-12}\ \frac{\text{C}}{\text{Vm}} \cdot 1{,}0 \cdot \frac{(0{,}20\ \text{m})^2}{0{,}015\ \text{m}} = \underline{\underline{24 \cdot 10^{-12}\ \text{F} = 24\ \text{pF}}}$$

**Im Kondensator gespeicherte Energie**

$$W_{el} = \frac{1}{2} C \cdot U^2 = \frac{1}{2} \cdot 24 \cdot 10^{-12}\ \text{F} \cdot (5{,}0 \cdot 10^3\ \text{V})^2 = \underline{\underline{0{,}30\ \text{mJ}}}$$

### 1.3.2 Abhängigkeit $F_K(d)$ bei angeschlossener Spannungsquelle

TIPP *Vorüberlegung:* Laut 1.3.0 bleibt die Spannung U konstant. Die Abhängigkeit $F_K$ von d bei den konstant gehaltenen Größen A und U ergibt sich aus der Formel in 1.0.

In der Kraftformel

$$F_K = \frac{1}{2}\varepsilon_0 \cdot A \cdot \left(\frac{U}{d}\right)^2$$

sind die Größen U, A, $\varepsilon_0$ im vorliegenden Fall konstant. Daher folgt:

$$\underline{\underline{F_K \sim \frac{1}{d^2}}}$$

## 1.4 Abhängigkeit $F_K(d)$ bei abgetrennter Spannungsquelle

TIPP *Vorüberlegung:* Wird der geladene Kondensator von der Spannungsquelle getrennt, kann sich (unabhängig vom Plattenabstand) die Ladung auf den Kondensatorplatten nicht mehr ändern. Verändert man nun den Plattenabstand des Kondensators, hat das einen Einfluss auf seine Kapazität, was wiederum die Spannung zwischen den Kondensatorplatten beeinflusst.

*Möglichkeit 1:*
Da der Kondensator nun von der Spannungsquelle getrennt ist (Schalterstellung 2), bleibt die auf den Kondensatorplatten gespeicherte Ladung Q konstant. Mit $C = \frac{Q}{U}$ und $C = \varepsilon_0 \cdot \varepsilon_r \cdot \frac{A}{d}$ ergibt sich durch Gleichsetzen:

$$\frac{Q}{U} = \varepsilon_0 \cdot \varepsilon_r \cdot \frac{A}{d} \quad \Rightarrow \quad \frac{U}{d} = \frac{Q}{\varepsilon_0 \cdot \varepsilon_r \cdot A}$$

Da Q, $\varepsilon_0$, $\varepsilon_r$ und A konstante Größen sind, ist auch der Quotient $\frac{U}{d}$ konstant, sodass folgt, dass

$$F_K = \frac{1}{2}\varepsilon_0 \cdot \varepsilon_r \cdot A \cdot \left(\frac{U}{d}\right)^2$$

konstant und damit insbesondere unabhängig von d sein muss (Behauptung).

*Möglichkeit 2:*
Die Größen nach der Änderung des Plattenabstandes (Index 1) werden auf die Größen vor der Änderung des Plattenabstandes (Index 0) zurückgeführt.
Ladung Q bleibt konstant und $\varepsilon_0$, $\varepsilon_r$ sowie A sind konstante Größen.
Für den neuen Plattenabstand gilt: $d_1 = n \cdot d_0$. Weiterhin ergibt sich dann:

$$C_1 = \varepsilon_0 \cdot \varepsilon_r \cdot \frac{A}{d_1} = \varepsilon_0 \cdot \varepsilon_r \cdot \frac{A}{n \cdot d_0} = \frac{1}{n} \cdot \underbrace{\varepsilon_0 \cdot \varepsilon_r \cdot \frac{A}{d_0}}_{= C_0} = \frac{1}{n} \cdot C_0$$

$$\Rightarrow \quad U_1 = \frac{Q}{C_1} = \frac{Q}{\frac{1}{n} \cdot C_0} = n \cdot U_0$$

Eingesetzt in die Kraftformel folgt:

$$\underline{\underline{F_{K,1}}} = \frac{1}{2}\varepsilon_0 \cdot \varepsilon_r \cdot A \cdot \left(\frac{U_1}{d_1}\right)^2 = \frac{1}{2}\varepsilon_0 \cdot \varepsilon_r \cdot A \cdot \left(\frac{n \cdot U_0}{n \cdot d_0}\right)^2$$

$$= \frac{1}{2}\varepsilon_0 \cdot \varepsilon_r \cdot A \cdot \left(\frac{U_0}{d_0}\right)^2 = \underline{\underline{F_{K,0}}}$$

$F_K$ ist also unabhängig von d (Behauptung).

### 1.5.1 Betrag der abfließenden Ladung

**TIPP** *Vorüberlegung:* Das vorliegende Diagramm beschreibt die Abhängigkeit der Stromstärke I von der Zeit t. Mit zunehmender Zeitdauer nimmt die Stromstärke ab, da immer mehr Ladungen bereits von der einen zur anderen Platte geflossen sind und somit immer weniger Ladungen auf den Kondensatorplatten noch vorhanden sind. Der Betrag der in einem Zeitintervall geflossenen Ladung verbirgt sich in der Fläche zwischen Graph und der t-Achse für das betrachtete Zeitintervall. Diese Fläche kann näherungsweise abgeschätzt werden.

*Möglichkeit 1:* Zählen der Kästchen

Hierbei zählt man zunächst die ganzen Kästchen. Bei den Koordinatenkästchen, die vom Graphen geteilt werden, sucht man möglichst ein anderes Kästchen, sodass beide oder vielleicht auch mehrere zusammen wieder insgesamt ein Kästchen ergeben. Auf diese Weise zählt man z. B. 69 Kästchen.

1 Kästchen (K) entspricht der Ladung:

$$|Q_K| = 0{,}5 \cdot 10^{-3}\,\text{s} \cdot 2{,}5 \cdot 10^{-6}\,\text{A} = 1{,}25\,\text{nC} \Rightarrow |Q_1| = 69 \cdot 1{,}25\,\text{nC} = \underline{\underline{86\,\text{nC}}}$$

*Möglichkeit 2:* Flächenberechnung mithilfe eines geeigneten Trapezes

Ersetzt man den Graphen im Zeitintervall $0 \leq t \leq 6{,}0\,\text{s}$ durch eine Gerade, die möglichst so gewählt wird, dass die Flächen oberhalb des Graphen und unterhalb der Geraden genau so groß ist wie die Fläche oberhalb der Geraden und unterhalb des Graphen, erhält man ein Trapez, dessen Fläche ($\hat{=}$ Ladung) man berechnen kann:

$$|Q_1| = 6{,}0 \cdot 10^{-3}\,\text{s} \cdot \frac{(22{,}5 + 6) \cdot 10^{-6}\,\text{A}}{2} = \underline{\underline{86\,\text{nC}}}$$

*Hinweis:* Beide Möglichkeiten sind nur Abschätzungen und unterliegen damit einer gewissen Ungenauigkeit. Für eine volle Bewertung genügt es, wenn Ihr Ergebnis für $|Q_1|$ im Intervall [82 nC; 89 nC] liegt.

### 1.5.2 Spannung zum Zeitpunkt $t_2$

**TIPP** *Vorüberlegung:* Die zum Zeitpunkt $t_2$ am Widerstand anliegende Spannung ergibt sich aus der Stärke des Stroms, der zu diesem Zeitpunkt durch den Widerstand fließt unter Berücksichtigung des Ohm'schen Gesetzes.

Dem Diagramm entnimmt man $I(t_2) = I(2{,}5\,\text{ms}) = 15\,\mu\text{A}$. Damit erhält man:

$$U_{R2} = R \cdot I(t_2) = 200 \cdot 10^6\,\Omega \cdot 15 \cdot 10^{-6}\,\text{A} = \underline{\underline{3{,}0\,\text{kV}}}$$

## FOS / BOS 12 Bayern Physik
Fachabiturprüfung 2023

Um Ihnen die Prüfung 2023 schnellstmöglich zur Verfügung stellen zu können, bringen wir sie in digitaler Form heraus.

Sobald die Original-Prüfungsaufgaben 2023 freigegeben sind, können sie als PDF auf der Plattform **MyStark** heruntergeladen werden (Zugangscode siehe vordere Umschlaginnenseite in diesem Buch).

**Aktuelle Prüfung**

**www.stark-verlag.de/mystark**

PRÜFUNGS-ANGST

# STOPP DIE PANIK

*Mit der Fußsohlen-Methode*

Prüfungen können Angst- und Fluchtsituationen sein. Dein Körper schüttet Adrenalin aus und dämpft das Gefühl in den Füßen. Z. B. beim Weglaufen ist es gut, wenn man die Füße nicht spürt. Eine Prüfung ist aber **keine Gefahrensituation**. Signalisiere deinem Körper, dass du nicht weglaufen musst, und bring das Gefühl in deine Füße zurück:

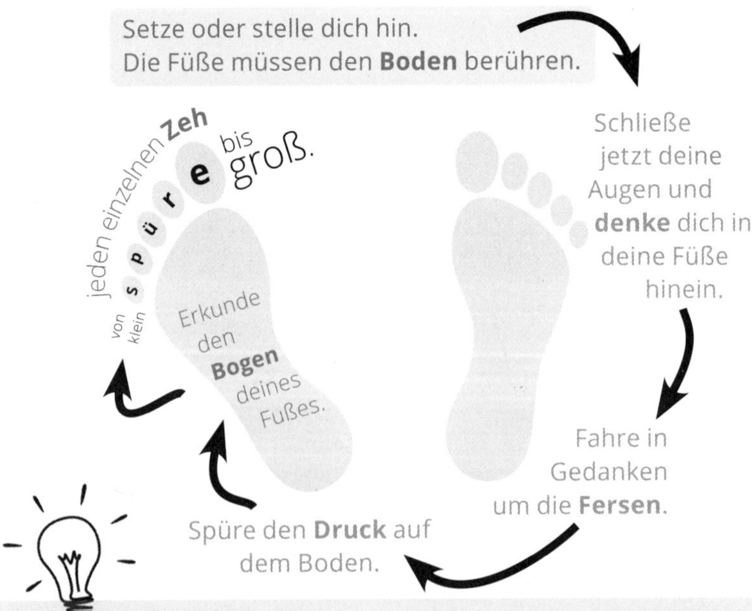


Dein Körper **fühlt** die Füße wieder und denkt, er sei in keiner Panik-Situation, sondern in **Sicherheit**.